國家社科基金
GUOJIA SHEKE JIJIN HOUQI ZIZHU XIANGMU
後期資助項目

A Newly Collected and Collated Version of
*Chao Ye Qian Zai*

# 朝野僉載校證

趙庶洋 著

中華書局
ZHONGHUA BOOK COMPANY

圖書在版編目(CIP)數據

朝野僉載校證/趙庶洋著. —北京:中華書局,2023. 10
(國家社科基金後期資助項目)
ISBN 978-7-101-16274-5

Ⅰ. 朝… Ⅱ. 趙… Ⅲ. 筆記小説-小説研究-中國-唐代 Ⅳ. I207. 419

中國國家版本館 CIP 數據核字(2023)第 132388 號

責任編輯: 樊玉蘭
責任印製: 陳麗娜

國家社科基金後期資助項目
朝野僉載校證
趙庶洋 著
*
中 華 書 局 出 版 發 行
(北京市豐臺區太平橋西里 38 號 100073)
http://www.zhbc.com.cn
E-mail:zhbc@zhbc.com.cn
天津善印科技有限公司印刷
*
710×1000 毫米 1/16 · 23¾印張 · 2 插頁 · 330 千字
2023 年 10 月第 1 版 2023 年 10 月第 1 次印刷
定價:120.00 元

ISBN 978-7-101-16274-5

# 國家社科基金後期資助項目出版説明

後期資助項目是國家社科基金設立的一類重要項目，旨在鼓勵廣大社科研究者潛心治學，支持基礎研究多出優秀成果。它是經過嚴格評審，從接近完成的科研成果中遴選立項的。爲擴大後期資助項目的影響，更好地推動學術發展，促進成果轉化，全國哲學社會科學工作辦公室按照「統一設計、統一標識、統一版式、形成系列」的總體要求，組織出版國家社科基金後期資助項目成果。

全國哲學社會科學工作辦公室

# 目録

# 研究篇

# 引言

張鷟（約六五八—約七三〇），字文成，號浮休子，唐深州陸澤（今河北深州）人。史稱其「聰警絶倫，書無不覽」，唐高宗上元二年登進士第，以對策見稱，考功員外郎騫味道稱讚他「天下無雙」。釋褐，授岐王府參軍。此後又應下筆成章及才高位下、詞標文苑等科，凡八應舉，均登甲科。歷襄樂尉、洛陽尉、長安尉，遷鴻臚丞。四次參選，判策均爲最優，員半千評價其文云：「張子之文如青錢，萬簡萬中，未聞退時。」時人目爲「青錢學士」。武后證聖年間，爲御史。因個性褊躁，不持士行，爲姚崇等官員所惡。玄宗開元初年，御史李全交彈劾其語多譏刺當朝，敕令處死，後免死配流嶺南。刑部尚書李日知上疏救之，追敕移於近處。數年，起爲龔州刺史，後入爲司門員外郎。年七十三而卒。其生平事跡附見舊唐書卷一四九其孫張薦傳。張鷟下筆敏速，著述尤多，天下知名，史載武后久視年間，太官令馬仙童陷突厥，默啜曾專門問張鷟近況，新羅、日本等國使人入唐，也多求其文集攜歸。他的著作，據唐人莫休符桂林風土記記載，有雕龍策、帝王龜鏡、朝野僉載等二百卷，雕龍策、帝王龜鏡均已不存，此外尚有龍筋鳳髓判四卷、遊仙窟一篇傳世。

朝野僉載是張鷟撰寫的一部重要筆記，其中記録的朝野史事對於研究唐代歷史、文化、文學都具有很高的史料價值，歷來受到學者重視。

朝野僉載原本，據崇文總目、新唐書藝文志著録爲二十卷，宋人尚得見其書，大約元末明初亡佚。目前通行的明陳繼儒刻寶顏堂秘笈所收六卷本（以下簡稱「寶顏堂本」），乃是後人從太平廣記中輯出〔一〕。太平廣記引朝野僉載文字達四百餘條，是朝野僉載輯佚的堅實基礎。除此之外，酉陽雜俎、資治通鑑考異、類説、紺珠集、説郛等亦曾引用朝野僉載文字，其中部分内容不見於太平廣記，輯本也未曾利用，缺漏尚多。而且輯本工作態度較爲粗疏，不僅竄入衆多廣記所引他書文字，在文字校訂等方面也不盡如人意。因此，考慮到輯本所據之太平廣記原書尚存，筆者決定重新輯佚，最大限度地搜羅現存佚文，並根據衆多善本進行校訂，希望能够整理出一部超越前人的全新輯本。

在輯校過程中，筆者發現此前學者探討所據均爲輯本，較少對原本面貌進行探討，産生了不少誤解。因此，本書研究篇著眼於朝野僉載一書的原貌：首先，通過對其流傳版本的系統梳理，釐清其流傳過程，找尋原本流傳綫索；其次，以現存佚文爲綫索，對朝野僉載原貌進行探索，包括宋代書目中著録的朝野僉載補遺一書與朝野僉載之間的關係、原書分門兩個主要方面；第三，通過僉載相關文字與舊唐書五行志的對比，發現二者之間有同源關係，即均源出唐國史，糾正因此書多詭誕荒怪之談導致學者對其史料價值的誤判。

本書研究成果，都是在輯校過程中通過文本細讀所得，有利於更加準確地認識朝野僉載這部書，也能反過來指導整理工作。

〔一〕余嘉錫四庫提要辨證，中華書局二〇〇七年版，第一〇二四至一〇二五頁；趙守儼朝野僉載點校説明，朝野僉載，中華書局一九七九年版，第四頁。

# 第一章　朝野僉載版本考述

朝野僉載一書原本亡佚已久，目前所能見到的以後人輯本和節略本爲主，今據現存史料對其版本進行系統梳理。

## 一、原本

唐人莫休符桂林風土記載張鷟「著雕龍策、帝王龜鏡、朝野僉載二百卷」，是關於張鷟此書較早的記録，只是由於諸書並舉，僉載具體卷數不得而知。比莫休符時代更早一些的段成式在酉陽雜俎中引用僉載文字數條，可見此書在唐代已有流傳。

書目著録以崇文總目和新唐書藝文志爲較早。崇文總目史部傳記類著録「朝野僉載二十卷」，原本解題已佚，無作者及其他信息。新唐書藝文志史部雜傳記類「不著録」部分載「張鷟朝野僉載二十卷。自號浮休子」，較之今本崇文總目多作者及注文「自號浮休子」兩項。新唐書藝文志的「不著録」部分乃是北宋史臣在舊唐書經籍志所著録的唐開元年間藏書之外補充的唐人著述，其中一部分源自宋代藏書，崇文總目是其重要來源〔一〕，二者於朝野僉載著録一致，新唐書藝文志此條之著録當即源自崇文總目。

〔一〕王重民中國目録學史論叢，中華書局一九八四年版，第一〇七至一〇八頁。南麗華論新唐書藝文志，中國典籍與文化論叢第三輯，中華書局一九九六年版，第三四四至三四五頁。

此外，玉海卷五五藝文「唐朝野僉載」條引中興書目著録云「張鷟，二十卷。載周隋以來雜事，時爲問答以評目之。補遺三卷」，在二十卷之外又著録補遺三卷。宋史藝文志傳記類著録作「張鷟朝野僉載二十卷，又僉載補遺三卷」，與中興書目同。尤袤遂初堂書目小説類著録「朝野僉載、僉載補遺」二書，無卷數，從其書名情况看，當與中興書目一致。郡齋讀書志卷一三小説類著録朝野僉載補遺三卷，解題云：「分三十五門，載唐朝雜事。」〔一〕

南宋高似孫史略卷五雜史著録「朝野僉載」一書，注云「二十卷。唐張鷟記周隋以來事跡」。通志卷六五藝文略雜史著録作「朝野僉載二十卷」，注云「唐張鷟撰，記周隋以來事跡」。二書均爲據他書轉録，然藉此可見僉載在宋代的流傳情况。值得注意的是二書均有「記周隋以來事跡」一句，與中興書目「載周隋以來雜事」、郡齋讀書志「載唐朝雜事」二句相近，疑此句原爲僉載序中語，後世目録學家共同採用。

宋代以後，僉載二十卷即不見於諸家藏書目録記載，偶有書目如明焦竑編國史經籍志著録，也多爲抄撮前代舊目，無法證明僉載尚且存世。

此書存世較晚的記録，見於陶宗儀説郛。商務印書館排印本説郛卷二録朝野僉載書名下注云「二十卷」，乃其所據底本。陶宗儀爲元末明初人，説郛中引僉載文字多有超出太平廣記及他書征引者，當有原本爲據，知僉載二十卷本當時尚存世。此後再無蹤跡，明萬曆年間陳繼儒纂寶顔堂秘笈時只能收録後人從太平廣記中輯出之本，可見此時原本大概已經亡佚。

二十卷本當是張鷟原本。此本雖已亡佚，但唐宋諸書多有徵引，尤其是太平廣記引用多達四百餘條，合以酉陽雜俎、資治通鑑考異、紺珠集、類説等書，今日所存僉載佚文尚有近五百條，即使無法完全恢復二十卷原貌，這個數量也頗爲可觀。

---

〔一〕關於朝野僉載補遺的具體情况，詳見本篇第二章。

## 二、節本

### （一）節略本

宋代時僉載二十卷原本大概已流傳不廣，一般人難得一見，所以出現了節略本。直齋書録解題子部小説家類著録「朝野僉載一卷」，解題云：

唐司門郎中饒陽張鷟文成撰。其書本三十卷[一]。此特其節略爾，别求之未獲。[二]

陳振孫是南宋著名藏書家，藏書數量爲當時私家藏書之首[三]，然他知道此書有二十卷本並著意搜求，仍無法獲得，可見原本之罕覯。此一卷本，陳氏謂之「特其節略」，似乎不僅是卷數篇幅減少，可能還包括文字内容的調整。

陳振孫著録的這個一卷本未能傳世，其真實面目不得而知，然與他時代接近的兩部南宋著作紺珠集、類説中所録朝野僉載文字或許能反映這一版本的面貌。紺珠集爲南宋初朱勝非所纂，録僉載文字六十八條；類説爲南宋初曾慥所纂，録僉載文字六十七條。二書成書年代相近，所録僉載文字也多有相同。據筆者統計，二書相同條目達五十七條，占所録僉載文字的大多數，這意味著二者同出一源。然紺珠集「斵窗舍人」、「則天喜僞瑞」、「手摸床稜」等條目類説不載，類説「甲子雨」、「辛弘智詩」等條目紺珠集無，又説明二書所録僉載文字之間無直接淵源關係，排除互相抄襲的可能，當共同源自僉載的某個傳本。

---

[一]「三十卷」，四庫館臣疑誤，是，據上文所論，當爲「二十卷」。

[二]宋陳振孫直齋書録解題卷一一，上海古籍出版社二〇一五年版，第三一七頁。

[三]武秀成陳振孫評傳第四章直齋書録解題的特點第一節著録圖書的超多，南京大學出版社二〇〇六年版，第三七二至三八二頁。據該書考證，陳振孫藏書不僅在當時，即使在整個宋朝的私家藏書中數量也是最多的。

具體文字上，如紺珠集「金牛御史」條云：

武后時，嚴昇期攝御史，巡按江南，嗜牛肉而多受人金，故號「金牛御史」。

類説大致相同。此事又見於廣記卷二四三「嚴昇期」條引僉載：

唐洛州司倉嚴昇期攝侍御史，於江南巡察。性嗜牛肉，所至州縣，烹宰極多。事無大小，入金則弭，凡到處，金銀爲之湧貴。故江南人呼爲「金牛御史」。

又如紺珠集「孟青」條云：

侯思止謂決囚大棒爲「孟青」。

類説同。此事又見於廣記卷二六七「侯思止」條引僉載：

周侍御史侯思止，醴泉賣餅食人也。羅告，准例酬五品，于上前索御史。上曰：「卿不識字。」對曰：「獬豸豈識字？但爲國觸罪人而已。」遂授之。凡推勘，殺戮甚衆，更無餘語，唯謂囚徒曰：「不用你書言筆語，止還我白司馬。若不肯來俊，即與你孟青。」横遭苦楚非命者不可勝數。「白司馬」者，北邙山白司馬坂也。「來俊」者，中丞來俊臣也。「孟青」者，將軍孟青棒也。後坐私畜錦，朝堂決殺之。

可以看出廣記所引更加接近原本面貌，紺珠集、類説的文字與之差距較大，符合陳振孫所説的「節略」本特征。

其實並非只有紺珠集、類説所引僉載文字如此，南宋時期成書的幾部類書如海録碎事、古今合璧事類備要、古今事文類聚等引用僉載也多有與紺珠集、類説文字一致者。這幾種類書與陳振孫時代相近，引文又符合陳振孫所謂「節略」，恐非偶然，很有可能就是出於一卷「節略」本。這個版本不僅删减了二十卷本的大量條目，對保留的條目文字也做了大幅度節略工作。它的出現很有可能是宋人出於類事需要而對僉載衆多典故進行精簡壓縮，所以紺珠集、類説各條所列名目如「金牛御史」、「孟青」等均簡潔醒目，極便詩文化用。雜纂類著作及類書都是注重實用的著作形式，這些書均引用這一版本，説明它在當時流傳頗廣，已經成爲取代二十卷原本的更適合詩文寫作典故學習的流行版本。

節略本保留了一些他書不載的僉載佚文，如「舅得詹事」條所載張説女事、「虎筮」條所載以虎定人罪事等，仍能提供有價值的信息。

然而，這一版本也存在一些問題，如紺珠集「耳冷不知有卿」條云：

> 唐孟弘微對宣（宗）曰：「陛下何以不知有臣，不以文字召用？」帝怒曰：「朕耳冷，不知有卿。」翌日，喻輔臣此人躁妄，欲求内相，黜之。

類説文字略同。唐宣宗時事非張鷟所得見，考北夢瑣言卷九載「孟弘微躁妄」事云：

> 唐孟弘微郎中，誕妄不拘。宣宗朝，因次對，曰：「陛下何以不知有臣，不以文字召用？」上怒曰：「卿何人斯，朕耳全不知有卿。」翌日，上謂宰臣曰：「此人躁妄，欲求翰林學士，大容易哉！」於是宰臣歸中書貶其官，示小懲也。

即此事所出。「耳全」，廣記卷二六四引北夢瑣言作「耳冷」，與紺珠集、類説文字同。又如紺珠集「琵琶多於飯甑」條云：

> 江陵在唐號「衣冠藪澤」，人言（琵琶）多於飯甑，措大多於鯽魚。

類説「衣冠藪澤」條文字略同。文中云「在唐」，顯然已非唐人語氣。考廣記卷二六六「盧程」條引北夢瑣言即有此句，文多不具引。紺珠集、類説所録僉載這兩條文字應當是北夢瑣言之文竄入一卷本僉載中者。

因此，直齋書録解題著録的僉載節略本一卷可能是當時人出於詩文用典需要而對原書進行的精簡壓縮，以備記憶查用，其中保留了一些他書未載的條目，彌足珍貴；節略時偶有失誤，甚至竄入他書文字，可見從事節略工作之人態度較爲粗疏。這個版本在南宋時比較流行，見於書目著録，並爲當時類書徵引，但是此後即不見蹤影，應該已經失傳，紺珠集、類説等書保存了其大致面貌。

## （二）説郛本

節略本之外，明清時期流傳較廣的是另一種一卷本，這一版本的最早來源乃是陶宗儀説郛，此後歷代小史、古今説海等所收僉載均從説郛本出〔一〕。

説郛本僉載題下注「二十卷」，知其出自此書原本。該本共録僉載文字三十六條，數量雖然不多，卻有不少優勝之處。如説郛載杜景佺等事云：

> 周鳳閣侍郎杜景佺文筆宏贍，知識高遠，時在鳳閣，時人號爲「鶴鳴雞樹」。王及善才行庸猥，風神鈍濁，爲内使，時人號爲「鳩集鳳池」。俄遷文昌右相，無他政，但不許令史奴驢入臺，終日迫逐，無時暫捨，時人號爲「驅驢宰相」。

此條文字在紺珠集分爲「鶴鳴雞樹」、「鳩集鳳池」、「驅驢宰相」三條：

> 鳳閣侍郎杜景儉，文章知識並高遠，時號「鶴鳴雞樹」。
>
> 王及善才行庸猥，爲内史，號「鳩集鳳池」。
>
> 及善後爲右相，無甚施設，惟不許吏輩将驢入堂，終日驅逐，號爲「驅驢宰相」。

〔一〕趙守儼朝野僉載點校説明，第四頁。

類説前兩條文字同紺珠集，「驅驢宰相」一條位於卷末，與之相距較遠，且作「王方慶」，顯誤。王及善二事，廣記卷二五八、通鑑考異卷一一均引，不難知其本爲一條。杜景佺事雖紺珠集中與王及善事相鄰且文字頗有呼應之處，然非據説郛無法確定其原爲同一條，張鷟以「鶴鳴雞樹」與「鳩集鳳池」、「驅驢宰相」等稱號連類對比之意亦將湮没。

又如廣記卷二五九「孫彦高」條引僉載云：

> 周定州刺史孫彦高，被突厥圍城數十重，不敢詣廳，文符須徵發者，於小窻接入，鎖州宅門。及賊登壘，乃入匱中藏，令奴曰：「牢掌鑰匙，賊來索，慎勿與。」昔有愚人入京選，皮袋被賊盜去。其人曰：「賊偷我袋，將終不得我物用。」或問其故，答曰：「鑰匙今在我衣帶上，彼將何物開之。」此孫彦高之流也。

通鑑考異卷一一載：

> 朝野僉載曰：文昌左丞孫彦高，無它識用，性惟頑愚。出爲定州刺史，歲餘，默啜賊至，圍其郛郭。彦高卻鏁宅門，不敢詣廳事，文按須徵發者，於小牕内接入通判。仍簡郭下精健，自援其家。賊既乘城，四面並入，彦高乃謂奴曰：「牢關門戶，莫與鑰匙。」其愚怯也皆此類。俄而陷没，刺史之宅先殲焉。又曰：彦高被突厥圍城數重，彦高乃入匱中藏，令奴曰：「牢掌鑰匙，賊來索，慎勿與。」

所載孫彦高事與廣記多同，然作兩條，無法確定是僉載原本如此還是通鑑考異節引其文。説郛所録僉載亦載孫彦高事，且分爲兩條，云：

> 周文昌左丞孫彦高，無他識用，性頑鈍。出爲定州刺史，歲餘，默啜賊至，圍其郛郭。彦高卻鏁宅門，不敢詣廳事，文案須徵發者於小窗内接入。賊既乘城四入，彦高乃謂奴曰：「牢關門户，莫與鑰匙。」其愚怯皆此類。俄而陷没，刺史之宅

先殲焉。浮休子曰：「孫彦高之智也，似鼠固其穴，不知水灌而鼠亡；烏固其巢，不知林燔而烏殞。禽獸之不若，何以處二千石之秩乎？」

周定州刺史孫彦高，被突厥圍城數十里，彦高乃入櫃中藏，令奴曰：「牢掌鑰匙，賊來索，慎勿與。」

兩條文字之間尚有武懿宗、崔渾、權龍褒等數事，並不聯屬，其文字與通鑑考異所引一致，而且在前一條之下又多「浮休子曰」一段評語，與廣記所引僉載「昔有愚人」一段合觀，可以發現説郛之評語重在批評孫彦高鏁宅自固之愚怯，廣記之評語則重在嘲其以鑰匙爲可保安全之愚，各有側重，原本應當如通鑑考異及説郛爲兩條，廣記所引將之合併，失僉載原貌。説郛所載兩條文字較之廣記、通鑑考異更加原始，應當是直接抄録僉載。

説郛本僉載在明人所輯六卷本通行之前是世人所能見到的唯一僉載存世版本，後人所編諸叢書如歷代小史、古今説海等均據之傳録，影響較大。陶宗儀尚能見到僉載二十卷原本，所以雖然只有三十六條文字，却有非常高的價值。

另外，説郛本雖然出現時代較晚，而且卷數上與直齋書録解題著録的一卷本相同，但是二者之間並無淵源關係，其文字條目比較忠實於僉載原本，與節略本大幅度改動原文不同，不可混爲一談。

## 三、輯本

由於僉載原本亡佚，流傳之一卷本（節略本、説郛本）條目數量有限，而廣記所引僉載文字非常豐富且相對集中，後人遂從事輯佚，至明人陳繼儒輯刻寶顔堂秘笈中收録僉載輯本六卷之後，輯本流傳逐漸廣泛，取代一卷本成爲通行本。

## （一）寶顏堂秘笈本

寶顏堂秘笈爲明朝萬曆年間陳繼儒主持輯刻的一部大型叢書，收書二百二十九種，朝野僉載爲普集即第四集所收，共六卷。清修四庫全書中所收即此本，然四庫館臣並不清楚其版本性質，故四庫全書總目云：

> 陳振孫所謂「書本三十卷，此其節略者」，當即此本，蓋嘗經宋人摘録，合僉載、補遺爲一，删併門類，已非原書。又不知何時析三卷爲六卷也。〔一〕

陳振孫所云節略本爲一卷，「三卷」者乃是朝野僉載補遺，二者截然不同，館臣竟混爲一談，可見對此書版本認識混亂。余嘉錫在分析寶顏堂本中諸多非原書文字及他書所引此本所無之情況後，推測云：

> 蓋此書（按，指朝野僉載二十卷本）在宋時雖不甚通行，而尚偶有傳本，至元末猶存。故劉克莊、陶宗儀皆得見之。至明末遂亡。不知何人輯爲此本，而又檢閱未周，多所挂漏，遂雜取廣記所引他書以足之。明人所輯古書，鹵莽滅裂，大抵如斯，斷非宋人所見之本也。〔二〕

指出四庫本實爲明人輯本。趙守儼進一步指出：

> 校勘時發現，六卷本全據太平廣記輯録。……今六卷本中，有幾條是天寶以後，乃至中唐以後的事，爲張鷟所不及見。這些條目，大概都是它書誤入的。其中有的是輯録寶顏堂本的人誤抄（如卷二「陽城拜諫議大夫」條，廣記明明注

---

〔一〕清紀昀等欽定四庫全書總目，中華書局一九九七年版，第一八三六頁。

〔二〕四庫提要辨證，第一〇二五頁。

云「出國史補」）；有的可能是編撰廣記時錯注出處，以訛傳訛。有幾條僅僅是稱謂不合（作者卒開元中，有的地方卻用了「玄宗」的謚號），或所叙時間不對（如出現了「天寶」年號），這些大概又是傳抄中寫錯的，不能因此否定它是僉載之文。〔一〕

除確認余嘉錫所指出的六卷本乃後人從廣記中輯出外，還澄清了此前比較模糊的一些問題，如六卷本中混入他書文字乃是後人誤抄或廣記原本誤注，並非輯録者有意爲之，這些失誤均與廣記有密切聯繫，證實六卷本確是從廣記中輯録而出。

至此，寶顔堂本的輯本性質已經比較清楚。值得探討的是輯録者的工作態度問題，這關係到這一版本的優劣。總目、余嘉錫、趙守儼等均已指出此本中有一些條目並非僉載原文而當爲廣記所引他書而誤輯者，明人輯古書大致如此，此輯本質量之不高由此可見。

此外，若以寶顔堂本條目的排列順序與廣記原書比對，可以發現輯録者的工作態度非常隨意。以寶顔堂本卷一條目順序爲例，其文字基本源出廣記卷一四六、一四七、一四八、一五〇、一八四、一八五、一八六、一八九、二一六、二一八、二二〇這十一卷，而且其卷數排列在小範圍内按照先後順序，如卷二一六、二一八、二二〇這三卷文字依次排列，卷一八四、一八五、一八六、一八九這四卷文字和卷一四六、一四七、一四八、一五〇這四卷也一樣，同一卷中的多條文字順序也基本按照廣記本卷的順序排列，但是與廣記整體的卷帙排列卻不一致，如卷二一六等三卷反在卷一八四等四卷之前，卷一四六等四卷反在卷一八四等四卷之後。輯本其他卷中這種情況非常普遍。這恐怕没有什麼特殊的編排用意，而是當時主其事者於輯録之時隨機就手中所有廣記某一册進行抄録，纔會出現小範圍内按照廣記卷數先後排列但整體排列凌亂的現象。

---

〔一〕趙守儼朝野僉載點校説明，第四至五頁。

這種工作方式産生的負面影響之一是輯本遺漏衆多，趙守儼在整理寶顔堂本時據廣記補輯多達五十一條，就是因爲當時輯佚工作過於隨意，未能做到將廣記全書逐條排查。

另外一個負面影響是廣記中原本屬於同一門類的文字在寶顔堂本中因排列紊亂而失去聯繫，如廣記「徵應」門共十一卷，有四卷引及僉載，其中卷一三七、一三九、一四〇這三卷「張文成」至「關中兵」諸條，寶顔堂本録於卷一，卷一四三「張鷟築馬槽廠宅」至「源乾曜移政事床」十一條，寶顔堂本録於卷六，前後懸隔，完全看不出二者之間有何聯繫；又如廣記「嗤鄙」門共五卷，有三卷引及僉載，其中卷二五九、卷二六〇「袁守一」至「梁士會」十四條，寶顔堂本録於卷二，而卷二五八「阮嵩妻」至「權龍襄」十四條文字反見於寶顔堂本卷四。據晁公武郡齋讀書志所載，僉載原本當分三十五門，具體分門情况雖無法考知，但廣記也是按照門類抄録僉載，很有可能保存了僉載原本分門的遺意〔一〕，寶顔堂本的編排混亂在一定程度上掩蓋了這些信息。

以寶顔堂本爲代表的輯本雖據廣記輯得僉載多數現存佚文，但其輯録態度和輯録方式均有問題，導致出現大量條目遺漏以及文字排列順序紊亂等現象，遮蔽了一些對於研究僉載有重要意義的信息。所以這一版本雖然成爲後世的通行本，並被收入四庫全書中，但是其學術質量並不高。

## （二）十卷本

在寶顔堂本之外，余嘉錫還提到一種十卷本，見於邵懿辰四庫全書簡明目録標注、莫友芝郘亭知見傳本書目及李希聖巴陵方氏藏書志著録，莫友芝稱之爲「校宋本」，李希聖亦云「其中『構』字空格注『御名』，蓋從宋本過録者」。經過與寶顔堂本對比，余氏云：

〔一〕詳細討論見本篇第二章。

其卷一至卷五，即秘笈本之一、二、三卷；其卷五至卷十，即秘笈本之四、五、六卷。其分合不知孰先孰後。第十卷末盧照鄰條，已殘缺不完，以後尚有三十三條，均脱去。……每條皆有標題，與今本不同，然往往割裂文義，致不可通，殆妄人所爲，決非原本之舊。……所謂十卷本者，亦未可據也。〔一〕

趙守儼也關注過這個版本的一個殘本：

今北京圖書館所藏五卷本抄本，即這種十卷本前半部的殘本，其特點與余先生的介紹全同。〔二〕

兩位學者均認爲這個十卷本與寶顔堂本只是分卷略有不同，其他差别不大，所以無甚可觀之處。十卷本存世數量較少，除趙守儼提到的中國國家圖書館藏五卷殘本之外，目前所見藏書機構中僅南京圖書館藏有兩部清抄本十卷，上海圖書館藏有一部，學者在整理僉載時多未能利用此本，因此對於它的情況除了前人介紹者外已不甚了解。今據南京圖書館所藏兩部清抄本對此十卷本進行詳細考察。

南圖所藏一爲顧氏過雲樓舊物，一爲丁氏八千卷樓藏書。過雲樓藏本（下文簡稱「顧本」）卷首鈐有「曹炎之印」、「彬侯」、「笠澤」、「每愛奇書手自録」、「處世無奇但率真」等印。曹炎爲清朝常熟地區藏書家，顧廣圻云：「藏書有常熟派，錢遵王、毛子晉父子諸公爲極盛，至席玉照而殿。一時嗜手抄者，如陸勑先、馮定遠爲極盛，至曹彬侯亦殿之。彬侯名炎，即席氏客也。」〔三〕此本即曹炎手抄者〔四〕。另一本卷首鈐「錢塘丁氏藏書」、「四庫著録」、「兩江總督端方爲江南圖書館購藏」、「江蘇省

---

〔一〕四庫提要辨證，第一〇二〇—一〇二一頁。

〔二〕趙守儼朝野僉載點校説明，第四頁。此明抄本今收入子海珍本編大陸卷第一輯，鳳凰出版社二〇一四年版。

〔三〕顧廣圻思適齋集卷一五題清河書畫舫後。

〔四〕上海圖書館藏清抄本十卷據周叔弢跋亦爲曹炎所抄，經過比對，與南圖藏顧本基本一致，蓋曹炎抄有兩本。

立圖書館藏書」等印，蓋原爲丁氏八千卷樓藏書（下文簡稱「丁本」），後經端方爲江南圖書館購藏者。八千卷樓書目卷一四著録「朝野僉載六卷」，下注云「舊本題『唐張鷟撰』，影宋十卷本」，注文與正文之卷數不同，正文「六卷」蓋據習見的寶顔堂本，注文所云當即南圖所藏本。

這兩個抄本與余嘉錫所介紹的情況基本吻合，前五卷相當於寶顔堂本之前三卷，後五卷相當於寶顔堂本之後三卷，而且兩本第十卷均從「盧照鄰」條以後闕，除丁本校補了兩條之外，均無寶顔堂本此後三十餘條文字。卷三「稠禪師」條（寶顔堂本卷二）「構精廬殿堂」句中「構」字〔一〕，兩本均空格注「御名」，中國國家圖書館所藏明抄五卷本亦同，與李希聖所言相合。不僅如此，顧本「徵」、「弘」、「玄」、「敬」、「竟」、「鏡」、「恒」、「燉」、「敦」、「殷」、「貞」、「禎」等字多缺末筆，這是典型的宋人避諱方式，丁本避諱雖不嚴，亦偶有所見，這應當是清人在抄寫時所據原本如此，莫友芝宋元舊本經眼録云「據宋本寫」，李希聖云「從宋本過録者」，當即因此。

十卷本與寶顔堂本之間存在一些差異。

如寶顔堂本卷一末有「洛陽縣令宋之遜」一條文字，十卷本此條文字在卷七「朱前疑」條（寶顔堂本卷五）前。廣記卷二〇一引僉載文字，即以「宋之遜」、「朱前疑」兩條並列，十卷本更接近廣記面貌。

寶顔堂本卷一有「率更令張文成」一條（十卷本卷二）：

唐率更令張文成，梟晨鳴於庭樹，其妻以爲不祥，連唾之。文成云：「急灑掃，吾當改官。」言未畢，賀客已在門矣。

又一説，文成景雲二年爲鴻臚寺丞，帽帶及緑袍並被鼠嚙。有神靈遞相誣告，京都及郡縣被誅戮者數千餘家，蜀王秀皆坐

〔一〕此句文字據太平廣記卷九一引朝野僉載，寶顔堂本無「構」字。

之。隋室既亡，其事亦寢。

前後所載並非一事。十卷本中此條文字乃爲「張文成」、「貓鬼」二條：「張文成」條爲起首至「並被鼠齧」，後又有「有蜘蛛大如栗當寢門懸絲上經數日大赦加階授五品男不宰鼠亦嚙腰帶欲斷尋選授博野尉」等句；「貓鬼」條則從「有神靈」至「其事亦寢」，「有神靈」上又有「隋大業之季貓鬼事起家養老貓爲厭魅頗」句。二事分別見廣記卷一三七「張文成」條〔一〕、卷一三九「貓鬼」條引僉載，十卷本之文字與廣記同，寶顔堂本則因脱漏一段文字而誤將二事合爲一事。

十卷本卷三「董氏」、「崔敬女」（寶顔堂本卷三）之間有「高叡妻」一條：

趙州刺史高叡妻秦氏。默啜賊破定州，部至趙州，長史已下，開門納賊。叡計無所出，與秦氏仰藥而詐死。舁至啜所，良久，啜以金獅子帶、紫袍示之，曰：「降我，與爾官。不降，即死。」叡視而無言，但顧其婦秦氏。秦氏曰：「受國恩，報在此。今日受賊一品，何足爲榮。」俱合眼不語。經兩日，賊知不可屈，乃殺之。

此條文字見廣記卷二七一引僉載，亦位於「董氏」及「崔敬女」二條之間，十卷本與廣記一致，寶顔堂本則脱漏了一整條文字。

十卷本卷七「李勣」條（寶顔堂本卷五）載李勣批評鄉人吃飯時裂卻餅緣後，張鷟評引王熙事，末有「今輕薄少年裂餅緣割瓜侵瓤以爲達官兒郎通人之所不爲也」一句，廣記卷一七六「李勣」條引僉載亦有此句，寶顔堂本無。

從上舉四例能够看出十卷本較好地保存了廣記所引僉載文字的面貌，而寶顔堂本則出現一些錯訛。

此外，十卷本每條文字之前均有條目名稱，如卷一前五條條目分別爲「王子貞」、「張璟藏」、「溱州筮者」、「蔡微遠」、「開元中二道士」，寶顔堂本均無。此五條文字皆出廣記卷二一六，條目名稱也與廣記一致，書中其餘條目名稱情況相同，保存了

〔一〕「又一説」前之文字，廣記注「出國史異纂」，實非僉載。

從廣記中輯出文字的原貌。寶顏堂本没有這些條目名稱，當爲後人所删。兩者相較，十卷本更接近輯本的原始面貌。由此看來，十卷本反映的應當是這一輯本的原始面貌，很有可能就是寶顏堂本的祖本；寶顏堂本則經過加工，將十卷合併爲六卷，並且在傳寫過程中發生了錯亂[一]。

十卷本也很有校勘價值。上文提及此本避宋諱甚嚴，故有學者稱其爲「據宋本寫」或「從宋本過録」，似乎是認爲宋代即有此本。然若是宋代便有此十卷輯本存世，不應百餘年間無人著録。實際上，更可能是此本輯録時所據者爲宋本廣記，因照抄而原原本本地保存了其中的避諱字，輯佚之人不一定是宋人，時代可能更晚。從其將「構」字改注「御名」來看，這個廣記當爲南宋高宗年間刊本，廣記這一宋刻本雖已不存世，然清人孫潛、陳鱣曾分别用宋抄、宋刻校過[二]，其所據宋抄、宋刻也是南宋高宗時期刻本[三]，僉載輯佚所據與孫潛、陳鱣所校者當爲同一版本。

如明談愷刻本廣記卷一四六「甘子布」條引僉載甘子布不得入五品，登封年中病重時方以「天恩加兩階，合入五品」，「鄰里親戚來賀，衣冠不得」。「親戚」二字，僉載寶顏堂本同，然廣記孫潛校作「親情」，僉載十卷本三種抄本亦均作「親情」。「親情」，即唐人親戚之義，如拾得詩云：「養兒與取妻，養女求媒娉。重重皆是業，更殺衆生命。聚集會親情，總來看盤飣。目下雖稱心，罪簿先注定。」即是此義。作「親戚」者當爲後人昧於「親情」之義所改；「衣冠」，僉載寶顏堂本同，廣記孫潛校作「官帶」，僉載十卷本中中國國家圖書館藏明抄本作「冠帶」，與孫潛校之文字較合，蓋謂來賀時病重已無法穿戴五品官服受

[一] 但寶顏堂本也偶有對輯本的修正之處，如十卷本卷九（寶顏堂本卷五）「宗楚客」條「位至内史」句下多出「大雨暴降不能濕漏」至「及取官庫車舁」一大段文字（文多不具録，參整理篇附録），此段文字見廣記卷二三七「同昌公主」條引杜陽編，原文見今本杜陽雜編卷下，當爲輯録時竄入，而寶顏堂本無。

[二] 孫潛校本現藏台灣大學圖書館，陳鱣校本現藏中國國家圖書館。

[三] 參見張國風太平廣記會校整理説明，北京燕山出版社二〇一一年版，第三至四頁。

賀，作「冠帶」者恐更近於僉載原文，「官帶」當爲音近之誤，「衣冠」則當爲後人臆改。

又如明談愷刻本廣記卷一四八「韋氏」條載唐玄宗誅韋氏時濫殺無辜，張鷟評云「如冉閔殺胡，高鼻者橫死」。「高鼻」，僉載寶顔堂本同，廣記孫潛校作「鼻高」，十卷本中明抄本、劉克莊後村詩話續集引此句均作「鼻高」，可見當是宋本面貌。

此類例證頗多，不煩備舉。僉載十卷本文字源出宋本廣記，所以與明談愷刻本廣記有衆多異文，寶顔堂本僉載雖然有一些訛誤，但也承襲了十卷本的大致面貌。

由於孫潛、陳鱣所校宋本廣記有缺卷，十卷本僉載這一部分的異文不僅對於僉載，甚至對於廣記的校勘都有特別的意義。茲舉一例。

談本廣記卷四八二「五溪蠻」條引僉載云：「五溪蠻父母死，於村外閣其屍，三年而葬。打鼓路歌，親屬飲宴舞戲一月餘日。盡産爲棺，餘臨江高山半肋鑿龕以葬之。」言五溪蠻之葬俗，其中「盡産爲棺餘」五字頗爲費解，汪紹楹校云「黄本餘作飲」，屬下讀，張國風校云「餘，疑當作於」，亦屬下讀，雖於文意較順，然並無版本依據。十卷本三個抄本「餘」字均作「飾」，唐人常以「棺」「飾」言厚葬，如貞觀政要卷六載貞觀十一年太宗詔言當時厚葬之風云「衣衾棺槨，極雕刻之華；靈輀冥器，窮金玉之飾」，梁書卷四五王僧辯傳云「更蒙封樹，飾棺厚殯，務從優禮」，僉載此處當以十卷本作「棺飾」爲是。

十卷本保存了寶顔堂本的祖本面貌，有助於確定輯本僉載的淵源；還保存了輯佚時所據宋本廣記的文字面貌，對僉載和廣記的校勘都有重要價值，是一個值得重視的版本。

此外，清光緒時人王灝所輯畿輔叢書中亦收有朝野僉載一卷，趙守儼在介紹僉載一卷本系統時曾云「説郛、歷代小史、古今説海、畿輔叢書本，都屬於這一系統」〔一〕，實際上，畿輔叢書本與其他三種版本除了卷數相同外其他方面差別明顯，歸爲同

〔一〕趙守儼朝野僉載點校説明，第四頁。

一系統恐不合適。從文字數量看，説郛本只有三十六條，而畿輔叢書本有一百一十四條，遠多於説郛本。此本中一百餘條文字，全部見於廣記，文字也高度一致，應當也是後人從廣記中輯録而成，與説郛本之據僉載原本節録完全不同。尤其是此本中載開元五年三十進士同日死事，乃廣記卷一六三「李蒙」條引獨異志，非出僉載；韋顓事出廣記卷四六三「韋顓」條引劇談録，均爲誤輯所致。因其成書晚於寶顔堂本、十卷本等，且學術價值不高，影響不大，故附論於此。

通過本章討論，大致可以將朝野僉載的版本分爲三個系統：一，二十卷原本系統，包括補遺三卷，已經亡佚，然唐宋時人尚及見之，所以酉陽雜俎、太平廣記等書多引其文，保存了此本部分内容；二，一卷節本系統，包括宋人所見一卷節略本和明清以後比較多見的説郛一卷本兩種，前者是宋人對僉載原書條目文字進行節略的産物，今已不傳，然見於紺珠集、類説等宋人典籍引録，保存了大概面貌，後者則是選録僉載三十六條文字，二者均當源出二十卷原本，但各自獨立，彼此之間無淵源關係；三，輯本系統，是後人據太平廣記輯佚而成，其中以寶顔堂本爲代表的六卷本流傳最廣，成爲此書的通行本。

朝野僉載二十卷原本已經亡佚，今存諸本無論節本還是輯本都無法反映原書全貌，輯本系統中的寶顔堂本雖然成爲通行本，但存在大量漏輯、次序顛倒以及文字訛誤，使其價值大打折扣。因此，在僉載原本重新現世希望渺茫的情況下，利用存世文獻重新輯佚並整理出一個新的輯本就成爲整理此書的最佳選擇。新的輯佚需要充分研究僉載原本面貌，並盡量保留關於原本有價值的信息，方能提供更加可靠的整理本。

# 第二章　朝野僉載原貌考索

朝野僉載原書久佚，原貌如何已不得而知，對其原貌進行深入探索，有助於重新輯佚工作的開展。本章擬對宋人書目中著録的朝野僉載補遺一書性質及其與僉載的關係和僉載原本分門情況兩個問題進行重點探討，希望能爲考察僉載原貌提供一些有價值的綫索。

## 一、朝野僉載補遺考

朝野僉載一書見於書目著録，目前所知最早爲北宋崇文總目史部傳記類著録「朝野僉載二十卷」〔一〕，稍後新唐書藝文志史部雜傳記類著録此書，作「張鷟朝野僉載二十卷」，並注云「自號浮休子」。南宋初書目著録又出現朝野僉載補遺一書，如尤袤遂初堂書目子部小説類著録「朝野僉載、僉載補遺」二書，惜僅爲簡目，未曾記録二書卷數及具體情況。玉海卷五五藝文「唐朝野僉載」條下引中興書目云：

〔一〕崇文總目原書爲六十六卷，每書有解題，但是原本已經亡佚，今傳本崇文總目出於范氏天一閣所藏明抄本一卷，是一個僅存書名卷數的簡目，絶大部分作者及解題均未能保存下來。

> 張鷟，二十卷。載周隋以來舊事，時爲問答以評目之。補遺三卷。〔一〕

與遂初堂書目著録二書書名一致，是南宋初館閣中也同時藏有二書。

晁公武郡齋讀書志卷一三小説類著録「朝野僉載補遺三卷」，解題云：

> 右唐張鷟文成撰。分三十五門，載唐朝雜事。鷟自號浮休子，蓋取莊子「其生也浮，其死也休」之義。〔二〕

晁氏僅著録朝野僉載補遺而未著録朝野僉載，應是其家藏本如此，而非遺漏。解題中「唐張鷟文成撰」一句，證明他所見朝野僉載補遺一書題張鷟撰，與新唐書藝文志、中興書目等著録朝野僉載的作者爲張鷟一致。這是見過朝野僉載補遺原書的藏書家提供的關於此書作者的最早説法。

但是，這一説法遭到了後世學者懷疑。

四庫全書總目卷一四〇舉今本朝野僉載中有寶曆元年資陽石走、孟弘微對宣宗二事與張鷟時代不相及，推斷云：

> 此書新唐書藝文志作「三十卷」，宋史藝文志作「僉載二十卷，又僉載補遺三卷」，文獻通考但有僉載補遺三卷……尤袤遂初堂書目亦分朝野僉載及僉載補遺爲二書。疑僉載乃鷟所作，補遺則爲後人附益。凡闌入中唐後事者，皆應爲補遺之文。〔三〕

余嘉錫四庫提要辨證卷一七又舉書中預稱玄宗謚、陽城拜諫議大夫、天寶中韓朝宗入冥事等皆在張鷟身後，亦云：

〔一〕宋王應麟撰，武秀成、趙庶洋校證玉海藝文校證，鳳凰出版社二〇一三年版，第一〇〇七頁。
〔二〕宋晁公武撰，孫猛校證郡齋讀書志校證，上海古籍出版社二〇一一年版，第五六四頁。
〔三〕欽定四庫全書總目，第一八三六頁。

> 蓋其中有係僉載補遺之文，有係後人取他書竄入也。〔一〕

二者均以今本僉載中混有後出之事或後出之文字來推斷這些文字出自朝野僉載補遺，從而證明朝野僉載補遺當出後人之手。這種推測如果成立，就意味著晁公武的著録不可信，因此，需要重新審視。

首先，從書目著録上來看，總目及余嘉錫雖然引用了宋元書目多種，卻未引及中興書目。實則中興書目的著録非常關鍵，因其一方面分別著録僉載和僉載補遺，與遂初堂書目一致；另一方面著録僉載補遺卷數與郡齋讀書志相同，説明當爲同一部書。雖然中興書目解題中僅言朝野僉載二十卷作者爲張鷟，於補遺不置一詞，但是按照書目著録的慣例，這恰能説明補遺與僉載都是張鷟所撰，故承僉載解題省略；補遺若非張鷟所撰，才有必要著重説明，這可視作「默證」。郡齋讀書志的著録恰好證實了中興書目的這個「默證」。郡齋讀書志所云僉載補遺「載唐朝雜事」也與中興書目所言僉載「載周隋以來舊事」接近，説明補遺與僉載的内容也是一致的。南宋時不止一種書目著録補遺，而總目及余氏辨證似乎未注意到幾種書目之間能够互相印證。

其次，總目及余氏辨證所舉諸例實非出自補遺。如總目所云「孟弘微對宣宗」事，不見於寶顔堂本僉載中，而見於類説卷四〇、紺珠集卷三引僉載，實爲北夢瑣言之文竄入，並非僉載原文〔二〕。此爲宋人編纂粗疏，本無足怪。余嘉錫所云「陽城拜諫議大夫」條，見寶顔堂本僉載卷二，云：

> 陽城居夏縣，拜諫議大夫；鄭鋼居閿鄉，拜拾遺；李周南居曲江，拜校書郎。時人以爲轉遠轉高，轉近轉卑。

---

〔一〕四庫提要辨證，第一〇二二至一〇二三頁。

〔二〕辨詳第一章「節略本」一節。

對於此條文字，趙守儼云：

此條見廣記卷一八七，云出國史補。按：見今本卷上。〔一〕

此事確實見於李肇唐國史補卷上，廣記所注出處尚不誤，應該出於誤輯，並非僉載原本所有。「天寶中韓朝宗入冥」事見寶顏堂本僉載卷六：

天寶中，萬年主簿韓朝宗嘗追一人，來遲，決五下。將過縣令，令又決十下。其人患天行病而卒。後於冥司下狀言朝宗，遂被追至。入烏頸門極大，至中門前，一雙桐樹，門邊一閣垂簾幕，窺見故御史洪子輿坐。子輿曰：「韓大何爲得此來？」朝宗云：「被追來，不知何事。」子輿令早過大使，入屏墻，見故刑部尚書李乂。朝宗參見，云：「何爲決殺人？」朝宗訴云：「不是朝宗打殺，縣令重決，由患天行病自卒，非朝宗過。」又問：「縣令決汝，何牽他主簿？朝宗無事，然亦縣丞，悉見例皆受行杖。」亦決二十放還。朝宗至晚始蘇，脊上青腫，疼痛不復可言，一月已後始可。於後巡檢坊曲，遂至京城南羅城，有一坊中，一宅門向南開，宛然記得追來及乞杖處。其宅中無人居，問人，云此是公主凶宅，人不敢居。乃知大凶宅皆鬼神所處，信之。

此條見廣記卷三八〇，注云「出朝野僉載」。太平廣記會校按云：

此條叙天寶間事，故李劍國氏疑其必不出朝野僉載。又此條前後皆出廣異記，斷言此條亦出廣異記。或曰此條年號

---

〔一〕朝野僉載，第五四頁。

有誤，恐是傳鈔中致誤。〔一〕

廣記諸本均作「出朝野僉載」，謂其出於廣異記缺乏强有力的證據。考舊唐書張嘉貞傳載「初，嘉貞作相，薦萬年縣主簿韓朝宗，擢爲監察御史」〔二〕，張嘉貞開元八年入相，十一年罷相，韓朝宗爲萬年縣主簿必在開元十一年之前，張鷟生前尚及見之，只是廣記「天寶中」確如會校所云「年號有誤」，應當作「開元中」。出現這一錯誤的原因，恐怕不是文字訛誤，而應當與廣記引用僉載時對其文字有所處理有關〔三〕，或許此段文字原不標年代，爲廣記編者誤加，由於原本不存，真實情況不得而知，但不可因此細節錯誤而否認其爲僉載之文。

總目所云「寶曆元年資陽石走」事，見寶顔堂本僉載卷五，云：

寶曆元年乙巳歲，資州資陽縣清弓村山有大石，可三間屋大。從此山下忽然吼踴，下山越澗，卻上坡，可百步。其石走時，有鋤禾人見之，各手把鋤，趁至所止。其石高二丈。

此事亦見廣記卷三九八，注云「出朝野僉載」，然確實出張鷟身後，不可能爲僉載文字。考慮到廣記引書多有訛誤之處，此條出處很有可能即爲誤注。

〔一〕宋李昉等撰，張國風會校太平廣記會校，北京燕山出版社二〇一一年版，第六五二八頁。
〔二〕舊唐書卷九九，中華書局一九七五年版，第三〇九二頁。
〔三〕太平廣記對於所引書中的一些具有作者時代特色的詞語會根據北宋時的習慣做一些技術性改動，如廣記卷一九一引僉載柴紹弟事云「太宗奇之」，説郛卷二引僉載作「文武睿（『睿』字衍）聖皇帝奇之」，與舊唐書卷三太宗本紀載高宗上元元年上太宗尊號爲「文武聖皇帝」合，顯然説郛所存爲僉載原貌，廣記作「太宗」爲北宋時所改。這些改動時常會出錯，如酉陽雜俎續集卷四引僉載高崔嵬事中有「大帝」一語，指唐高宗，而廣記卷二四九引僉載此事則作「太宗」，有可能就是宋人編書時的改寫錯誤。

至於余嘉錫指出其中文字有「預稱玄宗謚」者，乃因此書從廣記中輯出，廣記爲宋人所纂，其編纂之時將僉載原文改從後世通行之「玄宗」，只能説明僉載文字遭到後人竄改，而不足以證明内容爲後世竄入。現存僉載佚文中可以考知不出張鷟原書之文字者不只上舉諸條，然其情況大致不出以上範疇，今不贅言〔一〕。

需要指出的是，上述諸條文字雖不出僉載，但也没有任何一條明確説明出自朝野僉載補遺，總目及四庫提要辨證謂其不出僉載即當出自僉載補遺，在邏輯上存在明顯漏洞，既忽略了寶顔堂本僉載中誤輯的存在，也未能考慮到僉載經廣記引録之後文字遭到篡改的可能，所以，其關於僉載補遺的推測恐不可靠。

實際上，僉載補遺的文字尚有兩條能够考知：一見於宋史容山谷外集詩注卷一：

> 王熊爲洛陽令，判婦人阿孟狀云：「阿孟身年八十，鬢髮早已滄浪。」

一見於古今合璧事類備要後集卷七四、古今事文類聚遺集卷一〇、韻府群玉卷八下：

> 高宗命英公勣伐高麗，既破，上于苑中樓上望，號望英樓。〔二〕

諸書引用這兩條文字均明確注明爲「僉載補遺」，尤其是後一條同時見於三種宋元類書，應該不存在文字訛誤。這兩條文字所記皆爲張鷟生前及見之事，與晁公武所言「載唐朝雜事」合，而且文字風格與僉載基本一致，其作者當如晁公武所云爲張鷟本人，而非總目、余嘉錫所疑爲後人所撰。

此外，這兩條文字對於判定僉載補遺的性質能够提供有益的信息。

〔一〕詳見本書整理篇「僞文」一節。李德輝在全唐五代筆記本朝野僉載卷七「備考」中也有比較詳細的分析（全唐五代筆記第二二三九至二二四三頁）。

〔二〕劉真倫隋唐嘉話朝野僉載拾補，書品一九八九年第六期。

王熊又見於寶顏堂本僉載卷二：

> 唐王熊爲澤州都督，府法曹斷略粮賊，惟各決杖一百。通判，熊曰：「總略幾人？」法曹曰：「略七人。」熊曰：「略七人，合決七百。法曹曲斷，府司科罪。」時人哂之。前尹正義爲都督公平，後熊來替，百姓歌曰：「前得尹佛子，後得王癩獺。判事驢咬瓜，唤人牛嚼鐵。見錢滿面喜，無鑼從頭喝。常逢餓夜叉，百姓不可活。」

又見於廣記卷二六〇「嗤鄙」類引僉載。山谷外集詩注所引僉載補遺王熊事，由於過於簡短，不易判斷其記事態度，然據僉載王熊事知僉載補遺此事應當也是諷刺王熊之鄙陋者。

目前所見明確稱「僉載補遺」的材料僅此二條，雖然能够提供的信息較爲有限，但是彌足珍貴。北宋時崇文總目及新唐書藝文志著録均只有僉載二十卷，至南宋，中興書目同時著録僉載二十卷、補遺三卷，由此推知崇文總目、新唐書藝文志著録之本當無補遺，若有，即使可能因附僉載後而不稱其名，也應該將其卷數計入作二十三卷，不應僅著録二十卷。補遺從南宋時方見書目著録及他書引用，卻仍可信爲張鷟所撰，此事雖費解，然在宋代並非孤例。如世説新語在北宋時經晏殊删定成爲後世流傳定本，但是宋人汪藻撰考異已從當時所見本中輯出部分未見晏殊本之佚文。許渾詩集丁卯集，崇文總目、新唐書藝文志著録均爲二卷，南宋書棚本丁卯集亦爲二卷，當爲北宋所傳舊本，但是南宋蜀刻本許用晦文集在丁卯集二卷之後，有北宋賀鑄據諸本輯得佚詩七十八篇另編爲許郢州詩拾遺、許用晦拾遺篇二卷。蓋宋代以前書籍均以抄本形式流傳，流傳過程中容易産生歧異甚至脱漏，所以敦煌藏經洞以及日本所存古抄本往往能增補今本失傳的篇目，今日所見典籍多有在宋代刊刻時經宋人輯補者也多與此有關。僉載原本在經歷唐五代以來長期傳寫之後，到宋代或許出現了兩個詳略有異的版本，宋代館閣中所藏本可能有脱漏，後人遂將别本多的文字録出附於館閣本之後，成補遺三卷。郡齋讀書志云補遺分三十五門，然補遺總共只有三卷，平均下來一卷約分十二門，稍顯瑣碎，若是後人輯補時將佚文按僉載原書分門羅列，就比較合理了。

綜上所述，朝野僉載補遺三卷雖然南宋以前未見記載，很有可能至南宋時方才面世，但從其現存兩則佚文及南宋書目記載來看，爲張鷟本人所撰的可能性較大。此書前此未見著録及引用而至南宋時方現世，或因其爲南宋初或稍早前人從僉載別本中輯補通行本所無之佚文而成。

## 二、朝野僉載分門考

上文提到，郡齋讀書志載朝野僉載補遺三卷「分三十五門」，一卷約分十二門，顯得非常瑣碎，應該是秉承自僉載原本。僉載原本確實是分門的，尚有兩處可以考知：

第一，野客叢書卷三〇「足寒傷心」條載：

襲養正續釋常談謂「足寒傷心，人勞傷骨」，見朝野僉載俗諺篇。〔一〕

所謂「俗諺篇」即僉載門目之一。野客叢書所引「足寒傷心，人勞傷骨」不見於寶顏堂本僉載，當是佚文。他書所引僉載文字有與此爲同一門者。

廣記卷一三九「默啜」條引僉載云：

唐長安二年九月一日，太陽蝕盡，默啜賊到并州。至十五日夜，月蝕盡，賊並退盡。俗諺云：「棗子塞鼻孔，懸樓閣

〔一〕宋王楙野客叢書，中華書局一九八七年版，第三五一頁。

卻種。」又云：「蟬鳴蛁蟟唤，黍種餻糜斷。」又諺云：「春雨甲子，赤地千里。夏雨甲子，乘船入市。秋雨甲子，禾頭生耳，鵲巢下近地，其年大水。」〔一〕

這段文字分爲兩部分，「唐長安二年」至「賊並退盡」叙默啜事，下「俗諺」云云與之在内容上毫無關係。「俗諺」云云，恰與野客叢書所云「俗諺篇」合，知此下文字乃是出自僉載「俗諺」門，因較爲簡短，一併歸於此處。至於其爲何會與上「默啜」事合爲一條，很有可能是因爲僉載原本中「俗諺」次於「默啜」事所屬門類之下，「默啜」事爲這一門所記諸事之末條〔二〕，傳寫時將其與下「俗諺」門諸條誤聯爲一條，廣記引用時未加分別，所以置於一處。

此外，類説四〇引僉載「正月三白田公笑赫赫」一句，古今事文類聚前集卷四引僉載此句下又有「西北人諺曰：『要宜麥，見三白。』」，顯然也是僉載「俗諺」門佚文。

第二，後村詩話續集引僉載二十二則，最末一則云：

三豹俱用，覺魏祚之陵夷；五侯並封，知漢圖之圮缺。周公、孔子，請伏殺人；伯夷、叔齊，求承行劫。牽羊付虎，未有出期；縛鼠與貓，終無脱日。〔三〕

其下有「酷吏」二字注文。此則文字見於廣記卷二六八「京師三豹」條引僉載，記李嵩、李全交、王旭三人訊囚事，文中並無「酷吏」字樣。「酷吏」二字，應當是此則文字在僉載中所屬門類。考廣記本卷及卷二六七均爲「酷暴」類，本卷「張亶」、「王

〔一〕太平廣記會校，第一九七五頁。

〔二〕廣記卷一三九爲「徵應」類，「默啜」事前尚有「貓鬼」、「長星」、「大鳥」、「幽州人」四條，與「默啜」事大致相似，皆記天象、物象與後來政事相印證之事，於僉載原本中當爲同一門類。

〔三〕宋劉克莊後村先生大全集卷一七九，宋集珍本叢刊第九三册影印清抄本，第九頁。

旭」及卷二六七「索元禮」、「羅織人」、「周興」、「侯思止」等條目均爲酷吏事，後村詩話將「酷吏」二字附於「京師三豹」條下，可以看出張鷟對這一門類設置的用意。

除了以上兩門之外，筆者還發現僉載中張鷟按語與其分門有緊密聯繫。今存佚文中張鷟按語尚存一小部分，從中能够獲得一些僉載分門的蛛絲馬跡。

如廣記卷一二一「報應」類中引僉載「長孫無忌」事有「此亦爲法自弊」一句〔一〕，「周興」事有「傳曰多行無禮必自及信哉」一句，「魚思咺」事有「爲法自弊，乃至於此」一句，「張楚金」事有「識者曰爲法自斃所謂交報也」一句，「崔日知」事有「人以爲報應」一句，這些按語，或爲張鷟引用經傳或他人語，或爲張鷟本人語，以此總結所記事，大致不出「爲法自弊」之範疇，據此，僉載原本當有「爲法自斃（弊）」一門〔二〕，其文字大致見廣記卷一二一所引。

廣記卷一四八「定數」類中引僉載「任之選」事云「何薄命之甚也」，玄宗平韋氏時崔日用將兵濫殺事有「浮休子曰：『此逆韋之罪，疏族何辜！亦如冉閔殺胡，高鼻者横死；董卓誅閹人，無鬚者枉戮。死生，命也。』」，「張嘉福」事云「命非天乎？天非命乎」，據此，僉載原本當有「命由天定」一門。

廣記卷一六三「讖應」類中引僉載二十餘條，其末有如「『突厥鹽』之應」、「『楊柳楊柳漫頭駝』，此其應也」、「黄麞之歌，斯爲驗矣」、「此突厥彊盛，百姓不得斫桑養蠶、種禾刈穀之應也」、「此其應也」、「此其讖也」一類語句，顯示這二十餘條文字僉載原本當爲一類，大致皆如廣記此類目所言爲「讖」「應」，僉載原本此門命名當亦接近。

可惜的是，今存張鷟按語數量有限，無法據以探討僉載的全面分門情況。

---

〔一〕「爲法自弊」，廣記原作「爲法之弊」，據南部新書卷戊、古今合璧事類備要外集卷一九引改。

〔二〕此門類名稱爲據僉載原文所擬，下同。

能够較爲全面地保存僉載原本分門面貌的，當推廣記。廣記全書五百卷，按類編纂，共分一百五十餘類，其中引用僉載的門類達八十四類，占全部類目的一半稍多。廣記的一些類目中大量抄録僉載，甚至一卷中大部分條目均出僉載，反映出僉載的分門爲廣記的編纂提供了便利，這一現象又爲探討僉載原本分門提供了有價值的信息。如上文已經討論過卷二六七、二六八這兩卷「酷暴」事二十四條很可能對應僉載「酷吏」門，卷一二二至一三二中有八卷含「報應」事二十三條很可能對應僉載中類似門目等。

廣記引用僉載三條以上者有四十二類，超過郡齋讀書志記載的「三十五門」之數，而十條以上者只有十三類，又不足這一數字。這説明雖然僉載的分門爲廣記編纂提供了方便，但是限於廣記本身的門類，對僉載的抄録並非嚴格按照僉載的分門進行，廣記的門類不能完全等同於僉載原本的門類。在廣記中引用到僉載的八十餘個門類中，許多門類之間應該可以相互歸併，才符合僉載實際分門情況。如廣記卷四二〇至四二五「龍」、「虎」、「牛」、「馬」四類引用僉載八條文字，僉載中門目應該不會分得如此細，當爲同一門，甚至卷四四三至四五七「兔」、「猩猩」、「狐」、「蛇」四類十二條文字應該也與之爲同一門，類似的情況還包含卷四六〇至四六三「鶻」等六類十四條文字，至於是否與上「龍」、「虎」等獸類屬同一門則未可確定。

綜合上文討論及廣記各類引用文字的具體情況，僉載門目大致可確定者如下：

（一）爲法自斃（弊）：包括本書整理篇第六至十五共十條，論詳上文。

（二）報應：包括第一九至二五共七條，還可能有第五條「梁武帝」事、第一六條「榼頭師」事、第一七條「武攸寧」事，第二六條「劉知元」事，所言皆報應事。

以上兩類廣記皆録於「報應」門中，但是「爲法自斃」十事多有揭示主旨之語，與「報應」門條目宗旨明顯不同，當分兩門。

（三）徵應：包括第二八至四七共二十條，皆言預兆應驗之事。此類中條目數量較多，又可分兩種情況：第二八至四〇等十三條多言天象應驗事，如第二九條「長星」事載儀鳳中長星半天出東方後吐蕃叛，匈奴反，徐敬業亂等；第三二條「默啜」事載長安中日蝕、月蝕與默啜侵犯；第三七條載開元二年流星雨事後襄王崩、吐蕃入隴右等。第四一至四七條則多言個人之吉凶，如第四七條「崔玄暐」事載其受封時輅車蓋爲大風吹折，後其弟被殺，親從長流，云「斯亦咎徵之先見也」。二者的側重點似乎不完全相同，原書中恐爲兩門。

（四）定數：包括第五八至七三共十六條。皆言命中注定之事，論詳上文。另外，如第二一八條「何名遠」、第二一九條「羅會」二事，言何名遠必從戎家方富，羅會剔糞方富，「羅會」事末云「分合如此」，亦與此類似，疑亦爲此門中事。

（五）讖應：包括第七五至九八共二十四條，皆言歌謡讖語之應驗。論詳上文。

以上五個門類，雖然所載側重不同，但是皆重因果報應之説，應當不只是因爲廣記分類如此才有這種側重，而是僉載原本紀事即重視此類内容。

（六）貪財、慳吝：包括第九九至一〇四共六條，皆言人慳吝事；第二二一至二二八共八條，皆言人貪財事。雖一爲吝嗇，一爲貪財，然較爲接近。且第一〇一條之「夏侯彪」與第二二三條之「夏侯彪之」實爲一人，所載其慳吝貪鄙之事亦類，第二二三條末云「其貪鄙不道皆此類」，疑僉載原本中二者當爲一條，廣記引用時拆分爲二，一入「吝嗇」類，一入「貪」類。

（七）知人：主要爲第一〇六「張鷟」條，雖然只有一條，但是所點評者包括婁師德、狄仁傑等九人，篇幅較大，疑原本當爲一門而爲廣記合併。

（八）精察：包括第一〇七至一一四共八條，皆言明察破案之事。

（九）器量：包括第一一七至一一九共三條，言婁師德、李勣、李日知三人雅量事。

（一〇）銓選：包括第一二二至一二五共四條，言選舉之事。第一二二條引張鷟論垂拱以後選人一段，全爲張鷟議論，應是僉載原本中以「浮休子曰」形式附於某事之後者，廣記引録時改作「張文成曰」；第一二四條「斜封官」事後亦有大段張鷟議論，均爲批評當時選舉制度弊端者，可見僉載原本中當有此一門。

（一一）驍勇：包括第一二七至一三四共八條，廣記此卷爲「驍勇」門，皆言人驍勇善戰之事。

（一二）文章：包括第一三八至一四一共四條，皆言文學事。此外，第三四五條「楊容華」事載其善詩並録詩作，與其所出廣記二七一同卷其他幾條載列女事跡者迥異，疑原屬此門。

（一三）好尚：包括第一四二至一四四共三條，皆言癖好事。

（一四）巧藝：包括第一四五至一五二共八條，皆言人擅長某種技藝。其中第一四九至一五二等四條皆載善卜事，或另爲一門。

（一五）醫：包括第一五三至一六七共十五條，皆言醫藥疾病等事。第一五三條「盧元欽」事載盧染大風取蚺蛇肉食之而愈，下又有商州人患大風爲家人棄於山中誤食蛇酒而愈事，二者所載並非同一事，廣記下一事前有「又」字，當是僉載原本兩事而廣記合爲一條，恰可説明僉載原本中二事緊鄰，屬於同一門類。

（一六）伎巧：包括第一六八至一八一共十四條，皆言人之精於某種技藝。

（一七）奢侈：包括第一八六至一九二共七條，皆言奢侈致敗事，尤其「安樂公主」一條下言百寶香爐、定昆池、百鳥毛裙三事，應是僉載原本中爲三條而廣記合爲一條。

（一八）詭詐：包括第一九三至二〇〇共八條，皆言詭稱祥瑞實爲欺詐之事，第一九五條「王燧」事末云「自連理木、合歡瓜、麥分歧、禾同穗，觸類而長，實繁有徒，並是人作，不足怪焉」，可見僉載此一門類設置用意。第二〇一條「李慶遠」事雖不涉祥瑞，然廣記中原在同一卷，疑亦屬此門。

（一九）讒佞：包括第二〇二至二一三共十二條，皆言讒佞之事。第二〇四條「薛稷」事言薛稷、李晉等人阿附太平公主終致敗亡云「後之君子，可不鑒哉」，第二〇六條「張岌」事言其諂媚薛懷義云「偷媚取容，實名教之罪人也」，均可見張鷟强烈的批評態度，也是僉載原設此門的明證。

（二〇）昏惑：包括第二一四至二一八共五條。第二一四條「張利涉」事末云「時人由是咸知其性理昏惑矣」，「昏惑」應是這一門目的主題。

（二一）嘲誚：包括第二三七至二五八共二十二條。第二三三至二三六等四條廣記雖歸入「詼諧」類，然也涉及嘲戲之事，有可能是同一門。

（二二）嗤鄙：包括第二五九至二九七共三十九條，皆言人猥瑣情狀，如第二六三條云「王及善才行庸猥」，第二七二條云「閻知微庸瑣駑怯」，第二八三條載李謹度事云「其庸猥皆此類也」，可知僉載此門原本命名當以「庸猥」爲主題。

（二三）無賴：包括第二九八至三一〇共十三條，皆言當時無賴之徒事跡，如第二九八條言「劉誡之粗險不調」，第二九九條言宗玄成「性粗猛，稟氣兇豪」，第三〇三條言李宏「兇悖無賴」，第三〇六條言權懷恩「無賴」，可見此門所載人物事跡共同特征。

（二四）酷吏：包括第三一二至三三六共二十五條，後村詩話續集引李嵩、李全交、王旭「三豹」事明言出於「酷吏」一類，廣記此類所引僉載條目衆多，可證僉載確有此門。

（二五）婦人：包括第三三七至三五〇共十四條，皆言婦人之事。

（二六）夢：包括第三五二至三五九共八條，所言皆夢事。

（二七）巫、祆妄：包括第三六〇至三六五以及三七六至三八六共十七條，所載皆所謂「怪力亂神」之事。第三六〇條張鷟云「下里庸人，多信厭禱，小兒婦女，甚重符書。蘊慝崇奸，搆虚成實。埳土用血，誠伊戾之故爲；掘地埋桐，乃江充之擅造」，又如何婆、阿來婆之僞妄，第三七六條載惠範「奸矯狐媚，挾邪作蠱」，第三八六條言「知辟邪之枕無效」，均能反映出張鷟對此類事件的清醒認識，僉載原本設此一門的目的應當也是揭示其虚假。

（二八）幻術：包括第三六六至三七五共十條，所言雖然也是奇異之事，但是張鷟的態度與「巫」、「祆妄」二類所載之事不同，如第三六六條云祖珍儉之幻術「蓋君平之法也」，其被斬之時「命紙筆作詞，精彩不撓」，第三六八條言「河南祆主」幻術「蓋西域之幻法也」，第三六九條言「涼州祆主」幻術「莫知其所以然也」，均爲相信之詞，反映出這應當是與「巫」、「祆妄」不同的另一門目。

（二九）鬼、妖怪：包括第三九〇至三九九共十條，此外第四〇〇、四〇一、四〇二等三條亦言鬼怪之事，疑均屬同一門。

（三〇）第四一一條言「山」，第四一二條言「石」，第四一三條言「坡」，第四一四條言「金」，當爲一門。此外第四一五至四一七等三條言「異木」、「香藥」等事，疑亦屬此門。

（三一）第四一八條言「龍」，第四一九至四二一等三條言「虎」，第四二二、四二三等二條言「牛」，第四二四至四二六等三條言「馬」，第四二七、四二八等二條言「象」，第四二九條言「兔」，第四三〇條言「猩猩」，第四三一至四三三等三條言「狐狸」，第四三四至四四〇等七條言「蛇」，第四四一、四四二等二條言「鶻」，第四四三、四四四等二條言「鵲」，第四四五至四四八等四條言「雞」，第四四九條言「鵝」，第四五〇條言「烏」，第四五一至四六三等十三條言「禽鳥」、「水族」、「昆蟲」等事，以上總計四十六條，數量較多，當爲一門或兩門，皆言動物之異者。

（三二）蠻夷：第四六四至四六七等四條，言嶺南或真臘、留仇等偏遠國家或地區之事。

據上文所歸納，若再加野客叢書所云之「俗諺」一門，約計有三十三門，較之郡齋讀書志所云「三十五門」相差無幾，可見三十五門既是朝野僉載補遺的門類總數，也應當是僉載原本的門類總數。雖然無法復原僉載的門目，但是根據佚文中的信息以及廣記條目歸類，再參考他書所引，已經大致能够將其面貌勾勒出來，並進一步探討張鷟設置各門類的用意，這對僉載的復原與研究有重要意義。

# 第三章　朝野僉載史源考

朝野僉載所載史事，長期以來被認爲是張鷟本人「耳目所接」（四庫全書總目語），受到學者重視，司馬光編纂資治通鑑時即多引此書爲證。然而由於書中語言多有誇飾及「媟語」（洪邁容齋隨筆語），受到很多批評，故學者在關注此書的同時也對其記載的真實性持有戒心。這兩種看似矛盾的態度至今仍影響廣泛。

在僉載現存文字中，有部分内容與舊唐書五行志（以下簡稱「舊志」）相關甚至重合，曾經有學者專門討論，但是受限於對僉載及唐國史的認識程度等問題，所得結論不盡恰當，未能對二者之間的關係準確定位。有鑒於此，本章對二書相關内容重新比勘，檢討此前學者觀點，發現僉載一書的真正史源當爲唐開元年間的國史，這對於重新評估此書的史料價值以及探討唐國史早期編纂過程等問題都有重要意義。

## 一、僉載、舊志相關文字詳情

僉載與舊志之間相關文字的數量，不同學者之間統計略有出入，根據本書整理篇統計共得二十六條，分别是：僉載「唐建昌王武攸寧别置勾使」條（整理篇第一七條）、「唐調露之後有鳥大如鳩」條（第三〇條）、「唐長安四年十月陰雨雪」條（第三三條）、「唐景龍中洛下霖雨百餘日」條（第三四條）、「開元五年洪潭二州復有火災」條（第三八條）、「唐開元二年衡州五月頻有火災」條（第三九條）、「唐開元八年契丹叛」條（第四〇條）、「唐將軍黑齒常之鎮河源軍」條（第四四條）、「唐開元三年有熊晝日入廣府城内」條(第五五條)、「唐景龍四年洛州凌空觀失火」條(第七四條)、「西京朝堂北頭有大槐樹」條(第七五條)、「唐永徽年以後人唱桑條歌」條(第七六條)、「唐龍朔已來人唱歌名突厥鹽」條(第七七條)、「唐調露中大帝欲封中嶽」條(第七八條)、「周如意年已來始唱黄麞歌」條(第八〇條)、「周垂拱已來東都唱挈苾兒歌詞」條(第八一條)、「唐龍朔年已來百姓飲酒作令」條(第九七條)、「唐神武皇帝七月即位東都白馬寺鐵像頭無故自落於殿門外」條(第九八條)、「唐上元年中令九品以上佩刀礪算袋紛帨」條(第一八四條)、「張易之爲母阿臧造七寶帳」條(第一八七條)、「安樂公主造百鳥毛裙以後」條(第一九一條)、「唐逆韋之妹馮太和之妻號七姨」條(第三八六條)、「永昌年太州敷水店南西坡白日飛四五里」條(第四一三條)、「唐先天年洛下人牽一牛」條(第四二二條)、「開元四年六月郴州馬嶺山側有白蛇長六七尺」條(第四三九條)、「唐文明已後天下諸州進雌雞變爲雄者甚多」條(第四四六條)〔一〕。

這些記載之間的重合程度很高，如僉載「唐建昌王武攸寧别置勾使」條(第一七條)：

> 唐建昌王武攸寧别置勾使，法外枉徵財物，百姓破家者十而九，告冤於天，吁嗟滿路。爲大庫，長五百步，二百餘間，所徵獲者，貯在其中。天火燒之，一時蕩盡。衆口所呪，攸寧尋患足腫，麤於甕，其酸楚不可忍，數月而終。

舊志作：

> 則天時，建昌王武攸寧置内庫，長五百步，二百餘間，别貯財物以求媚。一夕爲天災所燔，玩好並盡。〔二〕

又如僉載「唐逆韋之妹馮太和之妻號七姨」條(第三八六條)：

〔一〕每條文字與舊唐書五行志對比，整理篇相關條目下已詳細列出，可參看。
〔二〕舊唐書卷三七，第一三六六頁。

> 唐逆韋之妹，馮太和之妻，號七姨，信邪術，作豹頭枕以辟邪，白澤枕以去魅，作伏熊枕以爲宜男。太和死，嗣虢王娶之。韋之敗也，虢王斫七姨頭送朝堂。即知辟邪之枕無效矣。

舊志作：

> 韋庶人妹七姨，嫁將軍馮太和，權傾人主，嘗爲豹頭枕以辟邪，白澤枕以辟魅，伏熊枕以宜男。太和死，再嫁嗣虢王。及玄宗誅韋后，虢王斬七姨首以獻。〔一〕

二書所記之事幾乎完全相同。

二書相關文字數量如此多且重合度如此高，不可能出於巧合，必定存在密切關係。這種關係有兩種可能：一種是其中一書抄録另一部書，舊志成書時間晚於僉載，自然是舊志抄録僉載；另一種是二者有共同的史源，即它們都抄録了同樣的史料。馬雪芹評朝野僉載一文最早提出這一問題，她認爲應是二者同源，均源自唐國史、實録舊文〔二〕；嚴杰朝野僉載與舊唐書五行志相同記載考（以下簡稱「相同記載考」）同意馬氏文中提出的部分觀點，認爲二者有部分同源自史館材料，但在此基礎上又進一步指出舊志「詩妖」、「服妖」等類幾乎都與僉載相合，而「中宗朝以後之事幾乎没有記載」，這更可能是舊志採自僉載〔三〕，與馬氏觀點産生分歧。

---

〔一〕舊唐書卷三七，第一三七七頁。

〔二〕見馬雪芹評朝野僉載，古典文獻研究集林第一集，陝西師範大學出版社一九八九年版，第六三頁。趙翼廿二史劄記、黄永年舊唐書與新唐書均論定舊唐書之史料多出唐國史、實録，馬氏之説本此。

〔三〕見嚴杰朝野僉載與舊唐書五行志相同記載考，古典文獻研究第五輯，江蘇古籍出版社二〇〇二年版，第六六至七二頁。此外，唐代筆記對國史的利用（文獻二〇〇四年第三期）和朝野僉載考（唐五代筆記考論，中華書局二〇〇八年版）兩篇論文中也有類似觀點。

二說均結合文本比對以及對唐國史、實録等的認識而提出，但是限於唐國史、實録原書早已不存，僅能根據各自認識加以推測，未能通盤考慮僉載的情況，對國史、實録的認識也不完全準確。因此，下文擬對二說重新檢討，以準確認識二書關係。

## 二、「舊志採自僉載」說辨析

相同記載考認爲舊志採自僉載有兩個關鍵證據。

第一，僉載云：

西京朝堂北頭有大槐樹，隋曰唐興村門首。文皇帝移長安城，將作大匠高熲常坐此樹下檢校。後栽樹行不正，欲去之，帝曰：「高熲坐此樹下，不須殺之。」至今先天一百三十年，其樹尚在，柯葉森竦，根株蟠礴，與諸樹不同。承天門正當唐興村門首，今唐家居焉。

而舊志作：

隋文時，自長安故城東南移於唐興村置新都，今西内承天門正當唐興村門。今有大槐樹，柯枝森鬱，即村門樹也。有司以行列不正，將去之，文帝曰：「高祖嘗坐此樹下，不可去也。」〔一〕

相同記載考謂「舊志當據僉載删改而成，然而改動草率，次序不清，以致將『高熲』誤作『高祖』」。這可能不是舊唐書流傳中的

〔一〕舊唐書卷三七，第一三七五頁。

刻寫錯誤。唐初史臣不會將高熲此事當作國史材料，五代修舊唐書史臣應是見到僉載此文而產生誤解，寫入五行志」。

該文也注意到中華書局點校本舊唐書校勘記云「葉校本『高祖』作『高熲』」，然仍認爲「可能不是舊唐書流傳中的刻寫錯誤」。但是葉石君校舊唐書根據的是宋本，中華書局點校本的底本則是清岑建功懼盈齋刻本，宋本舊唐書今存已無全本，賴葉校保存亡佚部分的異文，懼盈齋本雖經劉文淇等名家校勘，然訛誤不少，且多誤改〔一〕。此處葉校作「高熲」，是宋本舊志與僉載一致，册府元龜卷二一帝王部徵應門注引此事也作「高熲」，説明舊唐書原本不誤，作「高祖」者乃是流傳中產生的錯誤。至於爲何舊唐書中會記載隋事，應是將此事中涉及的「唐興村」村名當作唐王朝興盛的預兆，故而載於五行志中，隋文帝、高熲事只是連類而及。既然舊志原本不誤，也就無法證明其採自僉載。

第二，僉載云：

> 唐將軍黑齒常之鎮河源軍，城極嚴峻。有三口狼入營，繞官舍，不知從何而至，軍士射殺。黑齒惡之，移之外。奏討三曲党項，奉敕許，遂差將軍李謹行充替。謹行到軍，旬日病卒。

舊志則作：

> 永徽中，黑齒常之戍河源軍，有狼三頭，白晝入軍門，射之斃。常之懼，求代。將軍李謹代常之軍，月餘卒。〔二〕

相同記載考云黑齒常之高宗儀鳳三年降唐，永徽中不可能鎮河源軍，當是僉載本未記載年月而舊唐書誤增。考唐代墓誌彙編

---

〔一〕武秀成舊唐書辨證（上海古籍出版社二〇〇三年版）第三章至樂樓抄本與葉石君校本研究詳細介紹了葉石君校本的情况和價值，第十章舊唐書校讀舉出懼盈齋本誤改者多例。中華書局原點校本以懼盈齋刻本爲底本，然學者指出其中有衆多妄改之處，故修訂本接受學者建議改以由宋本和源出宋本的明聞人詮刻本配補的百衲本爲底本。

〔二〕舊唐書卷三七，第一三九六頁。按，今本舊志作「李謹」，脱「行」字。

續集垂拱〇〇六號大唐故右衛員外大將軍燕公（李謹行）墓誌銘載李謹行「以永淳二年七月二日薨於鄯州河源軍，春秋六十有四」，舊志的「永徽中」當爲「永淳中」之誤〔一〕。新唐書五行志記載此事亦作「永徽中」，與舊志同，可見舊志之誤由來已久。

然而，這個證據也只能説明僉載較舊志記載更爲原始，卻不能説明舊志一定根據僉載。因爲僉載未載具體時間，舊志若果真以之爲據並且要爲這個記載增加時間，必當參據黑齒常之傳記等資料，絶不會憑想象就加上「永徽中」三字。所以，舊志較僉載多出的「永徽中」三字，恰恰説明它根據的不是僉載。據李謹行墓誌，此事乃在永淳中，「永淳」與「永徽」均爲高宗年號，不排除傳寫中發生錯誤的可能，雖然新唐書五行志同作「永徽」，但也只能説明這個錯誤在五代北宋年間即已存在，而無法説明舊唐書纂修之前是否如此，畢竟五代之前唐國史的流傳全靠手抄，出現文字訛誤本是平常之事。今本舊唐書訛誤衆多，一部分是因爲後世刻本發生的訛誤，但是也有很大一部分是其纂修所據底本已誤。

由此看來，因爲存在舊志的源頭已誤的可能，僉載不誤而舊志誤者並不能作爲舊志源自僉載的充分根據。相同記載考忽略了這一可能性，故未有論及。究竟兩種可能性中何者更接近事實，還需要其他證據方能確定。

僉載時代遠早於舊志，其記載較舊志原始不足爲奇。值得注意的是，舊志也有相當一部分記載與僉載明顯不同，這些差異才是確定二者之間關係的關鍵證據。

例如「長安四年十月陰雨雪」事，僉載記其應驗云「明年正月，誅逆賊張易之、昌宗等，則天廢」，舊志則作「至神龍元年正月五日，誅二張，孝和反正，方晴霽」〔二〕，較之僉載無「則天廢」句，多「孝和反正方晴霽」句，時間作「神龍元年正月五日」，更加詳細。

---

〔一〕嚴杰在另一篇論文舊唐書五行志辨誤（中國史研究二〇〇一年第四期）中已經指出。

〔二〕舊唐書卷三七，第一三六三頁。

「開元五年洪潭二州復有火災」事，舊志「火延燒郡舍」一句，僉載無。

「唐開元八年契丹叛」關中兵於澠池遇水事，舊志「逆旅之家，溺死死人漂入苑中如積。其年六月二十一日夜，暴雨，東都穀、洛溢」，「畿内諸縣，田稼廬舍蕩盡。掌闕兵士，凡溺死者一千一百四十八人」等句〔一〕，僉載均無。

其他如「唐景龍四年洛州凌空觀失火」事舊志「火自東北來」句〔二〕，「唐龍朔已來人唱歌名突厥鹽」事舊志「挾之入寇」句〔三〕，「唐調露中大帝欲封中嶽」事舊志「累草儀注」句〔四〕，「周如意已來始唱黄麞歌」事舊志「契丹乘勝至趙郡」句〔五〕，「唐神武皇帝七月即位東都白馬寺鐵像頭無故自落於殿門外」事舊志「後姚崇秉政，以僧惠範附太平亂政」、「午後不出院，其法頗峻」等句〔六〕，均爲僉載所無。

以上所列舊志多出字句均關涉到相關史實，絶無可能出自毫無根據的信手添加，必是其史源有如此記載。僉載中没有相關文字，所以不可能採自僉載〔七〕。

---

〔一〕舊唐書卷三七，第一三五七頁。

〔二〕舊唐書卷三七，第一三六六頁。

〔三〕舊唐書卷三七，第一三七六頁。

〔四〕同上。

〔五〕同上。

〔六〕舊唐書卷三七，第一三七四頁。

〔七〕由於今本僉載文字都是靠太平廣記等典籍引用方留存至今，存在引用時删略原本文字的可能，但此處所舉舊志多於僉載之文字，並非一二處，不可能有如此多巧合。而且如調露中高宗封嵩山事僉載云「大帝欲封中岳，屬突厥叛而止。後又欲封，吐蕃入寇，遂停。至永淳年，又駕幸嵩岳」，叙高宗封中岳之事屢因外侵中止，句意連貫，恐原文中並無叙「累草儀注」句之處。又如白馬寺鐵像頭落事中，僉載云「自後捉搦僧尼嚴急，令拜父母等」，舊志之「後姚崇秉政以僧惠範附太平亂政」句顯然無法原樣插入其中。因此，這一可能性基本可以排除。

舊志與僉載在同一敍述中的差異更能説明問題。

如「唐龍朔已來人唱歌名突厥鹽」事，僉載僅云「若來，突厥必至。後則無差」，舊志則云「邊人相驚曰：『突厥雀南飛，突厥犯塞之兆也。』至二年正月，還復北飛，至靈夏已北，悉墜地而死，視之皆無頭」〔一〕，僉載文字簡略，舊志則較詳，除多邊人相驚之語外，還增加了調露二年之事。

又如「唐景龍四年洛州凌空觀失火」事，僉載云「萬物並盡」，舊志則作「其金銅諸像，銷鑠並盡」〔二〕，僉載下文云「惟有一真人巋然獨存，乃泥塑爲之」，與舊志所謂「金銅諸像銷鑠並盡」者恰相印證，相比之下，僉載所謂「萬物並盡」反而顯得泛而無當，舊志此句顯示出更加原始的面貌。

再如「唐龍朔已來人唱歌名突厥鹽」事，僉載釋其應驗云「自後廬陵徙均州，則『子母相去離』也；『連臺拗倒』者，則天被廢，諸武遷放之兆」，舊志則作「即中宗廢於房州之應也」〔三〕，與僉載之「廬陵徙均州」不同，且無「則天被廢，諸武遷放之兆」。僉載後一句乃是記酒令後半句之事應，並非無關緊要之事，舊志「中宗廢於房州」實際只解釋了酒令前半句「子母相去離」，後半句「連臺拗倒」無著落，若其所據爲僉載，恐不會將後半句的事應貿然删去。

雖然舊志某些條目有疑似沿襲僉載的跡象，但二者之間大部分記載並不完全吻合，甚至舊志有相當部分史實爲僉載所無，即使是記載相同的史實，舊志也多有異於僉載的細節，説明舊志當在僉載之外另有史源。至於僉載不誤而舊志錯誤的情況，並不能作爲舊志採用僉載的充分證據，相反，恰恰説明正是舊志源出文獻出現了錯誤，未能採用僉載校正。因此，舊志採自僉載

---

〔一〕舊唐書卷三七，第一三七六頁。
〔二〕舊唐書卷三七，第一三六六頁。
〔三〕舊唐書卷三七，第一三七六頁。

這一可能性當予排除。

## 三、舊志、僉載同源於唐國史、實録説辨析

排除舊志採用僉載之後，剩下的可能就是二者同源。從上節討論中也可以看出，二書記載雖有細節差異，但大致相同，只有同源才可能出現這種現象。然而綜合考慮僉載及唐國史、實録的特點，筆者並不同意馬雪芹評朝野僉載一文所謂同源於「唐代的國史、實録」。

舊唐書的史源學界已經有比較充分的討論，清代史學家趙翼指出「舊唐書前半全用實録國史舊本」〔一〕，所謂「前半」，指武宗會昌以前，趙翼討論的重點是紀、傳兩部分，對於志的史源如何，並未論及。此後學者大多認可他的觀點，馬雪芹推測舊志與僉載均源自唐國史、實録，就是將此觀點進一步擴展到五行志：從舊唐書的整體編撰來看，後晉史臣修舊唐書既然紀、傳等均以唐國史、實録爲本，志書部分採取同樣的做法也順理成章，在有現成依據的情況下再旁求他書不僅不明智而且操作難度較大，恐怕不在當時史臣的考慮中。同理，若唐國史中的五行志已有較爲詳備的記載，後晉史臣應當也不會大費周折地從各朝實録中再行搜集相關史事。

後晉史臣修舊唐書利用了唐人所修國史，這部國史至宋代仍存世，並著録於崇文總目中，作「唐書一百三十卷」，解題云：

〔一〕王樹民廿二史劄記校證，中華書局一九八四年版，第三四五至三四八頁。

唐韋述撰。初，吴兢撰唐史，自創業訖于開元，凡一百一十卷。述因兢舊本，更加筆削，刊去酷吏傳，爲紀、志、列傳一百一十二卷。至德、乾元以後，史官于休烈又增肅宗紀二卷，而史官令狐峘等復于紀、志、傳後隨篇增緝而不加卷帙。今書一百三十卷，其十六卷未詳撰人名氏。〔一〕

太平御覽大量引用了這部唐書的内容，持與舊唐書之文字相較，可以看出二者文字非常接近，以致於有學者認爲這應當是未經後人修訂的舊唐書原本〔二〕。唐國史五行志的大致情況，可從後晉史臣相關叙述中略作推測。五代會要載後晉天福六年趙瑩奏修唐史云：

律曆、五行、天文災異，史書、實録，前代具書。自唐季亂離，簡編淪落，太史所奏，不載册書。請下司天臺，自會昌已

〔一〕錢東垣等崇文總目輯釋卷二，粵雅堂叢書本，解題輯自文獻通考卷一九二。

〔二〕關於太平御覽引唐書的性質，目前學界尚有不同意見。吴玉貴在唐書輯校（中華書局二〇〇八年版，第一至一二頁）前言中判斷所輯唐書的性質云：「太平御覽引用的唐書既不是韋述唐書，也不是柳芳唐曆，更不是唐朝歷朝實録，實際上它就是劉昫領銜修撰的舊唐書，只不過太平御覽引唐書保留了舊唐書早期的面目，與我們今天見到的刻本舊唐書有較大的差異。」「我們今天只能見到被宋人修改後的舊唐書，而太平御覽引唐書則直接引自未經修訂的舊唐書。」這一觀點引起一些學者的反駁，温志拔在太平御覽引「唐書」性質之考論（史學史研究二〇一〇年第二期）中認爲『唐書』是一個通名，既包含了舊唐書，也有唐國史實録、通典、唐會要，甚至唐代雜史筆記的内容在内」，與之觀點相近，唐雯在太平御覽引「唐書」再檢討（史林二〇一〇年第四期）中認爲「并不是一部書的專名，而是包括劉昫唐書、吴兢等所編一百三十卷本唐書及歷朝實録在内的官方史料文獻的通名」。温志拔後又發表太平御覽引唐書爲國史唐書考論（中國典籍與文化二〇二〇年第三期），通過考察唐國史修撰下限、晚唐部分史源等，改正前説，認爲太平御覽所引唐書就是國史唐書。目前看來，所謂北宋人「修訂」舊唐書的説法缺乏文獻依據，而且北宋人既然決定重修新唐書，絶不會又對舊唐書另加删改。因此起碼可以確定太平御覽引唐書中不見於今本舊唐書的内容當出自另一部唐書，也就是唐國史。

來，天文變異、五行休咎、曆法更改，更據朝代年月，一一條録，以憑撰集天文、律曆、五行等志。〔一〕當時搜求的只是「會昌已來天文變異、五行休咎、曆法更改」，換言之，會昌以前部分國史、實録已經有詳細記載，無須再行搜求。

唐代實録原書多已散佚，各書具體情況如何不得而知，因收入韓愈文集而僅存的順宗實録爲我們提供了難得的實例。順宗實録編年紀事，所記以朝廷政事爲主，涉及五行志相關内容者極少，其他實録之情形可據此類推。實録體例決定了其中無法集中、系統地記載此類史事，從中抄録五行志相關材料有相當難度。僉載、舊志相關内容涉及高祖、太宗、高宗、武后、中宗、睿宗、玄宗數朝，若是張鷟和後晉史臣各自分别從多部實録中輯録，很難有如此高比例的内容重合。從後晉史臣修書的實際情況來看，更有可能是根據現成的國史編成五行志，不會捨國史不用而去搜羅散落在實録中的零散史料。張鷟生平只出任過岐王府參軍、長安縣尉、鴻臚丞、監察御史等職，未曾入史館任官，他獲得一部國史尚有可能，而以一己之力系統閲讀、抄録唐代前期的國史、實録的可能性則較低。

其實評朝野僉載雖然持多源論，但應當也認爲國史是僉載的主要史源，只是囿於此前學者的影響，爲求全面、謹慎而增加實録一源，然而並未舉出任何源於實録的證據。

儘管唐國史原書已不存，但通過舊志和僉載相關内容比對提供的信息，基本可以確定它們應源自各自所見唐國史，具體來説：張鷟所見爲開元年間的國史舊本，舊志所據則是五代時期流傳的國史唐書。二書之同是因爲其史源均爲唐國史；異是因爲僉載所據國史年代更早，保存了早期唐代國史的面貌，所以能够避免後來國史流傳中的錯誤，而舊志中與僉載相似但又有

〔一〕王溥五代會要卷一八，上海古籍出版社二〇〇六年版，第二九七頁。

溢出内容這一現象則説明國史唐書更加系統地保存了這一部分史實，僉載屬於個人著述，雖然從國史中取材，但也會進行剪裁修改，不會嚴格保持所據國史全貌。本書整理篇將僉載與兩唐書及其他史料中相關記載詳細羅列，以便讀者進一步比對。

## 四、僉載源出唐國史的其他證據

從上文所舉僉載與舊志重合的二十六條文字可以看出，張鷟應當系統地抄録了他所見國史中這部分内容。問題是，張鷟所抄國史内容是否僅止於此？僉載中其他文字的史源是否可以依此類推？本書整理過程中發現僉載其他記載也有與舊唐書相關者，如廣記卷二六七引僉載：

周侍御史侯思止，醴泉賣餅食人也。羅告，准例酬五品，于上前索御史，上曰：「卿不識字。」對曰：「獬豸豈識字，但爲國觸罪人而已。」遂授之。凡推勘，殺戮甚衆，更無餘語，但謂囚徒曰：「不用你書言筆語，止還我白司馬。若不肯來俊，即與你孟青。」横遭苦楚非命者不可勝數。「白司馬」者，北邙山白司馬坂也。「來俊」者，中丞來俊臣也。「孟青」者，將軍孟青棒也。後坐私畜錦，朝堂決殺之。

舊唐書酷吏侯思止傳所載大體相同：

侯思止，雍州醴泉人也。……判司教思止説游擊將軍高元禮，因請狀乃告舒王元名及裴貞反，周興按之，並族滅。授思止游擊將軍。元禮懼而曲媚，引與同坐，呼爲侯大，曰：「國家用人以不次，若言侯大不識字，即奏云：『獬豸獸亦不識字，而能觸邪。』」則天果如其言，思止以獬豸對之，則天大悦。天授三年，乃拜朝散大夫、左臺侍御史。……嘗按中丞魏元忠，曰：「急認白司馬，不然，即喫孟青。」白司馬者，洛陽有坂號白司馬坂。孟青者，將軍姓孟名青棒，即殺瑯琊王沖者

也。思止閭巷庸奴，常以此謂諸囚也。〔一〕

值得注意的是，廣記同卷引僉載吉頊告發綦連耀事亦見載於舊唐書酷吏吉頊傳，可見僉載二事當即源自唐國史的酷吏傳。

又僉載：

唐左僕射韋安石女適太府主簿李訓。訓未婚以前有一妾，成親之後遂嫁之，已易兩主。女患傳屍瘦病，恐妾厭禱之。安石令河南令秦守一捉來，榜掠楚苦，竟以自誣。前後決三百以上，投井死。不出三日，其女遂亡，時人咸以爲冤魂之所致也。安石坐貶蒲州，太極元年八月卒。

舊唐書韋安石傳載：

太常主簿李元澄，即安石之子壻，其妻病死，安石夫人薛氏疑元澄先所幸婢厭殺之。其婢久已轉嫁，薛氏使人捕而捶之致死。由是爲御史中丞楊茂謙所劾，出爲蒲州刺史。〔二〕

雖然二書所載韋安石婿一作「李訓」、一作「李元澄」有所不同（疑名訓字元澄），但是史實基本一致，且僉載更詳。

又僉載：

唐長孫昕，皇后之妹夫，與妻表兄楊仙玉乘馬二十餘騎，並列瓜撾，於街中行。御史大夫李傑在坊內參姨母，僮僕在門外。昕與仙郎使奴打傑左右，傑出來，並波頓。須臾，金吾及萬年縣官並到，送縣禁之。昕妻父王開府將二百騎劫昕

〔一〕舊唐書卷一八六，第四八四四至四八四五頁。
〔二〕舊唐書卷九二，第二八五七頁。

等去，傑與金吾、萬年以狀聞上，奉敕斷昕殺，積杖至數百而卒。

此事亦見舊唐書玄宗本紀：

（開元）四年春正月癸未，尚衣奉御長孫昕恃以皇后妹壻，與其妹夫楊仙玉毆擊御史大夫李傑，上令朝堂斬昕以謝百官。以陽和之月不可行刑，累表陳請，乃命杖殺之。〔一〕

二書所記大致相同，然僉載云「奉敕斷昕殺，積杖至數百而卒」，語焉不詳，舊唐書云「上令朝堂斬昕以謝百官。以陽和之月不可行刑，累表陳請，乃命杖殺之」，其間曲折更加清晰。

再如紺珠集卷三引僉載：

馬周微時入都，至新豐逆旅，遇貴公子飲酒，不顧周。周即市斗酒，獨飲之，餘以濯足。衆異之。

此事亦見舊唐書馬周傳：

馬周……西遊長安。宿於新豐逆旅，主人唯供諸商販而不顧待周，遂命酒一斗八升，悠然獨酌，主人深異之。〔二〕

上舉僉載諸條與舊唐書均能吻合，參照上文與舊志相關部分的討論，這些記載的史源應當也都是唐國史。除整體記載相同外，僉載其他細節記載與舊唐書能互相印證者不勝枚舉，可見僉載源出國史之記載尚多，絶不止本章所舉諸條。

〔一〕舊唐書卷八，第一七六頁。
〔二〕舊唐書卷七四，第二六一二頁。

## 五、發現僉載史源爲開元唐國史的意義

據學者研究，張鷟卒於開元十年前後[一]，僉載是他晚年所撰，因此他根據的應是開元年間的唐國史。這一發現至少有以下兩方面意義。

第一，有助於重新評估僉載的史料價值。

宋人洪邁曾批評僉載「紀事皆瑣尾擿裂，且多媟語」[二]，四庫全書總目既承認洪邁所云，又爲之辯護云「耳目所接，可據者多，故司馬光作通鑑亦引用之」，這種持平的態度於古人來説難能可貴，但對其評價仍不過是「兼收博采，固未嘗無裨於見聞」[三]。馬雪芹評朝野僉載一文通過考察資治通鑑考異對僉載的採用情況來判斷其史料價值，已經開始重視並試圖從公認的史學經典資治通鑑對此書的態度來證明其價值，但以後人的評價與採用作爲判斷的標準，仍未能真正認識僉載的價值。只有從僉載本身的史料來源出發，揭示出其所據史料爲何，才能對其價值進行準確判斷。確定僉載中大量記載源自開元唐國史之後，即可看出前人對此書史源認識不足，嚴重低估了它的史學價值。僉載中的相當一部分記載並非張鷟的個人見聞，而是他抄録所見的國史，這些記載有非常高的價值。

〔一〕張鷟生平附見舊唐書卷一四九張薦傳。關於張鷟卒年，劉真倫張鷟事跡繫年考（重慶師範學院學報一九八七年第四期）據桂林風土記等記載推斷爲開元十年前後一年間，馬雪芹張鷟生平經歷與生卒年考釋（河北師範大學學報二〇〇一年第三期）根據僉載書中紀事有年代可考者推斷「最晚不會超過開元九年」，與劉真倫説接近。

〔二〕洪邁容齋隨筆，中華書局二〇〇五年版，第三六四頁。

〔三〕欽定四庫全書總目卷一四〇，第一八三六頁。

其實唐代筆記體著作多與國史關係密切，如劉肅大唐新語全書幾乎皆抄撮國史而成〔一〕；胡璩譚賓録也多抄國史原文〔二〕。僉載對國史的利用情況與大唐新語類似，只是張鷟本人極富才華，書中雜有議論以表達其史觀，帶有强烈的個人特色，或許正是這種個人特色誤導了後人，使之以爲書中的記載也不過是張鷟個人的見聞而已。

所以，對僉載的内容需要區别對待：其中的議論作爲張鷟個人的觀點可備一説，其中的歷史記載卻不能等閑視之，而應作爲相當可靠的唐代早期官方記載看待。

第二，爲研究早期唐國史編纂提供了一份重要文本。

唐代從建國初期就建立了史館，由專人負責編纂國史，留下較爲完備的國史記載，成爲後世編纂唐代正史的依據。關於唐代國史修纂的大致過程，趙翼、杜希德以及李南暉等學者均曾做過深入研究，梳理出大致脈絡〔三〕。然受限於唐國史原本早已亡佚，這些學者在研究中根據的基本都是史籍中對唐國史修纂的零星記載，無法系統利用文本進行深入研究，故而僅能概括

〔一〕陳寅恪元白詩箋證稿云：「劉氏之書（即大唐新語）雖爲雜史，然其中除諧謔一篇稍嫌蕪雜外，大都出自國史。」

〔二〕賈憲保從舊唐書、譚賓録中考索唐國史，古典文獻研究集林第一集（陝西師範大學出版社一九八九年版）。

〔三〕趙翼在廿二史劄記「唐國實録國史凡兩次散失」條中將唐國史修纂總結爲四次：第一次爲吴兢所修六十餘篇；第二次爲開元天寶間韋述所撰一百一十三卷並史例一卷；第三次爲肅宗命柳芳、韋述共同整理吴兢書，韋述死後，由柳芳撰成，起唐高祖訖肅宗乾元年間；第四次爲唐宣宗詔崔龜從、韋澳等人分年撰次，至憲宗元和年間（王樹民廿二史劄記校證卷一六，第三四二至三四五頁）；杜希德所考有姚思廉修國史、長孫無忌等修武德貞觀兩朝史、許敬宗修國史、李仁實修國史、牛鳳及撰唐書一百卷、吴兢等撰唐書八十卷、吴兢撰唐書、韋述撰唐書一百一十三卷、柳芳撰國史一百三十卷等，更爲詳細（唐代官修史籍考，上海古籍出版社二〇一〇年版，第一四六至一六五頁）；李南暉對「天寶以前紀傳體國史的修撰」、「紀傳體國史的下限」兩個問題進行了重點探討，尤其是引用史通、集賢注記等文獻，對唐國史的早期修纂細節有了更多發現，挖掘了貞觀初姚思廉撰紀傳三十卷、高宗顯慶元年長孫無忌等修武德貞觀兩朝史八十卷、武周長壽中牛鳳及撰唐書一百一十卷等唐代早期國史修纂的細節（唐紀傳體國史修撰考略，文獻二〇〇三年第一期，第三二至三九頁）。

描述，難以有更大突破。深入研究唐國史的修纂需要拓寬研究視野，通過與唐國史有關係的文獻相互印證發現新的綫索。僉載源出開元年間唐國史這一發現，可以爲之提供嶄新的視角。

崇文總目著録的國史唐書一百三十卷由吴兢、韋述等人修成，也是纂修舊唐書所依據的唐國史舊本。張鷟年長於吴兢、韋述等人，他所見的國史舊本時代更早，能反映更早期的唐國史面貌，上文所論與舊唐書五行志重合者説明這些内容在張鷟所見國史中即已具備，而且這些内容涉及玄宗之前的唐代帝王，可見此時的唐國史中即有五行志等志書的内容；又如僉載記玄宗、崔日用誅韋氏時濫殺諸杜事不見於舊唐書和新唐書，應該是玄宗時史臣爲當朝所諱而删，既能反映出睿宗時太平公主與玄宗兩黨鬥爭延及國史修纂，又能反映出玄宗即位後對國史多有修訂；再如僉載記張説任并州刺史時「諂事特進王毛仲，餉致金寶不可勝數。後毛仲巡邊使，説于天兵軍大設。酒酣，恩敕忽降，授兵部尚書、同中書門下三品。説謝訖，便把毛仲手起舞，嗚其靴鼻」，此事亦見於宋代類書古今類事卷二〇引唐史，但是兩唐書均不載此事，張説在玄宗朝任宰相時曾監修國史，致仕後仍奉命在家修史[一]，可見他對國史修撰傾注了大量心力，這種對他不利的記載在他所主持修撰的國史中自然會遭删落。由此三例即可看出，今存僉載文字可以看作是開元年間唐國史未定稿的「斷面」，爲我們了解唐國史的早期面貌提供重要證據。

[一]舊唐書卷九七張説傳，第三〇五五頁。

# 整理篇

# 整理凡例

一、輯佚：朝野僉載一書二十卷原本早已亡佚，自明以來通行之寶顔堂秘笈六卷本（簡稱「寶顔堂本」）乃是後人據太平廣記所輯，存在誤輯、漏輯、次序顛倒、文字訛誤等衆多問題，並非佳本。因此，本書整理不再以寶顔堂本爲底本，而據太平廣記等書重輯，每條佚文下依次注明所據底本、他書引用以及他書記載相同者。

二、編排：原書約分三十五門，除少數尚能確定外，多不可考，然太平廣記引用此書條目多按類收録，保存了原本分門遺意，詳細討論見本書研究篇第二章。本書輯録時儘量尊重廣記引用門類次序，非有確定依據不做調整，他書所引佚文若能推斷當屬何門亦將之附入並略作説明，無法判斷者不强行附入，並録於後。

三、考證：本書研究篇第三章考證僉載史源多出唐國史，今於佚文後羅列所考知兩唐書及其他文獻相關記載，以備進一步比對研究。

四、校勘：本書輯録所據太平廣記版本爲台北故宫博物院藏明談愷刻本，此本訛誤較多，故參考張國風太平廣記會校所據諸本校勘，張氏校勘時有誤漏，且未能搜求僉載版本，故本書重新覆核廣記重要校本及僉載諸本，今將所據諸本具列如下：

（一）台北故宫博物院藏明談愷刻本太平廣記五百卷（簡稱「廣記談本」）及汪紹楹校（校本簡稱「汪本」，校記簡稱「汪校」，以下同此，不細述）、張國風校（簡稱「張本」、「張校」）。

（二）中國國家圖書館藏明抄殘本朝野僉載五卷（存卷一至卷五，簡稱「明抄本」）。

（三）南京圖書館藏顧氏過雲樓原藏清抄本朝野僉載十卷（簡稱「顧本」）。

（四）南京圖書館藏丁氏八千卷樓原藏清抄本朝野僉載十卷（簡稱「丁本」）。
（五）太平廣記詳節四十二卷，朝鮮成任編，韓國學古房二〇〇五年影印本（簡稱「詳節」）。
（六）台灣大學圖書館藏清孫潛校宋本太平廣記五百卷（底本即談本，簡稱「孫本」）。
（七）中國國家圖書館藏清陳鱣校宋本太平廣記五百卷（底本爲明許自昌刻本，簡稱「陳本」）。
（八）中國國家圖書館藏明沈與文野竹齋抄本太平廣記五百卷（簡稱「沈本」）。
（九）類説，宋曾慥編，中國國家圖書館藏明刊本六十卷，參校上海圖書館藏清抄宋本五十卷。
（一〇）紺珠集十三卷，宋朱勝非編，中國國家圖書館藏明刻本。
（一一）説郛一百卷，元陶宗儀編，上海古籍出版社一九八八年影印張宗祥校訂本。
其餘典籍引用佚文輯録時也儘量根據通行善本，不再一一注明。

五、參考：朝野僉載整理本衆多，本次整理凡吸收前人成果，均予注明：
（一）朝野僉載，趙守儼點校，中華書局一九七九年版（簡稱「趙本」、「趙校」）。
（二）朝野僉載，李德輝整理，全唐五代筆記，三秦出版社二〇一二年版（簡稱「李本」、「李校」）。
（三）朝野僉載輯校，郝潤華、莫瓊輯校，山東人民出版社二〇一八年版（簡稱「郝本」、「郝校」）。

六、附録：凡典籍提及僉載記載某事，然原文不存者，或疑爲僉載佚文然無確證者，入「存疑」，並略爲考訂；前人輯本或他書引録條目有確定非僉載佚文者，入「僞文」。

# 佚文校證

一、唐〔一〕神鼎師不肯〔二〕剃頭，食醬一斗。每巡門乞物，得粗布破衣亦著，得細錦羅綺亦著。於利貞〔三〕師座前聽，問貞師曰：「萬物定〔四〕否？」貞曰：「定。」鼎曰：「闍梨言若定〔五〕，何因高岸爲谷，深谷爲陵；有死即生，有生即死；萬物相糾，六道輪迴？何得爲定耶？」貞曰：「萬物不定。」鼎曰：「若不定，何不喚天爲地，喚地爲天，喚月爲星，喚星爲月？何得爲不定？」貞無以應之。時張文成見之，謂曰：「觀法師即是菩薩行人也。」鼎曰：「菩薩得之不喜，失之不怨〔六〕，打之不怒，罵之不嗔，此乃菩薩行也。鼎今乞得即喜，不得即怨，打之即怒，罵之即嗔，以此論之，去菩薩遠矣。」太平廣記九七、寶顔堂本六、顧本九、丁本九。宋高僧傳二九載此事。

〔一〕唐：寶顔堂本、顧本、丁本無。廣記引文多有「唐」字，輯本多删去，下不復出校。

〔二〕不肯：顧本、丁本作「手自」，廣記沈本作「不首」，宋高僧傳云其「髮垂眉際」，廣記二八五言其「遂長髪」，當以作「不肯」爲是。

〔三〕利貞：廣記談本作「利真」，據寶顔堂本、廣記沈本、宋高僧傳一、二九改。下文「真」同改作「貞」。

〔四〕定：顧本、丁本、廣記沈本下有「以」字，疑是。

〔五〕言若定：宋高僧傳作「若言定」，疑是。

〔六〕怨：廣記談本作「悲」，丁本作「怒」，據廣記孫本、廣記沈本、宋高僧傳改。下「不得即怨」同。

二、空如禪師者，不知何許人也。少慕修道，父母抑〔一〕婚，以刀割其勢，乃止。後成丁，徵庸課，遂以麻蠟裹臂，以火爇之，成〔二〕廢疾。入陸渾山，坐蘭若，虎不暴。山中偶見野猪與虎鬬，以藜杖揮之，曰：「檀越不須相爭。」即弭耳〔三〕分散。人皆敬之，無敢媟〔四〕者。太平廣記九七、寶顔堂本六、顧本九、丁本九。

〔一〕抑：顧本作「欲」，張校據廣記孫本改作「議」，非是。抑，有逼迫、强迫之義，韓愈辭唱歌詩有「抑逼教唱歌」句，「抑」、「逼」同義連文，「抑」即「逼」也。

〔二〕成：寶顔堂本、顧本、丁本、廣記沈本上有「遂」字。

〔三〕弭耳：二字廣記談本無，張校據廣記孫本、廣記沈本補，寶顔堂本、明抄本、顧本、丁本亦有。張校所補是，今從之。

〔四〕媟：寶顔堂本作「議」，顧本作「慢」，丁本、廣記沈本作「嫖」。

三、唐越州山陰縣有智禪師〔一〕，院内有池，恒贖生以放之。有一鼉，長三尺，恒食其魚，禪師患之，取鼉送向禹王廟前池中。至夜還來，禪師呪之曰：「汝勿食我魚，即從汝在此。」鼉於是出外放糞，皆是青泥。禪師每至池上，唤鼉〔二〕即出，於師前伏地。經數十年，漸長七八尺。禪師亡後，鼉亦不復見。太平廣記九八、嘉泰會稽志一八引太平廣記。

〔一〕智禪師：廣記本條標目及嘉泰會稽志作「智者禪師」。

〔二〕鼉：廣記孫本、廣記沈本作「鼉兒」。

四、唐孟知儉，并州人。少時病，忽亡，見衙府如平生時，不知其死。逢故人爲吏，謂曰：「因何得來？」具報之，乃知是冥途〔一〕。吏爲檢尋，曰：「君平生無修福處，何以得還？」儉曰：「一生誦多心經及高王經，雖不記數，亦三四萬遍。」重檢，獲之，遂還。吏問：「欲知官乎？」曰：「甚要。」遂以簿示之，云：「孟知儉合運出身，爲曹州參軍，轉鄧州司倉。」即掩卻不許看。遂至荒榛，入一黑〔二〕坑，遂活，不知「運」是何事。尋有敕募運糧，因放選，授曹州參軍。乃悟曰：「此州吾不見，小書耳。」滿授鄧州司倉。去任，又選，唱晉州判司，未過而卒。太平廣記一一二、寶顏堂本三、明抄本五、顧本五、丁本五。

〔一〕途：明抄本、顧本、丁本作「令」，屬下讀。

〔二〕黑：顧本、丁本作「里」。

五、梁武帝蕭衍〔一〕殺南齊主東昏侯以取其位，誅殺甚衆。東昏死之日，侯景生焉。後景亂梁，破建業，武帝禁而餓終，簡文幽而壓死，誅梁子弟，略無孑遺。時人以〔二〕爲景是東昏侯之後身也。太平廣記一二〇、宋文讜詳注昌黎先生文三九。

〔一〕蕭衍：二字詳注昌黎先生文無。

〔二〕以：廣記談本脱，據廣記孫本、廣記沈本、詳注昌黎先生文補。

六、唐趙公〔一〕長孫無忌奏别敕長流，以爲永例。後趙公犯事〔二〕，敕長流嶺南，至死不復迴，此亦爲法之〔三〕弊。太平廣記一二一。南部新書戊、古今合璧事類備要外集一九引孔六帖載此事。

〔一〕唐趙公：三字廣記沈本空闕。

〔二〕事：南部、合璧作「罪」。

〔三〕之：南部、合璧作「自」。

七、唐冀州刺史王瑱〔一〕，性酷烈。時有敕使至州，瑱與使語，武彊縣尉藺獎曰：「日過，移就陰處。」瑱怒，令典獄撲之，項骨折而死。至明日，獄典當州門限垂脚坐，門扇無故自發〔二〕，打雙脚脛俱折。瑱病，見獎來，起，自以酒食求之，不許。瑱惡之，迴面向梁，獎在屋梁。旬日而死。太平廣記一二一。

〔一〕王瑱：新唐書七二中宰相世系表中太原王氏有王瑱，曾任冀州刺史，爲太常博士王仙客長子。唐代墓誌彙編天寶二一六王京墓誌載王京爲王仙客次子王瑒長女，卒於天寶十一載，年六十六，則其父輩約當在高宗、武后時期，與僉載所記「王瑱」時代相近。「瑱」、「項」二字形近，疑「瑱」爲「項」字之誤。

〔二〕發：廣記沈本作「倒」。

八、唐左史江融，耿介正直。揚州徐敬業反，被羅織，酷吏周興等枉奏殺之，斬於東都都亭驛前。融將被誅，請奏事引見，興曰：「囚何得奏事？」融怒，叱之曰：「吾無罪枉戮，死不捨汝！」遂斬之，尸乃激揚而起，蹭蹬十餘步。行刑者踏倒，還起坐，如此者三乃絕。雖斷其頭，似怒不息。無何，周興敗〔一〕。太平廣記一二一。南部新書戊、新唐書二〇九酷吏周興傳載此事。

新唐書二〇九酷吏周興傳載：是時左史江融有美名，興指融與徐敬業同謀，斬于市。臨刑，請得召見，興不許，融叱曰：「吾死無狀，不赦汝。」遂斬之，尸奮而行，刑者蹴之，三仆三作。

〔一〕敗：廣記談本作「死」，據廣記沈本、南部改。

九、唐鳳閣侍郎李昭德，威權在己。宣出一敕云：「自今已後，公坐徒，私坐流〔一〕，經恩百日不首，依法科罪。」昭德先受孫萬榮〔二〕賄財，奏與三品。後萬榮據營州反，貨求〔三〕事敗，頻經恩赦，以〔四〕百日不首，准贓斷絞。太平廣記一二一。

〔一〕公坐徒私坐流：通典一六九載：「長壽二年，有敕：『公坐流，私坐徒以上，會赦應免死罪者，皆限赦後百日內自首。如其不首，依法科罪者。』」作「公坐流私坐徒」，新唐書一一三徐有功傳同。唐會要四〇載：「（貞觀）七年十二月十二日詔：『三品以上犯公罪流，私罪徒，送問皆不追身。』」據此，僉載「徒」「流」二字疑倒。

〔二〕孫萬榮：三字廣記沈本空闕。

〔三〕貨求：廣記沈本作「賭賂」，疑當作「賄賂」。

〔四〕頻經恩赦以：五字廣記沈本空闕。

**一〇、唐洛州司馬弓嗣業、洛陽令張嗣明造大枷，長六尺，闊四尺，厚五寸，倚前，人莫之犯。後嗣明及〔一〕嗣業資遣逆賊徐敬真〔二〕北投突厥事敗，業等自著此枷，百姓快之也。**太平廣記一二一。

〔一〕嗣明及：三字廣記沈本無。

〔二〕徐敬真：廣記談本作「徐真」，舊唐書九〇張光輔傳、新唐書四則天皇后本紀、通鑑二〇四等均作「徐敬真」，廣記蓋宋人避諱省「敬」字，今據諸書補。

**一一、唐秋官侍郎周興與來俊臣對推事，俊臣別奉進止〔一〕鞫興，興不之知也。及同食，謂興曰：「囚多不肯承，若爲作法〔二〕？」興曰：「甚易也。取大甕，以炭四面炙之，令囚入〔三〕，處之〔四〕其中，何事不吐〔五〕？」即索大甕，以火圍之，起謂興曰：「有内狀勘老兄，請兄入此甕。」興惶恐叩頭，咸〔六〕即款伏，斷死，放流嶺南。所破人家，流者甚多，爲讎家所殺。傳曰：「多行無禮，必自及。」信哉！**太平廣記一二一。新唐書二〇九酷吏周興傳、資治通鑑二〇四載此事。

新唐書二〇九酷吏周興傳載：天授中，人告(來)子珣、興與丘神勣謀反，詔來俊臣鞫狀。初，興未知被告，方對俊臣食，俊臣曰：「囚多不服，奈何？」興曰：「易耳，内之大甕，熾炭周之，何事不承。」俊臣曰：「善。」命取甕且熾火，徐謂興曰：「有詔按君，請嘗之。」興駭汗，叩頭服罪。詔誅神勣而宥興嶺表，在道爲讎人所殺。

資治通鑑二〇四天授二年一月載：或告文昌右丞周興與丘神勣通謀，太后命來俊臣鞫之，俊臣與興方推事對食，謂興曰：「囚多不承，當爲何法？」興曰：「此甚易耳！取大甕，以炭四周炙之，令囚入中，何事不承！」俊臣乃索大甕，火圍如興法，因起謂興曰：「有内狀推兄，請兄入此甕！」興惶恐叩頭伏罪。法當死，太后原之，二月，流興嶺南，在道，爲仇家所殺。

〔一〕奉進止：廣記談本作「奏進止」，張校據廣記沈本改。通鑑云「太后命來俊臣鞫之」，是當作「奉進止」，張校所改是，今從之。

〔二〕若爲作法：廣記沈本作「當爲何法」。

〔三〕入：廣記談本作「人」，據通鑑改。下文云「請兄入此甕」，亦可證。

〔四〕之：廣記沈本作「于」。

〔五〕吐：廣記沈本作「承」。

〔六〕咸：廣記沈本作「隨」，疑是。

**一二、唐魚思咺〔一〕有沈思，極巧。上欲造〔二〕匭，召工匠，無人作得者。咺〔三〕應制爲之，甚合規矩，遂用之。無何，有人〔四〕投匭言咺，云徐敬業在揚州反，咺爲敬業作刀車〔五〕以衝陣，殺傷官軍甚衆。推問具承，誅之。爲法自斃，乃至於此。**太平廣記二二一、資治通鑑考異一一。封氏聞見記四、資治通鑑二〇三載此事。

封氏聞見記四載：初，則天欲通知天下之事，有魚保宗者，頗機巧，上書請置匭以受四方之書，則天悅而從之。徐敬業於廣陵作逆，保宗曾與敬業造刀車之屬，至是爲人所發，伏誅。保宗父承曄，自御史中丞坐貶義州司馬。

資治通鑑二〇三垂拱二年載：徐敬業之反也，侍御史魚承曄之子保家教敬業作刀車及弩，敬業敗，僅得免。太后欲周知人間事，保家上書，請鑄銅爲匭以受天下密奏。其器共爲一室，中有四隔，上各有竅，以受表疏，可入不可出。太后善之。未幾，其怨家投匭告保家爲敬業作兵器，殺傷官軍甚衆，遂伏誅。

〔一〕魚思咺：封氏聞見記作「魚保宗」，通鑑、考異引御史臺記作「魚保家」。

〔二〕造：考異作「作」。

〔三〕咺：考異上有「思」字。

〔四〕有人：廣記沈本作「人有」。

〔五〕刀車：廣記談本作「刀輪」，據封氏聞見記、通鑑改。武經總要前集一二載：「刀車，以兩輪車自後出鎗刃密布之，凡爲敵攻壞城門，則以車塞之。」據其圖，乃以刀密布車上，與輪無關，亦可證當作「刀車」。

**一三、唐索元禮爲鐵籠頭以訊囚，後坐贓賄，不承，使人曰：「取公鐵籠頭。」禮即承伏。**太平廣記一二一。新唐書二〇九酷吏索元禮傳載此事。

新唐書二〇九酷吏索元禮傳載：即洛州牧院爲制獄，作鐵籠鞷囚首，加以楔，至腦裂死。……後以苛猛，復受賕，后厭衆望，收下吏，不服，吏曰：「取公鐵籠來！」元禮服罪，死獄中。

**一四、唐張楚金爲秋官侍郎，奏反逆人特敕免死，家口即絞斬及配没入官爲奴婢等，並入律。後楚金被羅織反，特敕免死，男子十五以上斬，妻子配没。識者曰：「爲法自斃，所謂交報也。」**太平廣記一二一。

**一五、唐京兆尹崔日知處分長安、萬年及諸縣左降流移人，不許暫停，有違晷刻，所由決杖。無何，日知〔一〕貶歙縣丞，被〔二〕縣家催〔三〕，求與妻子别不〔四〕得。人以爲報應〔五〕。**太平廣記一二一、淳熙新安志一〇。

〔一〕無何日知：淳熙新安志作「後」。

〔二〕被：淳熙新安志作「爲」。

〔三〕催：淳熙新安志下有「逼」字。

〔四〕不：淳熙新安志下有「可」字。

〔五〕人以爲報應：廣記談本無，據淳熙新安志補。

一六、梁有榼頭師者，極精進〔一〕，梁武帝甚敬信之。後敕使唤榼頭師，帝方與人棊，欲殺一段〔二〕，應〔三〕聲曰：「殺卻。」使遽出而斬之。帝棊罷，曰：「唤師。」使答〔四〕曰：「向者陛下令人〔五〕殺卻，臣已殺訖。」帝歎曰：「師臨死之時，有何所言？」使曰：「師云：『貧道無罪，前劫〔六〕爲沙彌時，以鍫剗地，誤斷一曲蟮。帝時爲蟮，今此報也。』」帝流淚〔七〕悔恨，亦無及焉。

太平廣記一二五、酉陽雜俎續集四、後村先生大全集一七九後村詩話續集二、寶顏堂本二、明抄本三、顧本三、丁本三。

〔一〕極精進：雜俎作「高行神異」。

〔二〕殺一段：雜俎作「殺子一段」，後村作「殺一段子」，均有「子」字，疑下脱「子」字。

〔三〕應：廣記沈本作「大」。

〔四〕答：廣記談本作「咨」，據寶顏堂本、明抄本、顧本、丁本改。廣記沈本作「啓」。

〔五〕人：廣記沈本作「臣」。

〔六〕劫：雜俎作「生」，後村作「身」。

〔七〕淚：後村作「涕」。

一七、唐建昌王武攸寧别〔一〕置勾使〔二〕，法外枉徵財物，百姓破家者十而九，告冤於天，吁嗟滿路。爲大庫〔三〕，長五百步〔四〕，二百餘間，所徵獲者，貯在其中。天火〔五〕燒之，一時蕩盡。衆口所呪，攸寧尋患足腫，麤於甕，其酸楚不可忍，數月而終。

太平廣記一二六、寶顏堂本二、明抄本三、顧本三、丁本三。舊唐書三七五行志載此事。

舊唐書三七五行志載：則天時，建昌王武攸寧置内庫，長五百步，二百餘間，别貯財物以求媚。一夕爲天災所燔，玩好並盡。

按：廣記此條原無出處，張校據寶顔堂本朝野僉載二補，當是。

〔一〕别：廣記談本作「任」，據寶顔堂本、明抄本、顧本、丁本、廣記沈本改。

〔二〕使：廣記談本作「任」，張校據廣記孫本、廣記沈本改，寶顔堂本、明抄本、顧本、丁本同，張校所改是，今從之。

〔三〕大庫：舊唐書五行志作「内庫」。

〔四〕五百步：廣記談本脱「五」字，據舊唐書五行志補。下云「二百餘間」，作「百步」則太狹。

〔五〕火：舊唐書五行志作「災」。

**一八、唐乾封年中，京西明寺僧曇暢將一奴二騾，向岐州棱法師處聽講。道逢一人，著衲帽弊衣，掐數珠，自云賢者五戒講〔一〕。夜至馬嵬店宿，五戒禮佛誦經，半夜不歇，暢以爲精進。一練〔二〕。至四更，即共同發，去店十餘里，忽袖中出兩刃刀子〔三〕，刺殺暢。其奴下馬入草走。其五戒騎騾，驅馱即去。主人未曉夢暢告云：「昨夜五戒殺貧道。」須臾，奴走到，告之如夢。時同宿三衛于彼〔四〕，持弓箭，乘馬趁四十餘里，以弓箭擬之，即下騾乞死。縛送縣，決殺之。**太平廣記一二七、寶顔堂本二、明抄本三、顧本三、丁本三。

〔一〕講：疑涉上文「聽講」衍。「賢者五戒」，又稱「五戒賢者」，廣記二八八「賀玄景」條引僉載云「唐景雲中有長髮賀玄景，自稱五戒賢者」，歷代三寶記四、七、一四均著録有賢者五戒經一卷。「講」字接「賢者五戒」下，無義。李本「講」字屬下讀作「講夜」，恐亦非是。

〔二〕一練：費解，疑原當作「一作練」，爲注「進」字别本異文，傳寫中脱「作」字，後人不曉「一練」之義，遂將其闌入正文中。精練，即精進。

〔三〕刀子：寶顔堂本、顧本、丁本作「刀矛」，疑是，廣記沈本作「刀予」，蓋後人以「刀予」誤而改作「刀子」。御覽七三七引抱朴子載「有介象者，能禁刀矛以刺人腹，以椎打之，刃曲而不復入」，謂刀矛可以刺人，與此云「刺殺」合。

〔四〕于彼：廣記談本作「子披」，據顧本、丁本、廣記沈本改。按，三衛指親衛、勳衛、翊衛，典籍中絶少見稱「三衛子」者，且「披持弓箭」亦於文不順，「子披」當爲「于彼」形近誤字。

一九、後魏末，嵩陽杜昌妻柳氏甚妬。有婢金荆，昌沐，令理髮。柳氏截其雙指。無何，柳被狐刺螫，指雙落。又有一婢名玉蓮，能唱歌，昌愛而歎其善，柳氏乃截其舌。後柳氏舌瘡爛，事急，就稠禪師懺悔。禪師已先知，謂柳氏曰：「夫人爲妬，前截婢指，已失指。又截婢舌，今又合斷舌。悔過至心，乃可以免。」柳氏頂禮求哀，經七日，禪師令〔一〕大張口，呪之，有二蛇從口出，一尺以上，急呪之，遂落地。舌亦平復。自是不復妬矣。太平廣記一二九、寶顔堂本二、明抄本三、顧本三、丁本三。

〔一〕令：廣記談本無，據寶顔堂本、顧本、丁本補。

二〇、唐貞觀中，濮陽范略妻任氏，略先幸一婢，任以刀截其耳鼻，略不能制。有頃，任有娠，誕一女，無耳鼻。女年漸大，其婢仍在，女問婢，具説所由。女悲泣，以恨其母。母深有愧色，悔之無及。太平廣記一二九、寶顔堂本二、明抄本三、顧本三、丁本三。

二一、唐廣州化蒙縣丞胡亮從都督周仁軌討獠，得一首領妾，幸之，將〔一〕至縣。亮向〔二〕府不在，妻賀氏乃燒釘烙其雙目，妾遂自縊死。後賀氏有娠，産一蛇，兩目無睛。以問禪師，師曰：「夫人曾燒釘〔三〕烙一女婦眼，以夫人性毒，故爲蛇報。此是被烙〔四〕女婦也，夫人好養此蛇，可以免難。不然，禍及身矣。」賀氏養蛇一二年漸大，不見物，唯在〔五〕衣被中，亮不知也。撥〔六〕被見蛇，大驚，以刀斫殺之。賀氏兩目俱枯，不復見物，悔〔七〕無及焉。太平廣記一二九、寶顔堂本二、明抄本三、顧本三、丁本三。

〔一〕將：寶顏堂本無，明抄本空闕，顧本、丁本作「符」。廣記沈本作「挈」，疑是。

〔二〕向：廣記沈本作「詣」。

〔三〕釘：寶顏堂本、明抄本、顧本作「鐵」，丁本作「熾」，當爲「鐵」字形誤。廣記沈本作「灯」。按上文作「釘」，與此同。

〔四〕被烙：廣記沈本作「彼之」。

〔五〕唯在：明抄本作「唯唯」，顧本、丁本作「唯□」。

〔六〕撥：廣記談本作「發」，張校據廣記孫本、廣記沈本改，寶顏堂本、明抄本、顧本、丁本亦作「撥」，張校所改是，今從之。

〔七〕悔：寶顏堂本、明抄本、顧本、丁本下有「而」字。

**二二、唐梁仁裕爲驍衛將軍，先幸一婢。妻李氏甚妬而虐，縛婢擊其腦。婢號呼曰：「在下卑賤，制〔一〕不自由，娘子鎖項，苦毒何甚！」婢死後月餘，李氏病，常見婢來喚。李氏頭上生四處瘴疽，腦潰，晝夜鳴叫，苦痛不勝，數月而卒。**太平廣記一二九、寶顏堂本二、明抄本三、顧本三、丁本三。

〔一〕制：張校云：「朝野僉載卷二作『勢』。似是。」然明抄本、顧本、丁本、廣記沈本均作「制」，與廣記談本同。今按，宋書九八氐胡傳楊難當上表云「與其逆生，寧就清滅，文武同僨，制不自由」。廣記一四三「徐慶」條引廣古今五行記亦有「意甚不願爲官所使，制不自由」語，是爲當時習語。寶顏堂本作「勢」，疑爲後人不知其義誤改。

**二三、唐荆州枝江縣主簿夏榮判冥司。縣丞張景先寵一婢，其妻楊氏妬之。景出使不在，妻殺婢，投之於厠。景至，給〔一〕之曰：「婢逃矣。」景以妻酷虐，不問也。婢訟之於榮，榮追對之，問景〔二〕曰：「公夫人病困。」説形狀，景疑其有私也，怒之。**

榮曰：「公夫人枉殺婢，投於厠，今見推勘，公試問之。」景悟，問其婦。婦病甚，具首其事。榮令〔三〕厠内取其骸骨，香湯浴之，厚加殯葬。婢不肯放，月餘日〔四〕而卒。太平廣記一二九、寶顔堂本二、明抄本三、顧本三、丁本三。

〔一〕給：廣記沈本作「詰」。
〔二〕景：明抄本、顧本、丁本下有「先」字。
〔三〕令：明抄本作「詣」，顧本作「顧」，丁本作「領」。
〔四〕日：寶顔堂本、廣記沈本無。

二四、唐左僕射韋安石女適太府主簿〔一〕李訓〔二〕。訓未婚以前有一妾，成親之後遂嫁之，已易兩主。女患傳屍瘦病，恐妾厭禱之。安石令河南令秦守一捉來，榜掠楚苦，竟以自誣。前後決三百以上，投井死。不出三日，其女遂亡。時人咸以爲冤魂之所致也。安石坐貶蒲州，太極元年〔三〕八月卒。太平廣記一二九、寶顔堂本二、明抄本二、顧本二、丁本二。舊唐書九二韋安石傳載此事。

舊唐書九二韋安石傳載：太常主簿李元澄，即安石之子壻，其妻病死，安石夫人薛氏疑元澄先所幸婢厭殺之。其婢久已轉嫁，薛氏使人捕而捶之致死。由是爲御史中丞楊茂謙所劾，出爲蒲州刺史。

〔一〕太府主簿：舊唐書韋安石傳作「太常主簿」。
〔二〕李訓：舊唐書韋安石傳作「李元澄」，疑其名訓字元澄。
〔三〕太極元年：舊唐書韋安石傳載安石卒於開元二年，其子韋陟傳亦云「開元初，丁父憂」。「太極元年」當誤。

二五、唐王弘義〔一〕，冀州衡水人，少無賴，告密羅織善人。曾遊河北趙、貝〔二〕，見老人每年作邑齋，遂告，殺二百人。授游擊將軍，俄除侍御史。時有告勝州都督王安仁者，密〔三〕差弘義往推索。大枷夾頸〔四〕，安仁不承伏，遂於枷上斫安仁死，便即脱之。其男從軍，亦擒而斬之。至汾州，與司馬毛公對食，須臾，喝下，斬取首，百姓震悚。後坐誣枉，流雷州〔五〕，將少姬花嚴〔六〕，素所寵也。弘義於舟中僞作敕追，花嚴諫曰：「事勢如此，何忍更爲不軌乎？」弘義怒曰：「此老嫗欲敗吾事！」縛其手足，投之於江，船人救得之，弘義又鞭二百而死，埋於江上。俄而僞敕〔七〕發，御史胡元禮推之，錮身領迴。至花嚴死處，忽云：「花嚴來喚對事。」左右皆不見，唯弘義稱「叩頭〔八〕死罪」，如受〔九〕枷棒之聲，夜半而卒。太平廣記一二九、寶顏堂本二、明抄本三、顧本三、丁本三。舊唐書一八六上酷吏王弘義傳，新唐書二〇九酷吏王弘義傳，資治通鑑二〇四、二〇五載此事。

資治通鑑二〇四天授元年載：衡水人王弘義，素無行……又遊趙、貝，見閭里耆老作邑齋，遂告以謀反，殺二百餘人。擢授游擊將軍，俄遷殿中侍御史。或告勝州都督王安仁謀反，敕弘義按之。安仁不服，弘義即於枷上刎其首；又捕其子，適至，亦刎其首，函之以歸。道過汾州，司馬毛公與之對食，須臾，叱毛公下階，斬之，槍揭其首入洛，見者無不震栗。

舊唐書一八六上酷吏王弘義傳載：延載元年，(來)俊臣貶，弘義亦流放瓊州，妄稱敕追。時胡元禮爲侍御史，使嶺南道，次于襄、鄧，會而按之。……乃搒殺之。

新唐書二〇九酷吏王弘義傳載：延載初，俊臣貶，弘義亦流瓊州。自矯詔追還，事覺，會侍御史胡元禮使嶺南，次襄州，按之……杖殺之。

資治通鑑二〇五延載元年載：王弘義流瓊州，詐稱敕追還，至漢北，侍御史胡元禮遇之，按驗，得其姦狀，杖殺之。

〔一〕王弘義：廣記談本作「王弘」，舊唐書酷吏傳、通鑑二〇四均作「王弘義」，此當爲宋人避太宗趙光義諱省，今據舊唐書酷吏傳、通鑑改。下同。

〔二〕貝：廣記談本作「具」，張校據廣記孫本、廣記沈本改作「貝」，然廣記沈本實作「定」。通鑑作「貝」，可證作「貝」字是，今從廣記孫本、通鑑改。

〔三〕者密：明抄本作「者□」，顧本、丁本作「密者」。廣記沈本「密」字在「告勝州都督王安仁」前，疑是。

〔四〕頸：顧本、丁本、廣記沈本作「項」。

〔五〕雷州：舊唐書酷吏王弘義傳、新唐書酷吏王弘義傳、通鑑作「瓊州」。

〔六〕巖：明抄本、顧本、丁本作「巗」。

〔七〕僞敕：明抄本、顧本、丁本作「事」，疑是。廣記沈本無「敕」字，或即後人因此據上文擬補「敕」字。

〔八〕稱叩頭：顧本、丁本作「叩頭稱」，疑是。

〔九〕受：廣記作「授」，據寶顏堂本、明抄本、顧本、丁本改。

二六、唐虔州司士劉知元攝判司倉，大酺時，司馬楊舜臣謂之曰：「買肉必須含胎，肥脆可食，餘瘦不堪。」知元乃揀取懷孕牛犢及猪、羊、驢等殺之，其胎仍動，良久乃絶。無何，舜臣一奴無病而死，心上尚〔一〕煖，七日而蘇，云見一水犢白額，并子隨之，見王訴云：「懷胎五箇月，枉殺母子。」須臾，又見猪、羊、驢等皆領子來訴，見劉司士荅款引楊司馬處分如此。居三日而知元卒亡，又五日而舜臣死。太平廣記一三二、寶顏堂本一、明抄本二、顧本二、丁本二。

〔一〕尚：廣記談本作「乃」，據廣記沈本改。趙校據廣記汪本改作「仍」，然汪本實爲徑改，無據。

二七、(張)文成景雲二年爲鴻臚寺丞，帽帶及緑袍並被鼠齧，有蜘蛛大如栗〔一〕，當寢門懸〔二〕絲上。經數日，大赦，加階，授五品〔三〕。男不宰，鼠亦齧腰帶欲斷，尋選授博野尉。太平廣記一三七、古今合璧事類備要前集四一、翰苑新書前集四三、古今類事一五、寶顏堂本一、明抄本二、顧本二、丁本二。

按：寶顏堂本、明抄本、顧本、丁本此條上原有「率更令張文成梟晨鳴於庭樹」一條，乃誤輯太平廣記一三七引國史異纂，今删。寶顏堂本自「並被鼠齧」下脱，誤接下條「有神靈遞相誣告」。

〔一〕栗：廣記沈本、合璧、翰苑、類事作「粟」。

〔二〕懸：廣記沈本、合璧、翰苑、類事作「緣」。

〔三〕五品：翰苑下有「服」字，類事下有「官」字。

二八、隋大業之季，貓鬼事起。家養老貓〔一〕爲厭魅，頗有神靈，遞相誣告。京都及郡縣被誅戮者數千餘家，蜀王秀皆坐之。隋室既亡，其事亦寢〔二〕。太平廣記一三九、寶顏堂本一、明抄本二、顧本二、丁本二。

〔一〕老貓：明抄本、顧本、丁本下有「鬼」字。

〔二〕寢：寶顏堂本、明抄本、顧本、丁本下有「矣」字。

二九、唐儀鳳年中，有長星半天，出東方，三十餘日乃滅。自是吐蕃叛，匈奴反，徐敬業亂，白鐵余作逆，博、豫騷動，忠、萬彊梁，契丹翻營府，突厥破趙、定，麻仁節、張玄遇、王孝傑等皆没百萬衆，三十餘年，兵革不息。太平廣記一三九、寶顏堂本一、明抄本二、顧本二、丁本二。

三〇、唐調露之後，有鳥〔一〕大如鳩，色如烏雀，飛若風聲，千萬爲隊，時人謂之「鵽雀」，亦名「突厥雀」。若來，突厥必至。後則無差〔二〕。太平廣記一三九、寶顏堂本一、明抄本二、顧本二、丁本二。舊唐書三七五行志載此事。

舊唐書三七五行志載：調露元年，突厥溫傅等未叛時，有鳴鵽羣飛入塞，相繼蔽野，邊人相驚曰：「突厥雀南飛，突厥犯塞之兆也。」至二年正月，還復北飛，至靈夏已北，悉墜地而死，視之，皆無頭。

〔一〕鳥：廣記談本作「烏」，據寶顏堂本、明抄本、顧本、丁本改。

〔二〕後則無差：此句費解，疑有脱誤。寶顏堂本、顧本、廣記沈本作「後至無差」。

三一、天授中，則天好改新字，又多忌諱。有幽州人尋如意上封云：「國字中『或』，或亂天象〔一〕。請囗中安『武』以鎮之。」則天大喜，下制即依。月餘，有上封者云：「武退在囗中，與囚字無異，不祥之甚。」則天愕然，遽追制，改令中爲「八方」字。後孝和即位，果幽則天於上陽宮。太平廣記一三九、寶顔堂本一、明抄本二、顧本二、丁本二。類説一引兩京雜記載此事。

類説一引兩京雜記載：則天好改新字。有言：國中有或，或者，惑也，乞以武鎮之。乃改作「國」，又言：武在囗中，與囚何異？乃改作「圀」（原作「囫」，據紺珠集一三改）。

〔一〕或亂天象：廣記沈本作「惑亂天象」，類説一引兩京雜記云「或者，惑也」，疑僉載此上亦當有此四字，「或亂天象」之「或」當從廣記沈本作「惑」。

三二、唐長安二年九月一日，太陽蝕盡，默啜賊到并州。至十五日夜，月蝕盡，賊並退盡。太平廣記一三九、寶顔堂本一、明抄本二、顧本二、丁本二。

三三、唐長安四年十月，陰雨雪一百餘日，不見星。正月〔一〕，誅逆賊張易之、昌宗等，則天廢。太平廣記一三九、寶顔堂本一、明抄本二、顧本二、丁本二。太平御覽八七七引唐書、舊唐書三七五行志、南部新書庚載此事。

太平御覽八七七引唐書載：則天長安四年九月，霖雨兼雪，凡陰一百五十餘日，至神龍元年正月，五王誅二張，孝和反正，方見晴霽。舊唐書三七五行志載：長安四年九月後，霖雨並雪，凡陰一百五十餘日，至神龍元年正月五日，誅二張，孝和反正，方晴霽。

〔一〕正月：南部上有「明年」二字，是。御覽引唐書、舊唐書五行志均作「神龍元年正月」。僉載「正月」上當脱「明年」或「神龍元年」等字。

三四、唐景龍中，洛下霖雨百餘日。宰相不能調陰陽，乃閉坊市北門，卒無效，霧溢至甚。人歌曰：「禮賢不解開東閤，燮理惟能閉北門。」詩話總龜三七。舊唐書三七五行志載此事。

舊唐書三七五行志載：景龍中，東都霖雨百餘日，閉坊市北門。駕車者苦甚污，街中言曰：「宰相不能調陰陽，致兹恒雨，令我污行。」會中書令楊再思過，謂之曰：「於理則然，亦卿牛劣耳。」

按：此事與前事相類，今附於此。

三五、唐幽州都督孫佺〔一〕之入賊也，薛訥與之書曰：「季月不可入賊，大凶也。」佺曰：「六月宣王北伐，訥何所知〔二〕？有敢言兵出不復〔三〕者斬。」出軍之日，有白虹垂頭於軍門。其夜，大星落於營內。兵將無敢言者。軍行後，幽州界內鵶、烏、鴟、鳶等並失，皆隨軍去。經二旬而軍没，烏鳶食其肉焉。太平廣記一三九、寶顏堂本一、明抄本二、顧本二、丁本二。

〔一〕孫佺：廣記談本作「孫儉」，張本徑改作「孫佺」。孫佺，孫處約子，傳附見新唐書一〇六孫處約傳，今從張本改。

〔二〕知：廣記孫本上有「言」字。

〔三〕復：廣記沈本作「便」，疑是。

三六、唐延和初，七日〔一〕，太白晝見經天。其月，太上皇遜帝位，此易主之應也。至八月九月〔二〕，太白仍〔三〕晝見，改元先天。至二年七月〔四〕，太上皇廢，誅中書令蕭至忠、侍中岑羲，流崔湜，尋誅之。太平廣記一三九、寶顏堂本一、明抄本二、顧本二、丁本二。

〔一〕延和初七日：汪校云：「按通鑑卷二一〇，延和（元年）秋七月彗星出西方，日疑是月。」舊唐書三六天文志載「太極元年七月四日，彗入太微」，即通鑑所載此事。李校據此改爲「延和秋七月」。按，太白與彗星爲二事。下云「其月，太上皇遜帝位」，考舊唐書八玄宗本紀，延和元年七月壬午（通鑑作「壬辰」），睿宗下制遜位。本條下文又敘八月事，是此「七日」當如汪校所云作「七月」。或當時史書漏書太白晝見之事。

〔二〕八月九月：廣記四庫本、寶顏堂本作「八月九日」，張校云「似是」。新唐書三三天文志載「先天元年八月甲子，太白襲月」，甲子爲二十七日。然下云「改元先天」，據舊唐書七睿宗本紀，爲八月七日事，不應之前出現九月事，廣記四庫本、寶顏堂本所改疑是。

〔三〕仍：廣記談本作「又」，據寶顏堂本、明抄本、顧本、丁本、廣記沈本改。

〔四〕二年七月：廣記作「二月七日」，汪校云：「按唐書玄宗紀，先天二年七月甲子誅太平公主、蕭至忠、岑羲等，『二月七日』疑是『二年七月』。」張校據此改作「二年七月」，今從之。

**三七、唐開元二年五月二十九日夜，大流星如甕，或如盆大者，貫北斗〔一〕，並西北落，小者隨之無數，天星盡搖，至曉乃止〔二〕。七月，襄王崩，謚殤帝。十月，吐蕃入隴右，掠羊馬，殺傷無數。其年六月，大風拔樹發屋，長安街中樹連根出者十七八。長安城初建，隋將作大匠高熲所植槐樹，殆三百餘年〔三〕，至是拔出。終南山竹開花結子，綿亘山谷，大小如麥。其歲大饑，其竹並枯死。嶺南亦然。人取而食之。醴泉雨麪如米顆，人可食之。後漢襄楷云：「國中竹、柏枯者，不出三年，人主〔四〕當之。人家竹結實〔五〕枯死者，家長當之。」終南竹花枯死者，開元四年而太上皇崩。**太平廣記一四〇、寶顏堂本一、明抄本二、顧本二、丁本二。新唐書三二天文志、三四五行志載此事。

新唐書三二天文志載：開元二年五月乙卯晦，有星西北流，或如甕，或如斗，貫北極，小者不可勝數，天星盡搖，至曙乃止。占曰：「星，民象；流者，失其所也。」漢書曰：「星搖者民勞。」

新唐書三四五行志載：開元二年，終南山竹有華，實如麥，嶺南亦然，竹並枯死，是歲大饑，民採食之。占曰：「國中竹、柏枯，不出三年有喪。」

〔一〕北斗：新唐書天文志作「北極」。

〔二〕止：廣記談本作「上」，張校據廣記孫本、廣記沈本改，寶顏堂本、明抄本、顧本、丁本亦作「止」，新唐書天文志作「至曙乃止」，亦可證。

〔三〕三百餘年：開元二年距隋僅百餘年，「三」字當衍。

〔四〕人主：廣記談本無「人」字，張校據廣記沈本補，明抄本作「上」，顧本、丁本作「王」。後漢書三〇下襄楷傳云「柏傷竹枯，不出三年，天子當之」即其所據，「天子」即此「人主」之意，張校所補是，今從之。

〔五〕結實：廣記沈本作「花」。

**三八、開元五年，洪、潭二州復有火災〔一〕，晝日人見火精赤燉燉〔二〕，所詣〔三〕即火起。東晉時，王弘爲吴郡太守，亦有此災。弘撻部人，將爲不慎〔四〕，後坐廳事，見一物赤如信幡，飛向人家舍上，俄而火起，方知變〔五〕不復由人，遭爇人家遂免笞罰。**

太平廣記一四〇、説郛二、寶顏堂本一、明抄本二、顧本二、丁本二。舊唐書三七五行志、新唐書三四五行志載此事。

舊唐書三七五行志載：開元五年，洪、潭二州災，火延燒郡舍。郡人先見火精赤暾暾飛來，旋即火發。

新唐書三四五行志載：是歲（開元五年），洪州、潭州災，延燒州署，州人見有物赤而暾暾飛來，旋即火發。

〔一〕復有火災：疑僉載原本上文記有他處火災事。舊唐書五行志作「洪、潭二州災」，其上爲景龍中凌空觀火事，亦見廣記一六二引僉載，疑此或原當在凌空觀火事之下，故稱「復有」，或其上有别一火災事，爲舊唐書所未載。

〔二〕燉燉：廣記談本作「燉燉」，張校據寶顏堂本改。説郛亦作「燉燉」，與寶顏堂本同。宋本廣韻一：「燉，火色。」又「燉，火熾」。張校所改當是，今從之。

〔三〕詣：説郛下有「處」字。

〔四〕慎：廣記沈本作「謹」。

〔五〕變：廣記沈本上有「災」字。

**三九、唐開元二年〔一〕，衡州五月頻有火災，其時人盡皆見物大如瓮，赤〔二〕如燈籠〔三〕，所指〔四〕之處，尋而火起，百姓咸謂之「火殃」。**說郛二、歷代小史本。舊唐書三七五行志、新唐書三四五行志載此事。

舊唐書三七五行志載：（開元）十五年，衡州災，火延燒三四百家。郡人見物大如瓮，赤如燭籠，此物所至，即火發。

新唐書三四五行志載：是年（開元十五年），衡州災，延燒三百餘家，州人見有物大如甕，赤如燭籠，所至火即發。

按：此事與前事相類，今附於此。

〔一〕開元二年：舊唐書五行志、新唐書五行志均繫此事於開元十五年，僉載當誤。

〔二〕赤：説郛作「亦」，據舊唐書五行志、新唐書五行志改。

〔三〕燈籠：舊唐書五行志、新唐書五行志作「燭籠」。

〔四〕指：舊唐書五行志、新唐書五行志作「至」。上文云「所詣即火起」，此「指」亦疑爲「詣」字之誤。

**四〇、唐開元八年，契丹叛，關中兵救營府，至澠池缺門〔一〕，營於穀水側。夜半水漲，漂二萬餘人。唯行綱夜樗蒲不睡，接〔二〕高獲免，村店並没盡。上陽宫中水溢，宫人死者十七八。其年，京〔三〕興道坊一夜陷爲池，没五百家。初，鄧州三鵶口〔四〕見二小兒以水相潑，須臾，有大蛇十圍已上，張口向天。人或有斫射者，俄而雲雨晦冥，雨水漂數百家〔五〕，小兒及蛇不知所在。**

太平廣記一四〇、寶顔堂本一、明抄本二、顧本二、丁本二。舊唐書三七五行志、新唐書三六五行志載此事，南部新書庚載穀水漲事。

舊唐書三七五行志載：（開元）八年夏，契丹寇營州，發關中卒援之。軍次澠池縣之闕門，野營穀水上。夜半，山水暴至，二萬餘人皆溺死，唯行網（當作「綱」）役夫夜樗蒲，覺水至，獲免，逆旅之家，溺死死人漂入苑中如積。其年六月二十一日夜，暴雨，東都穀、洛溢，入西上陽宫，宫人死者十七八。畿内諸縣，田稼廬舍蕩盡。掌關（當作「閑」）兵士，凡溺死者一千一百四十八人。京城興道坊一夜陷爲池，一坊五百餘家俱失。其年，鄧州三鴉口大水塞谷，初見二小兒以水相潑，須臾，有大蛇十圍已上，張口向天，人或斫射之，俄而暴雷雨，漂溺數百家。

新唐書三六五行志載：（開元）八年夏，契丹寇營州，發關中卒援之，宿澠池之缺門，營穀水上，夜半，山水暴至，萬餘人皆溺死。六月庚寅夜，穀、洛溢，入西上陽宫，宫人死者十七八，畿内諸縣田稼廬舍蕩盡，掌閑衛兵溺死千餘人，京師興道坊一夕陷爲池，居民五百餘家皆没不見。是年，鄧州三鴉口大水塞谷，或見二小兒以水相沃，須臾，有蛇大十圍，張口仰天，人或斫射之，俄而暴雷雨，漂溺數百家。

〔一〕缺門：舊唐書五行志作「闕門」。

〔二〕接：廣記沈本作「昇」，張校據寶顔堂本改作「據」，然南部亦作「接」，則當時所見原本如此，寶顔堂本疑爲後人據文意所改，今仍從廣記談本。

〔三〕京：舊唐書五行志下有「城」字，新唐書五行志作「京師」。

〔四〕口：舊唐書五行志、新唐書五行志下有「大水塞谷」四字。

〔五〕數百家：廣記談本作「二百家」，據廣記孫本、舊唐書五行志、新唐書五行志改。

**四一、唐永徽年中〔一〕，張鷟築馬槽廠，宅正北掘一坑丈餘〔二〕。時〔三〕陰陽書云：「子地穿，必有人墮井死。」鷟有奴名永進〔四〕，淘井土崩，壓〔五〕死。又鷟故宅有一桑，高四五丈，無故枯死，尋而祖亡没。後有明陰陽〔六〕云：「喬木先枯，衆子必孤。」此其驗也。**太平廣記一四二、寶顔堂本六。

按：太平廣記沈本此條在卷一四一。

〔一〕永徽年中：李校云：「按鷟生于永徽末，此云永徽年鷟築馬槽廠，『永徽年』下疑有脱文。」

〔二〕丈餘：廣記沈本作「深丈許」。

〔三〕時：廣記沈本作「焉」，屬上讀，疑是。

〔四〕永進：廣記沈本下有「者」字。

〔五〕壓：寶顏堂本、廣記沈本下有「而」字。

〔六〕明陰陽：廣記沈本下有「者」字。

**四二、唐徐敬業舉兵，有大星蓬蓬如筐籠，經三宿而失。俄而敬業敗。** 太平廣記一四三、寶顏堂本六。

按：太平廣記沈本此條在卷一四一。

**四三、唐司刑卿〔一〕杜景佺〔二〕授并州長史，馳驛赴任。其夜，有大星如斗，落於庭前，至地而没。佺至并州祁縣界而卒。群官迎候者，以所獻物爲祭〔三〕。** 太平廣記一四三、寶顏堂本六。

按：太平廣記沈本此條在卷一四二。

〔一〕司刑卿：疑當作「司刑少卿」。舊唐書九〇杜景儉傳載：「坐漏泄禁中語，左授司刑少卿，出爲并州長史。道病卒。」新唐書一一六本傳同作「司刑少卿」。文苑英華三九八有李嶠授杜景佺司刑少卿制，云「鸞臺銀青光禄大夫守秋官尚書、上柱國杜景佺……輕違憲章，私樹恩福，罔懷緘慎，屢有泄言……可司刑少卿」。

〔二〕杜景佺：新唐書一一六本傳同，廣記張本、僉載李本、舊唐書九〇本傳作「杜景儉」。通鑑二〇四天授元年亦作「杜景儉」，考異一一云：「實録及新紀、表、傳，皆作『景佺』，蓋實録以草書致誤，新書因承之耳。今從舊紀、傳。」然唐代墓誌彙編天寶一八四高府君夫人杜氏墓誌銘云「皇刑部尚書、同中書門下平章事曰景佺，其顯考也」，亦作「景佺」。舊唐書作「杜景儉」者當爲形近誤字，考異誤斷。

〔三〕群官迎候者以所獻物爲祭：廣記談本作「群官迎祭所上食爲祭盤」，文意不通，張校據廣記孫本改，廣記沈本亦同，張校所改當是，今從之。

**四四、唐將軍黑齒常之鎮河源軍，城極嚴峻。有三口狼入營，繞官舍，不知從何而至，軍士射殺。黑齒惡之，移之〔一〕外。奏討三曲党項〔二〕，奉敕許〔三〕，遂差將軍李謹行充替。謹行到軍，旬日病卒。**太平廣記一四三、寶顏堂本六。舊唐書三七五行志、新唐書三五五行志載此事。

舊唐書三七五行志載：永徽中，黑齒常之戍河源軍，有狼三頭，白晝入軍門，射之斃。常之懼，求代。將軍李謹代常之軍，月餘卒。新唐書三五五行志載：永徽中，河源軍有狼三，晝入軍門，射之，斃。

按：太平廣記沈本此條在卷一四二。

〔一〕之：廣記沈本作「于」。

〔二〕三曲党項：唐無此稱，其義費解，疑爲「河曲党項」之誤。新唐書二二二上南蠻南詔傳有「欲掠河曲党項畜産」語，李德裕李文饒集一四請發陳許徐汝襄陽等兵狀亦有「河曲党項向與回鶻有讎」語。所謂「河曲党項」者，疑指生活於河曲之党項部落，如舊唐書一九八西戎党項傳所謂「雪山党項」之例。河源軍位置與河曲較近，故發兵討之。僉載「三」字當爲「河」字之誤。

〔三〕奉敕許：廣記沈本作「敕許之」，疑是。

**四五、唐天官侍郎顧琮新得三品，有子壻來謁。時大門造成，琮乘馬至門，鼓鼻踣地不進，鞭之，跳躍而入，從騎亦如之。有頃，門無故自倒。琮不悦，遂病。郎中、員外已下來問疾，琮云：「未合入三品，爲諸公成就至此。自知不起矣。」旬日而薨。**

太平廣記一四三、寶顏堂本六。

按：太平廣記沈本此條在卷一四二。

四六、唐張易之初造一大堂，甚壯麗，計用數百萬，紅粉泥壁，文柏帖柱，琉璃、沉香爲飾。夜有鬼書其壁曰：「能得幾時？」易之令削去，明日復書之。前後六七削〔一〕。易之乃題其下曰：「一月即令〔二〕足。」自是不復更書。經〔三〕半年，易之籍没，入官。太平廣記一四三、寶顏堂本六。

按：太平廣記沈本此條在卷一四二。

〔一〕削：寶顏堂本、廣記沈本無。

〔二〕令：寶顏堂本、廣記沈本無。

〔三〕經：廣記沈本作「未」。

四七、唐崔玄暐初封博陵王，身爲益府長史。受封，令所司造輅，初成，有大風吹其蓋傾折。識者以爲不祥。無何，弟昪〔一〕爲雲陽令，部人殺之雍州衙内，暐三從以上長流嶺南。斯亦咎徵之先見也。太平廣記一四三、寶顏堂本六。

按：太平廣記沈本此條在卷一四二。

〔一〕昪：廣記談本作「暈」。舊唐書九一崔玄暐傳云：「與弟昪甚相友愛。昪官至尚書左丞。」新唐書七二下宰相世系表亦作「昪」，然新唐書一二〇崔玄暐傳作「昪」，唐代墓誌彙編開元二六崔玄暐墓誌云「舍弟大理卿昪」，當以作「昪」爲是，今據改。

四八、俗諺云：「棗子塞鼻孔，懸樓閣卻種。」太平廣記一三九、寶顏堂本一、明抄本二、顧本二、丁本二。

又云：「蟬鳴蛁蟟喚，黍種餻糜斷。」太平廣記一三九、寶顔堂本一、明抄本二、顧本二、丁本二。

諺〔一〕云：「春雨甲子，赤地千里。夏雨甲子，乘船入市。秋雨甲子，禾頭生耳，鵲巢下〔二〕近地，其年大水。冬雨甲子，飛雪千里〔三〕。」太平廣記一三九、類説四〇、紺珠集三、海録碎事一、古今合璧事類備要前集二、古今事文類聚前集五、歲時廣記末卷、杜工部草堂詩箋四、寶顔堂本一，王荆公詩注三九引「春雨」句。

按：廣記一三九此三條原與本書第三二條連爲「默啜」一條，然二者内容無涉，本條當屬「俗諺」門，蓋廣記引用時誤合一處，今分拆。又，此三條三句俗諺間彼此無關，今亦分拆。

〔一〕諺：類説作「俚」，紺珠集、合璧作「俚語」。

〔二〕下：草堂詩箋無。

〔三〕冬雨甲子飛雪千里：廣記談本無，據類説、紺珠集補。寶顔堂本「冬雨甲子」四字在「鵲巢」上，明抄本、顧本、丁本無。「飛雪千里」，合璧、事文作「牛羊凍死」，歲時作「飛雪萬里」。四時纂要五有「冬雨甲子，飛雪千里」之語，與此同。

**四九、足寒傷心，人勞傷骨**〔一〕。野客叢書三〇。

按：野客叢書三〇引此云「見朝野僉載俗諺篇」。

〔一〕人勞傷骨：申鑒一政體、劉子一政體均作「民勞傷國」。臣軌下、唐大詔令集三改元弘道詔引作「人勞傷國」，蓋避太宗諱改「民」作「人」。據此，「骨」疑當爲「國」字之誤。

**五〇、俗諺問**〔一〕：「**豬生十子豚復豚，虎生一子當谷蹲。**」箋注簡齋詩集一四。

〔一〕問：疑當作「云」。

五一、太歲在午，人馬食土。歲在辰巳，貨妻賣子。歲在申酉，乞漿得酒。五色綫下，東坡詩集注七、九。

五二、叱雀官倉，猶是向公。埤雅九。

五三、正月三白，田公〔一〕笑嚇嚇〔二〕。西北〔三〕人諺曰：「要宜麥，見三白。」古今合璧事類備要前集三、古今事文類聚前集四。類說四〇、後山詩注八、箋注簡齋詩集三〇引前事。

〔一〕公：箋注簡齋詩集作「家」。

〔二〕嚇嚇：後山詩注、箋注簡齋詩集作「赫赫」，類說作「啞啞」。

〔三〕北：東坡詩集注一八、王荆公詩注一〇無。

五四、唐瀛州饒陽人宋善威曾任一縣尉。嘗晝坐，忽然取靴衫笏走出門，迎接拜伏引入，諸人不見，但聞語聲。威命酒饌樂飲，仍作詩曰：「月落三株樹，日�九重天。良夜歡宴罷，暫別庚申年。」後威果至庚申年〔一〕而〔二〕卒。太平廣記一四三、寶顏堂本六。

按：太平廣記沈本此條在卷一四二。

〔一〕果至庚申年：廣記談本無「庚」字，僉載李校據寶顏堂本、四庫本及上文補，今從之。廣記沈本無「至」字。

〔二〕而：寶顏堂本無。

五五、唐開元三年，有熊晝日入廣府城[一]內，經都督門前過。軍人逐十餘里，射殺之。後月餘，都督李處鑒死。自後長史朱思賢被告反，禁身[二]半年，纔出即卒，司馬宋慶賓、長史竇崇嘉相繼而卒。太平廣記一四三、寶顏堂本六。舊唐書三七五行志、新唐書三五五行志載此事。

舊唐書三七五行志載：（開元）三年，有熊白晝入廣陵城，月餘，都督李處鑒卒。

新唐書三五五行志載：開元三年，有熊晝入揚州城。

〔一〕廣府城：舊唐書五行志作「廣陵城」，新唐書五行志作「揚州城」。唐文拾遺二開元二年九月一日宋慶賓敕云「可守廣州都督府司馬」，其人即僉載下文所云「司馬宋慶賓」，知僉載「廣府城」不誤，舊唐書「廣陵城」當爲「廣府城」之誤，新唐書作「揚州城」又因「廣陵城」而誤。

〔二〕身：廣記沈本作「錮」。

五六、唐開元四年，尚書考功院廳前一[一]雙桐樹忽然枯死。旬日，考功員外郎邵炅[二]卒。尋而麴先沖爲郎中，判舊案。月餘，西邊樹又枯死，省中憂之。未幾而先沖又卒。太平廣記一四三、寶顏堂本六。

〔一〕一：廣記沈本作「有」。

〔二〕邵炅：廣記談本、寶顏堂本作「邵某」。唐尚書省郎官石柱題名考功員外郎有「邵炅」，題名考一〇引僉載此事，謂此「邵某」即「邵炅」，云「『炅』作『某』，亦避諱改」，其説當是。唐語林五：「韋鏗初在憲司，邵炅、蕭嵩同昇殿。神武皇帝即位，及詔出，炅、嵩俱加朝散，獨鏗不及。炅鼻高，嵩鬚多，並類鮮卑。鏗嘲之曰：『一雙獠子著緋袍，一箇鬚多一鼻高。相對衙前捺且立，自言身品世間毛。』」廣記二五五「邵景」條引御史臺記、大唐新語一三載此事均作「邵景」，亦爲宋人避諱所改。今回改。

五七、唐源乾曜爲宰相，移政事牀。時姚元崇歸休，及假滿來，見牀移，忿之。曜懼，下拜。玄宗聞之而停曜。宰相諱移牀，移則改動。曜停後，元崇罷〔一〕，此其應〔二〕也。太平廣記一四三、寶顏堂本六。

〔一〕罷：寶顏堂本、廣記沈本上有「亦」字。

〔二〕應：寶顏堂本作「驗」。

五八、梁簡文之生，誌公謂武帝〔一〕：「此子與冤家同年生。」其年侯景生於雁門，亂梁，誅蕭氏略盡。太平廣記一四六、寶顏堂本六。佛祖統紀三七載此事。

按：佛祖統紀三七：「（梁）武帝初革命，張齊殺東昏侯，送其首於帝，除及宗屬。後數年，簡文生，誌公謂帝曰：『此子與怨家同生。』蓋侯景以是年生於雁門。及景破建康，帝崩，簡文繼，及於禍，梁子弟多見戮。故世稱侯景是東昏侯後身。」其後半與僉載多同，二者當有淵源關係，或佛祖統紀所據即僉載。知僉載所謂「冤家」亦指東昏侯，然廣記引僉載未言「冤家」之由，文似不全，疑廣記删減，佛祖統紀所記者或爲全文。

〔一〕武帝：廣記沈本下有「曰」字。

五九、唐魏徵爲僕射，有二典事之長參〔一〕，時徵方寢，二人窗下平章，一人曰：「我等官職，總由此老翁。」一人曰：「總由天上。」徵聞之，遂作一書，遣「由此老翁」人〔二〕者送至侍郎處，云：「與此人一員好官。」其人不知，出門心痛，憑「由天」人〔三〕者送書。明日引注，「由老人」者被放，「由天上〔四〕」者得留。徵怪之，問焉〔五〕，具以實對，乃歎曰：「官職禄料〔六〕由天者，蓋不虚也。」太平廣記一四六、太平廣記詳節一〇、賓退録四、分門古今類事三、寶顏堂本六。

〔一〕長參：類事作「甚謹」。

〔二〕人：賓退録無。

〔三〕人：廣記沈本、寶顏堂本作「上」，賓退録無。

〔四〕上：廣記談本無，據寶顏堂本、廣記沈本、詳節補。

〔五〕怪之問焉：詳節作「怪之而問焉」，賓退録、類事作「怪而問焉」。

〔六〕料：類事作「秩」。

**六〇、唐婁師德爲揚州江都尉，馮元常亦爲尉，共見張冏藏〔一〕。冏藏曰：「二君俱貴，馮位不如婁。馮唯取錢多，即〔二〕官益進。婁若取一錢，官即敗〔三〕。」後馮爲浚儀尉，多肆慘虐，巡察以爲彊，奏授雲陽尉。又緣取錢事雪，以爲清彊監察。婁竟不敢取一錢，位至台輔，家極貧匱。馮位至尚書左丞，後得罪，賜自盡。婁至納言卒。**太平廣記一四六、分門古今類事九、寶顏堂本六。

〔一〕張冏藏：廣記二二一「張冏藏」條引定命録、鼠璞下引廣異記同，舊唐書一九一方伎傳、新唐書二〇四方技傳、御覽七三一引唐書、尚書故實、大唐傳載、册府八一二、通鑑考異一二引開元升平源等均作「張憬藏」，廣記七七「張景藏」條引尚書故實，三八九「徐勣」條引僉載，四四四「魏元忠」條引廣異記均作「張景藏」，廣記二一六「裴珪妾」條引僉載、唐語林二、鷄肋集省試策贈江海客張相士則作「張璟藏」。各書所載其名各不相同。疑當作「張冏藏」，因宋人避太宗諱改作「憬」、「景」、「璟」等字。然廣記所引僉載各處文字即不一致，今各仍其舊。

〔二〕即：廣記談本無，張校據廣記孫本、廣記沈本補。寶顏堂本、類事亦有「即」字，張校所補是，今從之。

〔三〕敗：寶顏堂本作「落」，張校據廣記孫本、廣記沈本於其上補「落」字。然類事作「官即敗」，無「落」字，今仍從廣記談本。

**六一、唐王顯與文武皇帝〔一〕有嚴子陵〔二〕之舊，每掣褌爲戲，將帽〔三〕爲歡。帝微時，常戲〔四〕曰：「王顯抵老〔五〕不作繭。」**

及帝登極，而顯謁，因奏〔六〕曰：「臣今日得作繭耶？」帝笑曰：「未可知也。」召其三子，皆授五品，顯獨不及。謂曰：「卿無貴相，朕非爲卿惜也。」曰：「朝貴而〔七〕夕死足矣。」時僕射房玄齡曰：「陛下既有龍潛之舊，何不試與之？」帝與之三品，取紫袍、金帶賜之，其夜卒。太平廣記一四六、古今合璧事類備要前集五五、古今事文類聚前集三九、分門古今類事一〇、宋本施顧注東坡先生詩二一、寶顔堂本六。

〔一〕文武皇帝：合璧、事文作「太宗皇帝」，注東坡先生詩作「文皇」。

〔二〕嚴子陵：合璧、事文、類事無「嚴」字。

〔三〕將帽：合璧、事文作「捋帽」。五燈會元一五有「師遂捋下頭帽，擲在地上」語，疑當以作「捋」爲是。

〔四〕戲：合璧、事文、類事、注東坡先生詩下有「顯」字。

〔五〕老：注東坡先生詩作「死」。

〔六〕因奏：張校據廣記孫本删「因」字，寶顔堂本亦無「因」字，然類事、注東坡先生詩作「因奏」，合璧、事文作「因召其三子」，雖爲省略，然可知其原文皆有「因」字。

〔七〕而：注東坡先生詩無。

六二、唐太宗極康豫，太史令李淳風見上，流淚無言，上問之，對曰：「陛下夕當晏駕。」太宗曰：「人生有命，亦何憂也。」留淳風宿。太宗至夜半，忽〔一〕奄然入定，見一人，云：「陛下蹔合來，還即去也。」帝問：「君是何人？」對曰：「臣是生人判冥事。」太宗入見，判官〔二〕問六月四日事，即令還，向見者又迎送引導出。淳風即觀玄象，不許哭泣。須臾乃寤。至曙，求昨所見者，令所司與一官，遂注蜀道一丞。上怪問之，選司奏：「奉進止與此官。」上亦不記，旁人悉聞，方知官皆由天也。太平廣記一四六、寶顔堂本六。

〔一〕忽：廣記談本作「上」，據廣記沈本改。寶顏堂本無。

〔二〕入見判官：廣記沈本作「入冥冥官」，疑是。寶顏堂本作「入見冥官」。

六三、唐王無㝵好博戲，善鷹鷂。文武聖皇帝微時，與無㝵蒲戲爭彩，有李陽之宿憾焉。帝登極，㝵藏匿不出。帝令給使將一鷂子於市賣之，索錢二十千。㝵不之知〔一〕也，酬錢十八貫，給使以聞。帝曰：「必王無㝵也。」遂召至，惶懼請罪。帝笑而賞之，令於春明門待諸州庸車三日，並與之。㝵坐三日，屬灞橋破，唯得麻三車，更無所有。帝知其命薄，更不復賞。頻請五品，帝曰：「非不與卿，惜卿不勝也。」固請，乃許之，其夜遂卒。太平廣記一四六、寶顏堂本六。

按：本條所載王無㝵事，與前王顯事相類，疑爲同一人。王顯、王無㝵不見其他史籍，或爲一事異傳。

〔一〕之知：寶顏堂本作「知」，廣記沈本作「知之」。

六四、懷州録事參軍路敬潛遭綦連耀〔一〕事，於新開推鞫，免死配流。後訴雪，授睦州遂安縣令〔二〕。前邑宰〔三〕皆卒於官，潛欲不赴，其妻曰：「君若合死，新開之難，早已無身。今得縣令，豈非命乎？」遂至州，去縣水路數〔四〕里上〔五〕，寢堂〔六〕西〔七〕間有三殯坑，皆埋舊縣令，潛命坊夫填之。有梟鳴於屏風，又鳴於〔八〕承塵上，並不以爲事。每與妻對食，有鼠數十頭，或黄或白，或青或黑，以杖驅之，則抱杖而叫〔九〕。自餘〔一〇〕妖怪，不可具言。至四考〔一一〕滿，一無損失。選授衛令，除衛州司馬。入爲郎中，位至中書舍人〔一二〕。太平廣記一四六、寶顏堂本一、明抄本二、顧本二、丁本二。新唐書一九九儒學路敬淳傳載此事。

新唐書一九九儒學路敬淳傳載：弟敬潛，少與敬淳齊名，歷懷州録事參軍，亦坐耀事繫獄，免死。後爲遂安令。先是，令多死，敬潛欲辭，妻曰：「君不死獄而得全，非生死有命邪？」從之。到官，有梟嘯其屏，鼠數十走于前，左右驅之，擁杖而號，敬潛不爲懼。久之，遷衛令，位中書舍人。

〔一〕綦連耀：廣記、寶顔堂本作「綦連輝」，顧本、丁本作「綦連揮」，均誤。趙校疑當作「綦連耀」，張校據新唐書儒學路敬潛傳改作「綦連耀」，郝校據舊唐書六則天皇后本紀、一八九儒學路敬淳傳改同。廣記二六八「吉頊」條引僉載亦作「綦連耀」，今從張校、郝校改。

〔二〕令：顧本、丁本下有「丞」字。

〔三〕前邑宰：明抄本、顧本、丁本下有「相」字，廣記沈本上空闕一字。

〔四〕數：廣記談本下有「百」字，據顧本、丁本、廣記沈本删。「數百里」嫌過遠。

〔五〕上：明抄本、顧本、丁本下有「訖」字，廣記沈本下有「見」字。

〔六〕寢堂：廣記沈本上有「見」字。

〔七〕西：寶顔堂本、明抄本、顧本、丁本作「兩」。

〔八〕屏風又鳴於：五字明抄本、顧本、丁本、廣記沈本無，新唐書儒學路敬淳傳云「有梟嘯其屏」，當以有此五字爲是。

〔九〕叫：廣記沈本作「號」。

〔一〇〕自餘：廣記沈本作「自後歲餘」。

〔一一〕四考：廣記談本作「一考」，明抄本作「以考」，據寶顔堂本、顧本、丁本、廣記沈本改。通典一五職官典載唐制云：「凡居官，以年爲考。六品以下，四考爲滿。」

〔一二〕人：明抄本、顧本、丁本下有「矣」字。

**六五、周甘子布博學有才，年七十〔一〕，爲左衛長史，不入五品。登封年病，以驢轝彊至嶽下，天恩加兩階，合入五品，竟不能起。鄉里〔二〕親情〔三〕來賀，冠帶〔四〕不得，遂以緋袍覆其上，帖然而終。**太平廣記一四六、寶顔堂本一、明抄本二、顧本二、丁本二。

〔一〕七十：廣記談本作「十七」，據廣記沈本及文意乙。

〔二〕鄉里：寶顏堂本作「鄰里」，明抄本、顧本、丁本作「甲出」，廣記沈本作「强出」。疑「强出」是。

〔三〕親情：廣記談本作「親戚」，據明抄本、顧本、丁本、廣記孫本、廣記沈本改。親情，即親戚。如拾得詩云：「養兒與取妻，養女求媒娉。重重皆是業，更殺衆生命。聚集會親情，總來看盤飣。目下雖稱心，罪簿先注定。」蓋後人不解「親情」此義，改爲「親戚」。

〔四〕冠帶：廣記談本作「衣冠」，據明抄本、廣記沈本改。廣記孫本作「官帶」，當亦爲「冠帶」之誤。

**六六、唐太常卿〔一〕盧崇道坐女婿中書令崔湜反，羽林郎將張仙坐與薛介然口陳欲反之狀，俱流嶺南。經年，無日不悲號，兩目皆腫，不勝悽戀〔二〕，遂並逃歸。崇道至都宅藏隱，爲男娶崔氏女，未成，有内給使來，取充貴人。崇道乃賂給使，別〔三〕取一崔家〔四〕女去入内。事敗，給使具承，掩崇道，并男三人亦被糺捉。敕杖各決一百，俱至喪命。**太平廣記一四六、寶顏堂本一、明抄本二、顧本二、丁本二。唐詩紀事一三載此事。

按：據首句，僉載此條當尚有張仙事，疑廣記删去。

〔一〕太常卿：大唐新語六、舊唐書一八八孝友陸南金傳載此事作「太常少卿」，舊唐書七〇王珪傳、一八六下酷吏王旭傳作「光禄少卿」。

〔二〕戀：寶顏堂本、明抄本、顧本、丁本作「楚」。

〔三〕別：紀事上有「令」字。

〔四〕家：紀事作「氏」。

**六七、唐青州刺史劉仁軌知海運，失船極多，除名爲民，遂遼東効力。遇病卧〔一〕平壤〔二〕城下，褰幕看兵士攻城。有一卒**

直來前頭背坐，叱之不去，仍惡罵曰：「你欲看，我亦欲看，何預汝事？」不肯去。須臾，城頭放箭，正中心而死。微此兵，仁軌幾爲流矢所中。太平廣記一四六、資治通鑑考異一〇、寶顔堂本一、明抄本二、顧本二、丁本二。

〔一〕遇病卧：明抄本作「偶卧」，顧本、丁本作「遇卧」，廣記沈本作「遇□」。

〔二〕平壤：廣記談本作「平襄」，張校據廣記孫本、廣記沈本改，是，今從之。

六八、唐任之選與張説同時應舉，後説爲中書令，之選竟不及第。來謁張公，公遺絹一束，以充糧用。之選將歸至舍，不經一兩日，疾大作，將絹市藥，絹盡疾自損〔一〕。非但此度，餘處亦然。何薄命之甚也！太平廣記一四六、寶顔堂本一、明抄本二、顧本二、丁本二。

〔一〕損：顧本作「減」，廣記孫本作「愈」，張校據改。按，損有病愈之意，宋書六九范曄傳：「法静尼妹夫許耀領隊在臺，宿衛殿省，嘗有病，因法静尼就熙先乞治，爲合湯一劑，耀疾即損。」今仍從廣記談本。

六九、唐杭州刺史裴有敞疾甚，令錢唐縣主簿夏榮看之。榮曰：「使君百無一慮，夫人早須崇福以〔一〕禳之。」崔夫人〔二〕曰：「禳須何物？」榮曰：「使君娶二姬以壓〔三〕之，出三年則危〔四〕過矣。」夫人怒曰：「此獠狂語。兒在身無病。」榮退曰：「夫人不信，榮不敢言。使君合〔五〕有三婦，若不更〔六〕娶，於夫〔七〕人不祥〔八〕。」夫人曰：「乍〔九〕可死，此事不相當也。」其年，夫人暴亡，敞更娶〔一〇〕二姬。榮言信矣。太平廣記一四七、太平廣記詳節一〇、説郛二、古今説海説略二〇、寶顔堂本一、明抄本二、顧本二、丁本二。

按：廣記許自昌刻本此條出處作「定命録」，然太平廣記詳節、説郛、古今説海均作「朝野僉載」，許本當誤。

〔一〕以：廣記談本無，張校據廣記沈本、廣記陳本補。寶顔堂本、明抄本、顧本、丁本、詳節、説郛、古今説海亦有，張校所補是，今從之。

〔二〕崔夫人：廣記談本上有「而」字，據寶顔堂本、明抄本、顧本、丁本、詳節、説郛、古今説海删。

〔三〕壓：明抄本、古今説海作「厭」，説郛作「魘」。

〔四〕危：顧本、説郛、古今説海作「厄」。

〔五〕合：寶顔堂本、明抄本、顧本、丁本上有「命」字。

〔六〕更：明抄本、顧本、丁本作「使」。

〔七〕夫：詳節作「婦」。

〔八〕祥：説郛、古今説海下有「矣」字。

〔九〕乍：説郛、古今説海作「寧」。

〔一〇〕娶：廣記談本作「取」，據寶顔堂本、明抄本、丁本、廣記沈本、詳節改。

**七〇、唐平王〔一〕誅逆韋，崔日用將兵杜曲，誅諸韋略盡，繃子中嬰孩亦捏殺〔二〕之，諸杜濫及者非一。浮休子曰：「此逆韋之罪，疏族何辜？亦如冉閔殺胡〔三〕，高鼻〔四〕者横死；董卓誅閹人，無鬚者枉戮。死生，命也。」**太平廣記一四八、寶顔堂本一、明抄本二、顧本二、丁本二，後村詩話續集引「冉閔殺胡」句。資治通鑑二〇九景雲元年載此事。

資治通鑑二〇九景雲元年載：崔日用將兵誅諸韋於杜曲，襁褓兒無免者，諸杜濫死非一。

〔一〕唐平王：「唐」，張校云：「原作『廣』，現據孫本改。」今按廣記談本實作「唐」，不誤，寶顔堂本、顧本、丁本作「廣」，誤。「平王」，即玄宗李隆基，唐會要一載玄宗「唐隆元年六月二十一日，進封爲平王」。廣記一六三「黄犢子」條引僉載亦云「平王誅逆韋」。

〔二〕捏殺：寶顏堂本作「楻殺」，廣記沈本作「投」，疑當作「揘殺」，集韻庚韻「揘，擊也」，五臣本文選一張衡西京賦「竿殳之所揘畢」，呂向注：「揘畢，擊刺也。」「捏」「楻」「投」均爲「揘」之形近誤字。

〔三〕胡：後村下有「人」字，顧本、丁本下有「漢」字。

〔四〕高鼻：明抄本、廣記孫本、後村作「鼻高」。

**七一、唐逆韋之變，吏部尚書張嘉福河北道存撫使，至懷州武陟驛，有敕所至處斬之。尋有敕放〔一〕，使人馬上昏睡，遲行一驛。比至，已斬訖。命非天乎？天非命乎？**太平廣記一四八、寶顏堂本一、明抄本二、顧本二、丁本二。續墨客揮犀九、夢溪筆談二五載此事。

〔一〕放：明抄本作「令放」，寶顏堂本作「矜放」，顧本作「赦放」，丁本作「于放」。

**七二、周仁軌過秋分一日平曉斬之，有敕捨之而不及。**資治通鑑考異一二。資治通鑑二〇八載此事。

資治通鑑二〇八神龍二年載：處士韋月將上書告武三思潛通宮掖，必爲逆亂。上大怒，命斬之……左御史大夫蘇珦、給事中徐堅、大理卿長安尹思貞皆以爲方夏行戮，有違時令。上乃命與杖，流嶺南。過秋分一日，平曉，廣州都督周仁軌斬之。

按：資治通鑑考異一二「（神龍二年）四月韋月將流嶺南」條下引此。據「過秋分一日平曉斬之」，僉載此上當如通鑑載蘇珦等救韋月將言方夏不得行戮之事。今以其與張嘉福事類，故附於此。

**七三、唐沈君諒〔一〕見冥道事。上元年中〔二〕，吏部員外張仁褘延坐〔三〕，問曰：「明公看褘何當遷？」諒曰：「臺郎坐不煖席，何慮不遷。」俄而褘如厠，諒謂諸人曰：「張員外總十餘日活，何暇憂官職乎？」後七日而褘卒。**太平廣記一五〇、寶顏堂本一、明抄本二、顧本二、丁本二。

〔一〕沈君諒：廣記談本作「沈君亮」，元和姓纂七、新唐書六一宰相表均作「沈君諒」，岑仲勉謂即廣記此人，張校據岑仲勉説改作「沈君諒」，今從之。

〔二〕上元年中：唐會要七四：「（總章二年）十一月，吏部侍郎李敬玄委事於張仁禕。仁禕有識略吏幹，始造姓曆，改修狀樣銓曆等程式。敬玄用仁禕之法，銓綜式序。仁禕感國士見委，竟以心勞嘔血而死。」舊唐書八一李敬玄傳同。據此，張仁禕卒在總章二年，非上元年中。

〔三〕坐：寶顏堂本作「生」，顧本作「至」。

**七四、唐景龍四年，洛州凌空觀〔一〕失火，萬物並盡，惟有一真人巋然獨存，乃泥塑爲之。乃〔二〕改爲聖真觀。**太平廣記一六二、寶顏堂本一、明抄本一、顧本一、丁本一。舊唐書三七五行志、唐會要四四、新唐書三四五行志載此事。

舊唐書三七五行志載：景龍中，東都凌空觀災，火自東北來，其金銅諸像，銷鑠並盡。

唐會要四四載：景龍四年二月，東都凌空觀殿宇並煨燼，唯一真人獨存，目有淚跡。

新唐書三四五行志載：景龍四年二月，東都凌空觀災。

〔一〕凌空觀：廣記談本作「陵空觀」，張本改作「凌空觀」，然未出校。今據寶顏堂本、丁本、舊唐書五行志、唐會要、新唐書五行志改。

〔二〕乃：廣記沈本作「因」，寶顏堂本作「後」。

**七五、西京朝堂北頭有大槐樹，隋曰唐興村門首〔一〕。文皇帝移長安城，將作大匠〔二〕高熲常坐此樹下檢校。後栽樹行不正，欲去之，帝曰：「高熲〔三〕坐此樹下，不須殺之〔四〕。」至今先天一百三十年，其樹尚在，柯葉森竦〔五〕，根株盤礴〔六〕，與諸〔七〕樹不同。承天門正當唐興村門首，今唐家居焉。**太平廣記一六三、永樂大典一四五三七引廣記、寶顏堂本一、明抄本一、顧本一、丁本一。舊唐書三七五行志、册府元龜二一一載此事。

舊唐書三七五行志載：隋文時，自長安故城東南移於唐興村置新都，今西内承天門正當唐興村門。今有大槐樹，柯枝森鬱，即村門樹也。有司以行列不正，將去之，文帝曰：「高祖(熲)嘗坐此樹下，不可去也。」

册府元龜二一一載：隋文時，自長安故城東南移於唐興村置新都，今西内承天門正當唐興村門。今有大槐樹，柯葉森鬱，即村門樹也。有司以行列不正，將去之，帝曰：「高熲嘗坐其下，不可去也。」

〔一〕隋曰唐興村門首：廣記沈本作「其地名曰唐興村」，張校云「似是」。按，大典引廣記與談本同，舊唐書五行志、册府均有「唐興村門」，與「唐興村門首」近。廣記沈本作「其地名唐興村」，雖較易理解，然恐爲後人不解「唐興村門首」之義妄改。

〔二〕將作大匠：廣記談本作「將作木匠」，張校據廣記沈本改，寶顔堂本、明抄本、顧本、丁本同，今從張校改。

〔三〕高熲：舊唐書五行志作「高祖」，葉石君校本作「高熲」，是。僉載、册府均作「高熲」，與葉校本同，今本作「高祖」者誤。

〔四〕殺之：廣記沈本作「伐之」，張校據改。按，殺有砍伐之義，異苑六：「句章人吴平州門前忽生一株青桐樹，上有謡歌之聲，平惡而斫殺。平隨軍北征，首尾三載，死桐欻自還立於故根之上，又聞樹巔空中歌曰：『死桐今更青，吴平尋當歸。適聞殺此樹，已復有光輝。』平尋復歸如見。」所謂「斫殺」、「殺此樹」均爲砍伐之義。僉載此處亦同，作「伐」者疑爲後人所改，不可據。

〔五〕竦：廣記沈本作「踈」。

〔六〕盤礴：明抄本作「蟠蹲」，顧本、丁本、廣記沈本、大典作「蟠礴」。

〔七〕諸：廣記沈本作「他」。

七六、唐永徽年以後〔一〕，人唱桑條歌云：「桑條韋女韋也樂〔二〕。」至〔三〕神龍年中，逆韋應之。諂佞者鄭愔作桑條樂詞十餘首進之，逆韋大喜，擢爲吏部侍郎，賞縑百匹。太平廣記一六三、寶顏堂本一、明抄本一、顧本一、丁本一。舊唐書三七五行志、新唐書三五五行志、册府元龜八九四、唐詩紀事一一載此事。

舊唐書三七五行志載：永徽末，里歌有「桑條韋也，女時韋也樂」。及神龍中，韋后用事，鄭愔作桑條歌十篇上之。

新唐書三五五行志載：永徽末，里歌有「桑條韋也，女時韋也樂」。

册府元龜八九四載：高宗永徽末，里歌有「桑條韋也，女韋也樂」。及神龍中，韋后用事，太常少卿鄭愔作桑條歌十篇上之。

〔一〕以後：紀事作「以來」，舊唐書五行志作「末」，疑當以紀事作「以來」爲是。

〔二〕桑條韋女韋也樂：明抄本、丁本、册府八九四作「桑條韋也女韋也樂」，顧本作「桑條□也女韋也樂」，廣記沈本作「桑條韋也女韋也」，舊唐書五行志、新唐書五行志作「桑條韋也女時韋也樂」，舊唐書五一后妃中宗韋庶人傳作「桑條韋也女時韋也」，紀事作「桑條韋也女韋也」。諸書各不相同，其義費解，姑仍其舊。

〔三〕至：廣記沈本上有「後」字。

七七、唐龍朔已來，人唱歌名〔一〕突厥鹽。後周聖曆年中差閻知微和匈奴，授三品春官尚書，送武延秀娶成默啜女，送金銀器物錦綵衣裳以爲禮聘，不可勝紀。突厥翻動，漢使並没，立知微爲可汗。「突厥鹽」之應。太平廣記一六三、寶顏堂本一、明抄本一、顧本一、丁本一、雙溪醉隱集二引首句。舊唐書三七五行志、新唐書三五五行志、册府元龜八九四載此事。

舊唐書三七五行志載：時里歌有突厥鹽，及則天遣尚書閻知微送武延秀，使突厥，突厥怒則天廢李氏，乃囚延秀，立知微爲可汗，挾之入寇。

新唐書三五五行志載：里歌有突厥鹽。

册府元龜八九四載：里歌有突厥鹽，及則天時，遣尚書閻知微送武延秀使突厥，突厥怒，則天廢李氏，乃囚延秀，立知微爲可汗，挾以入寇。

按：點校本舊唐書無「使突厥突厥怒則天廢李氏乃囚延秀」十五字，據葉石君校本及册府元龜八九四補。

〔一〕歌名：明抄本、顧本、丁本、廣記孫本無此二字，雙溪醉隱集、寶顏堂本有。

**七八、唐調露中，大帝欲封中嶽，屬突厥叛而止。後又欲封，土蕃入寇，遂停〔一〕。至永淳年，又駕幸嵩嶽。謠云〔二〕：「嵩山〔三〕凡幾層，不畏登不得，只畏〔四〕不得登。三度徵兵馬，傍道打〔五〕騰騰。」嶽下遘疾〔六〕，不愈，至宮而崩。**太平廣記一六三、寶顏堂本一、**明抄本一**、顧本一、丁本一。舊唐書三七五行志、太平御覽五三六引唐書、册府元龜八九四、新唐書三五五行志載此事。

舊唐書三七五行志載：調露中，高宗欲封嵩山，累草儀注，有事不行。有謠曰：「不畏登不得，但恐不得登。三度徵兵馬，旁道打騰騰。」高宗至山下遘疾，還宮而崩。

太平御覽五三六引唐書載：永淳二年，上以風眩轉加，停封中嶽。上自東封之後，皇后盛贊行中嶽之禮。每下詔，輒年饑寇至而罷。於是嵩山之下營奉天宮，以爲有事之漸。時有童謠曰：「嵩高凡幾層，不畏登不得，但畏不得登。」及是禮物畢備，竟以疾加而還。

册府元龜八九四載：乾封之後，天后盛勸行中嶽之禮，頻下詔，皆屬年饑及蕃夷寇邊而輟。於是嵩山之下營奉天宮，以爲有事之漸。時有童謠曰：「嵩山兀（凡）幾層，不畏登不得，所畏不得登。」及是禮物畢備，竟以疾還。

新唐書三五五行志載：高宗自調露中欲封嵩山，屬突厥叛而止；後又欲封，以吐蕃入寇遂停。時童謠曰：「嵩山凡幾層，不畏登不得，但恐不得登。三度徵兵馬，傍道朾騰騰。」

〔一〕遂停：廣記談本作「又停」，張校據廣記孫本、廣記沈本改。寶顏堂本、明抄本、顧本、丁本均作「遂停」，新唐書五行志亦同，張校所改是，今從之。

〔二〕云：寶顏堂本、明抄本、顧本、丁本、廣記沈本作「曰」。

〔三〕嵩山：御覽五三六引唐書作「嵩高」。

〔四〕只畏：舊唐書五行志、新唐書五行志、樂府八九均作「但恐」，御覽引唐書作「但畏」，册府八九四作「所畏」。

〔五〕打：新唐書五行志作「朾」，疑是。說文：「朾，撞也。」「打」疑爲「朾」字俗書之誤字。

〔六〕疾：廣記談本作「疫」，據寶顏堂本、明抄本、丁本、廣記沈本、舊唐書五行志改。御覽引唐書作「竟以疾加而還」，册府作「竟以疾還」，均作「疾」。

**七九、唐永淳之後，天下皆唱「楊柳楊柳漫頭駝」。後徐敬業犯事，出柳州司馬，遂作僞敕，自授揚州司馬，殺長史陳敬之，據江淮反。使李孝逸討之，斬業首，驛馬馱入洛。「楊柳楊柳漫頭駝」，此其應也。** 太平廣記一六三、寶顏堂本一、明抄本一、顧本一、丁本一。新唐書三五五行志載此事。

新唐書三五五行志載：永淳後，民歌曰：「楊柳楊柳漫頭駝。」

**八〇、周如意年已來〔一〕，始唱黄麞歌，其詞曰：「黄麞黄麞〔二〕草裹〔三〕藏，彎弓射爾〔四〕傷。」俄而契丹反叛，殺都督趙翽〔五〕，營府陷没。差總管曹仁師、張玄遇、麻仁節、王孝傑，前後百萬衆。被賊敗於黄麞谷。諸軍並没，罔有孑遺。黄麞之歌，斯爲驗矣。** 太平廣記一六三、寶顏堂本一、明抄本一、顧本一、丁本一。舊唐書三七五行志、册府元龜八九四、新唐書三五五行志載此事。

舊唐書三七五行志載：如意初，里歌云：「黄麞黄麞草裹藏，彎弓射爾傷。」後契丹李萬榮叛，陷營州，則天令總管曹仁師、王孝傑等將兵百萬討之，大敗於黄麞谷，契丹乘勝至趙郡。

册府元龜八九四載：武后如意初，里歌：「黄麞草中藏，彎弓射爾傷。」後契丹李萬榮叛，陷營州。則天令總管曹仁師、王孝傑等，將兵百萬討之，大敗於黄麞。契丹乘勝，至於趙郡。

新唐書三五五行志載：如意初，里歌曰：「黄麞黄麞草裏藏，彎弓射爾傷。」其後，王孝傑敗於黄麞谷。

〔一〕如意年已來：舊唐書五行志、新唐書五行志、册府八九四作「如意初」。「年」下寶顔堂本、明抄本、顧本、丁本、廣記孫本、廣記沈本有「中」字，張校據廣記孫本、廣記沈本及寶顔堂本補，按廣記一六三「飲酒令」條引僉載云「龍朔年已來」，與此文例一致，今姑從廣記談本。

〔二〕黄麞黄麞：寶顔堂本、明抄本、顧本、丁本、册府作「黄麞」，不重，舊唐書五行志、新唐書五行志、樂府詩集八六均重。

〔三〕裏：册府作「中」。廣記二五八「李良弼」條引僉載載李良弼解孫萬榮之名云「萬字者有草，即是『草中藏』也」，當亦指此，與册府同作「中」。

〔四〕爾：廣記談本作「你」，據廣記沈本、舊唐書五行志、新唐書五行志、册府、樂府改。

〔五〕趙翽：張校據舊唐書契丹傳及通鑑二〇五萬歲通天元年補作「趙文翽」。通典二〇〇、舊唐書六則天皇后本紀載此事亦作「趙文翽」。郝校引岑仲勉元和姓纂四校記七考證云「唐人往往省稱趙翽」，是，如唐大詔令集九九置營州都督府制云「自趙翽失於鎮靜」，舊唐書一九九下北狄契丹傳云「萬歲通天中，萬榮與其妹壻松漠都督李盡忠，俱爲營州都督趙翽所侵侮」，今仍從廣記談本。

**八一、周垂拱已來**〔一〕**，東都**〔二〕**唱挈苾兒歌**〔三〕**詞，皆是邪曲。後張易之小名挈苾**〔四〕。太平廣記一六三、寶顔堂本一、明抄本一、顧本一、丁本一。舊唐書三七五行志、册府元龜八九四、新唐書三五五行志載此事。

舊唐書三七五行志載：垂拱已後，東都有契苾兒歌，皆淫艷之詞。後張易之兄弟有内嬖，易之小字契苾。（册府元龜八九四同）

新唐書三五五行志載：垂拱後，東都有契苾兒歌，皆淫艷之詞。契苾，張易之之小字也。

〔一〕已來：廣記沈本作「中」。

〔二〕東都：廣記談本作「京都」，據舊唐書五行志、册府、新唐書五行志改。唐人多以「京都」爲西京長安、東都洛陽合稱。寶顏堂本、明抄本、顧本、丁本無此二字。

〔三〕孥苾兒歌：廣記談本倒作「苾孥兒歌」，據舊唐書五行志、册府、新唐書五行志乙正，下「孥苾」同。「孥苾」，舊唐書、新唐書作「契苾」，「孥」、「契」二字通。契苾爲鐵勒部之别種，張易之小字蓋即取此，「苾孥」則無義。

〔四〕後張易之小名孥苾：此句疑有脱文，據舊唐書七八張易之傳，張易之萬歲通天二年時已二十餘，則其生當在高宗朝，此云「垂拱已來」，下接叙「後」云云，必非叙易之小字事。舊唐書、册府均有「後張易之兄弟有内變」句，爲武后時事，較合事理，廣記所引僉載疑誤將「張易之兄弟有内變」句删落，致前後抵牾。

**八二、唐景龍年，安樂公主於〔一〕洛州道光坊造安樂寺，用錢數百〔二〕萬。童謡曰：「可憐安樂寺，了了樹頭懸〔三〕。」後誅逆韋，並殺安樂，斬首懸於竿上，改爲悖逆庶人。** 太平廣記一六三、寶顏堂本一、明抄本一、顧本一、丁本一。新唐書三五行志載此事。

新唐書三五行志載：安樂公主於洛州造安樂寺，童謡曰：「可憐安樂寺，了了樹頭懸。」

〔一〕於：廣記談本無，張校據廣記沈本補，是，新唐書五行志「洛州」上亦有「於」字，今從張校補。

〔二〕數百：廣記沈本作「千」。

〔三〕懸：廣記談本作「縣」，張校據廣記沈本改，寶顏堂本、明抄本、顧本、丁本、新唐書五行志、樂府八九亦作「懸」，張校所改是，今從之。

**八三、唐神龍已後，謡曰：「山南烏鵲窠，山北金駱駝。鎌柯不鑿孔，斧子不施柯。」此突厥彊盛，百姓不得斫桑養蠶、種禾刈穀之應也。** 太平廣記一六三、寶顏堂本一、明抄本一、顧本一、丁本一。新唐書三五行志載此事。

新唐書三五行志載：神龍以後，民謡曰：「山南烏鵲窠，山北金駱駝。鎌柯不鑿孔，斧子不施柯。」山南，唐也；烏鵲窠者，人居寡也；山北，胡也，金駱駝者，虜獲而重載也。

八四、唐景龍中謡曰：「可憐聖善寺，身著緑毛衣。牽來河裏飲，踏殺鯉魚兒。」至景雲中，譙王從均州入都作亂，敗走，投洛川而死。太平廣記一六三、寶顏堂本一、明抄本一、顧本一、丁本一。新唐書三五五行志載此事。

新唐書三五五行志載：時（景龍中）又謡曰：「可憐聖善寺，身著緑毛衣。牽來河裏飲，踏殺鯉魚兒。」

八五、唐景雲中謡曰：「一條麻線〔一〕挽天樞。絶去也〔二〕。」神武即位，敕令推倒天樞，收銅並入尚方。此其應驗〔三〕。太平廣記一六三、寶顏堂本一、明抄本一、顧本一、丁本一。

〔一〕麻線：廣記二四〇引大唐新語作「絲線」，李休烈詩亦云「一條絲線挽天樞」。

〔二〕絶去也：廣記談本作正文，與「一條麻線挽天樞」連讀，其義費解，諸家斷句多不同，中華書局本全唐詩八七八斷作「一條麻線挽，天樞絶去也」，與新語作「一條絲線挽天樞」不合，顯誤；趙本、李本、廣記汪本、廣記張本斷作「一條麻線挽天樞，絶去也」，雖前半合於新語，然「絶去也」三字與謡言之體不合。大唐新語云：「先有訛言云：『一條線挽天樞。』言其不經久也。」所謂「言其不經久也」，即僉載「絶去也」之義，據此，「絶去也」三字當爲解釋謡言之涵義者，當爲注文闌入正文，今據大唐新語改作注文。

〔三〕應驗：明抄本作「之也」，寶顏堂本作「兆」，顧本、丁本、廣記孫本、廣記沈本作「也」，疑是。

八六、唐景龍中謡云：「黄柏〔一〕犢子挽紖斷，兩脚踏地鞋𪍿斷。」六月，平王誅逆韋。挽紖斷者，韋〔二〕欲作亂；鞋𪍿斷者，事不成。阿韋是「黄犢」之後也。太平廣記一六三、寶顏堂本一、明抄本一、顧本一、丁本一。新唐書三五五行志載此事。

新唐書三五五行志載：景龍中，民謡曰：「黄牸犢子挽紖斷，兩足踏地鞵𩍐斷。」城南黄牸犢子韋。

〔一〕黄栢：新唐書五行志作「黄牸」。廣記二七五「韋桃符」條引僉載談本云「符家有黄牸牛，宰而獻之，因問衰乞姓」，「故至今爲『黄犢子韋』」，據此，當以新唐書作「黄牸」爲是。然廣記孫本作「黄恒犢子」，「恒」當爲「栢」字之誤，廣記沈本二七五作「黄栢犢子韋」，與此處合，疑作「黄栢」亦有所據。

〔二〕韋：寶顔堂本、明抄本、顧本、丁本無。

**八七、唐明堂主簿駱賓王帝京篇曰：「倏忽摶風生羽翼，須臾失浪委泥沙。」賓王後與徐敬業興兵揚州，大敗，投江水而死。此其讖也。**太平廣記一六三、後村先生大全集一七九後村詩話續集、寶顔堂本一、明抄本一、顧本一、丁本一。唐詩紀事七載此事。

**八八、唐麟德已來，百姓飲酒唱歌，曲終而〔一〕不盡者，號爲「族鹽」。後閻知微從突厥領賊破趙、定。後知微來，則天大怒，磔於西市，命百官射之。河内王武〔二〕懿宗去七步，射三發〔三〕，皆不中，其怯懦也如此〔四〕。知微身上箭如蝟毛，剉其骨肉，夷其九族〔五〕，疏親先〔六〕不相識者皆斬之。小兒年七八歲，驅抱〔七〕向西市。百姓哀之，擲餅果與者，仍〔八〕相爭奪以爲戲笑。監刑御史不忍害，奏捨之。其「族鹽」之言，於斯應矣。**太平廣記一六三、資治通鑑考異一一、寶顔堂本一、明抄本一、顧本一、丁本一。新唐書三五五行志、資治通鑑二〇六載此事。

新唐書三五五行志載：武后時，民飲酒謳歌，曲終而不盡者，謂之「族鹽」。

資治通鑑二〇六聖曆元年載：太后命磔（閻知微）於天津橋南，使百官共射之，既乃冎其肉，剉其骨，夷其三族，疏親有先未相識而同死者。

〔一〕而：廣記沈本無。

〔二〕武：通鑑考異無。

〔三〕三發：通鑑考異作「一發」。

〔四〕其怯懦也如此：通鑑考異作「怯懦如此」。「其」，明抄本、顧本、丁本、廣記沈本無，與通鑑考異同，疑是。

〔五〕九族：通鑑考異引實録作「三族」。

〔六〕先：寶顔堂本、明抄本作「及」。

〔七〕拖：明抄本、顧本、丁本作「馳」，廣記沈本作「拖」。

〔八〕仍：寶顔堂本、明抄本、顧本、丁本無。

**八九、唐趙公長孫無忌以烏羊毛爲渾脱氈帽，天下慕之，謂〔一〕其帽爲「趙公渾脱」。後坐事長流嶺南。「渾脱」之言，於是效焉。**太平廣記一六三、寶顔堂本一、明抄本一、顧本一、丁本一。新唐書三四五行志載此事。新唐書三四五行志載：太尉長孫無忌以烏羊毛爲渾脱氈帽，人多效之，謂之「趙公渾脱」。

〔一〕謂：廣記談本無，顧本上空闕一字，據新唐書五行志補。

**九〇、唐魏王爲巾子向前踣，天下欣欣慕之，名爲「魏王踣」。後坐死。至孝和時，陸頌亦爲巾子同此樣，時人又名爲「陸頌踣〔一〕」。未一年而陸頌殞。**太平廣記一六三、寶顔堂本一、明抄本一、顧本一、丁本一。

〔一〕踣：張校云：「原本此處缺字，現據孫本補。」按，廣記談本實作「陪」，當爲「踣」字之誤，今據張校引廣記孫本及寶顔堂本、明抄本、顧本、丁本改。

**九一、唐永徽後，天下唱武媚娘歌。後立武氏爲皇后。大帝崩，則天臨朝，改號大周。二十餘年，武氏彊盛，武氏〔一〕三王梁、魏、定等並開府，自餘郡王〔二〕十餘人，幾遷鼎矣。**太平廣記一六三、寶顔堂本一、明抄本一、顧本一、丁本一。新唐書三五五行志載此事。

新唐書三五五行志載：永徽後，民歌武媚娘曲。

〔一〕氏：寶顔堂本、明抄本、丁本無。

〔二〕王：廣記談本作「五」，張校據廣記孫本及寶顔堂本改，顧本、丁本亦作「王」，今從張校改。

**九二、唐咸亨已後，人皆**〔一〕**云：「莫浪語**〔二〕**，阿婆嗔**〔三〕**，三叔聞時**〔四〕**笑殺人。」後果則天即位，至孝和嗣之。「阿婆」者，則天也；「三叔」者，孝和爲第三也。**太平廣記一六三、補注杜詩二四、山谷内集詩注五、寶顔堂本一、明抄本一、顧本一、丁本一。

〔一〕唐咸亨已後人皆：補注杜詩、山谷内集詩注作「咸亨中謡」。

〔二〕語：補注杜詩作「傳」。

〔三〕嗔：補注杜詩、山谷内集詩注作「瞋」。

〔四〕時：廣記沈本無。

**九三、唐魏僕射子名叔麟**〔一〕**，識者曰：「『叔麟』，反語『身戮』也。」後果被羅織而誅也**〔二〕**。**太平廣記一六三、寶顔堂本一、明抄本一、顧本一、丁本一。

〔一〕叔麟：唐尚書省郎官石柱題名倉部郎中有「魏叔麟」，題名考二四據新唐書宰相世系表、舊唐書七一魏徵傳、魏叔瑜碑疑當作「璘」，是，魏徵諸子名叔玉、叔瑜、叔琬，均從玉。

〔二〕誅也：廣記談本作「殺之」，張校據廣記孫本、廣記沈本改，明抄本、顧本作「誅也」，寶顔堂本、丁本作「誅」，雖無「也」字，亦可證作「殺之」者誤，今從張校改。

**九四、梁王武三思，唐神龍初改封德靜王。識者言：「『德靜』，『鼎賊』也。」果有窺鼎之志，被鄭克乂**〔一〕**等斬之。**太平廣記

一六三、寶顏堂本一、明抄本一、顧本一、丁本一。

〔一〕鄭克乂：廣記談本作「鄭克」。十七史商榷九二：「節愍太子率李多祚等殺三思，新、舊傳甚明，此云鄭克者，以當日揮刃之人言之。」舊唐書七七柳澤傳載澤上疏奏罷斜封官云：「若斜封之人不忍棄也，是李多祚、鄭克乂之徒亦不可清雪也。」新唐書一一二柳澤傳、册府五四五、唐語林三同，大唐新語二、唐會要六七作「鄭克義」。李多祚從節愍太子舉兵遇害，鄭克乂與之並舉，當亦預其事，與僉載此「鄭克」當爲一人。其名當以作「鄭克乂」爲是，蓋宋人避諱省「乂」字，今據補。

**九五、唐孫佺爲幽州都督，五月北征。時軍師李處郁諫：「五月南方火，北方水，火入水必滅。」佺不從，果没八萬人。昔竇建德救王世充於牛口谷，時謂：「竇入牛口，豈有還期？」果被秦王所擒。其孫佺之北也，處郁曰：「飧若入咽，百無一全。」山東人謂濕飯爲飧，**音孫。**幽州以北並爲燕地，故云。**太平廣記一六三，寶顏堂本一、明抄本一、顧本一、丁本一，詳注昌黎先生文集五引「濕飯爲飧」句。

**九六、天后〔一〕時，謡言〔二〕曰：「張公喫酒李公醉。」「張公」者，斥易之兄弟也；「李公」者，言李氏大盛〔三〕也。**太平廣記一六三、説郛二、寶顏堂本一、明抄本一、顧本一、丁本一。續演繁露二載此事。

〔一〕天后：説郛作「周則天」，續演繁露作「則天」。

〔二〕謡言：續演繁露作「讖謡」。

〔三〕大盛：廣記談本作「太盛」，據寶顏堂本、明抄本、顧本、廣記沈本、説郛改。續演繁露作「不盛」。北里志：「北曲王團兒假女小福爲鄭九郎主之，而私於曲中盛六子者，及誕一子，滎陽撫之甚厚。曲中唱曰：『張公吃酒李公顛，盛六生兒鄭九憐。』」

**九七、唐龍朔年已來，百姓飲酒作令云：「子母相去離，連臺拗倒。」「子母」者，盞與盤也；「連臺」者，連盤拗倒盞**〔一〕**也。及天后永昌中，羅織事起，有宿衛十餘人於清化坊飲，爲此令，此席人進狀告之，十人皆棄市。自後廬陵徙均州，則「子母相去離」也；「連臺拗倒」者，則天被廢、諸武遷放之兆。**太平廣記一六三、寶顏堂本一、明抄本一、顧本一、丁本一。舊唐書三七五行志、册府元龜八九四、新唐書三五五行志載此事。

舊唐書三七五行志載：龍朔中，俗中飲酒令曰：「子母去離，連臺拗倒。」俗謂盃盤爲子母，又名盤爲臺，即中宗廢於房州之應也。（册府元龜八九四同）

新唐書三五五行志載：龍朔中，時人飲酒令曰：「子母相去離，連臺拗倒。」俗謂盃盤爲子母，又名盤爲臺。

〔一〕倒盞：廣記談本作「盞倒」，張校據廣記沈本、寶顏堂本乙，明抄本、顧本、丁本亦作「倒盞」，張校所改是，今從之。

**九八、唐神武皇帝七月即位，東都白馬寺鐵像頭無故自落於殿門外。自後捉搦僧尼嚴急，令拜父母等，未成者並停，午**〔二〕**後出者科決，還俗者十八九焉。**太平廣記一六三、寶顏堂本一、明抄本一、顧本一、丁本一。舊唐書三七五行志、新唐書三五五行志載此事。

舊唐書三七五行志載：玄宗初即位，東都白馬寺鐵像頭無故自落於殿門外。後姚崇秉政，以僧惠範附太平亂政，謀汰僧尼，令拜父母，午後不出院，其法頗峻。

新唐書三五五行志載：神龍中，東都白馬寺鐵像頭無故自落於殿門外。

〔二〕午：廣記談本作「革」，據明抄本、顧本、丁本改。舊唐書五行志云「午後不出院」，與「午後出者科決」同義，册府一〇五載開元十九年禁僧徒斂財詔亦云「午後不行」，唐詩紀事四〇載「（賈）島爲僧時，洛陽令不許僧午後出寺」。

**九九、唐夏侯處信爲荆州長史，有賓過之，處信命僕作食。僕附耳語曰：「溲幾許麪？」信曰：「兩人二升即可矣。」僕入，久不出。賓以事告去。信遽呼僕，僕曰：「已溲訖。」信鳴指曰：「大異事〔一〕。」良久，乃曰：「可總燔作餅，吾公退食之。」信又嘗〔二〕以一小瓶貯醯一升自食，家人不沾餘瀝。僕云：「醋盡。」信取瓶合於掌上，餘數滴，因以口吸之，乃授直去。凡市易，必經手〔三〕。識者鄙之。**太平廣記一六五、寶顏堂本一、明抄本一、顧本一、丁本一。

〔一〕異事：張校據廣記沈本改作「費事也」，疑是。

〔二〕嘗：明抄本、顧本、丁本作「常」，當是。

〔三〕乃授直去凡市易必經手：廣記談本作「凡市易必經手乃授直」，據寶顏堂本、顧本、丁本、廣記沈本改。明抄本作「乃授直凡市易必經手」，「直」下脱「去」字，然與諸本順序略同。

**一〇〇、廣州録事參軍柳慶，獨居一室，器用食物並致〔一〕臥内。奴有私取鹽一撮者，慶鞭之見血。**太平廣記一六五、寶顏堂本一、明抄本一、顧本一、丁本一。

〔一〕致：張校據廣記沈本改作「置」。按，「致」有置義，廣記三七七「郄惠連」條引宣室志云「又有樂器鼓籥及符印管鑰，盡致於榻上」，與此「致」義同，今仍從廣記談本。

**一〇一、夏侯彪，夏月食飲，生蟲在下，未曾瀝口〔一〕。嘗送客出門，奴盜食臠肉，彪還〔二〕覺之，大怒，乃捉蠅與食，令嘔出之。**太平廣記一六五、寶顏堂本一、明抄本一、顧本一、丁本一。

〔一〕瀝口：廣記談本作「歷口」，張校據廣記孫本、廣記沈本及寶顏堂本改，明抄本、顧本、丁本亦作「瀝口」，張校所改是，今從之。舊唐書一九上懿宗本紀咸通三年七月：「前年壽州刺史温璋爲節度使，驕卒素知璋嚴酷，深負憂疑。

璋開懷撫諭，終爲猜貳，給與酒食，未嘗歷口，不期月而逐璋。」

〔二〕還：寶顔堂本下有「客」字，明抄本下有「家」字，丁本下有「室」字。

**一〇二、鄭仁愷**〔一〕**爲密州刺史，有小奴告以履穿，凱曰：「阿翁爲汝經營鞋。」有頃，門夫著新鞋者至，凱廳前樹上有鴷啄窠，遣門夫上樹取其子。門夫脱鞋而緣之，凱令奴著鞋而去，門夫竟至徒跣。凱有德**〔二〕**色。**太平廣記一六五、古今合璧事類備要外集四、古今事文類聚續集二〇、類説四〇、紺珠集三、寶顔堂本一、明抄本一、顧本一、丁本一。

〔一〕鄭仁愷：廣記談本作「鄭仁凱」。唐刺史考七一河南道密州引全唐文二〇〇崔融唐故密亳二州刺史贈安州都督鄭公（仁愷）碑、全唐文七八五舒員舒州刺史鄭公（甫）墓誌銘、新唐書七五上宰相世系表鄭氏均作「鄭仁愷」，今據諸書改。

〔二〕德：明抄本、丁本、廣記沈本作「得」。

**一〇三、安南**〔一〕**都護鄧祐，韶州人**〔二〕**，家巨富，奴婢千人，莊田綿亘**〔三〕**，恒課口腹自供，未曾**〔四〕**設客。孫子將一鴨私用，祐以擅破家資**〔五〕**，鞭二十。**太平廣記一六五、説郛二、寶顔堂本一、明抄本一、顧本一、丁本一。

〔一〕安南：説郛作「唐安東郡」。

〔二〕人：説郛下有「也」字。

〔三〕莊田綿亘：廣記談本無，據説郛補。

〔四〕曾：丁本、説郛作「嘗」。

〔五〕資：顧本、説郛作「貲」。

**一〇四、韋莊頗讀書，數米而炊**〔一〕**，秤薪**〔二〕**而爨。炙少一臠而覺之。一子**〔三〕**八歲而卒，妻斂以時服。莊剝取，以故席裹尸。殯訖，擎其席而歸。其憶念也，嗚咽不自勝，唯慳吝耳。**太平廣記一六五、類説二九雞跖集、寶顔堂本一、明抄本一、顧本一、丁本一。宋本記纂淵海六四引唐書、古今事文類聚别集一八載此事。

宋本記纂淵海六四引唐書載：韋莊性慳，數米而炊，秤薪而爨。

按：趙本按云：「晚唐詩人韋莊與張鷟時代不相及，此或同姓名之别一韋莊；或本非僉載之文，廣記誤注出處，寶顔堂本沿誤。」考類説引雞跖集亦引僉載此文，廣記不誤。此韋莊當與晚唐詩人韋莊非同一人。陝西新見唐朝墓誌收韋莊墓誌，其人開元十五年年七十七卒，曾任梁州參軍、吉州盧陵縣丞、岳州沅江縣令等，或即此人。唐才子傳一〇韋莊傳云「性儉，秤薪而爨」，即襲僉載，蓋辛文房將二者誤爲一人。

〔一〕數米而炊：類説二九雞跖集引僉載、淵海、事文上有「性慳」二字。

〔二〕秤薪：明抄本、顧本作「稱薪」，事文作「秤炭」。

〔三〕一子：張校據廣記孫本上補「有」字，寶顔堂本、明抄本、顧本、丁本均無。按，無「有」字亦通，今不補。

**一〇五、李宜得，本賤人，背主逃。當玄宗起義兵**〔一〕**，與王毛仲等立功，宜得官至武衛將軍。舊主遇諸塗，趨而避之，不敢仰視。宜得令左右命**〔二〕**之，主甚惶懼。至宅**〔三〕**，請居上座，宜得自捧**〔四〕**酒食，舊主流汗辭之。留連數日，遂奏云：「臣蒙國恩，榮禄過分。臣舊**〔五〕**主卑瑣，曾無寸禄。臣請割半俸，解官以榮之，願陛下遂臣愚款。」上嘉其志，擢主爲郎將，宜得復其秩。朝廷以此多之。**太平廣記一六七、寶顔堂本四、顧本七、丁本七。新唐書一二一李守德傳載此事。

新唐書一二一李守德傳載：守德本名宜得，立功乃改今名，位武衛將軍。嘗遇故主於道，主走避，守德命左右迎之至第，親上食奉酒，主流汗不敢當。數日，入奏曰：「臣蒙國恩過分，而故主無寸禄，請解官授之。」帝嘉其志，擢爲郎將。

按：劉真倫朝野僉載點校本管窺上以此條「語稱『玄宗』，玄宗謚號上於上元二年」，疑此條非僉載原文。「玄宗」二字或爲廣記編者追改，然此條爲僉載文字當無疑問。

〔一〕兵：廣記談本無，據顧本、丁本、廣記沈本補。寶顔堂本作「丘」，當爲「兵」字之誤。

〔二〕命：廣記沈本作「追」。

〔三〕宅：寶顔堂本下有「舍」字。

〔四〕捧：廣記沈本作「奉」。

〔五〕舊：廣記談本作「曹」，顧本、丁本作「遭」，張校據廣記沈本及寶顔堂本改作「舊」，是，新唐書李守德傳作「故主」，亦即「舊主」，今從張校改。

一〇六、唐婁師德，滎陽人也，爲納言。客問浮休子曰：「婁納言何如？」答曰：「納言直而温，寬而栗，外愚而内敏，表晦而裏明。萬頃之陂〔一〕，渾而不濁；百練之質，磨而不磷。可謂淑人君子，近代之名公者焉。」太平廣記一六九、寶顔堂本四。

〔一〕陂：廣記談本作「波」，據廣記沈本改。世説新語載郭林宗語曰：「叔度汪汪如萬頃之陂，澄之不清，擾之不濁。」此即用其典。

客曰：「狄仁傑爲納言，何如？」浮休子曰：「粗覽經史，薄閑文筆。箴規切諫，有古人之風；剪伐淫祠，有烈士之操。心神耿直，涅而不淄；膽氣堅剛，明而能斷。晚途〔一〕錢癖，和嶠之徒與？」太平廣記一六九、後村先生大全集一七九後村詩話續集、寶顔堂本四。

〔一〕途：後村詩話作「有」。

客曰：「鳳閣侍郎李昭德可〔一〕謂名相乎？」答曰：「李昭德志大而器小，氣高而智薄。假權制物，扼險凌人。剛愎有餘，而恭寬不足。非謀身之道也。」俄伏法焉。太平廣記一六九、寶顏堂本四。

（一）可：廣記、沈本無。

又問：「洛陽令來俊臣雍容美貌，忠赤之士乎？」答曰：「俊臣面柔心狠，行險德薄，巧辯似智，巧諛似忠，傾覆邦家，誣陷良善，其江充之徒歟？蜂蠆害人，終爲人所害。」無何，爲太僕卿，戮於西市。太平廣記一六九、寶顏堂本四。

又問：「武三思可謂名王哉？」答曰：「三思憑藉國親，位超袞職。貌象恭敬，心極殘忍。外示公直，內結陰謀。弄王法以復仇，假朝權而害物。晚封爲德靜王，乃『鼎賊』也。不可以壽終。」竟爲節愍太子所殺〔一〕。太平廣記一六九、寶顏堂本四。

（一）殺：廣記、沈本作「戮」。

又問：「中書令魏元忠，耿耿正直，近代之名臣也？」答曰：「元忠文武雙闕，名實兩空。外示貞剛，內懷趨附。面折張食其〔一〕之黨，勇若熊羆；諂事武士開之儔，怯同駑犬。首鼠之士，進退兩端；虺蜥之夫，曾無一志。亂朝敗政，莫匪斯人。附三思之徒，斥五王之族。以吾熟察，終不得其死然。」果坐事長流思州，憂恚而卒。太平廣記一六九、後村先生大全集一七九後村詩話續集、寶顏堂本四。

（一）張食其：史無其人，舊唐書九二張易之傳載其諫張易之事，疑當作「張易之」，下「武士開」亦無其人，或當指武三思，然下文云「附三思之徒」，此不當有誤，今存疑。

又問：「中書令李嶠何如？」答曰：「李公有三戾：性好榮遷，憎人昇進；性好文章，憎人才筆〔一〕；性好貪濁，憎人受賂〔二〕。亦如古者有女君，性嗜肥鮮，禁人食肉；性愛〔三〕綺羅，斷人衣錦；性好淫縱〔四〕，憎人畜聲色，此亦李公之徒也。」太平廣記一六九、類說四〇、後村先生大全集一七九後村詩話續集、寶顏堂本四。南部新書丁、唐詩紀事一〇載此事。

〔一〕才筆：南部丁作「才華」，類說四〇作「文筆」。
〔二〕受賂：類說作「取受」。
〔三〕愛：廣記孫本、後村詩話作「好」。
〔四〕淫縱：後村詩話作「行房」，近是，疑後人以「行房」不雅馴而改爲「淫縱」。

又問：「司刑卿徐有功何如？」答曰：「有功，耿直之士也。明而有膽，剛而能斷。處陵夷之運，不偷媚以取容；居版蕩之朝，不遜辭以苟免。來俊臣羅織者，有功出之；袁智弘鍛鍊者，有功寬之。躡虎尾而不〔一〕驚，觸龍鱗而不懼。鳳跱鴟梟之內，直以全身；豹變豺狼之間，忠以遠害。若值〔二〕清平之代，則張釋之、于定國豈〔三〕同年而語哉？」太平廣記一六九、寶顏堂本四、顧本六、丁本六。

〔一〕不：顧本、丁本、廣記沈本作「莫」。
〔二〕值：顧本、丁本作「直」。
〔三〕豈：顧本、丁本無。

又問：「司農卿趙履溫何如？」答曰：「履溫心不涉學，眼不識文。貌恭而性狠，智小而謀大。趦趄狗盜，突忽猪貪。晨羊誘外，不覺其死；夜蛾覆燭〔一〕，不覺其斃。頭寄於頸，其能久乎？」後從事〔二〕韋氏爲逆，夷其三族。太平廣記一六九、寶顏堂本四、顧本六、丁本六。

〔一〕燭：廣記沈本作「燈」。
〔二〕從事：疑「事」字衍。

又問：「鄭愔爲〔一〕選部侍郎，何如？」答曰：「愔猖獗小子，狡猾庸人。淺學浮詞，輕才薄德。狐蹲貴介，雉伏權門。前託俊臣，後附張易。折支德靜之室，舐痔安樂之庭。鸋鴂〔二〕栖於葦苕，魦鱨游於沸鼎。既無雅量，終是凡材。以此求榮，得死爲幸。」後果謀反伏誅。 太平廣記一六九、海録碎事八下、類説四〇、古今合璧事類備要別集七〇、寶顔堂本四、顧本六、丁本六。

〔一〕爲：顧本、丁本上有「今」字。

〔二〕鸋鴂：廣記談本作「鸋鴂」，寶顔堂本、顧本、丁本作「鸋鴂」，廣記二四〇引僉載評薛稷云「何異鸋鴂棲于葦苕，大風忽起，巢折卵壞」，毛詩正義八：「舍人曰：鴟鴞，一名鸋鴂也。陸機疏云：鴟鴞，似黄雀而小，其喙尖如錐，取茅莠爲窠，以麻紩之，如刺襪然。縣著樹枝，或一房，或二房。」今據改。

一〇七、貞觀中，衛州板橋店主張迪〔一〕妻歸寧。有衛州三衛楊真〔二〕等三人投店宿〔三〕，五更早發。夜有人取三衛刀殺張迪，其刀卻内鞘中，真等不之知〔四〕。至明，店人追〔五〕真等，拔刀血狼籍〔六〕。囚禁拷訊，真等苦毒，遂自誣〔七〕。上疑之，差御史蔣恒覆推。至〔八〕，總追店〔九〕人十五已上集，爲人〔一〇〕不足，且散〔一一〕，惟留一老婆年八十已上。晚〔一二〕放出，令獄典〔一三〕密覘之，曰：「婆出，當有一人與婆語者，即記取姓名，勿令漏洩。」果有一人共語，即記之。明日復爾，其人又問婆：「使人作何推勘？」如是者三日〔一四〕，並是此人。恒總追集男女三百餘人，就中喚與老婆語者一人出，餘並放散〔一五〕。問之，具伏，云與迪妻姦，殺迪〔一六〕有實。奏之，敕賜帛二百段，除侍御史。 太平廣記一七一、寶顔堂本四、顧本七、丁本七。疑獄集一、棠陰比事上、折獄龜鑑一載此事。

〔一〕張迪：疑獄集一、棠陰比事上、折獄龜鑑一作「張逖」。下同。

〔二〕楊真：寶顔堂本、顧本、丁本、廣記沈本作「楊貞」，疑獄集、棠陰比事、折獄龜鑑均作「楊正」。下同。疑原當作「貞」，避宋仁宗趙禎諱，廣記談本改作「真」，疑獄集等改作「正」。

〔三〕投店宿：廣記談本作「投宿」，無「店」字，據寶顔堂本、顧本、丁本、疑獄集、棠陰比事、折獄龜鑑補。廣記沈本作「投宿店」，「店」字當倒。

〔四〕不之知：疑獄集作「不知覺也」，棠陰比事作「不知覺」，折獄龜鑑作「不覺也」。

〔五〕追：寶顔堂本、顧本、丁本、廣記沈本作「趨」，疑獄集、棠陰比事作「趁」，疑原當作「趁」，形近誤作「趨」，後人又以「趨」字費解遂改作「追」。

〔六〕拔刀血狼籍：廣記談本作「視刀有血痕」，廣記孫本作「拔刀有血痕」，張校據廣記沈本、寶顔堂本改，顧本、丁本亦同。疑獄集、棠陰比事作「拔刀血甚狼籍」，折獄龜鑑作「刀血狼籍」，與廣記沈本、寶顔堂本合，張校所改是，今從之。又疑獄集、棠陰比事「血」下有「甚」字，疑是。

〔七〕誣：棠陰比事下有「伏」字，折獄龜鑑下有「服」字。

〔八〕至：疑獄集下有「則」字，棠陰比事作「到則」。

〔九〕店：疑獄集下有「近」字。

〔一〇〕人：疑獄集、棠陰比事、折獄龜鑑下有「數」字。

〔一一〕且散：疑獄集作「且放散」，棠陰比事作「且放去」，折獄龜鑑作「因俱放散」，廣記「且」下疑脱「放」字。

〔一二〕晚：疑獄集、棠陰比事上有「日」字，疑是。

〔一三〕獄典：疑獄集、棠陰比事作「典獄」。

〔一四〕三日：寶顔堂本、顧本、丁本、廣記沈本作「二日」。

〔一五〕散：廣記沈本無。

〔一六〕殺迪：廣記談本無「迪」字，疑獄集、折獄龜鑑有。棠陰比事作「與逖妻有姦而殺之」，語意與疑獄集、折獄龜鑑同，作「殺之」，似其所據本「殺」下亦有「迯」字。當以有「迯」字爲是，今據諸書補。

一〇八、貞觀中，左丞李行廉弟行詮〔一〕前妻子忠烝其後母，遂私將潛藏，云敕追入内。行廉不知，乃進狀問〔二〕，奉敕推詰極〔三〕急。其後母詐以領巾勒項卧街中。長安縣〔四〕詰〔五〕之，云有人詐宣敕喚去，一紫袍人見留數宿，不知姓名，勒項送置〔六〕街中。忠惶恐，私就卜問，被不良人疑之，執送縣。縣尉王璥引就房内推問，不承〔七〕。璥先令一人於案褥下伏聽〔八〕，令一人走〔九〕報〔一〇〕長使〔一一〕喚，璥鎖房門而去。子母相謂曰：「必不得承。」並私密之語。璥至，開門，案下之〔一二〕人亦起。母子大驚，並具承，伏法〔一三〕。太平廣記一七一、寶顏堂本五、顧本七、丁本七。疑獄集一、折獄龜鑑三載此事。

〔一〕行詮：當爲「行銓」之誤。唐尚書省郎官石柱題名倉部郎中有「李行銓」，題名考一七引廣記此事，當爲一人。

〔二〕進狀問：廣記談本無「問」字，據寶顏堂本、顧本、丁本、廣記沈本補。折獄龜鑑作「以狀聞」，意近。

〔三〕極：廣記談本作「峻」，據寶顏堂本、顧本、丁本、廣記沈本、疑獄集改。折獄龜鑑作「甚」。

〔四〕縣：折獄龜鑑作「尉」。

〔五〕詰：疑獄集作「獲」。

〔六〕置：寶顏堂本、顧本、丁本作「至」。

〔七〕承：寶顏堂本、顧本作「允」，丁本作「見」，疑獄集作「伏」，折獄龜鑑作「服」。

〔八〕於案褥下伏聽：廣記談本作「伏案褥下聽之」，據寶顏堂本、顧本、丁本、廣記沈本改。

〔九〕走：廣記談本無，據寶顏堂本、顧本、丁本、廣記沈本、疑獄集、折獄龜鑑補。

〔一〇〕報：廣記談本下有「云」字，據寶顏堂本、顧本、丁本、廣記沈本删。

〔一一〕使：疑獄集、折獄龜鑑作「史」，李校據寶顏堂本改作「史」，然寶顏堂本實作「使」。

〔一二〕之：廣記談本無，據寶顏堂本、顧本、丁本、廣記沈本補。

〔一三〕伏法：寶顏堂本下有「云」字，疑獄集作「伏罪」，折獄龜鑑作「服其罪」。

**一〇九、衛州新鄉縣令裴子雲好奇策。部人〔一〕王敬戍邊，留牸牛六頭於舅李進〔二〕處。養五年，産犢三十頭，例十貫已上。敬還〔三〕，索牛，兩頭已死〔四〕，只還四頭老牛〔五〕，餘並非汝牛生，總不肯還。敬忿之，經〔六〕縣陳牒。子雲令送敬付獄禁，教〔七〕追盜牛賊李進。進惶怖至縣，叱之曰：「賊引汝同盜牛三十頭，藏於汝宅上〔八〕。唤賊共對。」乃以布衫籠敬頭，立南墻之〔九〕下。進急，乃吐款云：「三十頭牛總是外甥牸牛所生，實非盜得。」雲遣去布衫，進見是敬，曰：「此是外甥也。」雲曰：「若是，即還他牛〔一〇〕。」進默然。雲曰：「五年養牛辛苦，與數頭〔一一〕，餘並還〔一二〕敬。」一縣服其精察。**太平廣記一七一、古今合璧事類備要外集二六、寶顏堂本五、顧本七、丁本七。疑獄集一、棠陰比事上、折獄龜鑑七、隱居通議三一載此事。

〔一〕部人：折獄龜鑑、合璧作「部民」。

〔二〕李進：疑獄集、棠陰比事、折獄龜鑑、合璧、隱居通議作「李璡」。

〔三〕還：顧本、丁本、廣記沈本作「遂」。

〔四〕兩頭已死：疑獄集、折獄龜鑑、隱居通議作「舅曰牸牛二頭已死」，棠陰比事作「李云牸牛二頭已死」，據下「餘並非汝牛所生」，此爲李進回答之語，當以有「舅曰」或「李云」爲是，廣記蓋抄録時省文。另據諸書，「兩頭」上尚當有「牸牛」二字。

〔五〕老牛：疑獄集、棠陰比事、折獄龜鑑、隱居通議作「老牸」。

〔六〕經：廣記談本作「投」，據寶顏堂本、顧本、丁本、廣記沈本、合璧改。

〔七〕教：廣記談本作「叫」，據寶顏堂本、顧本、丁本、廣記沈本、合璧改。

〔八〕宅上：廣記談本作「家」，據寶顏堂本、顧本、丁本、廣記沈本、合璧改。疑獄集、棠陰比事、折獄龜鑑、隱居通議作「莊内」。

〔九〕之：寶顏堂本、顧本、丁本、廣記沈本無。

〔一〇〕還他牛：疑獄集作「當還牛」，合璧作「遣牛還」。「牛」下，疑獄集、折獄龜鑑、隱居通議有「更欲何語」四字。

〔一一〕與數頭：疑獄集作「與牛五頭」，折獄龜鑑、隱居通議作「特與五頭」，棠陰比事亦作「五頭」，「數頭」疑當作「五頭」。「與」，顧本作「留」。

〔一二〕還：寶顏堂本、顧本作「與」，廣記沈本作「不」。

**一一〇、中書舍人郭正一破平壤，得一高麗婢，名玉素，極姝豔，令專知財物庫。正一夜須漿水粥，非玉素煮之不可。玉素乃毒之而進，正一急曰：「此婢藥我！」索土漿、甘草服解〔一〕之，良久乃止〔二〕。覓婢不得，並失金銀器物〔三〕十餘〔四〕事。録奏，敕令長安、萬年捉。不良脊爛，求賊鼎沸，三日不獲。不良主帥魏昶有策略，取〔五〕舍人家奴，選年少〔六〕端正者三人，布衫籠頭至街。縛〔七〕衛士四人，問十日内已來，何人覓舍人家。衛士云：「有投化高麗留書，遣付舍人捉馬奴。書見在。」檢云：「金城坊中有一空宅。」更無〔八〕語。不良往金城坊空宅，並搜之。至一宅，封鎖甚密。打鎖破開之，婢及高麗並在其中。拷問，乃是投化高麗共捉馬奴藏之。奉敕斬於東市。**太平廣記一七一、古今合璧事類備要外集一九、寶顏堂本五、顧本五、丁本五。疑獄集二、折獄龜鑑七載此事。

〔一〕解：廣記談本無，據寶顏堂本、顧本、丁本、廣記沈本補。

〔二〕止：廣記談本作「解」，據寶顏堂本、顧本、丁本、廣記沈本改。

〔三〕物：疑獄集、折獄龜鑑作「四」。

〔四〕十餘：廣記談本作「餘十」，顧本作「十」，張校據寶顔堂本乙，然寶顔堂本亦作「餘十」。疑獄集、折獄龜鑑作「十餘」，今據之改。

〔五〕取：疑獄集、棠陰比事、折獄龜鑑作「請喚」，合璧作「請」，下文云「選年少端正者」，則此尚未「取」，當以「請喚」爲是。

〔六〕年少：疑獄集、棠陰比事、折獄龜鑑作「少年」。

〔七〕縛：疑獄集、棠陰比事上有「及」字，折獄龜鑑作「又傳」。

〔八〕無：棠陰比事、折獄龜鑑下有「他」字，疑是。

**一一一、垂拱年〔一〕，則天監國，羅織事起。湖州佐史江琛取刺史裴光判書，割字合成文理，詐爲徐敬業反書以告。差使推光，款〔二〕：「書是光書，疑語非光語。」前後三使推，不能決。敕令差能推事人勘當取實，僉曰張楚金可，乃使之〔三〕。楚金憂悶，仰卧西窗〔四〕。日到，向看之〔五〕，字似補作〔六〕，平看則不覺，向日則見之。令喚州官集〔七〕，索一甕〔八〕水，令琛投書於水中，字一一解散。琛叩頭伏罪。敕令決〔九〕一百，然後斬之。賞楚金絹百匹。**太平廣記一七一、古今合璧事類備要續集三二、外集一九、寶顔堂本五、顧本七、丁本七。疑獄集一、棠陰比事上、折獄龜鑑三載此事。

〔一〕年：合璧續集三二作「中」，外集一九作「年間」。

〔二〕款：疑獄集、棠陰比事、折獄龜鑑下有「云」字。

〔三〕之：疑獄集、折獄龜鑑下有「又不移前款」句，棠陰比事下有「仍如前款」，疑原本當有此句，廣記引文有刪節。

〔四〕西窗：疑獄集、棠陰比事作「向窗」，折獄龜鑑作「窗邊」。

〔五〕日到向看之：疑獄集作「透日影見之」，棠陰比事作「日影透窗向日視之」，折獄龜鑑作「日光穿透因取反書向日看之」。

〔六〕字似補作：疑獄集作「字皆補葺作之」，棠陰比事作「其字乃是補葺而作」，折獄龜鑑作「書字補葺而成」。

〔七〕令喚州官集：合璧續集三二作「喚集州官」，疑獄集作「因集州縣官吏」，折獄龜鑑作「遂集州縣官吏」。

〔八〕甕：疑獄集作「杯」，折獄龜鑑作「盆」。

〔九〕決：疑獄集、折獄龜鑑同，合璧外集一九作「杖」。

**一一二、懷州河内縣董行成能策〔一〕賊。有一人從河陽長店盜行人驢一頭並皮袋，天欲曉，至懷州。行成至〔二〕街中見之，叱〔三〕曰：「箇〔四〕賊住，即下驢來。」即〔五〕承伏。人問何以知之，行成曰：「此驢行急而汗，非長行〔六〕也。見人則引驢〔七〕遠過，怯也。以此知之。」捉送縣。有頃，驢主尋蹤〔八〕至，皆如其言。**太平廣記一七一、寶顔堂本五、顧本七、丁本七。疑獄集三、棠陰比事下、折獄龜鑑七載此事。

〔一〕策：疑獄集、棠陰比事、折獄龜鑑作「察」。

〔二〕至：疑獄集、折獄龜鑑作「於」。

〔三〕叱：寶顔堂本作「嗤之」，顧本、丁本作「咄之」，疑是，廣記沈本作「咲」。

〔四〕箇：疑獄集、棠陰比事、折獄龜鑑作「彼」。

〔五〕即下驢來即：廣記談本作「即下驢來遂」，據寶顔堂本、顧本、丁本、廣記沈本改。疑獄集作「賊下驢即」，棠陰比事作「賊即」，折獄龜鑑作「盜下驢即」，亦可證後一字當作「即」。

〔六〕長行：疑獄集、棠陰比事、折獄龜鑑下有「人」字。

〔七〕驢：廣記談本作「轠」，據寶顔堂本、顧本、丁本、廣記沈本、疑獄集、棠陰比事、折獄龜鑑改。

〔八〕蹤：顧本下有「便□」，丁本下有「鞭□」。

一一三、張鷟爲河陽縣尉日，有搆架人呂元僞作倉督馮忱書，盜糶倉粟。忱不認書，元乃堅執，不能定。鷟取呂元告牒，括兩頭，唯留一字，問：「是汝書，即注是字，以字押〔一〕；不是，即注非字，亦以字押〔二〕。」元乃注曰〔三〕：「非。」去括，即是元牒，且〔四〕決五下〔五〕。又〔六〕括詐馮忱書上一字〔七〕，以問之，注曰：「是。」去括，乃詐書也。元連項赤，叩頭伏罪。太平廣記一七一、寶顏堂本五、顧本七、丁本七。疑獄集三、棠陰比事下、折獄龜鑑三載此事。

按：太平廣記談本此條原無出處，張校據四庫本廣記及太平廣記鈔二三作「朝野僉載」，當是，今據之輯録。

〔一〕以字押：廣記談本無，據寶顏堂本、顧本、丁本、廣記沈本補。

〔二〕亦以字押：廣記談本無，據寶顏堂本、顧本、丁本、廣記沈本補。

〔三〕曰：廣記沈本無。

〔四〕且：疑獄集、折獄龜鑑作「先」，棠陰比事作「遂」。

〔五〕五下：疑獄集、棠陰比事作「五十」，折獄龜鑑作「五十下」。

〔六〕又：寶顏堂本、顧本、丁本無。

〔七〕上一字：疑獄集作「留二字」，棠陰比事作「内工字」，「工」當爲「二」之誤，疑原同疑獄集作「二字」。

又有一客，驢韁斷，並鞍失〔一〕，三日訪〔二〕不獲，經縣告〔三〕。鷟推勘急，夜〔四〕放驢出，而藏其鞍，可直五千已來〔五〕。鷟曰：「此可知也。」令將卻籠頭放之〔六〕，驢向舊餧處〔七〕。鷟令搜其家，其鞍於草積下得之〔八〕。人伏其能〔九〕。太平廣記一七一、寶顏堂本五、顧本七、丁本七。疑獄集三、棠陰比事下、折獄龜鑑七載此事。

按：此條文字廣記中與上條文字原爲一條，疑獄集、棠陰比事、折獄龜鑑引此事皆獨立，今析爲兩條。

〔一〕失：疑獄集、棠陰比事、折獄龜鑑下有「之」字。

〔二〕訪：疑獄集作「尋」。

〔三〕經縣告：廣記談本作「告縣」，據寶顔堂本、顧本、丁本、廣記沈本改。疑獄集、折獄龜鑑作「詣縣告」，亦近。

〔四〕夜：疑獄集上有「賊乃」二字，棠陰比事上有「盜乃」，折獄龜鑑上有「乃」字。

〔五〕已來：廣記談本作「錢」，據寶顔堂本、丁本、廣記沈本改。顧本作「以來」。「已來」，通「以來」，即上下、左右之意，表概數。如太平廣記七四引仙傳拾遺張定事載：「即提一水瓶，可受二斗以來。」

〔六〕令將卻籠頭放之：疑獄集作「遂不令秣飼去轡放之」，棠陰比事作「遂令客勿秣驢夜放之」，折獄龜鑑作「遂令不秣飼驢去轡放之」，廣記下云「向舊餧處」，然未交待原因，疑原本「令」下當有「不秣飼驢」等字，廣記引用時節去。

〔七〕向舊餧處：疑獄集作「尋向餵處」，棠陰比事作「尋向餵飼處」，折獄龜鑑作「尋向昨夜餵處」。

〔八〕之：顧本、丁本、廣記沈本無。

〔九〕能：寶顔堂本、丁本、廣記沈本作「計」，顧本作「姦」，疑獄集、棠陰比事、折獄龜鑑作「智」。

**一一四、張松壽爲長安令，時昆明池側有劫殺〔一〕，奉敕十日内須獲賊，如違，所由科罪。壽至行劫處尋〔二〕蹤緒，見一老婆〔三〕於〔四〕樹下賣食。至，以從騎馱來入縣，供以酒食。經三日，還以馬送舊坐處。令一腹心人看〔五〕，有人共婆〔六〕語，即捉來。須臾〔七〕，一人來問：「明府若爲推逐？」即被布衫籠頭送縣，一問具承，并贓並獲〔八〕。時人以爲神明。**太平廣記一七一、寶顔堂本五、顧本七、丁本七。疑獄集一、折獄龜鑑七載此事。

〔一〕劫殺：疑獄集作「劫賊」，折獄龜鑑作「殺賊」。

〔二〕尋：疑獄集、折獄龜鑑作「檢」。

〔三〕老婆：疑獄集、折獄龜鑑作「老姥」。

〔四〕於：丁本、廣記沈本無。

〔五〕看：疑獄集作「潛伺之」，折獄龜鑑作「密往伺察之」。

〔六〕婆：疑獄集作「老姥」。

〔七〕須臾：疑獄集、折獄龜鑑作「果有」。

〔八〕并贓並獲：疑獄集作「與贓並獲」，折獄龜鑑作「并贓皆獲」。

**一一五、元嘉**〔一〕**少聰俊，左手畫圓，右手畫方，口誦經史，目數群羊，兼成四十字詩，一時而就，足書五言一絶**〔二〕**，六事齊舉。代號「神仙童子」。**太平廣記一七五、三洞群仙録八、類説四〇、紺珠集三、寶顔堂本五、顧本七、丁本七。四庫本實賓録六載此事。

〔一〕元嘉：三洞群仙録、類説、紺珠集、實賓録上有「唐」字。僉載於聲名不著之人，多説明其籍貫或官職，然此「元嘉」名上無文，疑非無名之人。舊唐書六四韓王元嘉傳云：「元嘉以母寵，特爲高祖所愛。」「元嘉少好學，聚書至萬卷，又採碑文古跡，多得異本。」類説四〇、紺珠集三引僉載亦載韓王元嘉銅鶴樽事，此處「元嘉」疑即爲「韓王元嘉」，諸書引録節文，致僅載其名。

〔二〕五言一絶：廣記談本脱「一」字，據寶顔堂本、顧本、丁本、實賓録補。三洞群仙録作「一絶」，亦有「一」字。

**一一六、并州人毛俊誕一男，四歲，則天召入内試字，千字文皆能暗書，賜衣裳放還。人皆以爲精魅所託。其後不知所終。**

太平廣記一七五、寶顔堂本五、顧本七、丁本七。

**一一七、納言婁師德，鄭州人，爲兵部尚書，使并州，接境諸縣令隨之。日高至驛，恐人煩擾驛家，令就廳同食。尚書飯白**

而細，諸人飯黑而麤，呼驛長責〔一〕之曰：「汝何爲兩種待客？」驛〔二〕將恐，對曰：「邂逅淅米〔三〕不得，死罪。」尚書曰：「卒客無卒主人〔四〕，亦復何損。」遂换取麤飯食之。檢校營田，往梁州，先有鄉人姓婁者爲屯官犯贓，都督許欽明欲決殺令衆。鄉人謁尚書，欲救之。尚書曰：「犯國法，師德當家兒子亦不能捨，何况渠？」明日宴會，都督與尚書俱坐〔五〕，尚書〔六〕曰：「聞有一人犯國法，云是師德鄉里。師德實不識，但與其父爲小兒時共牧〔七〕牛耳。都督莫以師德寬國家法。」都督遽令脱枷至，尚書切責之曰：「汝辭父孃，求覓官職，不能謹潔，知復奈何！」將一楪餶餅與之，曰：「噇卻，作箇飽死鬼去！」都督從此捨之。後爲納言、平章事，又〔八〕檢校屯田，行有日矣。諮執〔九〕事早出，婁先足疾，待馬未來，於光政門外横木上坐。須臾，有一縣令，不知其納言也，因訴身名，遂與之並坐。令有一子〔一〇〕，遠覘之，走告曰：「納言也。」令大驚，起曰：「死罪。」納言曰：「人有不相識，法有何死罪。」令因訴云：「有左嶷，以其〔一一〕年老眼暗奏解。某夜書表狀亦得，眼實不暗。」納言曰：「道是夜書表狀，何故〔一二〕白日裹〔一三〕不識宰相。」令大慙，曰：「願納言莫説向宰相。」納言南無佛不説。」公左右皆笑。使至靈州，果〔一四〕驛上食訖，索馬，判官諮意家〔一五〕漿水，亦索不得，全不祗承。納言曰：「師德已上馬，與公料理。」往呼驛長，責曰：「判官與納言何別，不與〔一六〕供給？索杖來！」驛長惶怖拜伏。納言曰：「我欲打汝一頓，大使打驛將，細碎事，徒涴卻名聲。若向你州縣道，你即不存生命。且放卻。」驛將跪拜流汗，狼狽而走。婁目送之，謂判官曰：「與公躓頓之矣〔一七〕。」衆皆怪歎。其行事皆此類。浮休子曰：「司馬徽、劉寛無以加也。」太平廣記一七六、焦氏筆乘續集三、寶顏堂本五、顧本七、丁本七。

〔一〕責：寶顏堂本、顧本、丁本作「嗔」。

〔二〕待客驛：寶顏堂本、顧本、丁本作「者驛客」。

〔三〕淅米：真大成據齊民要術九所載「折粟米法」校此爲「折米」之誤，非。説文解字水部：「淅，汏米也。」「汏」，通「汰」。

〔四〕卒客無卒主人：廣記沈本作「卒客卒無主人」，焦氏筆乘上有「有」字，西京雜記四：「有蒼卒客無蒼卒主人。」亦有「有」字。敦煌變文集燕子賦：「使人遠來沖熱，且向窟里逐涼。卒客無卒主人，蹔坐撩治家常。」

〔五〕倶坐：廣記談本上有「曰犯國法」四字，張校據廣記沈本及寶顏堂本删，顧本、丁本亦作「倶坐」。焦氏筆乘作「共坐」，亦無「曰犯國法」等字。張校所删是，今從之。

〔六〕尚書：廣記談本上有「謂」字，張校據寶顏堂本删，較合上下文語義，當是，今從之。焦氏筆乘作「因謂」。

〔七〕牧：顧本、丁本、廣記沈本作「放」，疑是。

〔八〕又：廣記談本作「父」，張校據廣記孫本、廣記沈本及寶顏堂本改，顧本、丁本、焦氏筆乘亦作「又」。張校所改是，今從之。

〔九〕執：顧本、丁本、廣記沈本作「就」。

〔一〇〕子：廣記談本作「丁」，據寶顏堂本、顧本、丁本、廣記沈本、焦氏筆乘改。

〔一一〕其：焦氏筆乘作「某」。此爲令自訴語，下云「某夜書表狀亦得」亦作「某」，作「其」則人稱混亂，疑作「某」是。

〔一二〕何故：顧本作「作何」，丁本作「作勿」，廣記沈本作「作忽」。

〔一三〕裏：顧本、丁本作「長」。

〔一四〕果驛上食訖：其義費解，焦氏筆乘無「果」字，當即因此删去。然廣記諸本均有，恐非偶然。疑「果」爲「界」字之誤，屬上讀作「使至靈州界」。

〔一五〕意家：焦氏筆乘作「驛家」，趙校亦疑「意」爲「驛」字之誤，當是。

〔一六〕不與：顧本、丁本作「與不」。

〔一七〕之矣：顧本、丁本、廣記沈本作「何以」。

一一八、唐英公李勣爲司空知政事，有一番官者參選被放，來〔一〕辭英公。公曰：「明朝早向朝堂見我來。」及期而至，郎中並在傍。番官至辭，英公嚬眉謂之曰：「汝長生，不知〔二〕事尚書、侍郎，我老翁不識字，無可教〔三〕汝，何由可得留。深負媿汝，努力好去。」侍郎等惶懼，遽問其姓名，令南院看牓。須臾引入，注與吏部令史。太平廣記一七六、寶顔堂本五、顧本七、丁本七。

按：太平廣記以此條與下條合爲一條，然兩條所叙爲二事，且南部新書引後一事，今拆分爲二條。

〔一〕放來：廣記沈本二字空闕，顧本、丁本作「族來」。

〔二〕知：顧本、丁本、廣記沈本作「如」。

〔三〕可教：顧本、丁本、廣記沈本作「氣之」。

一一九、英公時爲宰相，有鄉人嘗過宅，爲設食〔一〕。客裂卻餅緣，英公曰：「君大少年。此餅，犂地兩遍熟，槩下種〔二〕，鋤塒收刈，打颺訖，磑羅作麵，然後爲餅。少年裂卻緣，是何道理〔三〕？此處猶可，若對至尊前，公作如此事，參差斫卻你頭。」客大慚悚。浮休子曰：「宇文朝，華州刺史王羆有客裂餅緣者，羆曰：『此餅大用功力，然後入口。公裂之，只是未饑，且擎卻。』客愕然。又臺使致羆食飯，使人割瓜皮大厚，投地。羆就地拾起以食之，使人極悚息。今輕薄少年裂餅緣，割瓜侵瓤，以爲達官兒郎，通人之所不爲也。」太平廣記一七六、寶顔堂本五、顧本七、丁本七。南部新書辛載此事。

〔一〕食：寶顔堂本、顧本下重「食」字，丁本下有「之」字。

〔二〕槩下種：顧本、丁本、廣記沈本作「槩不種」。漢書三八齊悼惠王傳載：「深耕穊種，立苗欲疏。」顔師古注云：「穊，稠也。穊種，言多生子孫也。」齊民要術三載「若糞不可得者，則五六月中穊種菉豆，至七月、八月，犂掩殺之如以糞糞田，則良美與糞不殊」。僉載此處「槩」字亦當爲「穊」字之誤。

〔三〕理：廣記談本無，據南部新書補。

一二〇、唐刑部尚書李日知自爲畿赤，不曾打行杖罰〔一〕，其事克濟。及爲刑部尚書，有令史受敕三日，忘不行者。尚書索杖剥衣〔二〕，唤令史總集，欲決之。責曰：「我欲笞汝一頓，恐天下人稱你云撩得李日知嗔，喫李日知杖，你亦不是人，妻子亦不禮汝。」遂放之。自是令史無敢犯者，設有稽〔三〕失，衆共謫〔四〕之。太平廣記一七六、寶顏堂本五、顧本七、丁本七。資治通鑑二一〇載此事。

資治通鑑二一〇先天元年載：日知在官，不行棰撻而事集。刑部有令史，受敕三日，忘不行。日知怒，索杖，集羣吏欲捶之，既而謂曰：「我欲捶汝，天下人必謂汝能撩李日知嗔，受李日知杖，不得比於人，妻子亦將棄汝矣。」遂釋之。吏皆感悦，無敢犯者，脱有稽失，衆共謫之。

〔一〕打行杖罰：廣記談本無「打」字，據顧本、丁本、廣記沈本補。寶顏堂本作「打杖行罰」，亦有「打」字。

〔二〕衣：顧本、丁本、廣記沈本作「來」。

〔三〕稽：顧本作「執」，丁本、廣記沈本作「勢」。

〔四〕謫：廣記談本作「責」，據寶顏堂本、顧本、丁本、廣記沈本改。通鑑作「謫」，亦同。

**一二一、後魏孝文帝〔一〕定四姓〔二〕，隴西李氏，大姓，恐不入〔三〕，星夜乘鳴駝〔四〕，倍程至洛。時四姓已定訖。故至今謂之「駝李」焉〔五〕。**太平廣記一八四、能改齋漫録七、類説四〇、紺珠集三、寶顏堂本一、顧本一、丁本一。

〔一〕後魏孝文帝：能改齋漫録作「後魏文帝」，類説、紺珠集作「後魏時」。

〔二〕四姓：能改齋漫録作「四大姓」。

〔三〕入：類説、紺珠集作「得預」。

〔四〕鳴駝：能改齋漫録、類説、紺珠集作「明駝」。酉陽雜俎前集一六云：「木蘭篇『明駝千里脚』，多誤作『鳴』字。駝卧，腹不貼地，屈足漏明，則行千里。」據此，當以作「明駝」爲是，然唐人已多作「鳴駝」。

〔五〕焉：廣記沈本無。

一二二、唐張文成曰〔一〕：乾封以前選人，每年不越數千；垂拱以後，每歲常至五萬。人不加衆，選人益繁者，蓋有由矣。嘗試論之，祇如明經進士、十周三衛、勳散雜色、國官直司，妙簡實材，堪入流者十分不過一二。選司考練，總是假手冒〔二〕名，勢家囑請。手不把筆，即送東司；眼不識文，被舉南館。正員不足，權補試、攝、檢校之官。賄貨縱横，贓污狼籍。流外行署，錢多即留。或帖司助曹，或員外行案。更有挽郎、輦脚、營田、當屯，無尺寸功夫〔三〕，並優與處分。皆不事學問，唯求財賄。是以選人冗冗〔四〕，甚於羊群；吏部喧喧〔五〕，多於蟻聚。若銓實用，百無一人。積薪化薪，所從來遠矣。太平廣記一八五、寶顔堂本一、明抄本一、顧本一、丁本一。

〔一〕唐張文成曰：寶顔堂本、顧本、丁本無「唐」字，疑原本作「浮休子曰」，廣記引用時改。僉載中「浮休子曰」多在所載事實之後發表議論，此條只有張鷟之議論，疑原本前當載一事，廣記未引。

〔二〕冒：明抄本、顧本、丁本、廣記沈本作「買」。

〔三〕功夫：寶顔堂本、顧本、丁本作「工夫」，明抄本作「土夫」，亦爲「工夫」之誤，廣記沈本作「功效」。

〔四〕冗冗：廣記沈本作「凡冗」，疑是。

〔五〕喧喧：廣記沈本作「喧譁」。

一二三、唐鄭愔爲吏部侍郎掌選，贓污狼籍。引銓〔一〕，有選人繫百錢於靴帶上〔二〕，愔〔三〕問其〔四〕故，答曰：「當今之選，非錢不行。」愔默而〔五〕不言。太平廣記一八五、錦繡萬花谷後集二〇、類説四〇、紺珠集三、翰苑新書前集一五、寶顔堂本一、明抄本一、顧本一、丁本一。古今合璧事類備要後集二七引本傳、古今事文類聚新集一一載此事。

按：此條廣記中與下崔湜事同爲一條，然類説、紺珠集諸書引二事均不作一條，今據之拆分爲二條。

〔一〕引銓：類説、紺珠集下有「日」字。

〔二〕靴帶上：合璧、事文、翰苑新書無「帶」字，類説、紺珠集下有「行步有聲」四字。

〔三〕愔：事文作「人」。

〔四〕其：合璧作「何」。

〔五〕而：萬花谷作「然」。

**時〔一〕崔湜亦〔二〕爲吏部侍郎掌銓，有選人引過，分疏〔三〕云：「某能翹關負米。」湜〔四〕曰：「若壯，何不兵部選〔五〕？」答曰：「外邊人皆云〔六〕崔侍郎下，有氣力者即得〔七〕。」**太平廣記一八五、宋本施顧注蘇詩一二、東坡詩集注一八、二〇、類説四〇、紺珠集三、寶顔堂本一、明抄本一、顧本一、丁本一。

〔一〕時：施顧注蘇詩、東坡詩集注、類説、紺珠集無。

〔二〕亦：施顧注蘇詩、東坡詩集注、類説、紺珠集無。

〔三〕分疏：廣記沈本作「自許」，施顧注蘇詩、東坡詩集注、紺珠集作「白湜」，類説作「見湜」。

〔四〕湜：東坡詩集注、紺珠集下有「笑」字。

〔五〕兵部選：施顧注蘇詩作「選兵部」，東坡詩集注、類説、紺珠集作「求選兵部」。

〔六〕外邊人皆云：施顧注蘇詩、東坡詩集注、類説、紺珠集作「外議謂」。

〔七〕即得：寶顔堂本作「即存」，丁本、廣記沈本作「德郎」，類説、紺珠集作「即選」，施顧注蘇詩、東坡詩集注下有「選」字。

**一二四、唐景龍年中，斜封得官者二百人，從〔一〕屠販而踐高位。景雲踐祚，尚書宋璟、御史大夫畢構奏停斜封人官。璟、**

構出後，見鬼人彭君卿[二]受斜封人賄賂[三]，奏云：見[四]孝和，怒曰：「我與人官，何因奪卻？」於是斜封皆復舊職。太平廣記一八六、資治通鑑考異一二、類説四〇、紺珠集三、古今合璧事類備要前集四〇、錦繡萬花谷後集二〇、寶顏堂本一、明抄本一、顧本一、丁本一。

按：太平廣記一八六此事原與下「僞周革命之際」一段合爲一條，然二事實不相關，當爲二條，今拆分。

〔一〕從：明抄本、顧本、丁本、廣記沈本作「後」。

〔二〕彭君卿：廣記談本脱「君」字，據通鑑考異及廣記二八三「彭君卿」條引僉載補。舊唐書七七、新唐書一一二柳澤傳作「彭君慶」。

〔三〕賂：通鑑考異無。

〔四〕見：通鑑考異無。

一二五、僞周革命之際，十道使人天下選殘，明經、進士及下村教童蒙博士皆被搜揚，不曾試練，並與美職。塵黷士人之品，誘悦愚夫之心。庸才者得官以爲榮，有才者[一]得官以爲辱。昔趙王倫之篡也，天下孝廉、秀才、茂異，並不簡試，雷同與官。市道屠沽、亡命不軌，皆封侯略盡，太府之銅，不供鑄印，至有白版侯者。朝會之服，貂者大半，故謡云：「貂不足，狗尾續。」小人多幸，君子耻之。無道之朝，一何相類[二]也。惜哉！太平廣記一八六、寶顏堂本一、明抄本一、顧本一、丁本一。

〔一〕者：廣記談本無，張校據廣記孫本及寶顏堂本補，明抄本、顧本、丁本亦有，今從張校補。

〔二〕相類：廣記談本作「連類」，張校據廣記沈本改，當是，今從之。

一二六、唐天后中，契丹李盡忠、孫萬榮[一]之破營府也，以地牢囚漢俘數百人。聞麻仁節等諸軍[二]欲至，乃令守囚霫等紿之曰：「家口饑寒，不能存活。求待國家兵到，吾等即降。」其囚日別與一頓粥，引出安慰曰：「吾此無飲食養汝，又不忍殺汝，總放歸，若何？」衆皆拜伏乞命，乃紿放去。至幽州，具説饑凍逗留。兵士聞之，爭欲先入。至黃麞谷[三]，賊又令老者投官軍，送遺老牛瘦馬於道側。麻仁節等三軍，棄步卒，將馬先爭〔四〕入，被賊設伏橫截，軍將被索縶之，生擒節等，死者填山谷，罕有一遺。太平廣記一八九、寶顏堂本一、明抄本一、顧本一、丁本一。資治通鑑二〇五載此事。

資治通鑑二〇五萬歲通天元年載：八月，丁酉，曹仁師、張玄遇、麻仁節與契丹戰于硤石谷，唐兵大敗。先是，契丹破營州，獲唐俘數百，囚之地牢，聞唐兵將至，使守牢霫紿之曰：「吾輩家屬，飢寒不能自存，唯俟官軍至即降耳。」既而契丹引出其俘，飼以糠粥，慰勞之曰：「吾養汝則無食，殺汝又不忍，今縱汝去。」遂釋之。俘至幽州，具言其狀，諸軍聞之，爭欲先入。至黃麞谷，虜又遣老弱迎降，故遺老牛瘦馬於道側。仁師等三軍棄步卒，將騎兵先進。契丹設伏橫擊之，飛索以縶玄遇、仁節，生獲之。將卒死者填山谷，鮮有脱者。

（王）孝傑將四十萬衆，被賊誘退，逼就懸崖，漸漸挨排，一一落澗，阬深萬丈，尸與崖平，匹馬無歸，單兵莫返。資治通鑑考異一一。

按：資治通鑑考異一一於「神功元年三月王孝傑與孫萬榮戰大敗死之」下引此，與上條所叙爲一事，疑爲同一條文字，廣記、考異所引不同，今附於此。

〔一〕孫萬榮：廣記無「孫」字，趙校據舊唐書一九九下北狄契丹傳及通鑑補，今從之。

〔二〕軍：廣記談本作「君」，據廣記沈本改。

〔三〕黃麞谷：廣記談本作「黃麞峪」，據通鑑、舊唐書六則天皇后本紀、三七五行志、通典二〇〇邊防典及廣記一六三「黃麞歌」條引僉載改。

〔四〕先爭：顧本作「爭先」，廣記沈本作「軍爭」。

一二七、唐柴駙馬〔一〕紹之弟某，有材力，輕趫迅捷〔二〕，踴身而上，挺然若飛，十餘步乃止。太宗令取趙公長孫無忌鞍韉，仍先報無忌，令其守備。其夜，見一物如烏飛入宅內，割雙鐙而去，追之不及。又遣取丹陽公主鏤金枕函〔三〕。飛入內房，以手撚土公主面上，舉頭，即以他枕易之而去。至曉乃覺。嘗著吉莫靴走〔四〕上磚城，直〔五〕至女墻，手無攀〔六〕引。又以足蹈〔七〕佛殿柱，至簷頭，捻椽〔八〕覆上。越百尺樓閣，了無障礙。太宗〔九〕奇之，曰：「此人不可〔一〇〕處京邑。」出爲外官。時人號爲「壁龍〔一一〕」。太平廣記一九一、類説四〇、紺珠集三、説郛二、寶顔堂本六、顧本一〇、丁本一〇。

按：太平廣記一九一此條原與下段師子事合爲一條，然二事不相關，説郛、類説、紺珠集均僅録本條，當爲兩條，今拆分。又，宛委山堂本説郛弓三二引此作張鷟耳目記文字，誤，該本所載張鷟耳目記均出朝野僉載。

〔一〕駙馬：廣記談本無，據説郛補。

〔二〕輕趫迅捷：顧本作「輕捷還趫」，丁本、廣記沈本作「輕趫還捷」。

〔三〕枕函：廣記談本作「函枕」，據寶顔堂本、顧本、丁本、廣記孫本、廣記沈本乙。趙校據廣記談本乙作「函枕」，恐誤。下段師子事亦云「於枕函中取去」。開元天寶遺事「金籠蟋蟀」條載「每至秋時，宫中妃妾輩皆以小金籠捉蟋蟀，閉於籠中，置之枕函畔，夜聽其聲」。張祜病宫人詩有「淚珠時傍枕函流」句，司空圖楊柳枝壽杯詞有「往往長條拂枕函」句，是唐人習稱如此。

〔四〕走：説郛無。

〔五〕直：廣記談本作「且」，據寶顔堂本、説郛改。

〔六〕攀：説郛作「扳」。

〔七〕蹈：寶顔堂本作「踏」，説郛作「指緣」。

〔八〕椽：廣記談本作「掾」，據寶顔堂本、顧本、丁本、説郛改。

〔九〕太宗：張宗祥校本説郛作「文武睿聖皇帝」，中國國家圖書館藏明抄本説郛作「文武聖皇帝」。舊唐書三太宗本紀載：「上元元年三月，改上尊號曰『文武聖皇帝』。天寶十三載二月，改上尊號爲『文武大聖大廣孝皇帝』。」張宗祥校本説郛「睿」字當衍。唐人書中多有稱太宗爲「文武聖皇帝」者，疑説郛所載較近僉載原文，廣記作「太宗」者蓋宋人所改。

〔一〇〕不可：説郛下有「以」字。

〔一一〕壁龍：説郛作「壁飛」。

**一二八、太宗嘗賜長孫無忌七寶帶，直千金。時有大〔一〕盜段師子從屋上椽孔間而下，露拔刀〔二〕謂曰：「公動即死。」遂於枕函〔三〕中取帶去，以刀拄地，踴身椽孔間出。**太平廣記一九一、説郛二、寶顏堂本六、顧本一〇、丁本一〇。

〔一〕大：廣記談本作「太」，張校據廣記黄晟刻本、廣記四庫本及寶顏堂本改，顧本、丁本亦作「大」，張校所改是，今從之。

〔二〕拔刀：二字顧本作「刃」，廣記孫本作「白刀」。

〔三〕於枕函：寶顏堂本作「於函」，顧本、丁本、廣記沈本作「枕函」。

**一二九、唐天后時將軍李楷固，契丹人也，善用羂索〔一〕。李盡忠之敗〔二〕也，麻仁節、張玄遇等並被羂。將麞鹿狐兔走馬遮截，放索羂之，百無一漏。鞍馬上弄弓矢矛矟〔三〕，狀〔四〕如飛仙。天后惜其材，不殺，用以爲將。稍貪財好色，出爲潭州喬口鎮將，憤恚而卒也。**太平廣記一九一、寶顏堂本六、顧本一〇、丁本一〇。資治通鑑二〇六載此事。

資治通鑑二〇六久視元年載：初，契丹將李楷固，善用羂索及騎射、舞槊，每陷陳，如鶻入烏羣，所向披靡。黄麞之戰，張玄遇、麻仁節皆爲所羂。又有駱務整者，亦爲契丹將，屢敗唐兵。及孫萬榮死，二人皆來降。有司責其後至，奏請族之。狄仁傑曰：「楷固等並驍勇絶倫，能盡力於所事，必能盡力於我，若撫之以德，皆爲我用矣。」奏請赦之。所親皆止之，仁傑曰：「苟利於國，豈爲身謀！」太后用其言，赦之。又請與之官，太后以楷固爲左玉鈐衛將軍，務整爲右武威衛將軍，使將兵擊契丹餘黨，悉平之。

〔一〕緆索：顧本、丁本、廣記沈本作「絹索」。

〔二〕敗：舊唐書八九狄仁傑傳載：「楷固、務整，並契丹李盡忠之别帥也。初，盡忠之作亂，楷固等屢率兵以陷官軍。」作「敗」字與史實不合，疑爲「亂」字之誤。

〔三〕矟：顧本、丁本作「楯」。

〔四〕狀：丁本、廣記沈本作「收」。

**一三〇、唐宋令文者，有神力。禪定寺有牛觸人，莫之敢近，築圈以闌之。令文怪其故，遂袒裼〔一〕而入。牛竦角向前，令文接兩角拔〔二〕之，應手而倒，頸骨皆折而死。又以五指撮碓觜壁上書，得四十字詩。爲太學生，以一手挾講堂柱起，以同房生衣於柱下壓之，許重設酒〔三〕，乃爲之出。令文有三子，長之問有文譽〔四〕，次之悉〔五〕善書，次之悌有勇力。之悌後左降朱鳶，會賊破驩州，以之悌爲總管擊之。募壯士，得八人。之悌身長八尺，被重甲，直前大叫曰：「獠賊，動即死！」賊七百人一時俱𨄴〔六〕，大破之。**太平廣記一九一、寶顏堂本六、顧本一〇、丁本一〇。新唐書二〇二文藝宋之問傳載此事，夷堅支志癸八載其太學生事。

新唐書二〇二文藝宋之問傳載：初，之問父令文，富文辭，且工書，有力絶人，世稱「三絶」。都下有牛善觸，人莫敢嬰，令文直往拔取角，折其頸殺之。既之問以文章起，其弟之悌以驍勇聞，之悉精草隸，世謂皆得父一絶。之悌，長八尺，開元中，歷劍南節度使、太原尹。嘗坐事流朱鳶，會蠻陷驩州，授總管擊之。募壯士八人，被重甲，大呼薄賊曰：「獠動即死！」賊七百人皆伏不能興，遂平賊。

〔一〕袒裼：顧本作「相蹋」，丁本作「相榻」。

〔二〕拔：顧本、丁本作「投」。

〔三〕許重設酒：顧本、丁本、廣記沈本作「重設」，夷堅支志作「須其重設」。

〔四〕譽：顧本、丁本、廣記沈本無。

〔五〕之愻：元和姓纂八載：「之望，改名之遜，荆州刺史。」廣記二〇一、二六三兩「宋之愻」條引僉載、舊唐書一〇〇蘇晉傳、新唐書一九一忠義王同皎傳、二〇六外戚武三思傳、金石録二五唐襄州刺史封公碑均同，元和姓纂八、舊唐書一八三外戚武三思傳、一八六下酷吏姚紹之傳、通鑑二〇八、通鑑考異一二作「之遜」。愻、遜二字古通，廣記引僉載均作「愻」，當是，且其弟名「之悌」，蓋名均從心。

〔六〕剉：顧本、丁本、廣記沈本作「坐」。

**一三一、唐彭博通者，河間人也，身長八尺。曾於講堂堦上臨堦而立，取鞋一緉，以臂夾，令有力者後拔之，鞋底中斷，博通脚終不移。牛駕車正走，博通倒曳車尾，卻行數十步，横拔車轂深二尺〔一〕，皆縱横破裂。曾游瓜步江，有急風張帆，博通捉尾纜挽之，不進。** 太平廣記一九一、寶顏堂本六、顧本一〇、丁本一〇。

〔一〕二尺：寶顏堂本下有「餘」字。

**一三二、唐定襄公李宏，虢王之子，身長八尺。曾獵，有〔一〕虎搏之，踣面〔二〕卧，虎坐其上。奴走馬旁過，虎跳據〔三〕奴後鞍，宏起，引弓射之，中臂〔四〕而斃〔五〕。宏及奴一無所傷。** 太平廣記一九一、寶顏堂本六、顧本一〇、丁本一〇。

〔一〕有：廣記談本作「遇」，據寶顏堂本、顧本、丁本、廣記孫本、廣記沈本改。

〔二〕踣面：廣記談本作「踣而」，據廣記孫本改。顧本、丁本作「路面」，廣記沈本作「洛面」。慧琳一切經音義三七：「踣面，集訓云『前倒也』。……或從人作仆，亦通。」廣記二一八「周允元」條引僉載云「允元踣面於厠上」，亦作「踣面」。

〔三〕據：廣記談本作「攫」，據顧本、丁本、廣記沈本改。

〔四〕中臂：廣記談本無，張本據廣記孫本、廣記沈本及寶顔堂本補，顧本、丁本亦有，張校所補是，今從之。

〔五〕斃：寶顔堂本、顧本、丁本、廣記沈本作「死」。

一三三、唐忠武將軍辛承嗣輕捷。曾解鞍絆馬，脱衣而卧，令一人百步走馬持鎗而來，承嗣鞍〔一〕馬解絆，著衣擐甲，上馬盤鎗，逆拒刺馬，擒人而還。承嗣曾〔二〕與將軍元師獎〔三〕馳騁〔四〕，一手捉鞍橋〔五〕，雙足直上捺蜻蜓，走馬二十里。與中郎裴紹業于青海被吐蕃〔六〕所〔七〕圍，謂紹業曰：「相隨帶將軍共出〔八〕。」紹業懼，不敢。承嗣曰：「爲將軍試之。」單馬持稍〔九〕直出〔一〇〕，所向皆靡，卻迎紹業出。承嗣馬被箭，乃跳下，奪賊壯馬乘之，一無損〔一一〕傷。太平廣記一九一、寶顔堂本六、顧本一〇、丁本一〇。

按：本條廣記原與下裴旻事連爲一條，然二者實無關聯，今析爲二條。

〔一〕鞍：廣記談本作「鞴」，張校據廣記孫本、廣記沈本改，顧本、丁本亦作「鞍」，張校所改是，今從之。

〔二〕曾：廣記談本作「後」，據寶顔堂本、顧本、丁本、廣記孫本、廣記沈本改。

〔三〕元師獎：廣記談本作「元帥獎」，丁本作「元師樊」，廣記孫本作「九帥獎」，元和姓纂四元姓下載：「攸，孝莊帝。生安樂王長樂。長樂生銓。五代孫師獎，鄯州刺史。」岑仲勉四校記引僉載此條云：「『帥獎』當『師獎』之訛，殆唐初人；前文昭成帝後雖有同姓名之師獎，然鄯州近吐蕃，疑是此人也。」今據改。

〔四〕馳騁：顧本、丁本、廣記沈本作「馳驛」。馳驛，謂駕乘驛馬疾行。舊唐書六二李大亮傳云：「尋遇疾，太宗親爲調藥，馳驛賜之。」疑後人不明「馳驛」之義而妄改作「馳騁」。

〔五〕鞍橋：廣記談本作「鞍撟」，張本據廣記沈本及寶顔堂本改，顧本、丁本亦作「鞍橋」。齊民要術五「種柘法」載：

「欲作鞍橋者，生枝長三赤許，以繩系旁枝木，橛釘著地中，令曲如橋。十年之後，便是渾成柘橋。」急就篇顏師古注云：「西方有野羊大角，牡者曰羱，牝者曰羠，並以時墮角。其羱角尤大，今人以爲鞌橋。」均作「鞍橋」，張校所改是，今從之。

〔六〕吐蕃：廣記談本作「吐番」，據寶顏堂本、顧本、丁本改。

〔七〕所：寶顏堂本、顧本、丁本、廣記沈本無。

〔八〕相隨帶將軍共出：廣記談本作「將軍相隨共出」，張校據寶顏堂本、廣記孫本、廣記沈本改，顧本、丁本亦同，張校所改當是，今從之。

〔九〕矟：廣記談本作「鎗」，據顧本、丁本、廣記孫本、廣記沈本改。

〔一〇〕直出：二字廣記談本無，張校據廣記孫本補，今從之。顧本、丁本、廣記沈本作「直」，無「出」字，致文義費解，疑廣記談本即因此删「直」字。

〔一一〕損：廣記談本作「所」，張校據寶顏堂本、廣記孫本、廣記沈本改，顧本、丁本亦作「損」。張校所改當是，今從之。

**一三四、裴旻與幽州都督孫佺北征，被奚賊所圍**〔一〕。**旻馬上立走，輪刀雷發，箭若星流，應刀而斷。賊不敢取，蓬飛而去**〔二〕。太平廣記一九一、寶顏堂本六、顧本一〇、丁本一〇。新唐書二〇二李白傳載此事。

新唐書二〇二文藝李白傳附裴旻傳載：旻嘗與幽州都督孫佺北伐，爲奚所圍，旻舞刀立馬上，矢四集，皆迎刀而斷，奚大驚引去。

〔一〕所圍：寶顏堂本、顧本、丁本、廣記孫本、廣記沈本作「圍之」。新唐書文藝李白傳作「所圍」，與廣記談本同。

〔二〕去：廣記沈本作「出」。

**一三五、唐貞觀中，恒州有彭闥、高瓚二人鬬豪。時於**〔一〕**大酺場上兩朋競勝，闥活捉一豚，從頭齩至頂**〔二〕**，放之地上仍**

走；瓚取猫兒，從尾食之，腸肚俱盡，仍嗚唤不止。闔於是乎帖然心伏。太平廣記一九三、寶顔堂本六、顧本一〇、丁本一〇。

〔一〕時於：廣記談本作「於時」，據寶顔堂本、顧本、丁本、廣記沈本乙。

〔二〕頂：寶顔堂本、丁本、廣記沈本作「項」。

一三六、隋末，深州諸葛昂性豪俠〔一〕，渤海高瓚聞而造之，爲設雞肫而已。瓚小其用，明日大設，屈昂數十人，烹豬、羊等，串〔二〕長八尺，薄餅闊丈餘，裹〔三〕餡〔四〕麤如庭柱，盆〔五〕作酒盌行巡，自爲〔六〕金剛舞以送之。昂至後日屈瓚〔七〕客數百人，大設，車行酒，馬行炙，挫碓斬膾，磑轢蒜虀，唱夜叉歌、師子舞以送之〔八〕。瓚明日設，烹一奴〔九〕子十餘歲，食訖〔一〇〕，呈其頭顱、手足，座客皆攫喉而吐之。昂後日報設，先令愛妾行酒，妾無故笑，昂叱下〔一一〕，須臾蒸此妾坐銀盤，仍飾以脂粉，衣以綾羅，遂擘骽肉以啖瓚，諸人皆掩目。昂於妳房間撮肥肉食之，盡飽而止。瓚羞之，夜遁而去。昂富，後遭離亂，狂賊來求金寶，無可給，縛於椽上炙殺之。說郛二、類說四〇、紺珠集三、雲仙雜記九。

按：此條所載與上條事類，今附於此。

〔一〕豪俠：類說、紺珠集、雲仙雜記作「豪侈」。

〔二〕串：說郛無，據類說、紺珠集、雲仙雜記補。

〔三〕裹：類說、紺珠集、雲仙雜記無。

〔四〕餡：張宗祥校本說郛作「餤」，據中國國家圖書館藏明抄本說郛改。

〔五〕盆：張宗祥校本說郛作「益」，據中國國家圖書館藏明抄本說郛改。

〔六〕爲：類說、雲仙雜記作「作」。

〔七〕瓚：張宗祥校本說郛下有「屈」字，據中國國家圖書館藏明抄本說郛刪。

〔八〕以送之：三字説郛無，據類説、紺珠集、雲仙雜記補。

〔九〕奴：類説、紺珠集上有「小」字。

〔一〇〕食訖：二字説郛無，據類説、紺珠集補。

〔一一〕叱下：類説、紺珠集作「怒而叱去」。

一三七、**唐太宗問光禄卿韋某**〔一〕，**須無脂肥羊肉充藥。韋不知所從得，乃就侍中郝處俊宅問之。俊曰：「上好生，必不爲此事。」乃進狀自奏：「其無脂肥羊肉，須五十口肥羊，一一對前殺之，其羊怖懼，破脂並入肉中。取最後一羊，則極肥而無脂也。」上不忍爲，乃止，賞處俊之博識也。**太平廣記一九七。

〔一〕唐太宗問光禄卿韋某：舊唐書五高宗本紀儀鳳四年四月載「中書令郝處俊爲侍中」，八四郝處俊傳載儀鳳「四年，代張文瓘爲侍中」，且據本傳，郝處俊於太宗時官位不高，不可能爲侍中，唐九卿考三云「唐太宗」當爲「唐高宗」之誤，是，疑僉載原作「大帝」，廣記引録誤改作「唐太宗」。「韋某」，唐九卿考謂當爲韋懷質。

一三八、**梁庾信從南朝初至北方，文士多輕之。信將枯樹賦以示之，於後**〔一〕**無敢言者。時温子昇作韓陵山寺碑，信讀而寫其本。南人問信曰：「北方文士何如？」信曰：「唯有韓陵山一片石堪**〔二〕**共語，薛道衡、盧思道少解把筆。自餘驢鳴狗吠，聒耳而已。」**太平廣記一九八、海録碎事一八、錦繡萬花谷後集一九、寶顔堂本六、顧本一〇、丁本一〇。後山詩注一一、佩韋齋集一九、類説二五引玉泉子載此事。

〔一〕於後：廣記沈本作「於是以後」，海録、萬花谷作「自後」。

〔二〕堪：海録、萬花谷、佩韋齋集作「可」。

〔三〕狗：寶顔堂本、廣記沈本作「犬」。

一三九、唐盧照鄰字昇之，范陽人。弱冠拜鄧王府典籤，王府書記，一以委之。王有書十二車，照鄰總〔一〕披覽，略能記憶。後爲益州新都縣尉，秩滿，婆娑於蜀中，放曠詩酒，故世稱「王、楊、盧、駱」。照鄰聞之，曰：「喜居王後，恥在駱前。」時楊炯之〔二〕爲文，好以古人姓名連用〔三〕，如「張平子之略談〔四〕，陸士衡之所記」「潘安仁宜其陋矣，仲長統何足知之」，號爲「點鬼簿」。駱賓王文好以數對，如「秦地重關一百二，漢家離宮三十六」，時人號爲〔五〕「算博士」。如盧生之文，古今粲粲，文質彬彬〔六〕，時人莫能評其得失矣。惜哉！不幸有冉畊〔七〕之疾，著〔八〕幽憂子以釋憤焉。文集二十卷。太平廣記一九八、海録碎事一四、類説四〇、古今事文類聚別集五、後村先生大全集一七九後村詩話續集、説郛三實賓録、寶顔堂本六、顧本一〇、丁本一〇。唐詩紀事七載此事。

〔一〕總：類説無。

〔二〕楊炯之：廣記談本作「楊之」，紀事作「楊盈川之」，類説、事文、後村詩話作「楊炯」。按，「炯」字當爲宋人避太宗趙炅嫌名所省，今據諸書補。

〔三〕連用：後村詩話作「聯用」。

〔四〕略談：類説、事文作「談略」。

〔五〕時人號爲：類説作「時號」，紀事作「人號爲」，後村詩話作「號爲」。

〔六〕古今粲粲文質彬彬：八字廣記談本無，據後村詩話補。

〔七〕畊：寶顔堂本、類説、後村詩話作「耕」。

〔八〕著：後村詩話作「爲」。

一四〇、唐徐彥伯爲文，多變易求新，以「鳳閣」爲「鶠閣〔一〕」，以「龍門」爲「虬户」，以「金谷」爲「銑溪」，以「玉山」爲

「瓊岳」，以「芻狗」爲「卉犬」，以「竹馬」爲「篠驂」，以「月兔」爲「魄兔〔二〕」，以「風〔三〕牛」爲「颷〔四〕犢」。後進效之，謂之「澀體」。紺珠集三、類説四〇、海録碎事一八上、東觀餘論下、錦繡萬花谷前集二〇、古今事文類聚別集五。

按：此下二條事與上盧照鄰等事類，今附於此。

〔一〕鶡閣：類説作「鶡櫊」，海録、萬花谷作「鶡閣」。

〔二〕魄兔：海録作「陰魄」。

〔三〕風：類説作「赤」。

〔四〕颷：類説作「炎」，海録作「猋」。

一四一、張鷟號「青錢學士」，以其〔一〕萬選萬中。時有明經董方〔二〕，舉九上〔三〕不第，號「白蠟〔四〕明經」，與鷟爲對。類説四〇、紺珠集三、海録碎事一九、古今合璧事類備要前集三八、錦繡萬花谷前集二二。四庫本實賓録一、唐詩紀事九載此事。

〔一〕以其：紺珠集作「謂之」，海録、合璧、萬花谷作「謂」。

〔二〕董方：類説作「董萬」，據紺珠集、海録、合璧、萬花谷改。

〔三〕舉九上：合璧、萬花谷作「九舉」。

〔四〕蠟：紺珠集、海録作「臘」。

一四二、咸亨中，貝州潘彦好雙陸，每有所詣，局不離身。曾泛海，遇風船破，彦右手挾一板，左手抱雙陸局，口銜雙陸骰子〔一〕。二日〔二〕一夜至岸，兩手見骨，局終不捨，骰子亦在口。太平廣記二〇一、太平廣記詳節一五。

〔一〕骰子：廣記孫本、廣記沈本、詳節作「頭子」。下同。「頭」、「骰」字通。

〔二〕二日：詳節上有「經」字。

一四三、洛陽縣丞宋之愻性好唱歌。出爲連州參軍，刺史陳希古者，庸人也，令之愻教婢歌。每日端笏立於庭中，呦呦而唱，其婢隔窗從而和之。聞者無不大笑。太平廣記二〇一、寶顔堂本一、顧本七、丁本七。新唐書二〇二文藝宋之問傳載此事。

新唐書二〇二文藝宋之問傳載：之愻爲連州參軍，刺史聞其善歌，使教婢，日執笏立簾外，唱吟自如。

一四四、兵部郎中朱前疑貌醜，其妻有美色。天后時，洛中殖業坊西門酒家有婢，蓬頭垢面，傴肩皤腹，寢惡之狀，舉世所無，而前疑大悦之，殆忘寢食。乃知前世言宿瘤蒙愛，信不虚也。夫人世嗜慾，一何殊性。前聞文王嗜昌歜〔一〕，楚王嗜芹菹，屈到嗜芰，曾晳嗜羊棗。宋劉邕〔二〕嗜瘡痂，本傳曰：雍詣前吳興太守孟靈休，靈休脱襪，粘炙瘡痂墜地，雍俯而取之飡焉。宋明帝嗜蜜漬鱁鮧〔三〕，每啖數升。是知海上逐臭之談，陳君愛醜之説，何其怪歟，天與其癖也。太平廣記二〇一、寶顔堂本五、顧本七、丁本七。

〔一〕昌歜：廣記談本作「昌𤢒」，「𤢒」即「獨」字異體，李本改作「菖蒲」，校云：「按，『文王嗜菖蒲』，見韓非子難三、呂氏春秋遇合，據改。」然「蒲」、「𤢒」二字形異，似無由致誤。考韓非子難四云「屈到嗜芰，文王嗜菖蒲菹」，呂氏春秋遇合亦云「文王嗜菖蒲俎」，均作「菖蒲菹」，而非「菖蒲」，左傳僖公三十年「饗有昌歜」，杜預注「昌歜，昌蒲菹」。「菖蒲菹」即「昌歜」，故韓愈送無本師歸漢陽詩云「無殊嗜昌歜」，皮日休請孟子爲學科書云「蓋仲尼愛文王，嗜昌歜以取味」，僉載之「昌𤢒」亦當爲「昌歜」之誤，蓋「歜」字筆畫小訛，而非「菖蒲」之誤，今據改。

〔二〕劉邕：廣記談本作「劉雍」。宋書四二劉穆之傳載穆之子邕：「所至嗜食瘡痂，以爲味似鰒魚。嘗詣孟靈休，靈休先患炙瘡，瘡痂落牀上，因取食之。靈休大驚，答曰：『性之所嗜。』靈休瘡痂未落者，悉褫取以飴邕。」其名作「邕」，南史一五劉穆之傳同，今據改。

〔三〕鱁鮧：廣記談本作「蝬蛦」，郝校據南史三宋本紀載明帝「以蜜漬鱁鮧，一食數升」，齊民要術八載作鱁鮧法云「昔漢武帝逐夷，至於海濱，聞有香氣而不見物，令人推求，乃是漁父造魚腸於坑中，以至土覆之法，香氣上達，取而食之，以爲滋味。逐夷得此物，因名之，蓋魚腸醬也。取石首魚、魦魚、鯔魚三種腸、肚、胞，齊净洗空，著白鹽，令小倚鹹，内器中，密封，置日中，夏二十日，春、秋五十日，冬百日乃好，熟時下薑酢等」，疑當爲「鱁鮧」之誤，是。集韻一：「鱁鮧，魚名，一曰鹽藏魚腸。」「蝬蛦，蟲名。」今從之改。

**一四五、太宗時，西國進一胡，善彈琵琶。作一曲〔一〕，琵琶甚大，大〔二〕絃撥倍麤。上每不欲番人勝中國，乃置酒高會，使羅黑黑隔帷聽之，一遍而得。謂胡人曰：「此曲吾宮人能之。」取大琵琶，遂於帷下令黑黑彈之，不遺一字。胡人謂是宮女也，驚歎辭去。西國聞之，降者數十國。**太平廣記二〇五、太平廣記詳節一五、寶顏堂本五、顧本七、丁本七。

〔一〕曲：詳節作「異曲」。

〔二〕甚大大：三字廣記談本無，據詳節補。下文云「大琵琶」，即承此。

**一四六、王沂者〔一〕，平生不解絃管。忽旦睡，至夜乃寤，索琵琶絃〔二〕之，成數曲：一名雀啅蛇，一名胡王調，一名胡瓜苑。人不識聞，聽之者〔三〕莫不流淚。其妹請學之，乃教數聲，須臾總忘，不復成曲。**太平廣記二〇五、寶顏堂本五、顧本七、丁本七。酉陽雜俎前集六載此事。

〔一〕者：顧本、丁本無。

〔二〕絃：張本據顧本、廣記沈本改作「彈」，然酉陽雜俎亦作「絃」，與廣記談本同，張校誤改。

〔三〕者：酉陽雜俎無。

一四七、唐歐陽通，詢〔一〕子。善書，瘦怯於父。常自矜能書，必以象牙、犀角爲筆管，狸毛爲心，覆以秋兔毫，松煙爲墨，末以麝香，紙必須堅薄白滑〔二〕者，乃書之。蓋自重其書〔三〕。薛純陀亦效歐草〔四〕，傷於肥鈍，亦〔五〕通之亞也。太平廣記二〇八、類說四〇、紺珠集三、寶顏堂本三、明抄本五、顧本五、丁本五。文房四譜一、墨池編三、六載此事。

〔一〕詢：寶顏堂本、明抄本、顧本、丁本下有「之」字。

〔二〕堅薄白滑：明抄本、顧本、丁本作「堅緊薄白滑」，廣記沈本作「堅累薄白滑」，文房四譜作「緊薄白滑」，墨池編作「堅白薄滑」。

〔三〕自重其書：文房四譜、墨池編作「自重也」。

〔四〕歐草：寶顏堂本作「歐陽草」，書斷、法書要録、墨池編三作「詢草」。

〔五〕亦：書斷、法書要録、墨池編三作「乃」。

一四八、潤州興國寺苦鳩鴿栖梁上穢汙尊容〔一〕，張僧繇〔二〕乃東壁上畫一鷹，西壁上畫一鷂，皆側首向簷外看〔三〕。自是鳩鴿等〔四〕不復敢來。太平廣記二一一、太平廣記詳節一六、紹定吴郡志四三、輿地紀勝七。

〔一〕尊容：吴郡志、紀勝作「尊像」。

〔二〕張僧繇：廣記談本無「張」字，據紀勝補。

〔三〕看：詳節作「間」。

〔四〕等：詳節、吴郡志、紀勝無。

一四九、唐貞觀〔一〕中，定州鼓城縣人魏全家富，母忽然失明。問卜者王子貞，子貞爲卜之，曰：「明年有〔二〕從東來青衣者，三月一日來，療必愈。」至時，候見一人著青紬襦，遂邀歸〔三〕，爲重〔四〕設飲食。其人曰：「僕不解醫，但解作犂耳，爲主人作之。」持斧〔五〕繞舍求犂轅，見桑曲枝臨井上，遂斫下。其母兩眼焕然見物。此曲枝葉蓋井之所致也。太平廣記二一六、寶顔堂本一、明抄本一、顧本一、丁本一。

〔一〕貞觀：寶顔堂本、明抄本、顧本、丁本、廣記沈本下有「年」字。

〔二〕有：寶顔堂本下有「人」字。

〔三〕歸：廣記談本無，張校據廣記沈本補，顧本亦有，張校所補是，今從之。

〔四〕爲重：寶顔堂本、明抄本作「爲」，廣記沈本作「重」。

〔五〕持斧：廣記談本下有「其」字，據寶顔堂本、明抄本、顧本、丁本、廣記沈本删。

一五〇、周郎中裴珪妻〔一〕趙氏〔二〕有美色，曾就張憬藏〔三〕卜年命。憬藏〔四〕曰：「夫人目長而慢視〔五〕，准相書，『猪視者淫』，『婦人目有四白，五夫守宅』〔六〕。夫人終以姦廢，宜慎之。」趙笑〔七〕而去。後果與合宫尉盧崇道〔八〕姦，没入掖庭〔九〕。太平廣記二一六、太平廣記詳節一六、説郛二、古今説海二〇、寶顔堂本一、明抄本一、顧本一、丁本一。新唐書二〇四方技張憬藏傳載此事。

新唐書二〇四方技張憬藏傳載：郎中裴珪妻趙見之，憬藏曰：「夫人目修緩，法曰『豕視淫』，又曰『目有四白，五夫守宅』，夫人且得罪。」俄坐姦，没入掖廷。

〔一〕妻：廣記談本作「妾」，據説郛、新唐書方技張憬藏傳、古今説海改。

〔二〕趙氏：新唐書方技張憬藏傳作「趙」，詳節作「趙任」，下又云「任笑」，疑是。

〔三〕張憬藏：廣記作「張璟藏」，據説郛、舊唐書一九一方伎、新唐書方技張憬藏傳改。

〔四〕憬藏：廣記無「憬」字，據説郛、新唐書方技張憬藏傳、古今説海補。

〔五〕慢視：詳節作「慢」，無「視」字。補江總白猿傳云：「有婦人數十，帔服鮮澤，嬉遊歌笑，出入其中，見人皆慢視遲立。」亦作「慢視」。新唐書方技張憬藏傳云「目修緩」，即「慢視」之意。

〔六〕目有四白五夫守宅：傳漢許負撰相法十六篇云：「女目四白，外夫入宅。」僉載「五夫」費解，疑因上「四白」而誤，當以作「外夫」爲是。

〔七〕趙笑：廣記沈本作「趙怒」，張校據改，然説郛、古今説海亦作「笑」，恐不誤，今仍其舊。詳節作「任笑」，亦可證當以作「笑」字爲是。

〔八〕合宫尉盧崇道：廣記談本作「人」，據説郛、古今説海改補。廣記一四六「盧崇道」條引僉載盧崇道事。説郛、古今説海較廣記所引多此數字，當有所據。

〔九〕掖庭：明抄本、丁本、詳節作「掖庭宫」，新唐書方技張憬藏傳作「掖廷」。

**一五一、瀛州文安縣〔一〕令張懷禮、滄州弓高令晉行忠就蔡微遠卜，轉式訖，謂禮曰：「公大親近，位至方伯。」謂忠曰：「公得京官，今年禄盡，宜致仕可也。」二人皆應舉〔二〕，懷禮授左補闕，後至和、復二州刺史，行忠授城門郎，至秋而〔三〕卒。**太平廣記二一六、寶顔堂本一、明抄本一、顧本一、丁本一。

〔一〕瀛洲文安縣：廣記談本作「瀛洲人安縣」。兩唐書地理志瀛州無「人安縣」，然莫州有文安縣，舊唐書三九地理志莫州文安縣載：「舊屬瀛州，景雲二年來屬。」是文安原屬瀛州，廣記之「人安」當爲「文安」之誤，今據改。

〔二〕舉：廣記沈本作「選」。

〔三〕而：明抄本、顧本、丁本下有「即」字。

一五二、開元二年〔一〕，梁州道士梁虛舟以九宮推算張鷟云：「五鬼加年，天罡臨命，一生之大厄。以周易筮之，遇觀之渙，主驚恐，後風行水上，事即散。」又安國觀道士李若虛，不告姓名，暗使推之，云：「此人今年身在天牢，負大辟之罪，乃可以免。不然，病當死，無有〔二〕救法。」果被御史李全交致其罪，敕令處盡。而刑部尚書李日知、左丞張庭珪〔三〕、崔玄昇〔四〕、侍郎程行諶〔五〕咸請之，乃免死，配流嶺南。二道士之言，信有徵矣。太平廣記二一六、寶顏堂本一、明抄本一、顧本一、丁本一。

〔一〕開元二年：唐僕尚丞郎表一九考李日知開元元年於刑部尚書任上致仕，張廷珪由刑部侍郎出爲蒲州刺史，謂此「開元二年」當爲「開元元年」之誤。

〔二〕有：寶顏堂本、明抄本、顧本、丁本無。

〔三〕張庭珪：張校據寶顏堂本及兩唐書張廷珪傳改作「張廷珪」，誤。河南省伊川縣出土徐浩書張庭珪墓誌「公諱庭珪，字温玉，范陽方城人」，文苑英華三〇八授張庭珪黄門侍郎制、寶刻類編二亦均作「張庭珪」。

〔四〕崔玄昇：唐僕尚丞郎表八據舊唐書九一崔玄暐傳「弟昇……官至尚書左丞」及新唐書七二下宰相世系表玄暐弟「昇字玄樂，刑部侍郎」，謂即僉載之「崔玄昇」，疑「昇其名，又字玄昇耳」。按，新唐書一二〇崔玄暐傳、唐代墓誌彙編開元〇二六李乂撰崔玄暐墓誌銘均云其弟名「昪」，點校本舊唐書九一崔玄暐傳作「昇」，然百衲本舊唐書此字作「昪」，點校本誤，據此，新唐書宰相世系表之「昇」字亦當爲「昪」字之誤。崔玄暐墓誌銘云「公諱曅，字玄暐」，是其兄弟之名本從日，玄暐後以字行，其弟名當以作「崔昪」爲是，其字「玄昇」或「玄樂」，亦兄弟一致，以其兄名「曅」字「玄暐」例之，恐亦當從日作「玄昪」，作「玄樂」則與名無涉。又，唐僕尚丞郎表疑崔昪當爲「右丞」，而非「左丞」，然僉載、舊唐書均載其爲「左丞」，恐不可遽謂其誤。

〔五〕程行諶：廣記談本作「程行謀」。文苑英華八八九、全唐文二五八蘇頲御史大夫贈右丞相程行謀神道碑同，唐御史臺精舍題名殿中侍御史兼内供奉有「程行諶」，勞格考證引蘇頲碑，「謀」下注云「當作『諶』」。岑仲勉讀全唐文札記云：「按『行謀』，據舊紀八應作『行諶』。」按，舊唐書一八五下良吏崔隱甫傳云開元「十四年，代程行諶爲御史大夫」，廣記二二一「程行諶」條引定命録、文苑英華一六八載程行諶與張説等同賦奉和聖製送赴集賢院詩，均作「諶」，當以作「諶」字爲是。廣記、文苑英華、全唐文作「謀」者，當爲形近誤字，今據諸書改正。

**一五三、泉州有客盧元欽染大風，唯鼻根未倒。屬五月五日，官取蚺蛇膽欲進，或言肉可治風，遂取一截蛇肉食之。三五日頓漸可，百日平復。**太平廣記二一八、重修政和經史證類本草二二、歲時廣記二三、醫説三、寶顔堂本一、明抄本一、顧本一、丁本一。

**一五四、商州有人患大風，家人惡之，山中爲起茅舍。有烏蛇墜酒罌中，病人不知，飲酒漸差。罌底見蛇骨，方知其由也。**太平廣記二一八、肘後備急方五、重修政和經史證類本草二二、醫説三、歲時廣記二三、寶顔堂本一、明抄本一、顧本一、丁本一。

按：本條廣記上原有「又」字，連上「盧元欽」事爲一條，然各自下均注云「出朝野僉載」，是原當爲二條，今拆分。

**一五五、則天時，鳳閣侍郎周允元朝罷入閣，太平公主喚一醫人自光政門入，見一鬼撮允元頭，二〔一〕鬼持棒隨其後，直出景運門。醫白公主，公主奏之。上令給使覘問，在閣無事，食訖還房，午後如廁，長參典怪其久私〔二〕，往候之，允元踣面於廁上，目直視，不語，口中涎落。給使奏之，上問醫曰：「此可得幾時？」對曰：「緩者三日，急者一日。」上與錦被覆之，並牀舁送宅，止〔三〕夜半而卒。上自爲詩以悼之。**太平廣記二一八、寶顔堂本一、明抄本一、顧本一、丁本一。

〔一〕二：廣記沈本作「一」。

〔二〕久私：廣記談本作「久思」，據寶顔堂本、明抄本、顧本、丁本改。左傳襄公十五年「師慧過宋朝，將私焉」，杜預注

「私，小便」。

〔三〕止：顧本作「上」，廣記沈本作「至」。

一五六、久視年中，襄州人楊玄亮年二十餘，於虔州汶山觀傭力，晝夢見天尊云：「我堂舍破壞，汝爲我修造，遣汝能醫一切病。」悟〔一〕而説之，試療無不愈者。贛縣里正背有〔二〕腫，大如拳，亮以刀割之，數日平復。療病日獲十千，造天尊堂成，療病漸漸〔三〕無效。太平廣記二一八、歷代名醫蒙求上、寶顔堂本一、明抄本一、顧本一、丁本一。

〔一〕悟：廣記沈本作「寤」。

〔二〕有：廣記沈本作「患」。

〔三〕漸漸：寶顔堂本、明抄本、顧本、丁本作「漸」。

一五七、如意年中，洛州人趙玄景病卒，五日而蘇，云見一僧，與一木，長尺餘，教曰：「人有病者，汝以此木拄之即愈。」玄景得見機上尺，乃是僧所與者。試將療病，拄之立差。門庭每日數百人。御史馬知己以其聚衆，追之禁左臺，病者滿於臺門。則天聞之，追〔一〕入内，宫人病，拄之即愈。放出，任救病百姓。數月以後，得錢七百餘貫，後漸無驗，遂絶。太平廣記二一八、歷代名醫蒙求下、寶顔堂本一、明抄本一、顧本一、丁本一。

〔一〕追：廣記沈本作「召」，張校據改，然廣記一七二「王璥」條引僉載有「敕追入内」語，譚賓録一載萬迴事亦云「則天追入内」，是「追入内」自可通，不煩改字。

一五八、洛州有士人患應病，語即喉中應之。以問善醫張文仲。張〔一〕經夜思之，乃得一法，即取本草，令讀之，皆應，至其所畏者即不言。仲乃録取藥，合和爲丸，服之，應時而止〔二〕。一云問醫蘇澄云〔三〕。太平廣記二一八、優古堂詩話、能改齋漫録八、歷代名醫蒙求上、寶顏堂本一、明抄本一、顧本一、丁本一。

按：太平御覽七三八引唐書載：「有患應病者，問醫官蘇澄，云：『自古無此方。今吾所撰本草，網羅天下藥物，亦謂盡矣。試將讀之，應有所覺。』其人每發一聲，腹中輒應，唯至一藥，再三無聲，過至他藥，復應如初。澄因爲處方，以此藥爲主，其病自除。」隋唐嘉話中同。

〔一〕張：顧本、丁本、廣記沈本無。

〔二〕止：寶顏堂本作「愈」，疑是，丁本作「差」，義近。

〔三〕一云問醫蘇澄云：優古堂詩話無此句，疑爲廣記編者所加，非僉載原文。蘇澄事見御覽七三八引唐書、隋唐嘉話中。

**一五九、郝公景於泰山採藥，經市過，有見鬼者怪群鬼見公景皆走避之，遂取藥，和爲「殺鬼丸」，有病患者，服之差。** 太平廣記二一八、歷代名醫蒙求下、寶顏堂本一、明抄本一、顧本一、丁本一。

**一六〇、定州人崔務墜馬折足，醫〔一〕令取銅末和酒服之，遂痊平。及亡後十餘年改葬，視其脛骨折處，有〔二〕銅末〔三〕束之。** 太平廣記二一八、重修政和經史證類本草五、古今合璧事類備要外集六一、醫說七、寶顏堂本一、明抄本一、顧本一、丁本一。

〔一〕醫：證類本草、合璧下有「者」字。

〔二〕有：廣記無，據寶顏堂本、明抄本、顧本、丁本、證類本草、合璧補。

〔三〕末：證類本草、合璧無。

**一六一、江嶺之間有飛蠱，其來也有聲，不見〔一〕形，如〔二〕鳥鳴啾啾唧唧然。中人即爲痢，便血，醫藥多不差，旬日間必不**

救。太平廣記二二〇。

〔一〕見：廣記沈本下有「其」字，張校據補，然無「其」字亦可通。

〔二〕如：廣記沈本上有「聲」字，張校據補，然無「聲」字亦可通。

一六二、嶺南風俗，多爲毒藥。令老奴〔一〕食冶葛死，埋之，土堆上生菌子，其正當腹上〔二〕，食之立死；手足額上生〔三〕者，當日死；旁自外者，數日死；漸〔四〕遠者，或一月、兩〔五〕月；全遠者，或〔六〕二年、三年，無得活者〔七〕。惟有陳懷卿家藥能解之。或有以菌藥塗馬鞭頭、馬控上，拂著手即毒，拭著口即死。太平廣記二二〇、寶顔堂本一、明抄本一、顧本一、丁本一。

〔一〕老奴：明抄本、顧本、丁本、寶顔堂本、廣記沈本作「奴」。

〔二〕土堆上生菌子其正當腹上：明抄本、丁本作「土□□□正當腹上」，寶顔堂本作「土中蕈生正當腹上」，顧本作「土生菌正當腹上」。

〔三〕手足額上生：明抄本、丁本作「手足□□□」，顧本作「手足處生」，廣記沈本作「於是□□」。

〔四〕旁自外者數日死漸：明抄本、丁本作「□」，顧本作「稍」，廣記沈本空闕八字。

〔五〕兩：寶顔堂本上有「或」字，明抄本、顧本、丁本無。

〔六〕或：寶顔堂本、明抄本、顧本、丁本、廣記沈本作「一年」。

〔七〕無得活者：寶顔堂本作「亦即死」，明抄本作「即死」，丁本作「即□死」，均無此下文字，顧本「二年三」下文字均闕。

一六三、趙延禧云：「遭惡蛇虺所螫處，帖之艾炷，當上灸之，立差，不然即死。凡蛇齧，即當齧處灸之〔一〕，引去毒氣即

**止**〔二〕**。」**太平廣記二二〇、蘇沈良方八、醫説二、針灸資生經七、寶顏堂本一、明抄本一、顧本一、丁本一。重修政和經史證類本草二二、醫説七、歷代名醫蒙求上引廣記此事。

按：太平廣記此條原無出處，汪紹楹校本注「出玉堂閑話」，然今本玉堂閑話不載，張本據寶顏堂本補。考蘇沈良方八、醫説二、針灸資生經七均引僉載此事，張本所補是。

〔一〕帖之艾炷當上灸之立差不然即死凡蛇螫即當螫處灸之：證類本草、醫説作「貼蛇皮便於其上灸之」。按，蘇沈良方、針灸資生經雖無此句，然有「艾炷」二字，與廣記同，則證類本草或爲後人引用時所改。「即當螫處灸」，廣記談本作「處久」，張校據廣記沈本改，歷代名醫蒙求同沈本，蘇沈良方、針灸資生經、醫説二作「當螫處灸之」，大致相同，張校所改當是，今從之。又，丁本「蛇」字下有「毒」字。

〔二〕止：蘇沈良方作「瘥」，針灸資生經、醫説二作「差」。又，蘇沈良方、醫説二此下又有「其餘惡蟲所螫馬汗入瘡用之亦效」一句，疑亦爲僉載佚文。

**一六四、冶葛食之立死。有冶葛處，即有白藤花，能解冶葛毒。鴆鳥**〔一〕**食水之處即有犀牛，犀牛**〔二〕**不濯角，其水物食之必死，爲鴆食蛇之故**〔三〕**。**太平廣記二二〇、重修政和經史證類本草一七、寶顏堂本一、明抄本一、顧本一、丁本一。古今合璧事類備要別集七六載此事。

〔一〕鴆鳥：證類本草、合璧作「鴆」。

〔二〕犀牛犀牛：丁本、廣記沈本、證類本草作「犀牛」，不重。

〔三〕故：證類本草下有「也」字。

一六五、醫書〔一〕言，虎中藥箭，食清泥；野猪中〔二〕藥箭，豗薺苨而食；雉被鷹傷，以地黄葉帖之。又礜〔三〕石可以害鼠，張鷟曾試之，鼠中毒如〔四〕醉，亦不識人，猶知取泥汁飲之，須臾平復。鳥獸蟲物，猶知〔五〕解毒，何况人乎！被蠶齧〔六〕者，以甲蟲末傅之；被馬咬者，燒鞭鞘灰塗之〔七〕。蓋取其相服也。蜘蛛齧者，雄黄末傅之；筋斷須續者，取旋覆根絞取汁，以筋相對，以汁塗而封之，即相續如故。蜀兒奴逃走，多刻筋，以此續之，百不失一。太平廣記二二〇、重修政和經史證類本草九、蘇沈良方七、類編朱氏集驗醫方一四、醫説六、七、寶顔堂本一、顧本一、丁本一。

〔一〕醫書：顧本作「俗」，丁本無，廣記沈本空闕二字，類編朱氏集驗醫方、醫説六作「名醫」。

〔二〕中：顧本、丁本、廣記沈本作「著」。

〔三〕礜：顧本、丁本、廣記沈本作「礬」，誤。山海經西山經載：「皋塗之山有白石焉，其名曰礜，可以毒鼠。」

〔四〕毒如：顧本、丁本、廣記沈本無此二字，類編朱氏集驗醫方、醫説六無「毒」字。

〔五〕猶知：寶顔堂本、明抄本、顧本、丁本無。

〔六〕蠶齧：類編朱氏集驗方、醫説六作「矢中」。

〔七〕燒鞭鞘灰塗之：寶顔堂本、明抄本上有「以」字，顧本、丁本無「燒鞭鞘灰塗」五字。

一六六、永徽中有崔爽者，每食生〔一〕魚，三斗乃足。於後飢，作鱠未成，爽忍飢不禁，遂吐一物，狀如蝦蟇。自此之後，不復能食鱠矣。太平廣記二二〇、寶顔堂本一、顧本一、丁本一。醫説七載此事。

按：醫説七載此注出「宣室志」，然今本宣室志無此事，當爲誤注。

〔一〕生：顧本、丁本下有「食」字。

一六七、唐國子司業、知制誥崔融，病百餘日，腹中蟲蝕極痛，不能〔一〕忍。有一物如守宮從下部出，須臾而卒。太平廣記二二〇、寶顏堂本一、顧本一、丁本一。

〔一〕能：寶顏堂本、廣記沈本作「可」，顧本、丁本無此字。

一六八、北齊蘭陵王有巧思，爲舞胡子。王意所欲〔一〕勸，胡子則捧盞以揖之。人莫知其所由也。太平廣記二二五、類說四〇、紺珠集三、寶顏堂本六、顧本一、丁本一。

〔一〕所欲：廣記談本倒作「欲所」，據寶顏堂本、顧本、丁本、類說、紺珠集乙。

一六九、魯般者，肅州燉煌人，莫詳年代，巧侔造化。於涼州造浮圖，作木鳶，每擊楔三下，乘之以歸。無何，其妻有娠，父母詰之，妻具說其故。其〔一〕父後伺得鳶，擊楔十餘下，乘之，遂至吴會。吴人以爲妖，遂殺之。般又爲木鳶，乘之，遂獲父屍。怨吴人殺其父，於肅州城南作一木仙人，舉手指東南，吴地大旱三年。卜曰：「般所爲也。」齎物巨千〔二〕謝之，般爲斷〔三〕一手，其日〔四〕吴中大雨。國初，土人尚祈禱其木仙〔五〕。酉陽雜俎續集四、太平廣記二二五引酉陽雜俎。

〔一〕其：雜俎脱，據廣記補。

〔二〕巨千：雜俎作「具千數」，據廣記改。六臣注文選四左思三都賦蜀都賦云「羅肆巨千」，李周翰注云「巨千，言多也」。

〔三〕斷：廣記下有「其」字。

〔四〕日：廣記作「月」。

〔五〕木仙：酉陽此下尚有「六國時公輸般亦爲木鳶以窺宋城」一句，趙本、李本均輯入，此當爲段成式按語，非僉載原文，今删。

**一七〇、隋末有昝君謨，善射，閉目而射，應口而中，云志其目則中目，志其口則中口。有王靈智學射於謨，以爲曲盡其妙，欲射殺謨，獨擅其美。謨〔一〕執一短刀，箭〔二〕來輒截之〔三〕，唯有〔四〕一矢，謨張口承之，遂嚙其鏑〔五〕。笑曰：「學射三年，未教汝嚙鏃〔六〕法。」**酉陽雜組續集四、類説四〇、紺珠集三、古今合璧事類備要前集五七。

〔一〕謨：類説、紺珠集下有「時無弓矢」四字。

〔二〕箭：類説、紺珠集、合璧作「矢」。

〔三〕截之：類説、紺珠集作「擊折」，合璧作「折」。

〔四〕唯有：類説、紺珠集、合璧作「末後」。

〔五〕鏑：類説作「鏃」。

〔六〕鏃：紺珠集、合璧作「鏑」。

**一七一、僞周藤州録事參軍袁思中，平之子，能於刀子鋒杪倒筯。揮蠅起，拈其後脚，百不失一。**酉陽雜組續集四。

**一七二、豳州〔一〕人劉交，戴長竿高〔二〕七十尺，自擎上下。有女十二，甚端正，於竿置定，跨盤獨立，見者不忍，女無懼色。後竟還〔三〕撲殺。**太平廣記二二六、寶顔堂本六。

〔一〕豳州：寶顔堂本、廣記孫本作「幽州」，張校據改。新唐書三七地理志邠州載：「義寧二年，析北地郡之新平、三水置。『邠』，故作『豳』，開元十三年以字類『幽』改。」是張鷟生前有豳州，不可遽以爲「幽州」之誤，今仍從廣記談本。

〔二〕高：廣記孫本無。

〔三〕還：費解，疑爲「遣」字之誤，寶顔堂本作「爲」，亦通，恐爲後人所改。

一七三、唐巧人張崇者，能作灰畫腰帶鉸具，每一胯大如錢，灰畫燒之，見火即隱起，作龍魚鳥獸之形，莫不悉備。太平廣記二二六、寶顔堂本六。

一七四、則天如意中，海州進一匠，造十二辰車。轅正南則午門開，馬頭人出，四方轉，不爽毫釐。又作木火通，鐵盞盛火，輾〔一〕轉不翻。太平廣記二二六、紺珠集三、寶顔堂本六。

〔一〕輾：廣記沈本作「展」。

一七五、陳思王有鵲尾杓，柄長而直〔一〕，置之酒樽，凡王欲勸〔二〕者，呼之，則尾指其人。類説四〇、紺珠集三、海録碎事六、雲仙雜記九、增修埤雅廣要三一。太平廣記二二五引皇覽載此事。

按：此與下「銅鶴樽」事近，當出同一門，蓋廣記引皇覽後即不再重複引僉載，今附於此。

〔一〕長而直：紺珠集作「直而長」，海録作「直長」，增修埤雅廣要作「長」。

〔二〕勸：增修埤雅廣要下有「酒」字。

一七六、韓王元嘉有一銅鶴樽〔一〕，背上注〔二〕酒則〔三〕一足倚，滿則正立〔四〕，不滿則傾〔五〕。又爲銅鳩，氈上摩之，熱則鳴，如真鳩之聲。太平廣記二二六、類説四〇、紺珠集三、玉海八九、雲仙雜記九、寶顔堂本六。

〔一〕銅鶴樽：廣記談本無「鶴」字，據類説、紺珠集、玉海、雲仙雜記補。

〔二〕注：廣記談本作「貯」，據類説、紺珠集、玉海、雲仙雜記改。

〔三〕則：廣記談本作「而」，據類説、紺珠集、玉海、雲仙雜記改。

〔四〕立：類説、紺珠集、玉海、雲仙雜記無。

〔五〕傾：清抄宋本類説三六上、紺珠集、玉海、雲仙雜記下有「側」字。

按：此與前「銅鶴樽」事類，當出同一門，今附於此。

**一七七、柳亭飲未嘗醉，有白雞盞，取其迅速。**紺珠集三、錦繡萬花谷前集三五。

**一七八、洛州殷文亮曾爲縣令，性巧，好酒。刻木爲人，衣以繒綵，酌酒行觴，皆有次第。又作妓女，唱歌吹笙，皆能應節。飲不盡，即木小兒不肯把；飲未竟，則木妓女歌管連催。此亦莫測其神妙也。**太平廣記二二六、寶顔堂本六。

**一七九、將作大匠楊務廉甚有巧思，常於沁州市内刻木作僧，手執一椀，自能行乞。椀中錢滿，關鍵忽發，自然作聲云「布施」。市人競觀，欲其作聲，施省〔一〕日盈數千矣。**太平廣記二二六、寶顔堂本六。獨異志上載此事。

獨異志上載：蜀人楊行（務）廉精巧，嘗刻木爲僧，於益州市引手乞錢，錢滿五十於手，則自傾寫下瓶口。

按：太平廣記孫本、沈本注出處作「兩京記」，即韋述兩京新記。然談本作朝野僉載，寶顔堂本亦將之輯入，且前「殷文亮」、後「王琚」「薛昚惑」等條均出朝野僉載，今仍將之輯入。

〔一〕省：李校據寶顔堂本、説郛宛委山堂本改作「者」，疑是。

一八〇、郴州刺史王琚刻木爲獺，沉於水中取魚，引首而出。蓋獺口中安餌爲轉關，以石縋之則沉，魚取其餌，關即發，口合則銜魚，石發則浮出。太平廣記二二六、寶顏堂本六。

一八一、薛昚惑者，善投壺，龍躍隼飛，夭矯〔一〕無遺箭。置壺於背後，卻反矢以投之，百發百中。太平廣記二二六、寶顏堂本六。唐詩紀事五載此事。

〔一〕夭矯：廣記談本無「夭」字，張本據廣記孫本補。「夭矯」，即偃蹇，屈曲之貌，張校所補當是，今從之。

一八二、西晉末，有旌陽縣令許遜者，得道于豫章西山，江中有蛟〔一〕爲患，旌陽没水，投〔二〕劍斬之。後不知所在。頃漁人網得一石，甚鳴〔三〕，擊之，聲聞數十里。唐朝趙王爲洪州刺史，破之，得劍一雙，視其銘，一有「許旌陽」字，一有「萬仞」字。遂〔四〕有萬仞師出焉。太平廣記二三一、寶顏堂本三、明抄本五、顧本五、丁本五。

〔一〕蛟：廣記談本下有「蜃」字，據寶顏堂本、明抄本、顧本、丁本、廣記沈本删。

〔二〕投：廣記談本作「拔」，據明抄本、顧本、丁本、廣記沈本改。

〔三〕鳴：顧本作「巨」。

〔四〕遂：廣記談本作「一」，張本據廣記沈本及寶顏堂本改，明抄本、顧本、丁本亦作「遂」，張校所改當是，今從之。

一八三、唐乾封年中，有人于鎮州東野外見二白兔，捕之，忽卻〔一〕入地，絶跡不見。乃于入處掘之〔二〕，纔三尺許，獲銅劍一雙，古制殊妙。于時長史張祖宅以聞〔三〕。太平廣記二三一。

〔一〕卻：廣記沈本作「即」，張校據改，然原自可通，今仍從廣記談本。

〔二〕之：廣記沈本作「地」。

〔三〕聞：廣記沈本上有「奏」字，張本據補，然無「奏」字亦通，今仍從廣記談本。

**一八四、唐上元年中，令九品以上〔一〕佩刀、礪、算袋〔二〕，紛帨〔三〕，爲魚形〔四〕，結帛作之，取魚之象〔五〕，鯉〔六〕强之兆也。至天后朝乃絶。景雲之後，又准前結帛魚爲飾〔七〕。**太平廣記二三一、演繁露一〇、愧郯録四、玉海八六、寶顔堂本三、明抄本五、顧本五、丁本五。舊唐書三七五行志、洪範政鑑六上載此事。

舊唐書三七五行志載：上元中爲服令，九品已上佩刀、礪、等（算）袋、紛帨，爲魚形，結帛作之，爲魚像鯉，强之意也。則天時此制遂絶，景雲後又佩之。

〔一〕以：寶顔堂本、顧本、丁本作「已」。

〔二〕算袋：廣記談本作「等袋」，演繁露、愧郯録、玉海、洪範政鑑均作「算袋」，是。舊唐書五高宗本紀上元元年載：「敕一品以下文官並帶手巾、算袋、刀子、礪石。」今據諸書改。

〔三〕紛帨：廣記談本作「彩帨」，明抄本、丁本作「紛悦」，據顧本、舊唐書五行志、洪範政鑑、愧郯録、玉海改。禮記八內則鄭玄注云：「紛帨，拭物之巾也。」當即舊唐書五高宗本紀詔書中所謂「手巾」。

〔四〕形：明抄本、顧本、丁本作「行」。

〔五〕象：舊唐書五行志作「像」，明抄本、顧本、丁本、廣記沈本、演繁露、愧郯録、玉海作「衆」，疑是。

〔六〕鯉：廣記談本無，據明抄本、顧本、丁本、廣記沈本、舊唐書五行志、演繁露、愧郯録、玉海補。「鯉」諧音「李」。

〔七〕又准前結帛魚爲飾：廣記談本作「又復前飾」，廣記沈本作「又准前結白魚爲飾」，寶顔堂本作「又復前結白魚爲餅」，明抄本、顧本、丁本作「又准前結白魚爲飾」，演繁露作「又准前結帛爲飾」，今據愧郯録改。「帛魚」，寶顔堂本、明抄本、顧本、丁本、廣記沈本作「白魚」，前文云「結帛作之」，當以作「帛」爲是，「白」字非。

**一八五、唐中宗令揚州造方丈鏡，鑄銅爲桂樹，金花銀葉。帝每〔一〕騎馬自照，人馬並在鏡中。專知官高郵縣令王幼臨也〔二〕。**太平廣記二三一、紺珠集三、寶顏堂本三、明抄本五、顧本五、丁本五。

〔一〕每：廣記談本下有「常」字，據寶顏堂本、明抄本、顧本、丁本、廣記沈本刪。

〔二〕專知官高郵縣令王幼臨也：廣記談本無，據寶顏堂本、明抄本、顧本、丁本、廣記沈本補。「官」，顧本、丁本空闕。「王」，寶顏堂本、明抄本、顧本、丁本、廣記沈本無，紺珠集引作「方丈鏡，王幼臨造」，是其所見僉載有此句，且有「王」字，今據補。

**一八六、煬帝〔一〕巡狩北邊，作大行殿七寶帳，容數百人，飾以珍寶，光輝洞徹。引匈奴啓人〔二〕可汗宴會其中，可汗恍然，疑非人間〔三〕之有。識者云：「大行殿者，不祥〔四〕也。」亦是〔五〕王莽轜車〔六〕之比。此實天心，非關人事也〔七〕。**太平廣記二三六、太平廣記詳節一八、寶顏堂本三、明抄本五、顧本五、丁本五。

〔一〕煬帝：寶顏堂本、明抄本、顧本、丁本上有「隋」字。

〔二〕啟人：廣記談本作「啟民」，據明抄本、顧本、丁本、廣記孫本、廣記沈本、詳節改。蓋張鷟避唐太宗李世民諱，後人回改。

〔三〕間：廣記談本作「世」，明抄本、顧本、丁本、廣記孫本、廣記沈本無，據詳節改。張鷟避太宗諱，不應用「世」字。

〔四〕不祥：廣記談本下有「之兆」二字，據明抄本、顧本、丁本、廣記沈本、詳節刪。寶顏堂本作「示不祥」，亦無「之兆」二字。

〔五〕亦是：廣記談本作「是非」，張校據廣記沈本、詳節及寶顔堂本改，明抄本、顧本、丁本亦同，張校所改當是，今從之。

〔六〕輭車：廣記談本作「輕車」。漢書九九王莽傳載：「莽乃造華蓋九重，高八丈一尺，金瑵羽葆，載以祕機四輪車，駕六馬，力士三百人黄衣幘，車上人擊鼓，輓者皆呼『登僊』。莽出，令在前。百官竊言：『此似輭車，非僊物也。』」作「輭車」，今據改。

〔七〕此實天心非關人事也：詳節作「此實天心豈關人事也」，寶顔堂本、明抄本、顧本、丁本、廣記孫本、廣記沈本作「天心其關人事也」。

**一八七、張易之爲母阿臧造七寶帳，金銀、珠玉、寶貝之類罔不畢萃，曠古以來，未曾聞見。鋪象牙床，織犀角簟，鼲貂之褥，蛩蚷〔一〕之氈，汾晉之龍鬚、臨河〔二〕之鳳翮以爲席。阿臧與〔三〕鳳閣侍郎李迥秀私通，逼之也。同飲〔四〕，以鴛鴦〔五〕盞一雙〔六〕共飲，取其常相逐。迥秀畏其盛，嫌其老，乃荒飲無度，昏醉是常〔七〕，頻喚不覺〔八〕。出爲恒州〔九〕刺史。易之敗，阿臧入官，迥秀被坐降爲衡州〔一〇〕長史。** 太平廣記二三六、寶顔堂本三、明抄本五、顧本五、丁本五。舊唐書三七五行志、新唐書三四五行志、唐詩紀事九、錦繡萬花谷前集三五、古今事文類聚續集一三引雞跖集載此事。

舊唐書三七五行志載：張易之爲母阿臧爲七寶帳，有魚龍鸞鳳之形，仍爲象牀、犀簟。則天令鳳閣侍郎李迥秀妻之，迥秀不獲已，然心惡其老，薄之。阿臧怒，出迥秀爲定州刺史。

新唐書三四五行志載：武后時，嬖臣張易之爲母臧作七寶帳，有魚龍鸞鳳之形，仍爲象牀、犀簟。

〔一〕蛩蚷：廣記談本作「蛩蟁」。漢書五七上司馬相如傳子虛賦「蹷蛩蛩，轔距虛」，顔師古注引郭璞云：「距虛即蛩蛩，變文互言耳。」御覽七〇八引説文云「蛩毛可以爲氈」，何遜何水部集聲色云「拂蛩蚷之長氈」，遊仙窟四有「十垂蛩駏氈」句，「駏」即「蚷」字之異。蓋「蚷」字異體作「蟁」，後人以其上半爲「民」字缺筆，誤作「蟁」字。今據諸書改。

〔二〕臨河：寶顏堂本作「河中」，明抄本、顧本、丁本作「河□」，廣記沈本作「河」，疑廣記傳本脱一字，談本補「臨」字，恐無據。唐臨河縣屬魏州，然新唐書三九地理志載其貢品無鳳翮席，同屬河北道之相州、澶州貢鳳翮席，疑有誤，今存疑。

〔三〕阿臧與：寶顏堂本、明抄本、顧本、丁本、廣記孫本、廣記沈本無，三字疑衍。

〔四〕同飲：廣記談本無，據寶顏堂本、明抄本、顧本、丁本、廣記孫本、廣記沈本補。萬花谷、事文引雞跖集作「張易之與李迥秀同飲」，是其所見本僉載亦有「同飲」二字。蓋後人以上有「同飲」，下又有「共飲」，嫌其重複，故删上「同飲」而存下「共飲」。然據雞跖集所引，則所謂「同飲」或指筵席中諸人同飲，而「共飲」則特指二人，所指不同，故不爲重複，廣記談本誤删。

〔五〕鴦：寶顏堂本、明抄本、顧本、丁本無。

〔六〕雙：明抄本、顧本、丁本、廣記沈本下有「以」字。

〔七〕常：廣記談本上有「務」字，據寶顏堂本、明抄本、顧本、丁本、廣記沈本删。

〔八〕覺：寶顏堂本、明抄本、顧本、丁本、廣記孫本、廣記沈本作「交」，疑是。

〔九〕恒州：寶顏堂本作「衡州」，舊唐書五行志作「定州」，六二李迥秀傳又云「坐贓出爲廬州刺史」。

〔一〇〕衡州：廣記談本作「衛州」，張校據廣記沈本及新唐書九九李迥秀傳改，明抄本、顧本、丁本亦作「衡州」，張校所改是，今從之。

一八八、宗楚客造一宅新成，皆是文柏純帖〔一〕，沉香和紅粉以泥壁，開門則香氣蓬勃。磨文石爲階砌及地，著吉莫靴者，行則仰倒〔二〕。楚客被建昌王推得贓萬餘貫，兄弟配流。太平公主就其宅看，歎曰：「看他〔三〕行坐處，我等虛生浪死。」一年，追入爲鳳閣侍郎。景龍中，爲中書令。韋氏之敗，斬之〔四〕。太平廣記二三六、弇州山人四部稿一六六宛委餘編、寶顏堂本三、明抄本五、顧本五、丁本五。陳氏香譜四引洪譜、錦繡萬花谷後集三五、類説五九引香後譜載此事。

〔一〕純帖：廣記談本作「爲梁」，明抄本、顧本、丁本、廣記孫本作「純帖」，廣記沈本作「純怗」，弇州山人四部稿一六六宛委餘編引此作「純帖」。廣記一四三「張易之」條引僉載云造大堂亦有「紅粉泥壁，文柏帖柱」之語，已是極豪奢之事，安禄山事跡上天寶九載玄宗賜物有「貼文柏牀一十四張」，可見帖文柏在當時已極貴重，並無以文柏爲梁之事。廣記原本當作「純帖」，言其裝飾之奢華，後人不明其義，改作「爲梁」，大誤，今據明抄本、顧本、丁本、廣記孫本、廣記沈本、弇州山人四部稿改。

〔二〕仰倒：廣記談本作「仰仆」，據明抄本、顧本、丁本、廣記孫本、廣記沈本改。

〔三〕看他：廣記談本作「觀其」，據寶顏堂本、明抄本、顧本、廣記孫本、廣記沈本改。

〔四〕斬之：廣記談本作「被誅」，據寶顏堂本、顧本、丁本、廣記孫本、廣記沈本改。

一八九、洛州昭成佛寺有安樂公主造百寶香爐，高三丈〔一〕，開四門，絳橋、勾欄、花草、飛禽、走獸、諸天妓樂、麒麟、鸞鳳、白鶴、飛仙，絲來線去，鬼出神入〔二〕，隱起鈒鏤，窈窕便娟〔三〕。真珠、瑪瑙、琉璃、琥珀、頗梨、珊瑚、車渠、琬琰，一切寶〔四〕。用錢三萬〔五〕，府庫〔六〕之物，盡于是矣。太平廣記二三六、陳氏香譜四、類説四〇、紺珠集三、寶顏堂本三、明抄本五、顧本五、丁本五。

〔一〕三丈：廣記談本作「三尺」，據陳氏香譜、類説改。

〔二〕鬼出神入：廣記沈本作「神出鬼没」。

〔三〕便娟：廣記孫本無此二字。

〔四〕一切寶：廣記談本下有「貝」字，據寶顏堂本、明抄本、顧本、丁本、廣記孫本、廣記沈本删。按，「一切寶」常見於佛經之中，如晉佛陀跋陀羅、法顯譯摩訶僧祇律三二云「佛言金、銀及一切寶不聽用」，南北朝迦葉摩騰譯大智度論一三云「一切寶中，人命第一」，法苑珠林一六「鐵等强鞕金剛珠，及以諸餘一切寶」，均是其例。僉載原本當無「貝」字，後人因習見「寶貝」而妄補。

〔五〕三萬：廣記一六三「安樂寺」條引僉載云「安樂公主于洛州道光坊造安樂寺，用錢數百萬」，所謂「數百萬」與此「三萬」相差懸殊，下又云「府庫之物盡於是」，當以「數百萬」爲近是，此處「三」下疑脱「百」字。

〔六〕府庫：廣記談本作「庫藏」，據寶顔堂本、明抄本、顧本、丁本、廣記孫本、廣記沈本改。

**一九〇、安樂公主改爲悖逆庶人〔一〕。奪百姓莊田〔二〕，造定昆池，方〔三〕四十九里，直抵南山，擬昆明池。累石爲山，以象華岳。引水爲澗，以象天津。飛閣步簷，斜橋〔四〕磴道，被〔五〕以錦繡，畫以丹青，飾以金銀，瑩以珠玉。又爲九曲流杯池，作石蓮花臺，泉于臺中湧〔六〕出。窮天下之壯麗，言〔七〕之難盡。悖逆之敗，配入司農。每日士女遊觀，車馬填咽〔八〕。奉敕：「輒到者官人解見任，凡人決一頓。」乃止。**太平廣記二三六、草堂詩箋三、資治通鑑二〇九胡注、寶顔堂本三、明抄本五、顧本五、丁本五。資治通鑑二〇九載此事。

資治通鑑二〇九景龍二年載：安樂公主請昆明池，上以百姓蒲魚所資，不許。公主不悦，乃更奪民田作定昆池，延袤數里。累石象華山，引水象天津，欲以勝昆明，故名定昆。

〔一〕安樂公主改爲悖逆庶人：李校云：「據舊唐書卷一八三武延秀傳、新唐書卷八三安樂公主傳，公主被斬後，『追貶爲悖逆庶人』。『改』疑『貶』之訛。又下文叙其生前事，『庶人』下當有奪文。」今按，廣記一六三「安樂寺」條引僉載叙安樂公主被殺之後「改爲悖逆庶人」，亦作「改爲」，與此同，則「改」字不誤。另，二條之「改爲悖逆庶人」一句完全相同，一在文末，一在首句，舊唐書一八三武延秀傳載安樂公主「所營第宅及造安樂佛寺，擬於宫掖，巧妙過之。令楊務廉於城西造定昆池於其莊，延袤數里。」御覽一五四引唐書所載同，均以造安樂寺與定昆池事緊鄰，疑僉載原本中二事亦相連，此條中「改爲悖逆庶人」即承上而來，非有脱文。

〔二〕莊田：寶顏堂本、明抄本、顧本、丁本、廣記孫本、廣記沈本作「莊園」。

〔三〕方：廣記談本無，據草堂詩箋、通鑑胡注補。草堂詩箋引明皇雜録作「廣袤數里」，舊唐書武延秀傳云「延袤數里」，乃就其一側而言，與「方四十九里」相應。

〔四〕橋：廣記談本作「牆」，張本據廣記孫本、廣記沈本及寶顏堂本改，明抄本、顧本、丁本亦作「橋」，張校所改當是，今從之。

〔五〕被：寶顏堂本、明抄本、顧本、丁本、廣記沈本作「衣」。

〔六〕湧：廣記談本作「流」，張校據廣記孫本改，明抄本、顧本、丁本亦同，寶顏堂本、廣記沈本作「浦」，當亦爲「涌」字之誤，張校所改當是，今從之。

〔七〕言：明抄本、顧本、丁本、廣記孫本、廣記沈本作「談」。

〔八〕咽：寶顏堂本、丁本、廣記孫本作「噎」，明抄本、顧本作「喧」。

**一九一、安樂公主造百鳥毛裙以後，百官、百姓家效之，江嶺〔一〕奇禽異獸，搜山蕩谷，掃地無遺，至于網羅殺獲無數。開元中，焚〔二〕寶物〔三〕于殿前，禁人服珠玉、金銀、羅綺之輩〔一〕，於是採捕乃止。**太平廣記二三六、寶顏堂本三。舊唐書三七五行志載此事。

舊唐書三七五行志載：中宗女安樂公主，有尚方織成毛裙，合百鳥毛……自安樂公主作毛裙，百官之家多效之。江嶺奇禽異獸毛羽，採之殆盡。開元初，姚、宋執政，屢以奢靡爲諫，玄宗悉命宮中出奇服，焚之於殿廷，不許士庶服錦繡珠翠之服。自是採捕漸息，風教日淳。

〔一〕江嶺：廣記談本作「山林」，據廣記孫本、廣記沈本及舊唐書五行志改。

〔二〕焚：寶顔堂本、明抄本作「禁」。

〔三〕寶物：廣記談本作「寶器」，據明抄本、顧本、丁本、廣記孫本、廣記沈本改。舊唐書五行志云「悉命宫中出奇服」，是此所指乃百鳥毛裙之類服飾。

〔四〕輩：廣記談本作「屬」，據明抄本、顧本、丁本、廣記孫本、廣記沈本改，寶顔堂本作「物」。

**一九二、唐睿宗先天二年正月十四、十五、十六夜〔一〕，于京〔二〕安福門外作燈輪，高二十丈，衣〔三〕以錦綺，飾以金銀〔四〕。燃五萬盞燈，豎〔五〕之如花樹。宫女千數，衣羅綺〔六〕，曳錦繡，耀珠翠，施香粉，一花冠、一巾帔皆至〔七〕萬錢，裝束一妓女，皆至三百貫。妙簡長安、萬年少女婦〔八〕千餘人，衣服、花釵、媚子亦稱是，於燈輪〔九〕下踏歌三日夜。歡樂〔一〇〕之極，未始有之。** 太平廣記二三六、長安志七、古今合璧事類備要前集一五、歲時廣記一〇、寶顔堂本三、明抄本五、顧本五、丁本五。

〔一〕十四十五十六夜：寶顔堂本、明抄本、顧本、丁本無「十四」二字，長安志作「十五十六十七夜」。

〔二〕京：廣記談本下有「師」字，據廣記沈本、長安志、合璧、歲時删，明抄本作「京城外」，顧本、丁本作「京□□」。

〔三〕衣：廣記談本作「被」，據寶顔堂本、明抄本、顧本、丁本、廣記沈本、長安志、合璧、歲時改。

〔四〕金銀：寶顔堂本、廣記孫本、廣記沈本作「金玉」，張本據改，然長安志、合璧、歲時引僉載均作「金銀」，與廣記談本同，張校所改恐非，今仍從廣記談本。

〔五〕豎：寶顔堂本作「簇」，長安志作「望」。又，廣記黄晟刻本上有「俱」字，張校據補，然長安志、合璧、歲時均無此字，當爲黄晟刻本衍文。

〔六〕羅綺：廣記談本倒作「綺羅」，據寶顔堂本、明抄本、顧本、丁本、廣記孫本、廣記沈本、長安志、合璧、歲時乙正。

〔七〕至：廣記孫本下有「於」字，張校據補，明抄本、顧本、丁本亦有「於」字，然長安志引無「於」字，義自可通，今仍從廣記談本。

〔八〕萬年少女婦：廣記談本作「萬年縣年少婦女」，據寶顏堂本、明抄本、顧本、丁本、廣記孫本、廣記沈本、長安志、合璧、歲時改。

〔九〕輪：廣記談本闕，張校據廣記孫本、廣記沈本及寶顏堂本補，長安志、合璧、歲時亦有此字，張校所補是，今從之。

〔一〇〕歡樂：廣記談本作「觀樂」，據寶顏堂本、明抄本、顧本、丁本、長安志、合璧、歲時改。

**一九三、唐高宗時，有劉龍子妖言惑衆，作一金龍頭，藏袖中〔一〕，以羊腸盛蜜水繞繫之。每聚衆〔二〕，出龍頭，言聖龍吐水，飲之百病皆差。遂轉羊腸，水于龍口中出，與人飲之，皆罔〔三〕云病愈。施答〔四〕無數。遂起逆心〔五〕，事發逃走〔六〕。括〔七〕訪久之〔八〕，擒獲，斬之〔九〕，並其黨十餘人皆棄市〔一〇〕。**太平廣記二三八、寶顏堂本三、明抄本五、顧本五、丁本五。

〔一〕作一金龍頭藏袖中：明抄本、顧本、丁本無「頭藏」二字，顧本、丁本、廣記孫本、廣記沈本「袖中」下有「把」字，明抄本「袖中」下有「先」字，疑此句當以作「作一金龍，袖中把」爲是，「頭」字疑涉下句「出龍頭」而衍，又改「把」爲「藏」，移上。

〔二〕聚衆：明抄本作「聚□」，寶顏堂本、顧本、丁本作「相聚」，廣記沈本作「聚相」。

〔三〕罔：明抄本、顧本、丁本、廣記孫本、廣記沈本無此字。

〔四〕答：廣記談本作「捨」，據明抄本、廣記孫本、廣記沈本改。顧本、丁本作「舍」，疑即「答」之形近誤字，又改作「捨」。

〔五〕心：廣記談本作「謀」，據明抄本、顧本、丁本、廣記孫本、廣記沈本改。

〔六〕走：廣記談本作「竄」，據寶顔堂本、明抄本、顧本、丁本、廣記孫本、廣記沈本改。

〔七〕括：廣記談本作「捕」，據明抄本、顧本、丁本、廣記孫本、廣記沈本改。

〔八〕久之：二字廣記談本無，據寶顔堂本、明抄本、顧本、丁本、廣記孫本、廣記沈本補。

〔九〕斬之：廣記談本下有「于市」二字，據明抄本、顧本、丁本、廣記孫本、廣記沈本删。

〔一〇〕皆棄市：三字廣記談本無，張校據廣記孫本、廣記沈本補，明抄本、顧本、丁本亦有。按上句諸本均無「于市」二字，此句多「皆棄市」，文理較順，當爲僉載原貌，今從之。

**一九四、東海孝子郭純喪母，每哭則群烏〔一〕大集，使檢〔二〕有實，旌表門閭。後訪〔三〕，乃是孝子每哭，即散餅食〔四〕于地，群烏爭來食之。後〔五〕數如此，烏聞哭聲以爲度，莫不競湊，非有靈也。** 太平廣記二三八、太平廣記詳節一八、寶顔堂本三、明抄本五、顧本五、丁本五。

〔一〕烏：廣記談本作「烏」，據寶顔堂本、明抄本、顧本、丁本、廣記沈本、詳節改。下同。

〔二〕檢：寶顔堂本、廣記沈本作「驗」。

〔三〕訪：廣記談本作「訊」，據寶顔堂本、顧本、丁本、廣記孫本、詳節改。

〔四〕散餅食：廣記談本作「撒餅」，張校據廣記孫本、廣記沈本、詳節及寶顔堂本改，明抄本、顧本同，丁本作「散餅入」，當亦爲「散餅食」之誤，張校所改當是，今從之。

〔五〕後：廣記談本上衍「其」字，據寶顔堂本、明抄本、顧本、丁本、廣記孫本、廣記沈本、詳節删。

**一九五、河東孝子王燧家猫犬互乳其子，州縣上言，遂蒙旌表。乃是猫狗〔一〕同時産子，取猫兒置狗窠中，取狗子置猫窠内，慣食其乳〔二〕，遂以爲常，殆不可以事〔三〕論也。自〔四〕連理木、合歡瓜〔五〕、麥分歧、禾同穗，觸類而長，實繁有〔六〕徒，並是人**

作，不足怪也〔七〕。太平廣記二三八、太平廣記詳節一八、寶顏堂本三、明抄本五、顧本五、丁本五。

〔一〕狗：廣記談本作「犬」，據明抄本、顧本、丁本、廣記孫本、廣記沈本、詳節改。下同。按，下文亦曰「狗子」。

〔二〕慣食其乳：廣記談本作「飲慣其乳」，廣記孫本作「慣乳」，據寶顏堂本、明抄本、顧本、丁本、廣記沈本、詳節改。

〔三〕事：廣記談本作「異」，據明抄本、顧本、丁本、廣記孫本、廣記沈本、詳節改。

〔四〕自：廣記談本下衍「知」字，張校據廣記孫本、廣記沈本、詳節及寶顏堂本删，明抄本、顧本、丁本亦無，張校所删當是，今從之。

〔五〕合歡瓜：廣記沈本作「合歡花瓜」，當衍「花」字。

〔六〕有：廣記談本作「其」，張校據廣記孫本、廣記沈本、詳節及寶顏堂本改，明抄本、顧本、丁本亦作「有」，張校所改當是，今從之。

〔七〕也：廣記談本作「焉」，據寶顏堂本、明抄本、顧本、丁本、廣記孫本、廣記沈本、詳節改。

**一九六、唐同泰于洛水得白石紫文，云：「聖母臨人〔一〕，永昌帝業。」進之，授五品果毅，置永昌縣。乃是白石〔二〕鑿作字，以紫石末和藥填〔三〕之。後并州文水縣于谷中得一石還如此，有「武興」字，改文水爲武興縣。自是往往作之。後知其僞，不復採用，乃止也〔四〕。**太平廣記二三八、太平廣記詳節一八、紺珠集三、寶顏堂本三、明抄本五、顧本五、丁本五。舊唐書六則天皇后本紀、資治通鑑二〇四載此事。

舊唐書六則天皇后本紀垂拱四年載：夏四月，魏王武承嗣僞造瑞石，文云：「聖母臨人，永昌帝業。」令雍州人唐同泰表稱獲之洛水。皇太后大悦，號其石爲「寶圖」，擢授同泰游擊將軍。

資治通鑑二〇四垂拱四年四月載：武承嗣使鑿白石爲文曰：「聖母臨人，永昌帝業。」末紫石雜藥物填之。庚午，使雍州人唐同泰奉表獻之，稱獲之於洛水。太后喜，命其石曰「寶圖」。擢同泰爲游擊將軍。

按：太平廣記談刻本原注出處作「國史補」，然今本國史補無此事，孫潛校宋本、沈氏野竹齋抄本出處作「朝野僉載」，太平廣記詳節、紺珠集亦作朝野僉載，當是廣記談刻本誤注。

〔一〕人：廣記談本作「水」，張校據廣記沈本、詳節、寶顏堂本改，明抄本、顧本、丁本、舊唐書則天皇后本紀、紺珠集亦作「人」，張校所改是，今從之。

〔二〕白石：廣記談本作「將石」，張校據廣記孫本、廣記沈本、詳節及寶顏堂本改，明抄本、顧本、丁本同，通鑑云「使鑿白石爲文」，亦作「白石」，張校所改是，今從之。

〔三〕填：廣記談本作「嵌」，廣記沈本作「其」，據明抄本、詳節、通鑑、紺珠集改。

〔四〕也：廣記談本無，張校據廣記孫本、廣記沈本、詳節及寶顏堂本補，寶顏堂本實無此字，然明抄本、顧本、丁本有，張校所補當是，今從之。

**一九七、襄州胡延慶〔一〕得一龜，以丹漆書其腹曰「天子萬萬年」以進之。鳳閣侍郎李昭德以刀刮之並盡，奏請付法。則天曰：「此非惡心也。」捨而不〔二〕問。** 太平廣記二三八、寶顏堂本三、明抄本五、顧本五、丁本五。資治通鑑二〇五載此事。

資治通鑑二〇五如意元年載：襄州人胡慶以丹漆書龜腹曰：「天子萬萬年。」詣闕獻之。昭德以刀刮盡，奏請付法。太后曰：「此心亦無惡。」命釋之。

按：太平廣記談刻本出處誤作「國史補」，今本國史補無此條，孫本作「朝野僉載」，是。

〔一〕胡延慶：通鑑作「胡慶」。

〔二〕不：寶顏堂本、廣記孫本、廣記沈本作「勿」。

**一九八、則天好禎祥，拾遺朱前疑説夢云：「陛下〔一〕頭白更黑，齒落更生。」即授都官郎中〔二〕。**太平廣記二三八、寶顔堂本三、明抄本五、顧本五、丁本五。資治通鑑二〇六載此事。

資治通鑑二〇六神功元年載：先是，有朱前疑者……自言「夢陛下髮白再玄，齒落更生」。遷駕部郎中。

按：此條太平廣記談刻本出處原作「唐國史」，誤，廣記孫本、廣記沈本均作「朝野僉載」，今從之。又，太平廣記此條原與下「司刑寺囚」事合爲一條，然二者實非一事，且資治通鑑考異一一即單獨引「司刑寺囚」事，亦可證原當爲兩條，今拆分。此條與下第二五八條事略同。

〔一〕陛下：廣記談本作「則天」，據通鑑改，「則天」當爲廣記編者所改。

〔二〕都官郎中：通鑑作「駕部郎中」。

**一九九、司刑寺囚〔一〕三百餘人，秋分後無計可作，乃于圓獄〔二〕外羅墻角邊作聖人跡，長五尺。至夜半，三百人〔三〕一時大叫。内使推問，云〔四〕：「昨夜有〔五〕聖人見，身長三丈，面作金色，云：『汝等並冤枉，不須怕懼〔六〕。天子萬年，即有恩赦放汝。』」把火照之〔七〕，見有僞跡〔八〕，即大赦天下，改爲大足元年。識者相謂曰：「武家理，天下足也。」**〔九〕太平廣記二三八、資治通鑑考異一一、寶顔堂本三、明抄本五、顧本五、丁本五。

〔一〕囚：廣記談本作「繫」，廣記孫本無此字，據寶顔堂本、明抄本、顧本、丁本、通鑑考異改。

〔二〕圓獄：廣記談本作「内獄」，據丁本、廣記孫本、通鑑考異改。寶顔堂本、顧本作「圜獄」，「圓」「圜」通。

〔三〕三百人：廣記談本作「衆人」，張校據廣記孫本、廣記沈本及寶顔堂本改，明抄本、顧本、丁本、通鑑考異亦作「三百人」，張校所改是，今從之。

〔四〕云：廣記談本上衍「對」字，據寶顔堂本、明抄本、顧本、丁本、廣記孫本、廣記沈本及通鑑考異删。

〔五〕有：通鑑考異下有「一」字。

〔六〕怕懼：廣記談本作「憂慮」，據寶顔堂本、明抄本、顧本、丁本、廣記孫本、廣記沈本及通鑑考異改。

〔七〕之：廣記談本作「視」，據寶顔堂本、明抄本、顧本、丁本、廣記孫本、廣記沈本及通鑑考異改。

〔八〕僞跡：廣記談本作「巨跡」，據明抄本、顧本、丁本、廣記孫本、廣記沈本及通鑑考異改。

〔九〕識者相謂曰武家理天下足也：十二字廣記談本無，據通鑑考異補。

**二〇〇、白鐵余者，延州稽〔一〕胡也，左道惑衆。先于深山中埋一金銅像〔二〕於〔三〕柏樹之下，經數年，草生其上。詒〔四〕鄉人曰：「吾昨夜山下過〔五〕，每見佛光〔六〕。」大設齋，卜吉日〔七〕以出聖佛。及期，集數百人，命〔八〕于非所藏處斸，不得。乃勸〔九〕曰：「諸公〔一〇〕不至誠布施，佛不可見。」是日〔一一〕，男女爭施捨〔一二〕百餘端〔一三〕。更〔一四〕于埋處斸之，得金〔一五〕銅像。鄉人以爲聖〔一六〕，遠近傳之〔一七〕，莫能見〔一八〕。乃〔一九〕宣言曰：「見〔二〇〕聖佛者，百病即〔二一〕愈，稱遂〔二二〕。」左側〔二三〕數百里老小士女皆就之。乃以紺紫紅緋〔二四〕黄綾爲袋數十重盛佛〔二五〕像，人來〔二六〕觀者，去〔二七〕一重一回布施，收千端〔二八〕，乃見〔二九〕像。如此矯僞〔三〇〕一二年，鄉人歸伏，遂作亂。自號〔三一〕「月光王〔三二〕」，署置官職〔三三〕，殺〔三四〕長吏，爲患數年〔三五〕。命將軍程務挺討斬之〔三六〕。**太平廣記二三八、資治通鑑考異一〇、寶顔堂本三、明抄本五、顧本五、丁本五。資治通鑑二〇三載此事。

資治通鑑二〇三弘道元年四月載：綏州步落稽白鐵余，埋銅佛於地中，久之，草生其上，給其鄉人曰：「吾於此數見佛光。」擇日集衆掘地，果得之，因曰：「得見聖佛者，百疾皆愈。」遠近赴之。鐵余以雜色囊盛之數十重，得厚施，乃去一囊。數年間，歸信者衆，遂謀作亂。據城平縣，自稱光明聖皇帝，置百官，進攻綏德、大斌二縣，殺官吏，焚民居。遣右武衛將軍程務挺與夏州都督王方翼討之，甲申，攻拔其城，擒鐵余，餘黨悉平。

〔一〕稽：廣記談本作「嵇」，張校據廣記沈本及寶顔堂本改。寶顔堂本實作「羈」，然明抄本、顧本、丁本、通鑑考異亦作「稽」，張校所改是，今從之。

〔二〕金銅像：廣記談本作「銅佛像」，張校據寶顔堂本、廣記孫本、廣記沈本改，明抄本、顧本、丁本亦同，張校所改當是，今從之。

〔三〕於：廣記談本無，據寶顏堂本、明抄本、顧本、丁本、廣記孫本、廣記沈本及通鑑補。

〔四〕詒：寶顏堂本、明抄本、顧本、丁本、廣記孫本、廣記沈本、通鑑均作「紿」，二字可通，疑「紿」爲僉載原文，後人改從言。

〔五〕吾昨夜山下過：明抄本、顧本、丁本、廣記沈本無「夜」字，廣記孫本作「吾在山下過」。

〔六〕每見佛光：廣記談本作「見有佛光」，據寶顏堂本、明抄本、顧本、丁本、廣記孫本、廣記沈本改。通鑑作「吾於此數見佛光」，上句疑亦以廣記孫本作「吾在山下過」爲是，蓋此句誤作「見有佛光」之後，上句亦隨句意改作「昨夜山下過」。

〔七〕大設齋卜吉日：廣記談本作「於是卜日設齋」，張校據廣記孫本、廣記沈本及寶顏堂本改，明抄本、顧本、丁本亦同，張校所改當是，今從之。

〔八〕命：明抄本、廣記孫本、廣記沈本作「靈命」，顧本、丁本作「合命」。

〔九〕乃勸：廣記談本作「則詭」，據寶顏堂本、明抄本、顧本、丁本、廣記孫本、廣記沈本改。

〔一〇〕公：廣記談本作「人」，據寶顏堂本、明抄本、顧本、丁本、廣記沈本改。

〔一一〕是日：寶顏堂本、明抄本、顧本、丁本作「由是」，廣記沈本作「灵曰」。

〔一二〕施捨：寶顏堂本、明抄本、顧本作「布施者」，丁本作「布施」，廣記孫本作「施」，廣記沈本作「施布」。

〔一三〕端：廣記談本作「萬」，據明抄本、顧本、丁本、廣記孫本、廣記沈本改。

〔一四〕更：廣記談本作「即」，據寶顏堂本、明抄本、顧本、丁本、廣記孫本、廣記沈本改。

〔一五〕金：廣記談本作「其」，張校據寶顏堂本、廣記孫本、廣記沈本改，明抄本、顧本、丁本亦同，張校所改當是，今從之。

〔一六〕聖：廣記談本下衍「人」字，據寶顔堂本、明抄本、顧本、丁本、廣記孫本、廣記沈本删。

〔一七〕傳之：廣記談本作「相傳」，據寶顔堂本、明抄本、顧本、丁本、廣記孫本、廣記沈本改。

〔一八〕莫能見：廣記談本作「莫不欲見」，據寶顔堂本、明抄本、顧本、丁本、廣記孫本、廣記沈本改。

〔一九〕乃：廣記談本無，張校據廣記孫本、廣記沈本及寶顔堂本補，明抄本、顧本、丁本亦有，張校所補是，今從之。通鑑作「因曰」，亦可證原本當有「乃」字。

〔二〇〕見：通鑑上有「得」字，是，此疑脱。

〔二一〕即：明抄本、顧本、丁本、廣記孫本、廣記沈本無。

〔二二〕稱遂：廣記談本作「余遂」，張校據廣記孫本、廣記沈本改，寶顔堂本、通鑑無此二字，明抄本有此二字，顧本、丁本作「於是」。杜甫送顧八分文學適洪吉州詩有「顔色少稱遂」句，趙次公注云「稱，去聲，稱意而通遂也」。玄奘譯阿毗達磨大毗婆沙論三四有偈云「所欲若稱遂，心便大歡喜」，是「稱遂」爲稱心滿意之義。據此，知僉載所謂「百病即愈稱遂」者，乃爲二事，即有疾者見之則病愈，無疾者所求皆能達成。今從張校改。

〔二三〕左側：廣記談本作「左計」，據廣記孫本、寶顔堂本改。「左計」，宋人多言，意爲失策，如陳長方唯室集一劉玄德論云：「惜哉玄德，以髀肉之復生，恐功名之不就，故倉卒爲此，不復長慮卻顧，得不太左計乎？」葛勝仲丹陽集二二次韻張仲宗絶糧五絶之五云：「不悟宦游成左計，只今無米糝藜羹。」唐人詩文中則絶少用者。且其此義亦與本處文意齟齬，當以廣記孫本、寶顔堂本作「左側」爲是。「左側」即附近之義，韓愈昌黎先生文集四記宜城驛云：「舊廟屋極宏盛，今惟草屋一間，然問左側人，尚云：『每歲十月，民相率聚祭。』」即是此義。通鑑作「遠近赴之」，亦可證。

〔二四〕紺紫紅緋：寶顔堂本、明抄本、顧本、丁本、廣記孫本、廣記沈本作「緋紫紅」，張校據改，通鑑作「雜色囊」，此外别無他據，難斷是非，姑仍廣記談本。

〔二五〕佛：寶顏堂本、明抄本、顧本、丁本、廣記沈本無。

〔二六〕來：寶顏堂本作「聚」，明抄本、顧本作「象」，丁本、廣記孫本、廣記沈本作「衆」，疑作「衆」是。

〔二七〕去：廣記談本下衍「其」字，據寶顏堂本、廣記孫本、廣記沈本删，明抄本、顧本、丁本作「云」，爲「去」字之誤，亦無「其」字。

〔二八〕收千端：廣記談本作「獲千萬」，張校據寶顏堂本、廣記孫本、廣記沈本改，明抄本、顧本、丁本亦同，張校所改當是，今從之。

〔二九〕見：廣記談本下衍「其」字，據寶顏堂本、明抄本、顧本、丁本、廣記孫本、廣記沈本删。

〔三〇〕僞：明抄本、顧本、丁本作「詐」，廣記沈本作「諸」。

〔三一〕號：廣記談本作「稱」，張校據廣記孫本及寶顏堂本改，明抄本、顧本、丁本、通鑑考異亦作「號」，廣記沈本作「弓」，亦「号」字之誤，張校所改是，今從之。

〔三二〕月光王：廣記談本脱「月」字，廣記沈本作「光署王」，張校據通鑑考異補。通鑑作「光明聖皇帝」。慧琳一切經音義一〇「波斯匿王」注云：「梵語也，唐云『月光王』。此王準經説已證無生法忍菩薩也。助佛弘化，請問護身護國菩薩行及至護佛國等甚深法要也。」白鐵余所謂「月光王」當即取佛教之名義。張校所補當是，今從之。

〔三三〕官職：廣記談本作「官屬」，張校據廣記孫本、寶顏堂本改，明抄本、顧本、丁本、廣記沈本亦同，張校所改當是，今從之。

〔三四〕殺：廣記談本作「設」，張校據廣記孫本及寶顏堂本改，明抄本、顧本、丁本、廣記沈本亦同，通鑑作「殺官吏」，舊唐書八三程務挺傳、册府三五八作「殺掠人吏」，新唐書一一一程務挺傳作「殺官吏」，均作「殺」字，張校所改是，今從之。

〔三五〕爲患數年：寶顏堂本、明抄本、顧本、丁本、廣記孫本、廣記沈本作「數年爲患」。

〔三六〕命將軍程務挺計斬之：通鑑考異引作「儀鳳中務挺斬平之」，「儀鳳中」三字，廣記無，通鑑考異云「蓋誤也」。舊唐書五高宗本紀、册府三五八載白鐵余叛事在永淳二年，非儀鳳年間。廣記一三九「長星」條引僉載云「唐儀鳳年中，有長星半天，出東方，三十餘日乃滅。自是吐蕃叛，匈奴反，徐敬業亂，白鐵余作逆」，雖涉及儀鳳年間事，然明言「自是」，蓋指此後諸事皆爲儀鳳年以後事，如徐敬業亂即在嗣聖元年，非謂諸事均在儀鳳年中。通鑑考異引僉載有「儀鳳中」三字，與僉載上文亦不合，疑非僉載原貌，今不取。「計斬之」，寶顏堂本、明抄本、顧本、丁本、廣記孫本、廣記沈本作「斬之也」，通鑑考異引作「斬平之」，舊唐書高宗本紀作「討平之」，通鑑作「討之」，疑「計」當爲「討」字之誤。

**二〇一、中郎李慶遠狡詐輕險〔一〕。初事皇太子，頗得出入，暫令〔二〕出〔三〕，即恃威權。宰相以下咸謂之「要人」。宰執方食即來，諸人命坐，常〔四〕遣一人門外急唤云「殿下須使令〔五〕」，匆忙〔六〕吐飯而去。諸司皆如此計〔七〕。請謁囑事，賣官鬻獄，所求必遂〔八〕。東宮後〔九〕稍稍疏之，仍〔一〇〕入仗内，食〔一一〕侍官之〔一二〕飯。晚出外，腹痛大作，猶詐云〔一三〕：「太子賜瓜〔一四〕，啗之〔一五〕太多，以致斯疾〔一六〕。」須臾霍亂，吐〔一七〕出衛士所食麤〔一八〕米飯，及〔一九〕黄臭韭虀〔二〇〕狼藉。凡是小人得寵，多爲此狀也。**太平廣記二三八、寶顏堂本三、明抄本五、顧本五、丁本五。

〔一〕狡詐輕險：寶顏堂本、顧本、丁本作「獫詐傾險」，廣記沈本作「獫詐輕狡」。

〔二〕令：廣記談本作「時」，張校據廣記孫本、廣記沈本及寶顏堂本改，明抄本、顧本、丁本亦作「令」，張校所改是，今從之。

〔三〕出：廣記談本下衍「外」字，據明抄本、顧本、丁本、廣記孫本、廣記沈本删。

〔四〕常：廣記談本作「即」，據寶顔堂本、明抄本、顧本、丁本、廣記孫本改，廣記沈本無。

〔五〕須使令：廣記談本作「見召」，據寶顔堂本、明抄本、顧本、丁本、廣記孫本、廣記沈本改。使令，即僕從，漢書九七上外戚傳「宫人使令」顔師古注：「使令，所使之人也。」

〔六〕匆忙：寶顔堂本無，廣記孫本作「即」，明抄本、顧本、丁本、廣記沈本作「佯」，疑是。

〔七〕計：寶顔堂本、明抄本、顧本無。

〔八〕遂：廣記談本下衍「焉」字，據寶顔堂本、明抄本、顧本、丁本、廣記孫本、廣記沈本删。

〔九〕後：明抄本、顧本、丁本、廣記孫本、廣記沈本作「似」，疑是。

〔一〇〕仍：廣記談本下衍「潛」字，據明抄本、顧本、丁本、廣記孫本、廣記沈本删。

〔一一〕食：明抄本、丁本、廣記孫本、廣記沈本作「飡」，顧本作「飧」，疑當以作「飡」字爲是。

〔一二〕之：寶顔堂本、廣記孫本、廣記沈本無。

〔一三〕晚出外腹痛大作猶詐云：明抄本、顧本、丁本作「晚出誑外云我詐稱腹痛」，廣記孫本作「晚出誑外云我腹痛」，廣記沈本作「晚出誰外云我詐稱腹痛」。

〔一四〕瓜：寶顔堂本作「予食瓜」，明抄本、顧本、丁本作「□□食瓜」，廣記孫本、廣記沈本作「食瓜」，廣記談本「瓜」上疑脱「食」字。

〔一五〕咍之：寶顔堂本、明抄本、顧本、丁本、廣記孫本、廣記沈本無。

〔一六〕以致斯疾：寶顔堂本、明抄本、顧本、丁本、廣記沈本無此四字，廣記孫本作「以致」。

〔一七〕亂吐：寶顔堂本、明抄本、顧本、丁本、廣記沈本無。

〔一八〕麤：寶顔堂本、明抄本、顧本、丁本、廣記孫本、廣記沈本無。

〔一九〕及：寶顏堂本、明抄本、顧本、丁本、廣記孫本、廣記沈本無。

〔二〇〕韭虀：寶顏堂本作「並虀菜」，明抄本作「並蒸」，顧本、丁本作「韭」。

二〇二、周〔一〕春官尚書閻知微和默啜，司賓丞田歸道爲副〔二〕。至牙帳下，知微舞蹈宛轉，抱默啜靴鼻而嗚之〔三〕，田歸道長揖〔四〕不拜。默啜大怒，倒懸之。經一宿，明日將殺之〔五〕，元珍諫〔六〕：「大國和親使，殺之不祥。」乃放之〔七〕。後〔八〕與知微爭於殿庭，言默啜必不和，知微堅執以爲和。默啜果反，陷趙、定。天后乃誅知微九族〔九〕，拜歸道夏官侍郎。太平廣記二四〇、資治通鑑考異一一、太平廣記詳節一九、説郛二、寶顏堂本三、明抄本五、顧本五、丁本五。資治通鑑二〇六載此事。

資治通鑑二〇六神功元年三月載：（閻）知微見默啜，舞蹈，吮其靴鼻；歸道長揖不拜。默啜囚歸道，將殺之，歸道辭色不撓，責其無厭，爲陳禍福。阿波達干元珍曰：「大國使者，不可殺也。」默啜怒稍解，但拘留不遣。……田歸道始得還，與閻知微爭論於太后前。歸道以爲默啜必負約，不可恃和親，宜爲之備。知微以爲和親必可保。

〔一〕周：廣記談本作「唐」，寶顏堂本、明抄本、顧本、丁本無，據説郛改。舊唐書六則天皇后本紀聖曆元年七月載：「遣右豹韜衛大將軍閻知微攝春官尚書，赴虜庭。」僉載於武周時事均稱「周」。

〔二〕爲副：廣記談本作「爲之副焉」，據詳節、説郛改。詳節所據爲宋本廣記，説郛所據爲僉載原書，二者一致，是僉載原本如此。廣記孫本、廣記沈本作「爲駕副」，寶顏堂本作「副焉」，明抄本作「□副」，顧本、丁本作「駕副」，均誤。

〔三〕靴鼻而嗚之：廣記談本作「靴鼻而嗅之」，據詳節改。廣記孫本、廣記沈本作「靴而鼻之」，寶顏堂本、明抄本、丁本、張宗祥校本説郛作「靴而鼻臭之」，中國國家圖書館藏明抄本説郛作「靴鼻而鳴之」，顧本作「靴而鼻嗅之」。通鑑作「吮其靴鼻」，作「靴鼻」與廣記談本同，是僉載原本「靴」「鼻」二字連讀；「吮」字，與「嗚」字義近，詳見下二一二條校記〔五〕。説郛原本僅誤「嗚」作「鳴」，張宗祥不明其義而誤改。

〔四〕長揖：廣記談本上衍「獨」字，據寶顏堂本、明抄本、顧本、丁本、廣記孫本、廣記沈本、詳節、通鑑、説郛删。

〔五〕殺之：寶顏堂本、明抄本、顧本、丁本、廣記孫本、廣記沈本、詳節、説郛均作「殺」。

〔六〕諫：説郛下有「曰」字。

〔七〕放之：廣記談本作「得釋」，據寶顏堂本、明抄本、顧本、丁本、廣記孫本、廣記沈本、詳節、通鑑考異、説郛改。

〔八〕後：説郛作「及歸」，通鑑載此事作「田歸道始得還」，前叙田歸道得歸之原委。廣記「後」字於田歸道之歸全無反映，疑當以説郛作「及歸」爲是。

〔九〕天后乃誅知微九族：説郛作「知微誅九族」。

二〇三、唐吏部侍郎鄭愔初託附來俊臣。俊臣誅，即託〔一〕張易之。易之被〔二〕戮，即託〔三〕韋庶人。後附譙王，竟被斬〔四〕。

太平廣記二四〇、寶顏堂本五、顧本九、丁本九。

〔一〕託：廣記談本作「附」，據寶顏堂本、顧本、丁本、廣記孫本改。

〔二〕被：顧本、廣記沈本作「即」，丁本作「既」。

〔三〕託：廣記談本作「附」，據寶顏堂本、顧本、丁本、廣記孫本、廣記沈本改。

〔四〕斬：廣記談本作「誅」，據寶顏堂本、顧本、丁本、廣記孫本、廣記沈本改。

二〇四、唐太子少保薛稷、雍州長史李晉、中書令崔湜、蕭至忠、岑羲等，並〔一〕外飾忠鯁，内藏諂媚，翕〔二〕肩屏氣，而舐痔折支〔三〕，阿附太平公主，並騰遷雲〔四〕路，咸自以爲得志，保〔五〕泰山之安〔六〕。七月三日，家破身斬〔七〕。何異鷃鴳栖于葦苕，大風忽起，巢折卵破〔二〕。後之君子，可不鑒哉！太平廣記二四〇、太平廣記詳節一九、寶顏堂本五、顧本九、丁本九。

〔一〕並：廣記談本作「皆」，據寶顏堂本、顧本、丁本、廣記孫本、廣記沈本、詳節改。

〔二〕翕：廣記談本作「脅」，據寶顏堂本、顧本、丁本、廣記沈本、詳節改。孟子六云「脅肩諂笑，病於夏畦」，趙岐注「脅肩，竦體也」。漢書八七揚雄傳云「翕肩蹈背」，顏師古注云：「翕，斂也。」宋祁注云：「翕肩，畏懼貌。」作「翕肩」者與文意合。

〔三〕舐痔折支：廣記談本作「舐痔折肢」，據顧本、丁本、廣記沈本、詳節改。廣記一六九「張鷟」條引僉載有「折支德靜之室，舐痔安樂之庭」。

〔四〕還雲：顧本、丁本作「空」，廣記孫本作「空雲」，廣記沈本作「雲」。

〔五〕保：廣記談本無此字，張校據廣記孫本、廣記沈本、詳節及寶顏堂本補，顧本、丁本亦有，張校所補當是，今從之。

〔六〕安：廣記談本下衍「也」字，據寶顏堂本、顧本、丁本、廣記孫本、詳節刪。

〔七〕斬：廣記談本作「戮」，據寶顏堂本、顧本、丁本、廣記孫本、廣記沈本、詳節改。

〔八〕巢折卵破：廣記談本作「巢折卵壞」，據寶顏堂本、顧本、丁本、廣記孫本、廣記沈本、詳節改。文選四四陳琳檄吴將校部曲文云：「鷦鳩之鳥，巢于葦苕，苕摺子破，下愚之惑也。」僉載即襲其語，其作「子破」亦可證當以作「卵破」爲是。又，僉載「巢折」語亦不通，當從文選作「苕折」爲是。

二〇五、唐趙履溫爲司農卿，諂事安樂公主，氣勢回山海，呼吸變霜雪。客謂張文成曰：「趙司農何如人？」曰：「猖獗小人，心佞而險，行僻而驕。折支勢族，舐痔權門。諂于事上，傲于接下。猛若䝞虎，貪如餓狼。性愛食人，終爲人所食。」爲公主奪百姓田園造定昆池，言定天子昆明池也，用庫錢百萬億卻，壓〔一〕紫衫，爲公主項挽〔二〕金犢車。險詖皆此類。誅逆韋之際，上御承天門，履溫詐喜，舞蹈稱萬歲。上令斬之，刀劍亂下，與男同戮。人割一臠，骨肉俱盡。太平廣記二四〇、太平廣記詳節

一九、寶顏堂本五、顧本九、丁本九。新唐書八三安樂公主傳、資治通鑑二〇九載此事。

新唐書八三諸帝公主安樂公主傳載：趙履温諂事主，嘗褫朝服，以項挽車。庶人死，蹈舞承天門呼萬歲，臨淄王斬之，父子同刑。百姓疾其興役，割取肉去。

資治通鑑二〇九景雲元年載：初，趙履温傾國資以奉安樂公主，爲之起第舍，築臺穿池無休已，攊紫衫，以項挽公主犢車。公主死，履温馳詣安福樓下舞蹈稱萬歲，聲未絶，相王令萬騎斬之。百姓怨其勞役，爭割其肉立盡。

〔一〕卻摩：廣記談本作「斜褰」，據顧本、丁本、廣記孫本、廣記沈本、詳節改。通鑑作「攊紫衫」，「攊」即「摩」之異體，知僉載「卻」字當屬上讀。攊，疑通「掖」，與新唐書諸帝公主安樂公主傳之「褫」字義近。廣記談本之「斜褰」蓋後人不明「攊」字之義又誤將之與「卻」字連讀而臆改。

〔二〕項挽：廣記談本作「背挽」，據顧本、丁本、廣記孫本、詳節改。廣記沈本作「頊」，亦爲「項」字形近之誤，新唐書諸帝公主安樂公主傳作「以項挽車」，是其所見亦作「項」字。續高僧傳二九釋僧明傳云：「令百餘人以繩繫項，牽挽不動。」即「項挽」之義。

二〇六、唐天后時，張岌諂事薛師，掌擎黄幞，隨薛師後，于馬旁伏地，承薛師馬鐙。侍御史郭霸嘗來俊臣糞穢，宋之問捧張易之溺器。並偷媚取容，實名教之大弊〔一〕也〔二〕。太平廣記二四〇、太平廣記詳節一九、寶顏堂本五、顧本九、丁本九。

〔一〕大弊：廣記談本作「罪人」，據寶顏堂本、顧本、丁本、廣記孫本、廣記沈本、詳節改。

〔二〕也：廣記孫本、廣記沈本、詳節無。

二〇七、天后時〔一〕，太常博士吉頊父哲，易州刺史，以贓坐死。頊于天津橋南要内史魏王承嗣，拜伏稱死罪。承嗣問之，曰：「有二妹，堪事大王。」承嗣諾〔二〕之，即以〔三〕犢車載入。三日不語，承嗣問其故〔四〕，二人〔五〕曰：「兒〔六〕父犯國法，憂之，無復聊賴。」承嗣既幸，免其父極刑，進〔七〕項籠馬監〔八〕，俄遷中丞、吏部侍郎。不以才升，二妹諂求承嗣故也〔九〕。太平廣記二四〇、寶顏堂本五。新唐書一一七吉頊傳載此事。

新唐書一一七吉頊傳載：父哲爲易州刺史，坐贓當死，頊往見武承嗣，自陳有二女弟，請侍王巾盥者。承嗣喜，以犢車迎之。三日未言，問其故，答曰：「父犯法且死，故憂之。」承嗣爲表貸哲死，遷頊龍馬監。

按：太平廣記談刻本原不注出處，沈本作「出朝野僉載」，又見寶顏堂本五，張校據補，今從之。

〔一〕天后時：丁本作「天后」，廣記孫本、廣記沈本作「唐天后」。下二〇八「宗楚客」條、二〇九「崔融」條皆云「唐天后」，是僉載有此句式，疑廣記孫本爲是。

〔二〕諾：寶顏堂本、顧本、丁本、廣記沈本作「然」，疑是。

〔三〕即以：寶顏堂本、顧本、丁本、廣記沈本作「遂」，廣記孫本作「遂以」。

〔四〕問其故：寶顏堂本、顧本、丁本、廣記孫本、廣記沈本作「怪問之」，疑是。然新唐書吉頊傳與廣記談本同，今仍從廣記談本。

〔五〕二人：廣記談本作「對」，據寶顏堂本、顧本、丁本、廣記孫本、廣記沈本改。

〔六〕兒：廣記談本脱，據寶顏堂本、顧本、丁本、廣記孫本、廣記沈本補。

〔七〕進：寶顏堂本、顧本、丁本、廣記沈本上有「遂」字。

〔八〕籠馬監：新唐書吉頊傳作「龍馬監」。漢書一九上百官公卿表載太僕卿屬官有「龍馬、閑駒、橐泉、騊駼、承華五監長丞」，通典二五職官「太僕卿」載唐麟德年間「置八使，領六監，初置四十八監」，景雲元年「天下監牧置八使、五十六監」，然其名已不可詳考。

〔九〕諂求承嗣故也：廣記談本作「請求耳」，張校據廣記孫本、廣記沈本改，今從之，寶顏堂本、顧本、丁本作「請求承嗣故也」，雖微有不同，亦可證廣記談本有脱誤。

**二〇八、唐天后内史宗楚客性諂佞，時薛師有嫪毐之寵，遂爲作傳二卷，論薛師之聖從天而降，不知何代人也，釋迦重出，觀音再生。期年之間，位至内史。**太平廣記二四〇、太平廣記詳節一九、後村先生大全集一七九後村詩話續集、寶顏堂本五、顧本九、丁本九。

**二〇九、唐天后梁王武三思爲張易之〔一〕作傳〔二〕，云是王子晉後身。于緱氏山立廟〔三〕，詞人才子佞者爲詩以詠之，舍人崔融爲最。周年〔四〕，易之赤族〔五〕，佞者並流嶺南。**太平廣記二四〇、寶顏堂本五、顧本九、丁本九。

〔一〕張易之：當爲「張昌宗」之誤。舊唐書七八張昌宗傳云：「時諛佞者奏云昌宗是王子晉後身，乃令被羽衣，吹簫，乘木鶴，奏樂於庭，如子晉乘空。辭人皆賦詩以美之，崔融爲其絶唱。」舊唐書一八三外戚武三思傳載：三思「贈(張)昌宗詩，盛稱昌宗才貌是王子晉後身，仍令朝士遞相屬和。」隋唐嘉話下亦載：「張昌宗之貴也，武三思謂之王子晉後身，爲詩以贈之。」諸書均無異詞。

〔二〕作傳：舊唐書武三思傳作「贈昌宗詩」，隋唐嘉話亦云「爲詩以贈之」，文苑英華二二七載崔融詩題爲和梁王衆傳張光禄是王子晉後身，是武三思確曾爲此詩，據此，僉載「作傳」當爲「作詩」之誤。

〔三〕廟：廣記談本作「祠」，張校據廣記孫本、廣記沈本及寶顏堂本改，顧本、丁本亦作「廟」，張校所改當是，今從之。舊唐書六則天皇后本紀聖曆二年二月載：「初爲寵臣張易之及其弟昌宗置控鶴府官員，尋改爲奉宸府。」「戊子，幸嵩山，過王子晉廟。」是當時即稱「王子晉廟」。

〔四〕周年：廣記談本作「後」，據寶顏堂本、顧本、丁本、廣記孫本、廣記沈本改。

〔五〕赤族：寶顏堂本、顧本、丁本、廣記孫本作「族」，無「赤」字。

二一〇、内官過武三思宅，三思曲意祇承，恣其所欲。裝束少年男子，衣以羅綺，出入行觴，馳驅不食，淫戲忘反，倡蕩不歸。爭稱三思之忠節，共譽三思之才賢。外受來婆之姦，内搆逆韋〔一〕之釁。説郛二。

按：此事與前事相類，今附於此。

〔一〕逆韋：張宗祥校本説郛作「送韋」，據中國國家圖書館藏明抄殘本説郛改。

二一一、崔湜〔一〕諂事張易之與〔二〕韋庶人，及韋氏〔三〕誅，附〔四〕太平，有馮子都、董偃之寵。妻美，并〔五〕二女並進儲闈〔六〕，爲〔七〕中書侍郎、平章事。有〔八〕牓〔九〕之曰：「託庸才於主第，進豔〔一〇〕婦於春宮。」太平廣記二四〇、資治通鑑考異一二、寶顏堂本五、顧本九、丁本九。

〔一〕崔湜：廣記談本無「崔」字，據寶顏堂本、顧本、丁本補。

〔二〕與：顧本、廣記沈本作「及」，疑是，丁本作「友」，亦爲「及」字之誤。

〔三〕氏：廣記談本無，據寶顏堂本、顧本、丁本、廣記孫本、廣記沈本補。

〔四〕附：廣記談本上有「復」字，據寶顏堂本、顧本、丁本、廣記沈本删。

〔五〕美并：寶顏堂本作「美與」，顧本、丁本空闕。

〔六〕並進儲闈：通鑑考異作「皆得幸於太子」。

〔七〕爲：廣記談本上有「得」字，據寶顏堂本、顧本、丁本、廣記沈本删。

〔八〕有：寶顏堂本作「或有人」，顧本、丁本、廣記沈本作「有人」，疑是，通鑑考異作「時人」。

〔九〕牓：顧本、丁本作「謗」。

〔一〇〕豔：通鑑考異作「豐」，當爲形近誤字。

二一二、唐燕國公張説，倖佞人也。前爲并州刺史，諂事特進王毛仲，餉致金寶不可勝數。後毛仲巡邊使〔一〕，説于天兵軍〔二〕大設〔三〕。酒酣，恩敕忽降，授兵部尚書、同中書門下三品。説〔四〕謝訖，便把毛仲手起舞，嗚〔五〕其靴鼻。太平廣記二四〇、太平廣記詳節一九、資治通鑑考異一二、紺珠集三、寶顔堂本五、顧本九、丁本九。古今類事二〇引唐史載此事。

古今類事二〇引唐史載：（張説）累遷并州長史。時王毛仲嬖幸用事，説諂事毛仲，爲説求宰相。既拜命，詣毛仲謝，方拜，乃匍匐捉毛仲靴鼻而嗚之。

〔一〕使：廣記談本作「會」，張校據廣記孫本、廣記沈本、詳節改，顧本、丁本亦作「使」，張校所改當是，今從之。

〔二〕天兵軍：廣記談本作「天雄軍」，據顧本、丁本、詳節、通鑑考異改。舊唐書一〇六王毛仲傳載：開元「九年，持節充朔方道防禦討擊大使，仍以左領軍大總管王晙與天兵軍節度張説，東與幽州節度裴伷先計會。」通鑑二一二開元九年所載同，舊唐書三八地理志載：「天兵軍，理太原府。」新唐書三九地理志太原府載：「本并州，開元十一年爲府。」太原府即并州所改，通鑑考異作「天兵軍」爲是。天雄軍，據輿地廣記五，乃代宗後置於大名府，與并州無涉。

〔三〕大設：廣記談本作「犬宴」，張校據廣記孫本、廣記沈本、詳節及寶顔堂本改，丁本、通鑑考異亦作「大設」，張校所改是，今從之。

〔四〕説：廣記談本下衍「拜」字，據寶顔堂本、顧本、丁本、廣記孫本、廣記沈本、詳節删。

〔五〕嗚：廣記談本作「嗅」，據詳節、通鑑考異改，顧本、丁本、廣記沈本、紺珠集作「鳴」，即「嗚」字形近之誤。古今類事二〇引唐史載此事云「捉毛仲靴鼻而嗚之」，作「嗚」字與通鑑考異同。嗚有親吻之義，世説新語載賈充「自外還，乳母抱兒在中庭，兒見充喜踴，充就乳母手中嗚之」。「嗚靴鼻」蓋當時下對上的一種禮節，廣記本卷上「閻知微」條引僉載云閻知微「抱默啜靴鼻而嗅之」，通鑑二〇六載同事作「吮其靴鼻」，「吮」與親吻之義較近，是其所見本當亦作「嗚之」而非「嗅之」。

二一三、唐將軍高力士特承玄宗恩寵。遭父喪，左金吾大將軍程伯獻、少府監馮少正二人直就力士母喪前披髪而〔一〕哭，甚於己親。朝野聞之，不勝其〔二〕笑。太平廣記二四〇、太平廣記詳節一九、寶顔堂本五、顧本九、丁本九。

按：太平廣記談刻本出處作「譚賓録」，今本譚賓録九據之輯録，然太平廣記孫潛校宋本、沈氏野竹齋抄本、太平廣記詳節一九均作「朝野僉載」，當是，談刻本蓋涉後「楊國忠」條誤作「出譚賓録」。

〔一〕而：寶顔堂本、顧本、丁本、廣記沈本無。

〔二〕其：寶顔堂本作「恥」。

二一四、唐張利涉性多忘，解褐懷州參軍，每聚會被召，必於笏上記之。時河内令耿仁惠邀之，怪其不至，親就門致請〔一〕，涉〔二〕看笏曰：「公何見顧？笏上無名。」又一時〔三〕晝寢驚，索馬入州，扣刺史鄧惲門，拜謝曰：「聞公欲賜責，死罪！」鄧惲曰：「無此事。」涉曰：「司功某甲言之。」惲大怒，乃呼州官，責〔四〕以甲〔五〕間〔六〕搆，將杖之。甲苦訴〔七〕初無此語，涉前請曰：「望公捨之，涉恐是夢中見説耳。」時人由是咸知其性理惛〔八〕惑矣。太平廣記二四二、寶顔堂本三、明抄本五、顧本五、丁本五。

尚書左丞張庶廉〔九〕子利涉爲懷州參軍，刺史鄧惲曰：「名父出如此物。」後村先生大全集一七九後村詩話續集。

按：後村詩話續集引僉載此事與廣記所引人物均同，鄧惲語亦與廣記所載事符，僉載原本當爲同一條，二書各自截取不同，今併置一處。

〔一〕致請：寶顔堂本作「刺請」，明抄本作「請到」，顧本、丁本作「請」，廣記沈本作「到請」。

〔二〕涉：顧本、丁本上有「利」字。

〔三〕時：廣記沈本作「日」。

〔四〕責：廣記談本作「箠」，據明抄本、顧本、丁本改。寶顔堂本作「董」，廣記沈本作「集」。

〔五〕甲：明抄本、顧本、丁本無。

〔六〕間：寶顏堂本、明抄本、顧本作「問」。

〔七〕苦訴：顧本作「告」，丁本、廣記孫本作「苦」，均無「訴」字。

〔八〕惛：寶顏堂本、明抄本、顧本、丁本、廣記沈本作「昏」。

〔九〕張庶廉：唐尚書左丞無名此者，有張行廉，爲文昌左丞，天授元年八月被殺，見資治通鑑二〇四。唐刺史考五二據全唐文二五九路敬淳大唐懷州河内縣木澗魏夫人祠碑銘并序稱「秋官尚書、檢校懷州刺史南陽鄧府君」及中州金石記二云碑爲「垂拱四年正月立」，謂此「鄧府君」即鄧惲，並考其在懷州刺史任之時間爲垂拱三年至四年，此時距天授二年僅數年，鄧惲所云「名父」當即張行廉。

**二一五、唐三原縣〔一〕令閻玄一爲人多忘。曾〔二〕至州，於主人舍坐，州佐史前過，以爲縣典也，呼欲杖之，典〔三〕曰：「某是州佐也。」一慙謝而止。須臾，縣典至，一疑其州佐也，執手引坐，典曰：「某是縣佐〔四〕也。」又愧而止。曾有人傳其兄書者，止於階下，俄而里胥白録人到，一索杖〔五〕，遂鞭送書人數下。其人不知所以，訴〔六〕之，一曰：「吾大錯。」顧直典向宅取杯酒愌憒〔七〕。良久，典持酒至，一既忘其取酒，復忘其被杖者，因便賜直典飲之。**太平廣記二四二、太平廣記詳節一九、寶顏堂本三、明抄本五、顧本五、丁本五。

〔一〕三原縣：廣記沈本作「王原縣」，張校徑改作「五原縣」，寶顏堂本、明抄本、顧本、丁本作「五原縣」。然唐有三原縣，屬雍州，五原縣則屬鹽州，張鷟所記當以地近京畿之三原縣爲是，不太可能爲偏遠之鹽州五原縣。下文云「至州」，亦與三原縣爲雍州之普通縣合，五原縣爲鹽州州治所在，似不必云「至州」。張校所改恐非是，今仍從廣記談本。

〔二〕曾：寶顏堂本、明抄本、顧本、丁本作「嘗」。

〔三〕典：古今譚概四引作「史」。此爲州佐史語，閻玄一誤認作縣典，實非縣典。下縣典閻玄一誤認作州佐，即作「典曰」，而不作「佐曰」。古今譚概或覺其非而改作「史」。

〔四〕縣佐：廣記沈本作「縣典」，疑是。

〔五〕杖：廣記談本作「扶」，張校據廣記沈本改，寶顏堂本、明抄本、顧本、丁本、詳節亦作「杖」，下云「忘其被杖者」，張校所改當是，今從之。

〔六〕訴：廣記談本作「訊」，據明抄本、顧本、丁本改。

〔七〕愞瘡：寶顏堂本作「暖瘉」，明抄本作「愞瘡」，顧本、詳節作「煗瘡」，均費解。「愞」，同「懦」，軟弱之義，語意不通。「瘉」，有病或病愈等義，亦與此處文義不合。揆上下文義，疑「愞」當爲「濡」字之誤，唐釋宗密撰圓覺經略疏之鈔一五云「亦如有瘡，濡藥唾塗即差」，外臺秘要三四載一方亦有「以綿濡湯，以瀝瘡中」語，因話録二載韓皋「在夏口，嘗病小瘡，令醫傅膏藥，不濡」。閻玄一蓋即欲以酒塗被杖者傷處，「濡」字於此恰合。蓋其字形旁誤而作「懦」，後人傳寫又誤作「懦」之同音通假字「愞」，寶顏堂本輯者覺其費解，以爲「煗」字之誤，故改作「煗」之通假字「暖」，輾轉致誤，原文遂不可解。

二一六、唐滄州南皮縣丞郭務靜初上，典王慶通判案〔一〕，靜曰：「爾何姓？」慶曰：「姓王。」須臾，慶又來，又問何姓，慶又曰：「姓王。」靜怪愕良久，仰看慶曰：「南皮佐史總姓王。」太平廣記二四二、寶顏堂本三、明抄本五、顧本五、丁本五。

〔一〕案：寶顏堂本作「稟」，明抄本、顧本、丁本作「索」。

二一七、滄州南皮丞郭務靜性糊塗。與主簿劉思莊宿于逆旅，謂莊曰：「從駕大難。靜嘗從駕，失家口三日，于侍官幕下討得之。」莊曰：「公夫人在其中否？」靜曰：「若不在中，更論何事？」又謂莊曰：「今大有賊。昨夜二更後，靜從外來，有一賊忽從靜房内走出。」莊曰：「亡何物？」靜曰：「無之。」莊曰：「不亡〔一〕物，安知其賊？」靜曰：「但見其狼狽而走，不免致疑耳。」太平廣記四九三、畿輔叢書本。

按：太平廣記所引郭務靜事分爲兩條，然二者首句略同，且所載之事相類，合於所謂「糊塗」，疑僉載原當爲一條，廣記析之。

〔一〕亡：廣記談本作「忘」，據畿輔叢書本改。

**二一八、周〔一〕滄州南皮縣丞郭務靜〔二〕每巡鄉，喚百姓歸，託以縫補而姦之。其夫至，縛靜鞭數十〔三〕。主簿李悊〔四〕往救解之，靜羞諱其事，低身答云，忍痛不得，口唱：「阿癐癐，靜不被打，阿癐癐。」**説郛二、南村輟耕録一二。

按：此事與前二事均涉郭務靜，且事較類，今附於此。

〔一〕周：輟耕録作「武后時」。

〔二〕郭務靜：輟耕録作「郭勝靜」，廣記二四二引僉載「滄州南皮縣丞郭務靜」事，輟耕録誤。

〔三〕數十：説郛下有「步」字，據輟耕録删。

〔四〕李悊：輟耕録作「李懋」。

**二一九、唐定州何名遠〔一〕大富，主官中三驛，每於驛邊起店停商，專以襲胡爲業，資財巨萬，家有綾機五百張。遠年老，或〔二〕不從戎，即家貧破。及如故，即復盛。**太平廣記二四三、寶顔堂本三、明抄本五、顧本五、丁本五。

〔一〕何名遠：廣記談本作「何明遠」，張校據廣記孫本、廣記沈本及寶顔堂本改，明抄本、顧本、丁本亦作「何名遠」，張校所改當是，今從之。

〔二〕或：寶顔堂本作「惑」，明抄本作「向」，顧本、丁本作「而」，廣記孫本作「迴」。

**二二〇、長安富民〔一〕羅會以剔糞自業〔二〕，里中謂之〔三〕「雞肆」，言若歸〔四〕之積糞〔五〕而有所得也。會世副其業，家財巨**

萬。嘗〔六〕有士人陸景陽〔七〕，會邀過，所止館舍甚麗，入内〔八〕梳洗，衫衣極鮮，屏風、氈褥、烹宰無所不有。景陽問曰：「主人即如此快活，何爲不罷惡事〔九〕？」會曰：「吾中間停廢一二年，奴婢死亡，牛馬散失。復業已來，家途〔一〇〕稍遂。非情願也，分合如此。」太平廣記二四三、類説四〇、紺珠集三、寶顔堂本三、明抄本五、顧本五、丁本五。

〔一〕富民：紺珠集作「富人」。

〔二〕自業：明抄本作「日業」，寶顔堂本作「爲業」，類説、紺珠集作「致富」。

〔三〕里中謂之：廣記談本作「里中識之」，張校據廣記孫本、廣記沈本及寶顔堂本改，明抄本、顧本、丁本亦同，類説、紺珠集作「人號」，亦可證當作「謂之」，今從張校改。

〔四〕歸：廣記四庫本作「雞」。辨見下。

〔五〕積糞：寶顔堂本、明抄本、顧本、丁本、廣記陳本、廣記四庫本作「因剔糞」，廣記沈本作「於糞」，類説、紺珠集作「跑糞」。「跑」有刨義，如西京雜記四載「滕公駕至東都門，馬鳴，跼不肯前，以足跑地久之」，雞性愛刨糞，疑當以類説、紺珠集爲是，此句蓋釋上句「雞肆」之義，言羅會之富如雞之刨糞而有所獲。「歸之」，即歸因於，四庫本改「歸」作「雞」，無據。

〔六〕嘗：寶顔堂本、明抄本、顧本、丁本無。

〔七〕陸景陽：寶顔堂本、明抄本、顧本、丁本作「陸景暘」。下同。

〔八〕入内：廣記沈本作「内人」，張校據改，然作「入内」本通，不煩改字。

〔九〕事：廣記沈本作「業」。

〔一〇〕家途：寶顔堂本、丁本、廣記陳本、廣記四庫本作「家圖」，明抄本、顧本作「家園」。遊仙窟二有「家途翦弊」語，當以作「家途」爲是。

二二一、唐洪州有人畜豬致富，號〔一〕豬爲「烏金」。類説四〇、紺珠集三、海録碎事二二下、錦繡萬花谷前集三七、履齋示兒編一五。

按：此下二條事與前羅會事類，今附於此。

〔一〕號：紺珠集、海録上有「因」字。

二二二、龐帝師養一牸牛，一赤犢子，前後生五犢，得絹一百匹，及翻轉，至萬匹，時號「金犢子」。白孔六帖九六、錦繡萬花谷後集三九。

二二三、唐滕王嬰、蔣王惲皆不能廉慎〔一〕，大帝〔二〕賜諸王帛各五百段〔三〕，不〔四〕及二王，敕曰：「滕叔、蔣兄，自解經紀，不勞賜物與之。與麻兩車〔五〕，以爲錢貫〔六〕。」二王大慙。朝官莫不自勵，皆以取受爲贓〔七〕污，有終身爲累，莫敢犯者。太平廣記二四三、古今合璧事類備要續集三六、海録碎事一二、類説四〇、紺珠集三、寶顔堂三、明抄本五、顧本五、丁本五。新唐書七九高祖諸子滕王元嬰傳、資治通鑑一九九載此事。

新唐書七九高祖諸子滕王元嬰傳載：帝嘗賜諸王綵五百，以元嬰及蔣王貪黷，但下書曰：「滕叔、蔣弟不須賜，給麻二車，助爲錢緡。」二王大慙。

資治通鑑一九九永徽二年載：元嬰與蔣王惲皆好聚斂，上嘗賜諸王帛各五百段，獨不及二王，敕曰：「滕叔、蔣兄自解經紀，不須賜物；給麻兩車以爲錢貫。」二王大慙。

〔一〕不能廉慎：合璧作「不能廉貞」，類説、紺珠集、海録作「貪污」。

〔二〕大帝：海録、類説、紺珠集作「帝」，海録下有「聞之」二字，紺珠集下有「聞」字。

〔三〕帛各五百段：廣記談本作「名五王」，廣記沈本作「名臣□□□」，張校據新唐書改作「綵五百」，然「綵」「名」字形不近，不易致誤，新唐書多宋祁自造語，恐非僉載原文。合璧作「帛各五百段」，與通鑑同，明抄本作「帛各五千」亦近，「各」「名」形近，與新唐書高祖諸子滕王元嬰傳「綵五百」之義亦合，今據改。海録作「錢物」，類説、紺珠集作「珍物」，當爲後人所改。

〔四〕不：合璧上有「獨」字，海録、類説、紺珠集亦有「獨」字。

〔五〕與麻兩車：廣記談本無，據合璧補，張校據新唐書補，恐不如合璧所引更近僉載原貌，通鑑作「給麻兩車」。海録、類説、紺珠集作「二王獨以麻數車」。

〔六〕以爲錢貫：新唐書高祖諸子滕王元嬰傳作「助爲錢緡」，海録作「云令充爲錢索」，類説、紺珠集作「令爲錢索」。

〔七〕贓：廣記孫本無此字，廣記沈本空闕三字。

**二二四、唐瀛州饒陽縣令竇知範貪〔一〕，有一里正死，範令門内二百人〔二〕爲里正造像，各出錢一貫。範自納之，謂曰：「里正有罪過〔三〕，先須急救〔四〕。範先造得一像，且以與之。」納〔五〕錢二百千〔六〕，平像〔七〕五寸半。又臘月追百姓萬餘人獵，各科二杖，麄如臂，回宅納上，以供柴用。又修城，科〔八〕杴轝，人一具，範皆納取。舡載入鄐〔九〕博鹽萬餘石，放與百姓，一石一縑〔一〇〕。範〔一一〕惟有〔一二〕一男，放鷹馬驚，桑枝打其頭破〔一三〕。百姓快之，皆曰：「千金之子，易一兔之命。」**太平廣記二四三、古今合璧事類備要續集三六、韻府群玉一一、説郛二、寶顔堂本三、明抄本五、顧本五、丁本五。

〔一〕貪：寶顔堂本、説郛下有「汙」字。

〔二〕令門内二百人：廣記作「令門内一人」，廣記沈本作「令門内□□人」，趙校、張校均據説郛改作「集里正二百人」，李校保留此五字，補「集里正二百人」六字於「造像」之下，均誤。合璧、韻府群玉均作「令門内二百人」，「令門内」三字與廣記同，「二百人」與説郛同。門内，指家族中人，顔氏家訓上序致云「吾今所以復爲此者，非敢軌物範世也，業以整齊門内，提撕子孫」，韓愈息國夫人墓誌銘云「雖門内、親戚，不覺有纖毫薄厚」，僉載所云「門内」即指里正家族中人，而非其他里正，説郛當因後人不明「門内」之義而妄改，廣記只是「二百人」誤作「一人」，今據合璧、韻府群玉改。

〔三〕有罪過：寶顔堂本、明抄本、顧本、丁本作「有過罪」，廣記孫本作「罪」，廣記沈本作「□□□罪」，合璧、説郛作「地下受罪」。

〔四〕急救：説郛作「救急」。

〔五〕納：廣記談本作「結」，據寶顔堂本、明抄本、顧本、丁本、合璧、説郛改。

〔六〕百千：廣記談本作「千百」，張校據説郛乙，丁本、合璧亦作「百千」，與説郛同，張校所改是，今從之。

〔七〕平像：二字廣記談本作墨釘，明抄本作「其□」，趙校、張校據説郛補，今姑從之。合璧作「像」，無「平」字。

〔八〕科：説郛作「料」，據上文「各科二杖」，此亦應作「科」，今據文意改。

〔九〕齠：字書無此字，疑爲誤字。或爲「齡」字之誤。

〔一〇〕「又」至「一石一縑」：五十五字廣記無，據説郛補，廣記作「其貪皆類此」，當爲宋人省改。

〔一一〕範：説郛無。

〔一二〕有：寶顔堂本、明抄本、顧本、丁本無。

〔一三〕打其頭破：廣記談本「其頭」二字作墨釘，寶顔堂本作「打破其腦」，廣記黄本、廣記四庫本作「打傷頭破」，明抄本作「折頭傷破」，顧本、丁本、廣記沈本作「打□□破」，張校據寶顔堂本改補。合璧、説郛作「其頭破」，當是。黄本、四庫本所據原本蓋有「頭」字而闕「其」字，以意補「傷」，然句意不協，寶顔堂本則純以意改，不可信，今據合璧、説郛補。

二二五、唐益州新繁縣〔一〕令夏侯彪之〔二〕初下車，問里正曰：「鷄卵一〔三〕錢幾顆？」曰：「三顆。」彪之乃遣取十千錢，令〔四〕買三萬顆，謂里正曰：「未便要〔五〕，且寄雞母抱之，遂成三萬頭雞〔六〕。經數月長成，令縣吏〔七〕與我賣，一雞三十錢〔八〕，半年之間，成〔九〕三十萬〔一〇〕。」又問：「竹笋一錢幾莖〔一一〕？」曰：「五莖〔一二〕。」又取十千錢付之，買得五萬莖，謂里正〔一三〕曰：「吾未須笋〔一四〕，且〔一五〕林中養之，至秋竹〔一六〕成，一莖十錢〔一七〕，積成〔一八〕五十萬。」其貪鄙〔一九〕不道，皆此類〔二〇〕。太平廣記二四三、古今合璧事類備要續集三六、説郛二、寶顏堂本三、明抄本五、顧本五、丁本五。續談助三、笋譜、古今合璧事類備要別集六一、全芳備祖後集二三引本傳、古今事文類聚後集二四載此事。

〔一〕新繁縣：廣記談本作「新昌縣」，續談助、笋譜、合璧別集六一、事文均作「新繁縣」，據兩唐書地理志，成都府有新繁縣，無新昌縣，新昌縣屬涿州，與益州無涉，今據續談助、笋譜、合璧別集六一、事文改。

〔二〕夏侯彪之：廣記一六五「夏侯彪」條引僉載夏侯彪事，與此相類，當爲同一人，一作「彪」，一作「彪之」，當爲省稱。唐會要七四載：「龍朔二年，司列少常伯楊思玄恃外戚之貴，待選流多不以禮，而排斥之，爲選者夏侯彪所訟，而御史中丞郎餘慶彈奏免官。」其中「選者夏侯彪」當與僉載所記爲同一人。

〔三〕卵一：廣記孫本二字空闕，明抄本、顧本作「子百」，丁本作「一百」，説郛作「子一」。

〔四〕令：寶顏堂本、明抄本、顧本、丁本無。

〔五〕未便要：寶顏堂本、明抄本、顧本、丁本作「未須要」，廣記沈本作「未即要」，説郛作「吾未要」，張校據廣記沈本改。然「未便要」本有不急要之義，如朱子讀書法二云「今學者讀書，亦且未便要懸空去思他。中庸云『博學之，審問之』，方言『慎思之』，若未學未問便去思他，只是虛勞心耳」，不煩改字，今仍從廣記談本。

〔六〕頭雞：明抄本、顧本、丁本作「頭」，廣記沈本作「雛」。

〔七〕縣吏：廣記孫本作「使」，廣記沈本作「各使」，説郛作「便」，疑當以作「便」爲是。「使」爲「便」之形近誤字，後人以「令使」不辭，廣記沈本改作「令各使」，廣記談本改作「令縣吏」。

〔八〕錢：廣記沈本、説郛作「文」。

〔九〕成：廣記沈本作「積錢」，然説郛作「成」，與廣記談本同，廣記沈本疑爲後人所改。

〔一〇〕三十萬：李校據歷代小史本朝野僉載改作「九十萬」。按，以一雞三十錢，三萬頭雞確爲九十萬，歷代小史本當即據此所改。然廣記諸本及説郛均作「三十萬」，恐僉載原本如此。

〔一一〕一錢幾莖：明抄本、顧本、丁本作「百錢幾莖」，合璧别集六一、全芳、事文作「一莖幾錢」，據下里正答直云「五莖」，當以廣記爲是。「錢」，廣記沈本作「文」。

〔一二〕五莖：全芳、合璧别集六一、事文、説郛上有「一錢」二字。

〔一三〕謂里正：廣記沈本上有「乃」字，張校據之補，然合璧續集三六引僉載、説郛及續談助等諸書均無「乃」字，恐原本並無此字，不當補，今仍從廣記談本。「里正」，續談助、合璧别集六一、全芳、事文作「之」，説郛無。

〔一四〕吾未須笋：寶顔堂本、明抄本、顧本、丁本作「吾未須要筍」，合璧續集三六同，續談助、笋譜、合璧别集六一、全芳、事文作「吾未要」，説郛作「未須」。

〔一五〕且：寶顔堂本、明抄本、顧本、丁本下有「向」字，續談助、笋譜、合璧别集六一、全芳、事文下有「寄」字。

〔一六〕竹：説郛無，然合璧續集三六引僉載及續談助等諸書載此事均有，説郛當脱。

〔一七〕一莖十錢：合璧續集三六、説郛引僉載同，續談助、笋譜、合璧别集六一、事文、全芳作「一竿十文」。

〔一八〕積成：寶顔堂本、明抄本、顧本、丁本作「成」，廣記沈本作「又獲」，續談助、笋譜、合璧續集三六引僉載、合璧别集六一、事文作「遂成」，説郛作「遂至」。

〔一九〕貪鄙：明抄本、顧本、丁本作「貪人」，廣記沈本作「貪婪」，續談助、笋譜、合璧續集三六引僉載、别集六一、全芳、事文、説郛引僉載均作「貪猥」，疑當以作「貪猥」爲是，蓋廣記傳本闕「猥」字，諸本以意補。

〔二〇〕此類：寶顔堂本、明抄本、顧本、丁本、續談助作「類此」，然笋譜、合璧續集三六引僉載、别集六一、事文、説郛引僉載等均作「此類」，廣記談本當是。

**二二六、唐汴州刺史王志愔飲食精細，對賓下脱粟飯。商客有一騾，日行三百里，曾三十千不賣，市人報價云十四千，愔曰：「四千金少，更增一千。」又令買單絲羅，匹至三千。愔問：「用幾兩絲？」對曰：「五兩。」愔令〔一〕豎子取五兩絲來，每兩别與十錢手功〔二〕之直。**太平廣記二四三、古今合璧事類備要續集三六、寶顔堂本三、明抄本五、顧本五、丁本五。

〔一〕令：合璧作「命」。

〔二〕手功：合璧作「手工」。

**二二七、唐深州刺史段崇簡爲〔一〕性貪暴。到任，追里正令〔二〕括客，云「不得稱無」，上户每家〔三〕取兩人，下户取一人。以刑脅之，人懼，皆妄〔四〕通。通訖，簡云：「不用唤客來，但須見主人。」主人到，處分每客索絹一疋，約一月之内，得絹三十車。罷任，發至鹿城縣，有一車裝絹未滿載，欠六百疋，即唤里正令滿之。里正計無所出，遂於縣令、丞、尉家一倍舉送。至都，拜邠州刺史〔五〕。**太平廣記二四三、古今合璧事類備要續集三六、寶顔堂本三、明抄本五、顧本五、丁本五。

〔一〕爲：廣記談本無，張校據廣記孫本、廣記沈本補，明抄本、顧本、合璧亦有，丁本作「者」，張校所補是，今從之。

〔二〕追里正令：寶顔堂本、明抄本、顧本、丁本作「令里正」。

〔三〕上户每家：廣記談本作「上户上户每」，明抄本作「上户上中每」，廣記孫本作「上户每」，張校據廣記沈本改，合璧與沈本同，張校所改當是，今從之。

〔四〕妄：明抄本作「略」，顧本、丁本作「忘」。

〔五〕郊州刺史：寶顏堂本作「柳州刺史」，明抄本作「祁州刺史」，趙校云：「柳州乃遠州，貶官之所，疑當從廣記。」崔鐶恒嶽碑陰紀段使君德政載段崇簡「轉代、深、郊三州刺史」，與廣記所載正合，趙校所疑是，寶顏堂本當誤。

二二一八、唐安南都護崔玄信〔一〕命女壻裴惟岳〔二〕攝愛州〔三〕刺史，貪暴，取金銀財物向萬貫。有首領取婦，裴郎〔四〕要障車綾，索〔五〕一千疋，得八百疋，仍不肯放，捉新婦歸，戲之三日〔六〕，乃放還。首領更不復納，裴郎領物至揚州。安南及問至〔七〕，擒之，物並納官，裴亦〔八〕鏁項至安南以謝百姓。及海口，會赦免。太平廣記二四三、寶顏堂本三、明抄本五、顧本五、丁本五。安南志略一〇載此事。

〔一〕崔玄信：顧本、丁本作「崔玄倍」，安南志略作「崔立信」。

〔二〕裴惟岳：安南志略作「裴維岳」。

〔三〕愛州：廣記談本作「受州」，張校據廣記沈本改，今從之。安南志略作「驩州」。

〔四〕裴郎：廣記談本作「裴即」，據寶顏堂本、顧本、丁本、廣記沈本改。下同。

〔五〕索：明抄本、顧本、丁本無。

〔六〕日：明抄本、顧本、丁本作「月」。

〔七〕安南及問至：此句費解，疑當作「及安南問至」。

〔八〕亦：顧本、丁本作「而」，廣記沈本作「郎」。

二二一九、唐〔一〕洛州司倉嚴昇期攝侍御史〔二〕，於江南〔三〕巡察。性嗜牛肉〔四〕，所至州縣，烹宰極多。事無大小〔五〕，入金則

**弭，凡到處，金銀爲之湧貴**〔六〕。**故江南人呼**〔七〕**爲「金牛御史」。**太平廣記二四三、海録碎事一一下、類説四〇、紺珠集三、説郛二、寶顔堂本三、明抄本五、顧本五、丁本五。説郛三實賓録引本傳載此事。

按：太平廣記沈本此條出處作「御史臺記」，然海録碎事、類説、紺珠集、説郛等引此事均作朝野僉載，太平廣記沈本當誤。

〔一〕唐：寶顔堂本無，海録、類説、紺珠集作「武后時」，實賓録、説郛作「周」。

〔二〕侍御史：類説、紺珠集作「御史」。

〔三〕江南：説郛下有「道」字。

〔四〕牛肉：説郛作「水犢肉」。

〔五〕事無大小：説郛作「小事大事」。

〔六〕湧貴：寶顔堂本、明抄本、丁本、説郛作「踴貴」。

〔七〕呼：寶顔堂本、明抄本、顧本、丁本作「謂」，海録、實賓録、類説、紺珠集、説郛作「號」。

**二三〇、唐張昌儀爲洛陽令，恃**〔一〕**易之權勢，屬**〔二〕**官無不允者。鼓聲動**〔三〕**，有一人**〔四〕**姓薛，齎金五十兩，遮而奉之。儀領金，受其狀，至朝堂，付天官侍郎張錫。數日失狀，以問儀，儀**〔五〕**曰：「我**〔六〕**亦不記得，但**〔七〕**姓薛者即與。」錫**〔八〕**檢案内姓薛者六十餘人，並令與官。其蠹政也若**〔九〕**此。**太平廣記二四三、寶顔堂本三、明抄本五、顧本五、丁本五。資治通鑑二〇六載此事。

資治通鑑二〇六久視元年載：（張易之）弟昌儀爲洛陽令，請屬無不從。嘗早朝，有選人姓薛，以金五十兩并狀邀其馬而賂之。昌儀受金，至朝堂，以狀授天官侍郎張錫。數日，錫失其狀，以問昌儀，昌儀罵曰：「不了事人！我亦不記，但姓薛者即與之。」錫懼，退，索在銓姓薛者六十餘人，悉留注官。

〔一〕恃：寶顔堂本、明抄本、顧本、丁本作「借」。

〔二〕屬：廣記孫本、廣記沈本作「囑」，張校據改，然通鑑作「請屬」，與廣記談本同，「屬」字本通，今仍從廣記談本。

〔三〕鼓聲動：寶顏堂本作「風聲鼓動」，張校據改，廣記沈本空闕三字。通鑑作「訔早朝」，據此知所謂「鼓聲動」者蓋指早朝之時間，寶顏堂本當爲後人不明其義誤改，張校據之改，恐非，今仍從廣記談本。

〔四〕一人：通鑑作「選人」。

〔五〕儀：通鑑下有「罵」字。

〔六〕我：通鑑上有「不了事人」四字。

〔七〕但：寶顏堂本、明抄本、顧本、丁本作「有」。

〔八〕錫：通鑑下有「懼退」二字。

〔九〕若：寶顏堂本、明抄本、顧本、丁本作「如」。

**二三一、唐嘉州龍遊縣〔一〕令李凝道性褊急。姊男年七歲，故惱之即走〔二〕。李年老〔三〕，逐之不及，遂以〔四〕餅誘得之，齩其胸背流血，姊〔五〕救之，不放〔六〕。又乘驢於街中，有騎馬人靴鼻撥其膝，遂怒，大罵，趁之〔七〕，馬走〔八〕，遂無所及。忍惡不得，遂嚼路傍棘子血流。**太平廣記二四四、太平廣記詳節二〇、寶顏堂本六、顧本九、丁本九。

〔一〕嘉州龍遊縣：廣記談本作「衢州龍游縣」，廣記沈本作「□州龍遊縣」，第一字空闕，據詳節改。

〔二〕走：廣記談本作「往」，廣記沈本空闕三字，據廣記孫本、詳節改。

〔三〕李年老：廣記談本無，據詳節補。

〔四〕以：廣記談本無，據詳節、古今譚概一六引補。

〔五〕姊：廣記沈本上有「其」字，張校據補，然上云「姊男」，亦無「其」字，本自可通，無煩補字，今仍從廣記談本。

〔六〕之不放：廣記談本作「之得免」，廣記沈本三字空闕，詳節作「之不放」，廣記談本當出後人妄補，今據詳節改。

〔七〕趁之：廣記談本作「將毆之」，廣記沈本作「□之」，據詳節改。廣記沈本空闕一字，蓋傳本殘闕，後人臆補「將毆」二字，詳節所據方爲廣記原本面貌。

〔八〕馬走：廣記談本作「走馬」，張校據廣記孫本、廣記沈本、寶顏堂本改，顧本、丁本、詳節亦作「馬走」，張校所改當是，今從之。

**二三二、唐貞觀中，冀州武强〔一〕丞堯君卿失馬，既得賊，枷禁未決，君卿指賊面而〔二〕罵曰：「老賊，吃虎膽來，敢偷我物！」賊舉枷擊之，應時腦碎而死。**太平廣記二四四、寶顏堂本六、顧本九、丁本九。

〔一〕冀州武强：寶顏堂本、顧本、丁本下有「縣」字。

〔二〕而：廣記談本無，張校據寶顏堂本、廣記孫本補，顧本、丁本下亦有，張校所補當是，今從之。

**二三三、散樂〔一〕高崔嵬善〔二〕弄癡，大帝令給使捺頭向水下〔三〕。少頃〔四〕，出而大笑〔五〕，上問之〔六〕，云：「臣〔七〕見屈原，謂臣〔八〕云：『我遇〔九〕楚懷〔一〇〕無道，乃沈汨羅水〔一一〕，汝逢聖明主〔一二〕，何事亦來耶〔一三〕？』」帝不覺驚起〔一四〕，賜物百段。**酉陽雜俎續集四、太平廣記二四九、寶顏堂本六、顧本九、丁本九。說郛三二引群居解頤載此事。

〔一〕散樂：廣記上有「唐」字，寶顏堂本作「敬宗時」，顧本、丁本作「唐敬宗時」，廣記沈本作「敬宗朝」，當爲形近之誤。

〔二〕善：寶顏堂本、顧本、丁本作「喜」。

〔三〕給使捺頭向水下：雜俎作「没首水底」，據寶顏堂本、顧本、丁本、廣記談本、說郛改。「給使」，說郛作「給事」。

〔四〕少頃：寶顏堂本、顧本、丁本、廣記談本、說郛作「良久」。

〔五〕大笑：寶顏堂本、顧本、丁本、廣記談本作「笑之」。

〔六〕上問之：寶顏堂本、顧本、丁本、廣記談本作「帝問曰」，説郛作「帝問之」。

〔七〕臣：寶顏堂本、顧本、丁本、廣記談本、説郛無。

〔八〕謂臣：寶顏堂本、顧本、丁本、廣記談本、説郛無。

〔九〕遇：寶顏堂本、顧本、丁本、廣記談本、説郛作「逢」，疑是。雜俎上載黄幡綽事亦云「爾遭逢聖明」。

〔一〇〕楚懷：寶顏堂本、顧本、丁本、廣記談本下有「王」字。

〔一一〕乃沈汨羅水：五字雜俎無，據寶顏堂本、顧本、丁本、廣記談本、説郛補。

〔一二〕逢聖明主：四字雜俎無，據寶顏堂本、顧本、丁本、廣記談本補。説郛作「逢聖明君」。

〔一三〕何事亦來耶：寶顏堂本、顧本、丁本、廣記談本作「何爲來」，説郛作「何爲亦來此」。

〔一四〕不覺驚起：寶顏堂本、顧本、丁本、廣記談本、説郛作「大笑」。

**二三四、唐尹神童每説：伯樂令其子執馬經畫様〔一〕以求馬，經年無有似者。歸以告父，乃〔二〕更令求之。出見大蝦蟇，謂父曰：「得一馬，略與相同，而不能具。」伯樂曰：「何也？」對曰：「其隆顱〔三〕跌目，脊郁縮，但蹄不如累趨〔四〕耳。」伯樂〔五〕曰：「此馬好跳躑〔六〕，不堪〔七〕也。」子笑乃止。** 太平廣記二四九、埤雅一二、寶顏堂本六、顧本九、丁本九。

〔一〕畫様：廣記沈本作「畫樸」。

〔二〕乃：廣記談本無，張校據廣記孫本、寶顏堂本補，顧本、丁本亦有，張校所補當是，今從之。

〔三〕隆顱：埤雅作「隆顙」。

〔四〕累趨：埤雅作「累麴」。齊民要術六載相馬之法云「蹄欲得厚而大」「四蹄欲厚且大」。「麴」，即酒麴，馬蹄形與之相似。「累麴」，指其厚度而言，李白襄陽歌云「壘麴便築糟丘臺」，雖是誇張之詞，亦可證當時確有累麴之形象。「累趨」則費解，疑當以作「累麴」爲是。

〔五〕伯樂：埤雅下有「笑」字。

〔六〕跳躑：埤雅作「跳擲」。

〔七〕不堪：埤雅下有「御」字，疑是。

**二三五、唐秋官侍郎狄仁傑謿〔一〕秋官侍郎盧獻曰：「足下配馬乃作驢。」獻曰：「中劈明公，乃〔二〕成二犬。」傑曰：「狄字犬旁火也。」獻曰：「犬邊有火，乃是煮熟狗〔三〕。」**太平廣記二五〇、錦繡萬花谷後集一九、寶顏堂本六、顧本九、丁本九。

〔一〕謿：廣記談本無，張校據廣記四庫本、寶顏堂本補作「嘲」字，李校據廣記四庫本、説郛陶本補同，然廣記黄本、萬花谷均作「謿」，當有所據，較爲可靠，今據之補，不從張校、李校。

〔二〕乃：萬花谷無。

〔三〕煮熟狗：丁本、萬花谷作「着熱狗」。

**二三六、唐吏部侍郎李安期，隋内史德林之孫，安平公百藥之子。性〔一〕機警。嘗有選人被放，訴云：「羞見來路。」安期問：「從何關來？」曰：「從蒲津關來。」安期曰：「取潼關路〔二〕去。」選者曰：「恥見〔三〕妻子。」安期曰：「賢室本自相諳，亦應不笑。」又一選人引銓，安期看判，曰：「第書稍弱。」對曰：「昨墜馬損足。」安期曰：「損足何廢好書？」爲讀判曰：「向看弟〔四〕判，非但傷〔五〕足，兼以内損。」其人慙而去。又選士姓杜名若，注芳州〔六〕官。其人慙而不伏，安期曰：「君不聞『芳洲〔七〕有杜若』？」其人曰：「可以贈名公。」曰：「此期非彼期。」若曰：「此若非彼若。」安期笑，爲〔八〕之改注。又一吳士，前任有酒狀。安期曰：「君狀不善。」吳士曰：「知暗槍已入。」安期曰：「爲君拔暗槍。」答曰：「可憐美女。」安期曰：「有精神選，還君好官。」對曰：「怪來晚。」安期笑而與官。**太平廣記二五〇、寶顏堂本六、顧本九、丁本九。

〔一〕性：寶顏堂本、顧本、丁本、廣記沈本下有「好」字。

〔二〕路：廣記沈本無。

〔三〕恥見：顧本作「取笑」，丁本作「取見」，廣記沈本作「羞見」。

〔四〕弟：顧本、丁本作「第」，張校據廣記沈本改作「賢」，然作「弟」亦可通，今仍從廣記談本。

〔五〕傷：廣記沈本作「損」。

〔六〕芳州：廣記談本作「芳洲」，據丁本、廣記沈本改。舊唐書四〇地理志：「武德元年，置芳州。」「神龍元年，廢芳州爲常芬縣。」

〔七〕芳洲：顧本、丁本、廣記沈本作「芳州」，疑是，蓋以上云「注芳州官」，此遂從而訛云「芳州有杜若」，後人據謝朓原詩改爲「芳洲」，反失其意。

〔八〕爲：廣記談本作「謂」，張校據寶顏堂本、廣記沈本改，是，今從之。

二三七、隋辛亶爲吏部侍郎，選人爲之牓，略曰：「枉州抑縣屈滯鄉不申里銜恨先生，問隋吏部侍郎辛亶曰：『當今天子聖明，群僚用命，外拓四方，内齊七政。而子位處權衡，職當水鏡，居進退之首，握褒貶之柄。理應識是識非，知滯知微，使無才者泥伏，有用者雲飛。奈何尸禄素餐，濫處上官；黜陟失〔一〕所，選補〔二〕傷殘；小人在位，君子駁彈？莫不代子戰灼，而子獨何以安？』辛亶曰：『百姓之子，萬國之人，不可皆〔三〕識，誰厚誰親？爲桀賞者不可不喜，被堯責者寧有不嗔？得官者見喜，失官者見疾。細而論之，非亶之失。』先生曰：『是何疾歟？是何疾歟？不識何不訪其名，官少何不簡其精。細尋狀跡，足識法家；細尋判驗，足識文華。寧不知石中出玉，黄金出沙？量子之才，度子之智，祇可投之四裔，以禦魑魅。怨嗟不少，實傷和氣。』辛亶再拜而謝曰：『幸蒙先生見責，實覺多違。謹當刮肌貫骨，改過懲非。請先生縱亶自修，捨亶之罰。如更有違，甘從斧鉞。』先生曰：『如子之輩，車載斗量。朝廷多人〔四〕，立須相代。那得久曠天官，待子自作？急去急去，不得久〔五〕住。喚取師巫，卻行無處。』亶掩泣而言曰：『罪過自招，自滅自消。豈敢更將面目，來污聖朝。』先生曳杖而歌曰：『辛亶去，吏部明。開賢路，遇太平。今年定知不可得，後歲依期更入京。』」太平廣記二五三、寶顔堂本四、顧本六、丁本六。

〔一〕失：廣記沈本下空闕一字。
〔二〕補：廣記沈本下有「名」字。
〔三〕皆：廣記沈本作「盡」。
〔四〕多人：廣記談本作「多少」，據廣記沈本改。
〔五〕久：廣記沈本作「少」。

二三八、隋牛弘爲吏部侍郎〔一〕，有選人馬敞者，形貌最〔二〕陋，弘輕之，側卧食果子，嘲敞曰：「嘗聞扶風馬，謂言天上下。今見扶風馬，得驢亦不假。」敞應聲曰：「嘗聞隴西牛，千石不用軥。今見隴西牛，卧地打草豆〔三〕。」弘驚起，遂與官。太平廣記二五三、寶顔堂本四、顧本六、丁本六。

〔一〕侍郎：廣記談本作「尚書」，張校據廣記沈本、寶顔堂本及隋書牛弘傳改，顧本、丁本亦同，張校所改當是，今從之。
〔二〕最：廣記沈本作「醜」。
〔三〕草豆：廣記談本作「草頭」，據廣記沈本改。唐六典一七「典廐署」下注云：「象、馬、騾、牛、駞飼青草日，粟、豆各減半。」二三「中校署」：「凡監、屬役使車牛，皆有年支草、豆。」「草豆」連文，指牛之飼料，當以沈本爲是。

二三九、唐高士廉掌選，其人齒高。有選人自云解嘲謔，士廉時著木屐，令嘲之，應聲云：「刺鼻何曾嚏，踏面不知嗔。高生兩箇齒，自謂得勝人。」士廉笑而引之。太平廣記二五四、寶顔堂本四、顧本六、丁本六。

按：梁書五三孫廉傳載：「時廣陵高爽有險薄才，客於廉，廉委以文記。爽嘗有求，不稱意，乃爲屐謎以喻廉曰：『刺鼻不知嚏，蹋面不知嗔。齧齒作步數，持此得勝人。』譏其不計恥辱，以此取名位也。」與僉載所引嘲語頗同，疑因「孫廉」、「高爽」之名傅會爲高士廉。

**二四〇、周則天朝，蕃人上封事，多加〔一〕官賞，有爲右臺御史者。因〔二〕則天嘗問郎中張元一曰：「在外有何可笑事？」元一曰：「朱前疑著緑，逯仁傑著朱。閭知微〔三〕騎馬，馬吉甫騎驢。將名作姓李千里，將姓作名吴揚吾〔四〕。左臺胡御史，右臺御史胡。」「胡御史〔五〕」，胡元禮也。「御史胡」，蕃人爲御史者，尋改他官。**太平廣記二五四、實賓録、揮麈前録一、寶顔堂本四、顧本六、丁本六。大唐新語一三、紺珠集七引乾𦠆子載此事。

大唐新語一三載：則天朝，諸蕃客上封事，多獲官賞，有爲右臺御史者。則天嘗問張元一曰：「近日在外有何可笑事？」元一對曰：「朱前宜著緑，逯仁傑著朱。閭知微騎馬，馬吉甫騎驢。將名作姓李千里，將姓作名吴揚吾。左臺胡御史，右臺御史胡。」胡御史，元禮也。御史胡，蕃人爲御史者。尋授別勑。

紺珠集七引乾𦠆子載：則天問張元一外有何可笑，元一曰：「朱前疑著緑，逯仁傑著朱。閭知微乘馬，馬吉甫乘驢。將名作姓李千里，將姓作名吴栖梧。左臺胡御史，右臺御史胡。」御史胡，禮也。胡御史，蕃人爲御史者。天后大笑，尋除別官。（五十卷本類説二三引乾𦠆子同）

按：太平廣記沈本此條在卷二五五。下同。太平廣記此條與下六條聯爲一條，然諸書所引文字皆獨立，疑本爲數條，廣記合併，今據諸書所引析爲七條。

〔一〕加：顧本、丁本、廣記沈本作「知」。

〔二〕因：大唐新語、紺珠集無，疑衍。

〔三〕閭知微：廣記談本作「閻知微」，趙校云：「『閭』原作『閻』，全唐詩録張元一叙可笑事同。岑仲勉讀全唐詩札記云，此以諧音取噱，而閻馬、馬驢殊乏諧意。考姓纂閭姓下有『左補闕閭知微』，乃知『閻』爲『閭』之誤。閭知微名較著，無知者弗審事意，遂誤改『間』爲『閤』。按：岑説是，大唐新語卷十二記此事正作『間』，今據改。」紺珠集亦作「間知微」，趙校所改是，今從之。

〔四〕吴揚吾：廣記談本作「吴栖梧」，大唐新語一三作「吴揚吾」，唐代墓誌彙編顯慶〇三六故吴府君（素）墓誌銘并序云「嗣子揚吾」，聖曆〇一六周善持墓誌銘并序云「吴揚吾撰」，時代正合，名與大唐新語相同，當爲同一人，今據大唐新語及墓誌改。

〔五〕胡御史：廣記談本無，張校據寶顔堂本補，顧本、丁本作「□御史」，廣記沈本作「胡御史」，與寶顔堂本同，張校所補當是，今從之。

二四一、周〔一〕革命，舉人貝州〔二〕趙廓眇小，起家監察御史，時人謂之「臺穢」，李昭德詈之爲「中霜穀束」，元一目爲「梟坐鷹架」。時同州魯孔丘〔三〕爲拾遺，有武夫氣，時人謂之「外軍主帥」，元一〔四〕目爲「鶖入鳳池」。太平廣記二五四、説郛三寶賓録、四庫本寶賓録一〇、寶顔堂本、顧本六、丁本六。

〔一〕周：寶賓録作「唐則天」。

〔二〕舉人貝州：寶賓録作「貝州舉人」。

〔三〕魯孔丘：顧本、丁本同，四庫本寶賓録作「魯姓者」，寶顔堂本作「孔魯丘」，當均誤。

〔四〕元一：寶賓録上有「張」字。

二四二、蘇味道才學識度，物望攸歸〔一〕；王方慶體質鄙陋〔二〕，言詞〔三〕魯鈍，智不逾俗，才不出凡，俱爲鳳閣侍郎。或問元一〔四〕曰：「蘇、王〔五〕孰賢？」答曰：「蘇九月得霜鷹，王〔六〕十月被凍蠅。」或問其故，答曰：「得霜鷹俊捷，被凍蠅頑怯〔七〕。」時人伏〔八〕能體物也。太平廣記二五四、古今合璧事類備要别集六五、古今事文類聚後集四九、類説四〇、紺珠集三、山谷内集詩注一四、箋注簡齋詩集三、寶顔堂本四、顧本六、丁本六。

〔一〕才學識度物望攸歸：合璧同，紺珠集、山谷内集詩注作「高爽」，當爲後人所改。

〔二〕鄙陋：合璧作「卑陋」。

〔三〕詞：合璧作「辭」。

〔四〕元一：合璧上有「郎中張」三字，事文、類説、紺珠集上有「張」字，疑合璧所引爲僉載原貌，廣記蓋合併時承上而省。

〔五〕蘇王：類説作「二子」。

〔六〕王：類説、紺珠集下有「如」字，合璧無。

〔七〕頑怯：合璧作「頑鈍」。

〔八〕伏：寶顔堂本作「謂」，合璧作「服」。顧本、丁本下有「其」字。

二四三、契丹〔一〕賊孫萬榮之寇幽州〔二〕，河内王武懿宗爲元帥，引兵至趙州，聞賊駱務整從北數千騎來，王乃棄兵甲，南走邢州〔三〕，軍資器械遺於道路。聞賊已退，方更向前。軍迴至都，置酒高〔四〕會，元一〔五〕於御前嘲懿宗曰：「長弓短度〔六〕箭，蜀馬臨堦〔七〕騗。去賊七百里，隈牆獨自戰。甲杖摠抛卻〔八〕，騎猪正〔九〕南趁〔一〇〕。」上曰：「懿宗有馬，何因騎猪〔一一〕？」對曰：「騎猪〔一二〕，夾豕走也。」上大笑。懿宗曰：「元一宿構，不是卒辭。」上曰：「爾付韻與之。」懿宗曰：「請以菶韻。」元一應聲曰：「裹頭極草草〔一三〕，掠鬢不菶菶。未見桃花面皮，漫作杏子〔一四〕眼孔。」則天大悦，王極有慚色。懿宗形貌短醜，故曰「長弓短度箭」。

太平廣記二五四、類説四〇、紺珠集三、説郛二、寶顔堂本四、顧本六、丁本六。本事詩、唐詩紀事一三載此事。

本事詩載：則天朝，左司郎中張元一滑稽善謔。時西戎犯邊，則天欲諸武立功，因行封爵，命武懿宗統兵以禦之。寇未入塞，懿宗始逾邠郊，畏懦而遁。懿宗短陋，元一嘲之曰：「長弓短度箭，蜀馬臨高騗。去賊七百里，隈牆獨自戰。忽然逢著賊，騎猪向南竄。」則天聞之，初未悟，曰：

「懿宗無馬耶？何故騎猪？」元一解之曰：「騎猪者，是夾豕走也。」則天乃大笑。懿宗怒曰：「元一夙搆，貴欲辱臣。」則天命賦詩與之，懿宗請賦「菶」字。元一立嘲曰：「裹頭極草草，掠鬢不菶菶。未見桃花面皮，先作杏子眼孔。」則天大歡，故懿宗不能侵傷。

〔一〕契丹：說郛上有「周」字。

〔二〕幽州：廣記談本無「州」字，張校據廣記沈本補，說郛亦有，張校所補是，今從之。

〔三〕邢州：廣記談本作「荆州」，趙校據廣記沈本、說郛、歷代小史改，是，今從之。舊唐書一八三外戚武懿宗傳作「相州」。

〔四〕高：說郛無。

〔五〕元一：說郛上有「郎中張」三字，疑是。

〔六〕短度：演繁露、類說、紺珠集作「度短」。

〔七〕堦：本事詩、唐詩紀事一三作「高」。

〔八〕甲杖總拋卻：本事詩、唐詩紀事作「忽然逢著賊」。

〔九〕正：本事詩、唐詩紀事作「向」。

〔一〇〕趁：廣記談本作「掾」，費解，趙校據說郛二及歷代小史改作「躥」，郝校據廣記汪校引明抄本改作「猭」。類說、紺珠集作「竄」，本事詩、四部叢刊本唐詩紀事作「趁」，字彙補走部云：「趁，與竄同。」據此，知廣記原當作「趁」，形近誤作「掾」，類說、紺珠集、說郛所見本僉載尚不誤，今據本事詩、唐詩紀事改。

〔一一〕騎猪：廣記沈本下有「正南掾」三字。

〔一二〕騎猪：說郛下有「者」字。

〔一三〕草草：顧本、丁本、廣記孫本作「卓卓」，本事詩、唐詩紀事均作「草草」。「卓卓」當誤。

〔一四〕子：顧本、丁本作「花」。

**二四四、周靜樂縣主，河内王懿宗妹。懿妹〔一〕短醜，武氏最長，時號「大哥」。縣主與則天並馬行，命元一詠，曰：「馬帶桃花錦〔二〕，裙銜〔三〕緑草羅。定知幃帽底，儀〔四〕容似大哥。」則天大笑，縣主極慙。**

太平廣記二五四、寶顔堂本四、顧本六、丁本六。

〔一〕懿妹：蘄史一〇、堯山堂外紀二三引僉載作「懿宗」。

〔二〕錦：廣記沈本作「領」。

〔三〕銜：寶顔堂本作「拖」，顧本作「□」，丁本無此字。

〔四〕儀：寶顔堂本作「形」。

**二四五、納言婁師德長大而黑〔一〕，一足蹇〔二〕，元一〔三〕目爲「失轍方相〔四〕」，亦號爲「衛靈公」，言防〔五〕靈柩，亦〔六〕方相也。**

太平廣記二五四、類說四〇、紺珠集三、說郛三實賓録、四庫本實賓録九、寶顔堂本四、顧本六、丁本六。古今事文類聚後集二〇載此事。

〔一〕黑：類說、紺珠集、事文作「貌異於衆」。

〔二〕一足蹇：類說、事文作「又病足」，紺珠集作「又病蹇」。

〔三〕元一：實賓録上有「郎中張」三字，類說、紺珠集、事文上有「張」字。

〔四〕失轍方相：廣記談本作「行轍方相」，據類說、紺珠集、事文改。「失轍」，言其行步不穩。

〔五〕防：實賓録作「防衛」，類說、紺珠集作「衛護」，疑是。

〔六〕亦：廣記談本無，據類說、紺珠集補。

**二四六、天官侍郎吉頊長大，好昂頭行，視高而望遠，目〔一〕爲「望柳駱駝〔二〕」。殿中侍御史元本竦髆傴身，黑而且瘦，目**

爲「嶺南考典」。駕部郎中朱前疑粗黑肥短，身體垢膩，目爲「光禄掌膳」。東方虬〔三〕身長衫短，骨面粗眉〔四〕，目〔五〕爲「外軍校尉」。唐波若〔六〕矮短，目爲「鬱屈〔七〕蜀馬」。目李昭德「卒子鋭反。歲胡孫」。修文學士馬吉甫眇一目，目〔八〕爲「端箭師」。郎中長儒子〔九〕視望陽〔一〇〕，目〔一一〕爲「呷醋漢」。氾水令蘇徵〔一二〕舉止輕薄，目〔一三〕爲「失孔老鼠〔一四〕」。太平廣記二五四、古今合璧事類備要別集八〇、寶顔堂本四、顧本六、丁本六。四庫本實賓録一載東方虬事，八載吉頊、唐波若事，一〇載馬吉甫、長儒子事。

按：本條中事諸書多獨引，疑原書中亦爲多條，然析分後文字不全，姑仍從廣記。

〔一〕目：實賓録上有「郎中張元一」五字，下有「之」字。

〔二〕駱駝：實賓録作「橐駝」。

〔三〕東方虬：實賓録上有「唐則天時左史」六字。

〔四〕眉：實賓録下有「目」字。

〔五〕目：實賓録上有「郎中將元一」五字，「將」當爲「張」之誤。

〔六〕唐波若：實賓録此句上有「唐郎中張元一以」七字。

〔七〕屈：廣記沈本作「陶」。

〔八〕目：廣記談本無，據廣記沈本及上下文例補。

〔九〕長儒子：寶顔堂本、顧本、丁本作「長孺子」，實賓録作「張鴻子」。

〔一〇〕陽：實賓録作「傷目」。

〔一一〕目：實賓録上有「郎中張元一」五字。

〔一二〕氾水令蘇徵：合璧、實賓録作「唐蘇徵任氾水縣令」，疑爲僉載原貌。

〔一三〕目：合璧、實賓録上有「郎中張元一」五字，疑是。

〔一四〕失孔老鼠：合璧作「失窟鼠」，實賓録作「失窟老鼠」，下又有「一云失孔老鼠」六字。

**二四七、周張元一〔一〕性滑稽，有口才，喜題目人，而已〔二〕腹粗而〔三〕脚短，項縮而眼跌，吉項〔四〕目爲「逆流蝦蟇」。**太平廣記二五四、説郛三實賓録、四庫本實賓録八、寶顏堂本四、顧本六、丁本六。

〔一〕周張元一：實賓録作「唐郎中張元一」，疑是。

〔二〕性滑稽有口才喜題目人而已：十二字廣記談本無，據實賓録補。

〔三〕而：實賓録無，下句「而」字實賓録亦無。

〔四〕吉項：實賓録作「吉相國」。

**二四八、周〔一〕韶州曲江令朱隨侯、女夫李逖、遊客爾朱九，並姿相少媚，廣州人號爲「三樵七肖反」。人歌之〔二〕曰：「奉敕追三樵，隨侯傍道〔三〕走。迴頭語李郎，唤取爾朱九。」隨侯舉止輕脱，張鷟目爲〔四〕「臛〔五〕亂土〔六〕梟」。**太平廣記二五四、海録碎事八上、寶顏堂本四、顧本六、丁本六。四庫本實賓録八載此事。

〔一〕周：實賓録作「唐」。

〔二〕之：實賓録無。

〔三〕傍道：實賓録作「道傍」。

〔四〕隨侯舉止輕脱張鷟目爲：廣記談本原作「張鷟目隨侯」，據實賓録改。海録作「唐曲江令朱隨侯舉止輕脱」，無「三樵」事，當爲節引，然與實賓録之文字略同，當較近僉載原貌，廣記此句當有節略，今據改。

〔五〕臛：顧本、丁本、海録、實賓録作「霍」。

〔六〕土：海録、實賓録作「禿」。

二四九、周李詳，河内人，氣俠剛勁。初爲梓州鹽亭尉〔一〕，主〔二〕書考日，刺史問：「平已否？」詳獨曰：「不平。」刺史曰：「不平，君把筆書考。」詳曰：「請考使君〔三〕。」即下筆曰：「怯斷大事，好勾小稽。自隱不清，疑人總濁。考中下。」刺史默然而罷。 太平廣記二五四、後村先生大全集一七九後村詩話續集、寶顏堂本四、顧本六、丁本六。 太平廣記四九三「李詳」條引御史臺記、大唐新語二載此事。

太平廣記四九三「李詳」條引御史臺記載：李詳，字審己，趙郡人。祖機衡，父穎，代傳儒素。詳有才華膽氣，放蕩不羈。解褐鹽亭尉。詳在鹽亭，因考，爲録事參軍所擠。詳謂刺史曰：「録事恃糺曹之權，當要害之地，爲其妄褒貶耳。若使詳秉筆，亦有其詞。」刺史曰：「公試論録事考狀。」遂授筆。詳即書録事考曰：「怯斷大按，好勾小稽。自隱不清，言他總濁。階前兩競，鬬困方休。獄裏囚徒，非赦不出。」天下以爲談笑之最焉。

大唐新語二載：（李）祥解褐鹽亭尉，因校考爲録事參軍所擠排。祥趨入，謂刺史曰：「録事恃糺曹之權，祥當要居之地，爲其妄褒貶耳。使祥秉筆，頗亦有詞。」刺史曰：「公試論録事狀。」遂援筆曰：「怯斷大案，好勾小稽。自隱不清，疑他總濁。階前兩競，鬬困方休；獄裏囚徒，非赦不出。」天下以爲譚笑之最矣。

〔一〕鹽亭尉：廣記談本作「監示尉」，趙校云：「梓州屬縣有鹽亭，疑『監示』爲『鹽亭』之形誤。」後村詩話作「劍南一尉」，廣記四九三引御史臺記、明抄本大唐新語作「解褐鹽亭尉」，考兩唐書地理志，梓州有鹽亭縣，無「監示縣」，「監示」二字當爲「鹽亭」形近之誤，李校據廣記引御史臺記及舊唐書地理志改，是，今從之。

〔二〕主：趙校云：「『主』字衍。」郝校同。「書考日」爲定官員考課等第之時，「主」字於此文意不合，趙校、郝校疑是，又疑爲「至」字之誤。

〔三〕使君：廣記引御史臺記、大唐新語均作「録事」，當是，然僉載下文云「刺史默然而罷」，是原本如此，疑爲張鷟記憶偶誤所致。

二五〇、則天革命，舉人不試皆與官，起家至御史、評事、拾遺、補闕者，不可勝數。張鷟爲謠曰：「補闕連車載，拾遺平斗量。杷推〔一〕侍御史，椀脱校書郎。」時有沈全交者，傲誕自縱，露才揚己，高巾子，長布衫，南院吟之，續四句曰：「評事不讀律，博士不尋章。麪糊〔二〕存撫使，眯目聖神皇。」遂被杷推御史紀先知捉向左臺〔三〕，對仗彈劾，以爲謗朝政，敗國風，請於朝堂決杖，然後付法。則天笑曰：「但使卿等不濫，何慮天下人語。不須與罪，即宜放卻。」先知於是乎面無色。太平廣記二五五，類説四〇，錦繡萬花谷別集二二、三〇，寶顔堂本四，顧本六，丁本六。資治通鑑二〇五，容齋四筆一一，海録碎事一二下，翰苑新書前集二五，古今事文類聚新集三一載此事。

資治通鑑二〇五天授三年載：春，一月，太后引見存撫使所舉人，無問賢愚，悉加擢用，高者試鳳閣舍人、給事中，次試員外郎、侍御史、補闕、拾遺、校書郎。試官自此始。時人爲之語曰：「補闕連車載，拾遺平斗量。欋推侍御史，盌脱校書郎。」有舉人沈全交續之曰：「糊心存撫使，眯目聖神皇」爲御史紀先知所擒，劾其誹謗朝政，請杖之朝堂，然後付法，太后笑曰：「但使卿輩不濫，何恤人言！宜釋其罪。」先知大慚。

按：太平廣記沈本此條在卷二五六。

〔一〕杷推：通鑑作「欋推」，胡注云：「釋名曰：齊、魯謂四齒杷爲欋。」

〔二〕麪糊：通鑑作「糊心」，與下「眯目」對文，疑是。

〔三〕左臺：廣記談本作「右臺」，據寶顔堂本、顧本、丁本、廣記沈本改。舊唐書四四職官志載光宅元年分御史臺「爲左右，號曰左右肅政臺。左臺專知京百司，右臺按察諸州」。

二五一、唐豫章令賀若瑾眼皮急，項轅粗，張鷟〔一〕號爲「飽乳犢子」。太平廣記二五五，白孔六帖九六，錦繡萬花谷後集三九，寶顔堂本四，顧本六，丁本六。

按：太平廣記沈本此條在卷二五六；又，太平廣記本條原與上條連作一條，然二者内容無關，諸書所引亦均不相涉，當爲廣記合併，寶顔堂本此上空一格，趙校云「當別是一條」，李本將之析爲兩條，今從之。

〔一〕張鷟：廣記談本無「張」字，據白孔六帖、萬花谷補。

**二五二、唐鄭愔曾罵〔一〕選人爲癡漢，選人〔二〕曰：「僕是吴〔三〕癡，漢即是公。」愔〔四〕令詠癡，吴〔五〕人曰：「榆兒復榆婦，造屋兼造車。十八十九夜〔六〕，還書復借書。」愔本姓鄭，改姓鄭，時人號爲「鄭鄭」。**太平廣記二五五、寶顔堂本四、顧本六、丁本六。四庫本實賓録一四載此事。

按：太平廣記沈本此條在卷二五六。

〔一〕罵：實賓録作「詈」。

〔二〕人：實賓録作「者」。

〔三〕吴：實賓録下有「人也」二字，「癡」字屬下讀，疑是。

〔四〕愔：實賓録下有「因」字。

〔五〕吴：實賓録作「其」。

〔六〕十八十九夜：廣記談本作「十七八九夜」，據實賓録改。五燈會元一七載文準禪師語云「十八十九，癡人夜走」，二〇載道能禪師語同，廣記沈本作「十八九夜」，蓋傳本脱一「十」字，後人臆補而誤。

**二五三、唐中書令李敬玄爲元帥討吐蕃，至樹敦城，聞劉尚書没蕃，著鞾不得，狼狽而走。時將軍〔一〕王杲、副總管曹懷舜等驚退，遺卻麥飯，首尾千里，地上尺餘。時軍中謡曰：「洮河李阿婆，鄯州王伯母。見賊不能〔二〕鬭，總由曹新婦。」**太平廣記二五五、資治通鑑考異一〇、寶顔堂本四、顧本六、丁本六。四庫本實賓録六載此事。

按：太平廣記沈本此條在卷二五六。

〔一〕時將軍：三字廣記談本無，張校據廣記沈本、寶顔堂本補，實賓録亦有此三字，張校所補是，今從之。

〔二〕能：廣記談本作「敢」，據寶顔堂本、顧本、丁本、廣記沈本、實賓録改。

**二五四、唐禮部尚書祝欽明頗涉經史，不閑時務，博碩〔一〕肥腯，頑滯多疑，臺中小吏號之爲〔二〕「媪」。媪者，肉塊，無七竅，秦穆公時野人得之。**太平廣記二五五、類説四〇、紺珠集三、明抄本實賓録、説郛三實賓録、寶顔堂本四、顧本六、丁本六。四庫本實賓録八載此事。

按：太平廣記沈本此條在卷二五六，且在「則天革命」條前。

〔一〕博碩：廣記談本作「專碩」，張校據廣記沈本、寶顔堂本改，顧本、丁本同，「博碩肥腯」語出左傳，張校所改是，今從之。實賓録作「魁碩」。

〔二〕號之爲：類説作「目爲」，紺珠集作「目謂」，實賓録作「號爲」。

**二五五、唐先天中，姜師度於長安城中穿渠，繞朝堂坊市，無所不至。上登西樓望之，師度堰水瀧〔一〕柴栰而下，遂授司農卿〔二〕。於後水漲則奔突，水縮則竭涸。又前開黄河，引水向棣州，費億兆功，百姓苦其淹漬，又役夫塞河口〔三〕。開元六年，水泛〔四〕溢，河口堰破，棣州百姓一槩没〔五〕盡。師度以爲功，官品益進。又有傅孝忠，爲太史令，自言明玄象〔六〕，專行矯譎。京中語曰：「姜師度一心看地，傅孝忠兩眼相天。」神武即位，知其矯，並斬之〔七〕。**太平廣記二五五、寶顔堂本四、顧本六、丁本六。大唐新語四載此事。

大唐新語四載：司農卿姜師度明於川途，善於溝洫，嘗於薊北約魏帝舊渠，傍海新創，號曰平虜渠，以避海難，餽運利焉。時太史令傅孝忠明於玄象，京師爲之語曰：「傅孝忠兩眼窺天，姜師度一心看地。」言其思穿鑿之利也。

按：太平廣記沈本此條在卷二五六。

〔一〕瀧：寶顔堂本作「隴」，顧本、丁本作「壠」。

〔二〕司農卿：廣記談本作「司農鄉」，張校據廣記沈本改，是，大唐新語四亦作「司農卿」，今從之。李校云：「據舊唐書卷一八五下良吏姜師度傳，師度景雲二年已轉司農卿，非先天中因開河功授。」

〔三〕口：寶顔堂本、顧本、丁本無。

〔四〕泛：顧本、丁本無。

〔五〕没：顧本、丁本、廣記孫本、廣記沈本作「抹」。

〔六〕玄象：廣記沈本作「天象」，張校據改，然大唐新語亦作「玄象」，本自可通，今仍從廣記談本。

〔七〕並斬之：李校云：「『並』字疑衍。據舊唐書玄宗紀上，姜師度開元十一年病卒。」考舊唐書七睿宗本紀先天二年載玄宗誅太平公主，「其黨羽」「太史令傅孝忠、僧惠範等皆誅之」，此所謂「知其矯並斬之」者，乃就傅孝忠而言，「並」字當有所指，恐非衍文，疑爲張鷟截取國史中記傅孝忠之文有誤或爲廣記合併條目時改寫不當所致。

**二五六、唐姜晦爲吏部侍郎，眼不識字，手不解書，濫掌銓衡，曾無分別。選人歌曰：「今年選數恰相當，都由座主無文章。案後一腔凍〔一〕猪肉，所以名爲姜侍郎。」**太平廣記二五五、五百家注音辨昌黎先生文集五、朱文公校韓昌黎先生集五、履齋示兒編一五、寶顔堂本四、顧本六、丁本六。

按：太平廣記沈本此條在卷二五七。

〔一〕凍：五百家注音辨昌黎先生文集、朱文公校韓昌黎先生集、履齋示兒編作「東」。

**二五七、唐魏光乘好題目人〔一〕，兵部尚書〔二〕姚元崇〔三〕長大行急〔四〕，目爲〔五〕「趁蛇鸛鵲〔六〕」。**太平廣記二五五，酉陽雜俎續集四，古今合璧事類備要後集八、別集六六，類説四〇，紺珠集三，寶顔堂本四、顧本六、丁本六。四庫本實賓録八載此事。

按：太平廣記此下數條合置一處，今以諸書所引皆單獨爲目，爲方便注明出處計，姑將各人之事獨立。

〔一〕魏光乘好題目人：廣記談本作「魏光乘」，無「好題目人」四字，且在「目爲」之上，據雜俎、合璧後集八、類説、紺珠集改。實賓録作「魏光乘任左拾遺題品朝士」，合璧别集六六同，無「左」字。「題目」，類説、紺珠集、實賓録作「題品」。

〔二〕兵部尚書：實賓録、合璧别集六六作「丞相」。

〔三〕姚元崇：雜俎、合璧、類説、紺珠集作「姚元之」，舊唐書九六姚崇傳載：「姚崇，本名元崇。」「時突厥叱利元崇構逆，則天不欲元崇與之同名，乃改爲元之。」疑作「姚元之」者爲僉載原貌，蓋後人習見「姚元崇」而爲之回改。

〔四〕行急：類説、紺珠集作「行且速」，合璧作「行且遠」，「遠」當爲「速」字之誤。

〔五〕目爲：雜俎、合璧作「謂之」，類説、紺珠集作「號」。

〔六〕鸛鵲：合璧、類説、紺珠集、實賓録作「鸛雀」。

**黄門侍郎盧懷慎好視地，目爲「覷鼠猫兒」。**太平廣記二五五、寶顔堂本四、顧本六、丁本六。四庫本實賓録八載此事。

**殿中監姜皎肥而黑，目爲「飽椹母猪」。**太平廣記二五五、寶顔堂本四、顧本六、丁本六。

**紫微舍人倪若水黑而無鬚鬢〔一〕，目爲「醉部落稽〔二〕」。**太平廣記二五五、明抄本實賓録、説郛三實賓録、寶顔堂本四、顧本六、丁本六。

〔一〕鬚鬢：寶顔堂本作「鬚」，顧本、丁本、廣記沈本、實賓録作「鬢鬚」。

〔二〕部落稽：廣記談本作「部落精」，據廣記沈本改。史記一二九貨殖列傳「北賈秦、翟」，張守節正義釋云：「翟，隰、石等州部落稽也。」此蓋以其貌類胡人，與下「日本國使人」、「醉高麗」取譬方式同。

**舍人齊處冲好眇目〔一〕視，目〔二〕爲〔三〕「暗燭底覓虱老母」。**太平廣記二五五、寶顔堂本四、顧本六、丁本六。四庫本實賓録六載此事。

〔一〕眇目：實賓録作「瞑目」。

〔二〕目：廣記談本作「日」，據寶顔堂本、顧本、丁本、廣記沈本、實賓録及上下文例改。

〔三〕爲：廣記談本作「云」，據寶顔堂本、顧本、廣記沈本、實賓録及上下文例改。

**舍人吕延嗣長大少髮，目爲「日本國使人」。**太平廣記二五五、寶顔堂本四、顧本六、丁本六。

**又目舍人鄭勉爲「醉高麗」。**太平廣記二五五、寶顔堂本四、顧本六、丁本六。

**目拾遺蔡孚「小州醫博士詐諳藥性」。**太平廣記二五五、寶顔堂本四、顧本六、丁本六。

**又有殿中侍御史王旭〔一〕短而醜黑〔二〕，目爲〔三〕「煙熏地朮〔四〕」。**太平廣記二五五、酉陽雜俎續集四、古今合璧事類備要後集八、類説四〇、紺珠集三、寶顔堂本四、顧本六、丁本六。四庫本實賓録一〇載此事。

〔一〕王旭：廣記談本無，據雜俎、合璧、類説、紺珠集、實賓録補。

〔二〕醜黑：雜俎、類説、紺珠集作「黑醜」，合璧、實賓録作「黑」，廣記疑倒。

〔三〕目爲：雜俎、合璧作「謂之」，類説、紺珠集作「號」，實賓録上有「左拾遺魏光乘」六字。

〔四〕地朮：雜俎作「木蛇」，合璧作「木根」，類説、紺珠集作「木棖」。

**目御史張孝嵩爲「小村方相」。**太平廣記二五五、説郛三實賓録、寶顔堂本四、顧本六、丁本六。

**舍人楊仲嗣躁率，目爲〔一〕「熱鏊上猢猻」。**太平廣記二五五、酉陽雜俎續集四、古今合璧事類備要續集八、類説四〇、紺珠集三、寶顔堂本四、顧本六、丁本六。

〔一〕舍人楊仲嗣躁率目爲：廣記談本作「目舍人楊伸嗣」，雜俎作「楊仲嗣躁率」，合璧、類説、紺珠集作「楊仲嗣躁急」，與前「兵部尚書姚元崇長大行急」「黄門侍郎盧懷慎好視地」等句式一致，當爲僉載原貌，蓋廣記後文數條多有删落，今據雜俎、合璧、類説、紺珠集改「楊伸嗣」爲「楊仲嗣」，據雜俎補「躁率」，並將「目」字乙在「爲」字之上。

**目補闕袁暉**〔一〕**爲「王門下彈琴博士」。**太平廣記二五五、寶顔堂本四、顧本六、丁本六。四庫本實賓録一載此事。

〔一〕袁暉：廣記談本作「袁輝」。舊唐書九八魏知古傳載知古曾擢「左補闕袁暉」「後累居清要」，唐會要七五、新唐書一二六魏知古傳均同，唐代墓誌彙編開元一五〇大聖真觀楊法師生墓誌并序題「朝散大夫行禮部員外郎袁暉撰」，今據改。

**目員外郎魏恬爲「祈雨婆羅門」。**太平廣記二五五、寶顔堂本四、顧本六、丁本六。

**目李全交爲「品官給使」。**太平廣記二五五、寶顔堂本四、顧本六、丁本六。

**目黄門侍郎李廣爲「飽水蝦蟇」。由是**〔一〕**坐此品題朝士，自左拾遺貶新州新興縣尉。**太平廣記二五五、古今合璧事類備要別集六六、明抄本實賓録、説郛三實賓録、寶顔堂本四、顧本六、丁本六。四庫本實賓録八載此事。

〔一〕由是：實賓録無。

**二五八、司刑司直**〔一〕**陳希閔以非才任官，庶事凝滯，司刑府史目之爲「高手筆」，言秉筆支**〔二〕**額，半日不下，故名「高手筆」。又號「按孔子」，言竄削至多，紙面穿穴，故名「按孔子**〔三〕**」。**太平廣記四九三、寶顔堂本六、顧本九、丁本九。南部新書庚、四庫本實賓録一四載此事。

按：此條與此前諸條題目品評人物事類，故附於此。

〔一〕司直：廣記談本作「司丞」，據寶顔堂本、顧本、丁本、南部、實賓録改。舊唐書四四職官志大理卿載「光宅爲司刑卿，神龍復爲大理卿」，「司直六人，評事十二人，掌出使推覈」。

〔二〕支：廣記談本作「之」，據寶顔堂本、顧本、丁本、南部、實賓録改。

〔三〕按孔子：廣記談本無「子」字，據寶顔堂本、南部、實賓録補。

二五九、唐貞觀中，桂陽令阮嵩妻閻氏極妬。嵩在廳會客飲，召女奴歌，閻被〔一〕髮跣足袒〔二〕臂，拔刀至席，諸客驚散，嵩伏牀下，女奴狼狽而奔。刺史崔邈爲嵩作考詞云：「婦强夫弱，内剛外柔。一妻不能禁止，百姓如何整肅？妻既禮教不修，夫又精神何在？考下。」省符解見任。太平廣記二五八、寶顔堂本四、顧本六、丁本六。

按：太平廣記沈本此條在卷二六一。

〔一〕被：寶顔堂本、顧本、丁本作「披」。

〔二〕袒：顧本、丁本作「左」。

二六〇、唐郝象賢，侍中處俊之孫，頓丘令南容之子也。弱冠，諸友生爲之字曰「寵之」，每於父前稱字。父給之曰：「汝朋友極賢，吾爲汝設饌，可命之也。」翌日，象賢因邀〔一〕致十數人，南容引生〔二〕與之飲，謂曰：「諺云：『三公後，出死狗。』小兒誠愚，勞諸君製字，損南容之身尚可，豈可波及侍中也？」因泣涕，衆慙而退。「寵之」者，反語爲「癡種」也。太平廣記二五八、寶顔堂本四、顧本六、丁本六。

按：太平廣記沈本此條在卷二六一。

〔一〕邀：廣記沈本作「延」。

〔二〕生：廣記沈本上有「諸友」二字，張校據補，然無此二字亦通，今仍從廣記談本。

二六一、周朱前疑淺鈍無識，容貌極醜。上書云：「臣夢見陛下八百歲。」即授拾遺，俄遷郎中〔一〕。出使迴，又上書云：

「聞嵩山唱萬歲聲。」即賜緋魚袋，未入五品，於緑衫上帶之，朝野莫不怪笑。後契丹反，有敕京官出馬一匹供軍者，即酬五品，前疑買馬納訖，表索緋。上怒，批其狀，即放歸丘園，憤恚而卒。太平廣記二五八、寶顔堂本四、顧本六、丁本六。資治通鑑二〇六載此事。

資治通鑑二〇六神功元年載：先是，有朱前疑者，上書云：「臣夢陛下壽滿八百。」即拜拾遺。又自言：「夢陛下髮白再玄，齒落更生。」遷駕部郎中。出使還，上書曰：「聞嵩山呼萬歲。」賜以緋算帶，時未五品，於緑衫上佩之。會發兵討契丹，敕京官出馬一匹供軍，酬以五品。前疑買馬輸之，屢抗表求進階。太后惡其貪鄙，六月，乙丑，敕還其馬，斥歸田里。

按：太平廣記沈本此條在卷二六一。

〔一〕俄遷郎中：通鑑作「又自言夢陛下髮白再玄齒落更生遷駕部郎中」，與一九八條合，疑與此條本爲一條，廣記拆分。

二六二、侯思止食籠餅，必令縮葱加肉，因號「縮葱侍郎」。籠餅，即〔一〕饅頭也。類説四〇、紺珠集三、山谷内集詩注七、古今事文類聚續集一七、群書通要八。太平廣記二五八引御史臺記、説郛三實賓録引本傳、古今合璧事類備要續集四六載此事。

太平廣記二五八引御史臺記載：思止嘗命作籠餅，謂膳者曰：「與我作籠餅，可縮葱作。」比市籠餅，葱多而肉少，故令縮葱加肉也。時人號爲「縮葱侍御史」。

按：太平廣記二五八引僉載無此事，當因已引御史臺記故不再引僉載此條，然知其當與前數條爲同一門，今附於此。

〔一〕即：合璧、事文、群書通要下有「今」字。

二六三、周鳳閣侍郎杜景佺，文筆宏贍〔一〕，知識〔二〕高遠，時在鳳閣〔三〕，時人號爲〔四〕「鶴鳴雞樹」。王及善才行庸猥，風神鈍濁，爲内史〔五〕，時人號爲「鳩集鳳池」。俄遷文昌右相〔六〕，無他政，但不許令史奴驢入臺，終日迫逐，無時暫捨，時人號爲〔七〕「驅驢宰相」。説郛二、太平廣記二五八、資治通鑑考異一一、類説四〇、紺珠集三、海録碎事九下、古今合璧事類備要後集八、別集

四六、七一，明抄本實賓録，説郛三實賓録，寶顔堂本四，顧本六，丁本六。

按：類説四〇、紺珠集三載杜景佺、王及善事分爲二條，太平廣記二五八、資治通鑑考異一一只引王及善事，今據説郛合爲一條。又，太平廣記沈本此條在卷二六一。

〔一〕宏贍：類説、紺珠集、海録、合璧無。

〔二〕知識：類説、紺珠集、合璧下有「並」字，海録下有「皆」字。

〔三〕時在鳳閣：四字類説、紺珠集、海録、合璧無。

〔四〕時人號爲：類説、紺珠集作「時號」，海録、合璧作「時號爲」。

〔五〕内史：説郛作「内使」，據通鑑考異、合璧後集八、海録、類説、紺珠集、實賓録改。舊唐書九〇王及善傳載其於武后時「拜内史」。

〔六〕文昌右相：疑誤。類説作「左丞」，舊唐書王及善傳載「聖曆二年，拜文昌左相，旬日而薨」，通鑑二〇六同。

〔七〕爲：廣記、通鑑考異、紺珠集無。

**二六四、周朝有逯仁傑，河陽人，自地官令史出尚書，改天下帳式，頗甚繁細，法令滋章。每村立社官，仍置平直老三員，掌簿案，設鎖鑰，十羊九牧，人皆散逃。而宰相淺識，以爲萬代皆〔一〕可行，授仁傑地官郎中。數年，百姓苦之，其法遂寢。**（太平廣記二五八，寶顔堂本四，顧本六，丁本六。）

按：太平廣記沈本此條在卷二六二。

〔一〕皆：寶顔堂本、顧本、丁本、廣記孫本、沈本無。

**二六五、周考功令史袁琰，國忌，衆人聚會，充録事勾當。遂判曰：「曹司繁鬧，無時蹔閑。不因國忌之辰，無以展其歡**

笑。」合坐嗤之。太平廣記二五八、寶顔堂本四、顧本六、丁本六。

按：太平廣記沈本此條在卷二六二。

二六六、周挽郎裴最於天官試，問目曰：「山陵事畢，各還所司。供葬羽儀，若爲處分？」最判曰：「大行皇帝，奉敕昇遐。凡是羽儀，皆科官造。即以貯納，以待後需。」殿十選。説郛二。

按：本條事與前數條類，今附於此。

二六七、周〔一〕夏官侍郎侯知一年老〔二〕，敕放〔三〕致仕，上表不伏，於〔四〕朝堂踴躍〔五〕馳走，以示輕便〔六〕。張琮〔七〕丁憂，自請起復。吏部主事高筠母喪，親戚爲舉哀，筠曰：「我不能作孝。」員外郎張栖貞被訟詐遭母憂，不肯起對。時臺中爲之語曰：「侯知一不伏〔八〕致仕，張琮自請起復。高筠不肯作孝，張栖貞情願遭憂。皆非名教中人，並是王化外物。」獸心人面，不其然乎？太平廣記二五八、古今合璧事類備要前集四二、類説四〇、紺珠集三、寶顔堂本四、顧本六、丁本六。

按：太平廣記沈本此條在卷二六二。

〔一〕周：合璧、類説、紺珠集作「武后時」。

〔二〕年老：合璧、類説、紺珠集上有「以」字。

〔三〕放：合璧、類説、紺珠集作「令」，疑是。

〔四〕上表不伏於：合璧、類説、紺珠集作「知一乃詣」。

〔五〕踴躍：合璧、類説、紺珠集作「跳躍」。

〔六〕輕便：合璧、類説、紺珠集作「輕捷」。

〔七〕張琮：廣記談本作「張悰」，李校據四庫本記纂淵海三六及下文改。廣記三二八「張琮」條引廣異記載「永徽中，張琮爲南陽令」，與此當爲同一人，今從李校改。

〔八〕不伏：顧本、丁本、廣記孫本、廣記沈本作「不肯」，合璧、類説、紺珠集均作「不伏」，與談本同。

二六八、周天官選人沈子榮誦判二百道，試日不下筆。人問之，榮曰：「無非命也。今日誦判，無一相當。有一道稍同〔一〕，人名又別。」至來年選，判水磑，又不下筆。人問之，曰：「我誦水磑乃是藍田，今問〔二〕富平，如何下筆？」聞者莫不撫掌焉〔三〕。太平廣記二五八、寶顏堂本四、顧本六、丁本六。

〔一〕稍同：廣記談本作「蹟同」，張校據廣記沈本改，顧本、丁本作「稍同」，與廣記沈本合，寶顏堂本、廣記陳本作「頗同」，與「稍同」義近。張校所改是，今從之。

〔二〕問：廣記談本下有「之」字，據寶顏堂本、顧本、丁本、廣記沈本删。

〔三〕焉：廣記沈本無。

二六九、周則天内宴甚樂，河内王懿宗忽然起奏曰：「臣急告君，子急告父。」則天大驚，引前問之，對曰：「臣封物承前府家自徵，近敕州縣徵送，大有損折。」則天大怒，仰觀屋椽良久，曰：「朕諸親飲正樂，汝是親王，爲三二百户封，幾驚殺我，不堪作王。」令曳下。懿宗免冠拜伏，諸王救之曰：「懿宗愚鈍，無意矣〔一〕。」上乃釋之。太平廣記二五八、寶顏堂本四、顧本六、丁本六。

〔一〕矣：李校據寶顏堂本改作「之失」。

二七〇、周張衡，令史出身，位至四品，加一階，合入三品，已團甲。因退朝，路旁見蒸餅新熟，遂市其一，馬上食之。被御史彈奏，則天降敕：「流外出身，不許入三品。」遂落甲。太平廣記二五八、寶顏堂本四。

二七一、周右拾遺李良弼自矜唇頰，好談玄理，請使北蕃説骨篤禄。匈奴以木盤盛糞飼之，臨以白刃，弼懼，食一盤並盡，乃放還。人譏之曰：「李拾遺，能拾〔一〕突厥之遺。」出爲真源令，秩滿，還瀛州〔二〕，遇契丹賊孫萬榮使何阿小取滄、瀛、冀、貝〔三〕。良弼謂鹿城令李懷璧曰：「孫者，胡孫，即是獼猴，難可當也。萬字者有草，即是『草中藏』。」勸懷璧降何阿小，授懷璧三品將軍。阿小敗，懷璧及良弼父子四人並爲河内王武懿宗斬之〔四〕。太平廣記二五八、寶顏堂本四、顧本六、丁本六。

右拾遺李良弼〔五〕使入匈奴，坐帳下，以不淨〔六〕餧之，良弼食盡一槃，放歸，朝廷恥之。説郛二、古今説海二〇。

按：説郛、古今説海所載此事與太平廣記差異較大，今並録之。又，太平廣記沈本此條在卷二六二。

〔一〕拾：丁本作「食」。

〔二〕瀛州：廣記談本作「瀛洲」，據寶顏堂本、顧本、丁本改。

〔三〕貝：廣記談本作「具入」，張校據廣記沈本、寶顏堂本删「入」字，李校云「廣記作『具』，按貝州與滄、瀛、冀州同屬河北道，四州相鄰。徑改」，所改當是，今從張校、李校改。

〔四〕之：顧本、丁本下有「矣」字。

〔五〕李良弼：説郛無，古今説海空闕，據廣記補。

〔六〕不淨：古今説海作「不潔」。

二七二、周春官尚書閻知微庸瑣駑怯，使入蕃，受默啜封爲漢可汗。賊入恒、定，遣知微先往趙州招慰〔一〕。將軍陳令英等守城西面，知微謂令英曰：「陳將軍何不早降〔二〕下，可汗兵到然後降者，剪土〔三〕無遺。」令英不答，知微城下〔四〕連手踏歌，稱

「萬歲樂」。令英〔五〕曰：「尚書國家八座，受委非輕，翻爲賊踏歌，無慙也〔六〕？」知微仍唱曰：「萬歲樂，萬歲年。不自由，萬歲樂。」時人鄙之。太平廣記二五八、寶顏堂本四、顧本六、丁本六。資治通鑑二〇六載此事。

資治通鑑二〇六聖曆元年九月載：默啜使閻知微招諭趙州，知微與虜連手蹋萬歲樂於城下。將軍陳令英在城上謂曰：「尚書位任非輕，乃爲虜蹋歌，獨無慙乎！」知微微吟曰：「不得已，萬歲樂。」

按：太平廣記沈本此條在卷二六二。

〔一〕招慰：廣記談本下衍「將」字，李校據寶顏堂本删，廣記陳本、顧本、丁本亦無，通鑑作「招諭趙州」，李校所删是，今從之。

〔二〕降：顧本、丁本無。

〔三〕剪土：詞意費解，疑有訛誤，「土」疑爲「滅」或「除」字之誤。

〔四〕城下：廣記談本作「成下」，張校據廣記沈本、寶顏堂本改，顧本、丁本、通鑑亦作「城下」，張校所改是，今從之。

〔五〕令英：廣記談本作「令兵」，張校據寶顏堂本改，顧本、丁本、通鑑亦作「令英」，今從張校改。

〔六〕無慙也：通鑑上有「獨」字，「也」作「乎」，文意更順，廣記疑有訛誤。

二七三、唐崔湜爲吏部侍郎，貪縱。兄憑弟力，父挾子威，咸受囑求，贓污狼籍。父挹爲司業，受選人錢，湜不之知也，長名放之。其人訴曰：「公親將賂去，何爲不與官？」湜曰：「所親爲誰？吾捉取鞭殺。」曰：「鞭殺〔一〕即遭憂。」湜大慙〔二〕。主上以湜父年老，瓜初熟，賜一顆。湜以瓜遺妾，不及其父。朝野譏〔三〕之。時崔、岑、鄭愔並爲吏部，京中謡〔四〕曰：「岑羲〔五〕獠子後，崔湜令公孫。三人相比接〔六〕，莫賀咄最渾。」太平廣記二五八、太平廣記詳節二一、永樂大典二三四七引太平廣記、寶顏堂本四、顧本六、丁本六。

按：太平廣記沈本此條在卷二六二。

〔一〕殺：廣記談本無，據詳節、大典補。

〔二〕慙：廣記談本上有「怒」字，當涉「慙」字形近而衍，今據寶顏堂本、顧本、丁本、廣記沈本、大典删。

〔三〕讖：廣記談本作「誚」，據寶顏堂本、顧本、丁本、詳節改。

〔四〕謡：廣記談本下有「之」字，據寶顏堂本、顧本、丁本、廣記沈本删。

〔五〕岑義：廣記談本作「岑義」，張校據寶顏堂本改，今從之。

〔六〕比接：顧本、丁本作「此接」，廣記沈本、全唐詩八七八作「比校」，天中記一七引作「比較」，疑當以作「比校」爲是。

二七四、唐左衛將軍權龍褒〔一〕性褊急，常自矜能詩。通天年中，爲滄州刺史，初到，乃爲詩呈州官曰：「遥看滄州〔二〕城，楊柳鬱青青。中央一群漢，聚坐打杯角〔三〕。」諸公謝曰：「公有逸才。」褒曰：「不敢，趁韻而已。」又秋日述懷曰：「簷前飛七百，雪白後園僵〔四〕。飽食房裏側，家糞集野蜋。」參軍不曉，請釋，褒曰：「鷂子簷前飛，直七百文〔五〕。洗衫挂後園〔六〕，乾白如雪。飽食房中側卧，家裏〔七〕便轉，集得野澤蜣蜋。」談者〔八〕嗤之。皇太子宴，夏日賦詩：「嚴霜白浩浩，明月赤團團。」太子援筆爲讚曰：「龍褒才子，秦州人士。明月晝耀，嚴霜夏起。如此詩章，趁韻而已。」褒以張易之事，出爲容山府折衝。神龍中追入，乃上詩曰：「無事向容山，今日向東都。陛下敕追來〔九〕，今作右金吾。」又爲喜雨詩曰：「暗去也没雨，明來也没雲。日頭赫赤出〔一〇〕，地上緑氤氲。」爲瀛州刺史日，新過歲，京中數人附書曰：「改年多感，敬想同之。」正新喚官人集，云有詔〔一一〕改年號爲「多感元年」，將書呈判司已下，衆人大笑。龍褒復側聽，怪赦書來遲。高陽、博野兩縣競地陳牒，龍褒乃判曰：「兩縣競地，非州不裁。既是兩縣，於理無妨。付〔一二〕司。權龍褒示。」典曰：「比來長官判事，皆不著姓。」龍褒曰：「餘人不解，若不著姓，知我是誰家浪驢也。」龍褒不知〔一三〕忌日，謂府史〔一四〕曰：「何名私忌？」對曰：「父母亡日〔一五〕，請假獨坐房中不出。」褒至日，於房中靜坐，有青狗突入〔一六〕，龍褒大怒曰：「冲破我忌。」更陳牒改到〔一七〕明朝〔一八〕，好作忌日。談者笑之。太平廣記二五八、紺珠集三、説郛二、寶顔堂本四、顧本六、丁本六。唐詩紀事八〇載此事。

按：太平廣記沈本此條在卷二六二。

〔一〕左衛將軍權龍褒：「左衛將軍」，説郛作「左領軍將軍」，紀事作「左武將軍」。「權龍褒」，廣記談本作「權龍襄」，李校據紀事、紺珠集、説郛、古今説海改，今從之。下同。雲溪友議下「雜嘲戲」有「擬權龍褒體」，洪适盤洲集三有「益知趁韻有龍褒」之句，均作「龍褒」。

〔二〕滄州：廣記談本作「滄海」，張校據廣記沈本、寶顔堂本改，顧本、丁本亦作「滄州」，所改當是，今從之。

〔三〕杯角：廣記談本作「杯觥」，據廣記沈本、紀事、韓集舉正一改。韓集舉正一謁衡嶽廟詩「杯珓」下校云：「蜀廣韻出『杯珓』字，謂古者以玉爲之。朝野僉載亦作『杯角』，『角』與『校』義近，魏野有詠竹校子詩，只作『校』字，荆楚歲時記又作『教』字用。」

〔四〕僵：廣記談本作「殭」，據顧本、丁本、紀事改。下文「乾白如雪」，「乾」即「僵」之義。

〔五〕文：紀事無。

〔六〕後園：廣記談本作「彼園」，張校據廣記沈本、寶顔堂本改，顧本、丁本、紀事亦作「後園」，張校所改是，今從之。

〔七〕家裏：廣記談本作「家裹」，張校據廣記沈本、寶顔堂本改，顧本、丁本、紀事亦作「家裏」，張校所改是，今從之。

〔八〕談者：紀事作「聞者」。

〔九〕追來：廣記談本作「進來」，據顧本、丁本改，紀事作「敕知無罪過，追來與將軍」，雖詩句不同，然亦作「追來」。

〔一〇〕出：寶顔堂本、顧本、丁本作「赤」。

〔一一〕有詔：顧本、丁本、廣記沈本作「有恩」，紀事作「有司」。

〔一二〕付：顧本、丁本作「府」，廣記沈本作「侍」。

〔一三〕不知：説郛作「不識」。

〔一四〕府史：丁本、紀事作「府吏」，紺珠集云「吏對曰」，亦作「吏」。

〔一五〕亡日：寶顔堂本、顧本、丁本作「忌日」。

〔一六〕突入：説郛下有「房中」二字。

〔一七〕改到：廣記談本作「改作」，據紀事、紺珠集、説郛改。

〔一八〕明朝：顧本、丁本作「明日」。

**二七五、蘇味道爲相，或問其燮和之道，無言〔一〕，但以手摸牀稜。時謂「摸稜宰相」。**紺珠集三、古今合璧事類備要後集一三。太平御覽二〇五引唐書、新唐書一一四蘇味道傳載此事。

**唐蘇味道初拜相，有門人問曰：「天下方事之殷，相公何以燮和？」味道無言，但以手摸牀稜而已。時謂「摸稜〔二〕宰相」也。**太平廣記二五九引盧氏雜記。唐語林五載此事。

太平御覽二〇五引唐書載：蘇味道前後居相位數載，竟不能有所發明，但脂韋其間，苟度取容而已。故時人號爲「摸稜手」，以爲口實。

新唐書一一四蘇味道傳載：味道練臺閣故事，善占奏。然其爲相，特具位，未嘗有所發明，脂韋自營而已。常謂人曰：「決事不欲明白，誤則有悔，摸稜持兩端可也。」故世號「摸稜手」。

按：太平廣記所引盧氏雜記與紺珠集、合璧事類備要所引朝野僉載事相類。盧氏雜記，又名盧氏雜説，太平廣記所引此書文字甚多，除沈約一事外，餘均爲中晚唐事，絶少初盛唐事，廣記此事疑亦爲朝野僉載之文，誤注「盧氏雜記」。今録之備考。

〔一〕言：合璧作「名」。

〔二〕摸稜：唐語林作「摸牀稜」。

二七六、唐袁守一性行淺促，時人號爲「料斸鳧翁雞〔一〕」。任萬年尉，雍州長史竇懷貞每欲鞭之，乃於中書令宗楚客門餇生菜，除監察，懷貞未之〔二〕知也。貞〔三〕高揖曰：「駕欲出，公作如此檢校？」袁〔四〕守一即彈之。月餘〔五〕，貞除左臺御史大夫，守一請假不敢出，乞解。貞呼而慰之，守一兢惕不已。楚客知之，爲除右臺侍〔六〕御史。於朝堂抗衡於貞曰：「與公羅師。」「羅師」者，市郭兒語，無交涉也。無何，客以反誅，守一以其黨配流端州。太平廣記二五九、寶顏堂本二、明抄本四、顧本四、丁本四。

按：太平廣記沈本此條在卷二六三。

〔一〕鳧翁雞：明抄本、顧本、丁本作「鳧鴻雞」。「鳧」，本爲水鳥，然「鳧翁」可指公雞，北齊書一四平秦王歸彦傳載：「先是，童謡云：『中興寺内白鳧翁，四方側聽聲雍雍，道人聞之夜打鐘。』鳧翁謂雄雞。」是「鳧翁」與「雞」二者義複，疑「雞」原爲「鳧翁」下注文，誤闌入正文。

〔二〕之：寶顏堂本、明抄本、顧本、丁本無。

〔三〕貞：張校據廣記沈本於此上補「懷」字，下文亦據廣記沈本於「客」字上補「楚」字，然寶顏堂本、顧本、丁本均無，今仍從廣記談本。

〔四〕袁：寶顏堂本、顧本、丁本、廣記沈本無。

〔五〕月餘：明抄本、顧本、丁本無。

〔六〕右臺侍御史：廣記談本無「侍」字，據寶顏堂本、明抄本、顧本、廣記沈本補。廣記二八五「羅公遠」條引僉載云「故侍御史袁守一」，與此同。

二七七、唐黄門侍郎崔泰之哭特進李嶠詩曰：「臺閣神仙〔一〕地，衣冠君子鄉。昨朝猶對坐，今日忽云亡。魂隨司命鬼，魄逐閻羅王〔二〕。此時罷歡笑，無復向朝堂。」謂人曰：「作詩須有此真味。」〔三〕太平廣記二五九、太平廣記詳節二一、寶顏堂本二、明抄本四、顧本四。古今譚概苦海部七載此事。

按：太平廣記沈本此條在卷二六三。

〔一〕神仙：廣記沈本作「神明」。

〔二〕閻羅王：廣記談本作「見閻王」，張校據廣記孫本、廣記沈本及寶顏堂本改，詳節亦作「閻羅王」，張校所改當是，今從之。

〔三〕謂人曰作詩須有此真味：十字廣記談本無，據古今譚概補。廣記此卷所載爲「嗤鄙」事，然無此十字，則不知崔泰之「嗤鄙」之由，古今譚概所引當有所據。

二七八、唐尚書右丞陸餘慶轉洛州長史，善論事而謬於決判，時嘲之曰：「説事則喙長三尺，判事則手重五斤〔一〕。」其子嘲之曰：「陸餘慶，筆頭無力嘴頭硬。一朝〔二〕受辭訟，十日判不竟。」送案褥下。餘慶得而讀之，曰：「必是那狗。」遂鞭之。太平廣記二五九、類説四〇、紺珠集三、海録碎事一二、寶顏堂本二、明抄本四、顧本四。古今事文類聚後集二〇載此事。

按：太平廣記沈本此條在卷二六三。

〔一〕「善論事」至「重五斤」：二十六字廣記談本無，據類説、紺珠集、海録、事文補。紺珠集此下尚有「信有之矣」四字，疑爲後人所加。「決判」，海録作「判事」，紺珠集作「判決」，事文作「判」。「説事」，類説明刻本作「論事」，據類説清抄宋本、紺珠集、海録、事文改。「三尺」，紺珠集作「三寸」。

〔二〕朝：明抄本、顧本、廣記沈本作「衙」，疑是。

二七九、周〔一〕文昌左丞孫彦高，無它識用，性惟頑愚〔二〕。出爲定州刺史，歲餘，默啜賊至，圍其郛郭。彦高卻鏁宅門，不敢詣廳事〔三〕，文案〔四〕須徵發者，於小牕内接入通判〔五〕，仍簡郭下精健自援其家。賊既乘城，四面並〔六〕入，彦高乃謂奴曰：「牢關門戶，莫與鑰匙。」其愚怯也〔七〕皆此類。俄而陷没，刺史之宅先殲焉。浮休子曰：「孫彦高之智也，似鼠固其穴，不知水灌而鼠亡；鳥固其巢，不知林燔而鳥殞。禽獸之不若，何以處二千石之秩乎〔八〕？」資治通鑑考異一一、太平廣記二五九、太平廣記詳節二一、說郛二、寶顏堂本二、明抄本四、顧本四。

按：太平廣記此事與下孫彦高事合爲一條，資治通鑑考異、說郛引作兩事，當爲原貌，廣記合併，今仍據通鑑考異、說郛析爲二事。又，太平廣記沈本此條在卷二六三，下條亦同。

〔一〕周：通鑑考異無，據廣記、說郛、寶顏堂本、明抄本、顧本補。

〔二〕頑愚：說郛作「頑鈍」。

〔三〕事：廣記、寶顏堂本、明抄本、顧本、詳節無。

〔四〕案：廣記、寶顏堂本、明抄本、顧本、詳節作「符」，說郛作「案」。

〔五〕通判：廣記、說郛、寶顏堂本、明抄本、顧本、詳節無。廣記、寶顏堂本、明抄本、顧本、詳節此下又有「鎖州宅門」四字。

〔六〕面並：說郛無。

〔七〕也：說郛無。

〔八〕「浮休子」至「之秩乎」：四十七字通鑑考異無，據說郛補。

二八〇、周定州刺史孫彦高〔一〕被突厥圍城數十重〔二〕，彦高乃入匱中藏，令奴曰：「牢掌鑰匙，賊來索，慎勿與。」昔有愚人入京選，皮袋被賊盜去。其人曰：「賊偷我袋，將終不得我物用。」或問其故，答曰：「鑰匙今在我衣帶上，彼將何物開之？」此孫彦高之流也〔三〕。資治通鑑考異一一、太平廣記二五九、太平廣記詳節二一、說郛二、寶顏堂本二、明抄本四、顧本四、丁本四。

〔一〕周定州刺史孫彦高：通鑑考異作「彦高」，據廣記、説郛、寶顔堂本、明抄本、顧本補「周定州刺史孫」六字。

〔二〕數十重：通鑑考異作「數重」，據廣記、説郛、寶顔堂本補「十」字。廣記、寶顔堂本、詳節此下有「及賊登壘」四字。

〔三〕「昔有愚人」至「之流也」：五十四字通鑑考異無，據廣記、寶顔堂本、明抄本、顧本、丁本、詳節補。「選」，廣記沈本上有「赴」字。「今」，寶顔堂本作「尚」，明抄本、顧本、丁本、詳節作「子」，廣記沈本作「猶」。

**二八一、唐姜師度好奇詭。爲滄州刺史兼按察，造槍〔一〕車運糧，開河築堰，州縣鼎沸。於魯城界内種稻置〔二〕屯，穗蟹食盡〔三〕，又〔四〕差夫打蟹。苦之，歌曰：「鹵地抑〔五〕種稻，一概被水沫〔六〕。年年索蟹夫，百姓不可活。」又爲陜州刺史，以永豐倉米運將別徵三錢，計以爲費。一夕，忽云得計，立注樓〔七〕，從倉建槽，直至於河，長數十〔八〕丈，而〔九〕令放米。其〔一〇〕不快處，具大把〔一一〕推之，米皆損耗，多爲粉末，兼風激揚，凡一函失米百〔一二〕石，而動即千萬數。遣典庾者償之，家産皆竭。復遣輸户自量，至有償數十斛者。甚害人，方停之。**太平廣記二五九、寶顔堂本二、明抄本四、顧本四、丁本四。

按：太平廣記沈本此條在卷二六三。

〔一〕槍：寶顔堂本、廣記沈本作「搶」。

〔二〕置：明抄本、顧本、丁本、廣記沈本作「致」。

〔三〕穗蟹食盡：全唐詩八七四引作「蟹食穗盡」，疑是。

〔四〕又：廣記孫本、沈本作「各」。

〔五〕鹵地抑：廣記談本作「魯地一」，張校據廣記沈本、寶顔堂本改，明抄本、顧本、丁本亦同，張校所改是，今從之。

〔六〕沫：顧本、丁本作「没」。

〔七〕樓：明抄本、顧本、丁本作「按」。

〔八〕十：廣記談本作「千」，據顧本、廣記沈本改。數千丈過長，與實際不合。

〔九〕而：廣記沈本無。

〔一〇〕其：廣記沈本下有「中」字。

〔一一〕把：寶顏堂本、明抄本、顧本作「杷」。

〔一二〕百：廣記沈本作「數」，疑是。

二八二、唐岐王府參軍石惠泰〔一〕與監察御史李全交詩曰：「御史非長任，參軍不久居。待君遷轉後，此職還到余。」因競放牒往來，全交爲之〔二〕判十餘紙以報之〔三〕，乃假手於拾遺張九齡。太平廣記二五九、寶顏堂本二、明抄本四、顧本四、丁本四。

按：太平廣記沈本此條在卷二六三。

〔一〕石惠泰：寶顏堂本、明抄本作「石惠恭」。

〔二〕之：明抄本、顧本、丁本、廣記沈本無。

〔三〕之：寶顏堂本、明抄本、顧本、丁本、廣記沈本無。

二八三、唐御史中丞李謹度，宋璟引致之。遭母喪，不肯舉發哀〔一〕，訃到皆匿之。官寮苦其無用，令本貫瀛州申謹度母死，尚書省牒御史臺，然後哭。其庸猥皆此類也。太平廣記二五九、太平廣記詳節二一、寶顏堂本二、明抄本四、顧本四、丁本四。

按：太平廣記沈本此條在卷二六三。

〔一〕舉發哀：顧本作「舉哀」，廣記沈本作「舉□哀」，空闕一字。「舉哀」「發哀」爲詞，史籍多見，然無「舉發哀」連用之例，疑「舉」「發」二字中有一爲衍文，或原作「發喪舉哀」之類四字詞語，偶脱一字，後人不明其義而誤改爲「舉發哀」。

二八四、唐王怡爲中丞〔一〕，憲臺之穢。姜晦爲掌選侍郎〔二〕，吏部之穢〔三〕。崔泰之爲黄門侍郎，門下之穢。號爲「京師三穢」。太平廣記二五九、海録碎事一一下、寶顔堂本二、明抄本四、顧本四、丁本四。四庫本實賓録四載此事。

〔一〕中丞：海録、四庫本實賓録作「御史中丞」，疑僉載原本「中丞」上當有「御史」二字。

〔二〕掌選侍郎：海録、四庫本實賓録作「吏部侍郎」。

〔三〕吏部之穢：海録、四庫本實賓録作「銓衡之穢」。

二八五、唐楊滔〔一〕爲〔二〕中書舍人，時〔三〕促命制敕〔四〕，令史〔五〕持庫鑰〔六〕他適，無舊本撿尋〔七〕，乃斲窗取得之〔八〕。時人號爲〔九〕「斲窗舍人」。太平廣記二五九、太平廣記詳節二一、海録碎事一一上、宋本施顧注東坡先生詩一四、紺珠集三、明抄本實賓録四、説郛三實賓録、錦繡萬花谷前集一一、古今合璧事類備要後集二二、古今事文類聚遺集七。

〔一〕楊滔：廣記談本作「陽滔」，注東坡先生詩、合璧、事文作「楊滔」，舊唐書六二楊恭仁傳載其弟楊續孫執柔「子滔，開元中官至吏部侍郎、同州刺史」，五〇刑法志載開元六年玄宗敕令刪定開元後格人員有「户部侍郎楊滔」，時代相近，當爲同一人，其姓氏當以作「楊」爲是，今據注東坡先生詩、事文及舊唐書楊恭仁傳改。

〔二〕爲：實賓録作「任」。

〔三〕時：實賓録作「才力既疏殊不稱職一日」，較廣記引文更詳，疑爲僉載原貌。

〔四〕制敕：實賓録作「制詞」，海録、注東坡先生詩、萬花谷、紺珠集作「草制」。

〔五〕令史：海録、注東坡先生詩、萬花谷、紺珠集作「而吏」。

〔六〕庫鑰：注東坡先生詩、海録、萬花谷、紺珠集作「門鑰」。

〔七〕無舊本撿尋：寶顔堂本作「無舊本撿視」，明抄本實賓録作「無由得本檢尋」，説郛三引實賓録作「無由檢尋」，海録、紺珠集作「無舊本檢視」，注東坡先生詩作「無舊本可檢」。

〔八〕取得之：實賓録作「以取」，注東坡先生詩、海録、萬花谷、紺珠集作「取之」，合璧、事文作「取得本」，實賓録下又有「物議誼然」四字。

〔九〕時人號爲：注東坡先生詩、海録、紺珠集、明抄本實賓録、合璧、萬花谷、事文作「時號」。

**二八六、唐國子進士〔一〕辛弘智詩云：「君爲河邊草，逢春心剩生。妾如臺上鏡，得照〔二〕始分明。」同房學士〔三〕常定宗爲〔四〕改「始」字爲「轉」字，遂爭此詩，皆云我作。乃下牒，見博士羅道琮〔五〕，判云：「昔五字定表，以理切稱奇；今一言競詩，取詞多爲主。詩歸弘智，『轉』還定宗。以狀牒知，任爲公驗〔六〕。」**太平廣記二五九、類説四〇、後村先生大全集一七九後村詩話續集、寶顔堂本二、明抄本四、顧本四、丁本四。唐詩紀事三五載此事。

按：太平廣記沈本此條在卷二六三。

〔一〕國子進士：廣記談本作「國子祭酒」，據廣記沈本、紀事、後村詩話、寶顔堂本、明抄本、顧本、丁本改。新唐書四八百官志載：「廣文館，博士四人，助教二人。掌領國子學生業進士者。」

〔二〕得照：廣記談本倒作「照得」，據廣記沈本、寶顔堂本、明抄本、顧本、丁本、紀事、類説、後村詩話乙。

〔三〕學士：紀事、後村詩話無。

〔四〕爲：紀事、類説、後村詩話無。

〔五〕羅道琮：廣記談本作「羅道宗」，寶顔堂本、明抄本、顧本、丁本作「羅爲宗」，據紀事、後村詩話及舊唐書一八九上儒學羅道琮傳改。

〔六〕公驗：廣記談本「公」下衍「之」字，張校據廣記孫本、廣記沈本刪，明抄本、顧本、丁本、紀事亦無「之」字，張校所删是，今從之。

**二八七、唐張狗兒**〔一〕**，亦名懷慶，愛偷人文章。爲**〔二〕**冀州棗强尉，才士製述，多翻用之，時爲之語曰：「活剝王昌齡**〔三〕**，生吞郭正一。」諒不誣也。**說郛二、後村先生大全集一七九後村詩話續集。大唐新語一三載此事。

大唐新語一三載：李義府嘗賦詩曰：「鏤月成歌扇，裁雲作舞衣。自憐迴雪影，好取洛川歸。」有棗强尉張懷慶好偷名士文章，乃爲詩曰：「生情鏤月成歌扇，出意裁雲作舞衣。照鏡自憐迴雪影，來時好取洛川歸。」人謂之曰：「活剥王昌齡，生吞郭正一。」

按：後村詩話引此事次章弘智事後，下張易之、上官昭容、賀蘭敏之三事次章弘智事前，事均相類，今併置於此。

〔一〕張狗兒：後村詩話作「張苟兒」。

〔二〕爲：說郛作「與」，大唐新語云「有棗强尉張懷慶」，是此棗强尉即張懷慶本人，非有他人，「與」字當誤，今據文意改作「爲」。

〔三〕王昌齡：說郛作「張昌齡」，據後村詩話、大唐新語改。

**二八八、張易之、昌宗目不識字，手不解書，謝表及和御製皆諂附者爲之。所進三教珠英，乃崔融、張說**〔一〕**輩之作，而易之竊名爲首。**後村先生大全集一七九後村詩話續集。

〔一〕張說：後村詩話續集作「張悦」，誤，舊唐書九七張說傳載其「長安初，預修三教珠英畢」，今據改。

**二八九、逆韋詩什，並上官昭容所製。昭容，上官儀孫女，博涉經史，研精文筆，班婕妤、左嬪無以加。**後村先生大全集一七九後村詩話續集。

**二九〇、賀蘭敏之爲封東岳碑，張昌齡所作也。劉子書，咸以爲劉勰所撰，乃渤海劉晝所製。晝無位，博學有才，竊取其名，人莫知也。**後村先生大全集一七九後村詩話續集。

**二九一、唐逸士殷安，冀州信都人。謂薛黄門曰：「自古聖賢〔一〕，數不過五人。伏羲〔二〕八卦，窮天地之旨，一也。」乃屈一指。「神農植百穀，濟萬人之命，二也。」乃屈二指。「周公制禮作樂，百代常行，三也。」乃屈三指。「孔子前知無窮，卻〔三〕知無極，拔乎其萃，出乎其類，四也。」乃屈四指。「自此〔四〕之後〔五〕，無屈得〔六〕指者。」良久乃曰：「並我〔七〕五也。」遂屈五指〔八〕。而跆籍〔九〕卿相。男徵諫曰：「卿相尊重，大人稍敬之。」安曰：「汝亦堪爲宰相。」徵曰：「小子何敢？」安曰：「汝肥頭大面，不識今古，噇**徒江切。**食無意智〔一〇〕，不作宰相而何？」其輕物也皆此類。**太平廣記二六〇、太平廣記詳節二一、類説四〇、紺珠集三。

〔一〕聖賢：廣記沈本、詳節、類説作「賢聖」，紺珠集正文作「聖賢」，然條目作「賢聖」，疑當作「賢聖」。

〔二〕伏羲：廣記沈本下有「畫」字，類説、紺珠集下有「以」字。

〔三〕卻：張校據廣記沈本改作「後」，然詳節、類説、紺珠集均作「卻」，「卻」字與上句「前」字義相對可通，蓋後人以其不經見而妄改爲「後」字。

〔四〕此：類説、紺珠集作「是」。

〔五〕後：詳節作「外」。

〔六〕得：類説、紺珠集下有「安」字。

〔七〕我：詳節、類説、紺珠集作「安」。

〔八〕五指：類説下有「其不遜如此」五字，紺珠集作「不遜如此」。

〔九〕跆籍：廣記談本作「疏籍」，據詳節改。六臣注文選四七東方朔畫贊「跆籍貴勢」張銑注云「跆籍，猶殘暴也，言不畏貴勢之士也」。

〔一〇〕無意智：張校據廣記孫本、廣記沈本改作「無意志」。按，廣記談本作「無意智」可通，寒山詩云：「水浸泥彈丸，方知無意智。」長短經一注云：「蜣蜋鼻，少意智人也。」「耳孔小而節骨曲戾者，無意智人也。」均指人之愚蠢，與殷安語合。張校所改恐非，今仍從廣記談本。

**二九二、唐有士人姓方，好矜門地〔一〕，但姓方貴人，必認爲親。或〔二〕戲之曰：「豐邑公相何親？」遽曰：「再從伯父。」戲者笑曰：「既是方相姪，只堪嚇鬼。」豐邑坊〔三〕，造凶器出賣所〔四〕。**

古今合璧事類備要續集二六，類説四〇，紺珠集三，古今事文類聚後集一。太平廣記二六〇引啟顔録、兩京新記輯校三載此事。

太平廣記二六〇引啟顔録載：唐有姓房人，好矜門地，但有姓房爲官，必認云親屬。知識疾其如此，乃謂之曰：「豐邑公相，豐邑坊在上都，是凶肆，出方相也。是君何親？」曰：「是某乙再從伯父。」人大笑曰：「君既是方相姪兒，只堪嚇鬼。」

兩京新記輯校三豐邑坊載：此坊多假賃方相轜車送喪之具。武德中，有一人姓房，好自矜門閥，朝廷衣冠，皆認以爲近屬。有一人惡其如此，設便折之。先問周隋間房氏知名者，皆云是從祖從叔。次曰：「豐邑公相與公遠近？」亦云是族叔。其人大笑曰：「公是方相侄兒，只可嚇鬼，何爲誑人！」自是大愧，遂無矜誑矣。

按：太平廣記二六〇引啟顔録所載姓房人事與僉載此事略同，僉載此條亦當屬此類，故據之輯入此處。

〔一〕門地：類説、事文作「門第」。

〔二〕或：合璧續集二作「戚」，連上「親」字爲句，據合璧續集六、紺珠集改。類説、事文作「親戚或」，亦有「或」字。

〔三〕豐邑坊：合璧脱「邑」字，據類説、紺珠集、事文補。事文上又有「蓋」字。按，兩京新記輯校三有「豐邑坊」。

〔四〕所：類説、紺珠集作「之所也」，事文作「之地」。

二九三、唐杭州參軍獨孤守忠領租船赴都，夜半急追集船人，更無他語，乃曰：「逆風必不得張帆。」衆大哂焉。太平廣記二六〇、太平廣記詳節二一、寶顏堂本二、明抄本四、顧本四、丁本四。

按：太平廣記沈本此條在卷二六四。

二九四、唐王熊爲澤州〔一〕都督，府〔二〕法曹斷略〔三〕粮賊，惟各〔四〕決杖一百，通判，熊曰：「總略幾人？」法曹曰：「略七人。」熊曰：「略七人〔五〕，合決七百。法曹曲斷，府司科罪。」時人哂之〔六〕。前尹正義爲都督公平，後熊來替。百姓歌曰：「前得〔七〕尹佛子，後得王癩獺〔八〕。判事驢咬瓜，喚人牛嚼鐵〔九〕。見錢滿面喜，無鑼從頭喝。常〔一〇〕逢餓夜叉，百姓不可活。」太平廣記二六〇、寶顏堂本二、明抄本四、顧本四、丁本四。錦繡萬花谷後集一二、翰苑新書前集五、古今事文類聚遺集一五載尹正義事。

按：太平廣記沈本此條在卷二六四。

〔一〕澤州：唐尚書省郎官石柱題名考一三疑爲「潭州」之誤，張説張燕公集六有岳州宴別潭州王熊詩，歷代名畫記一〇載：「王熊，官至潭州都督，嘗與張燕公唱和詩句，善湘中山水，似李將軍。」考兩唐書地理志，澤州無都督府，潭州爲中都督府，故王熊之爲都督，當爲潭州而非澤州，題名考所疑甚是。然萬花谷、事文載尹正義事已作「澤州」，則其誤已久。

〔二〕府：廣記沈本無。

〔三〕略：張校據寶顏堂本改作「掠」，下同，明抄本、顧本、丁本亦作「掠」。「略」「掠」二字均有掠奪之義，不必改字，今仍從廣記談本。

〔四〕惟各：廣記孫本作「准各」，廣記沈本作「准格」，明抄本作「任格」，顧本作「住格」，丁本作「位格」。疑當以廣記沈本作「准格」爲是，「准格」，即按照法律之義，蓋後人不明此義而誤改。

〔五〕熊曰略七人：五字廣記談本無，張校據廣記孫本、廣記沈本補，寶顔堂本、明抄本、顧本、丁本亦有此五字，張校所補是，今從之。

〔六〕之：明抄本、顧本、丁本作「曰」。

〔七〕得：萬花谷作「時」。

〔八〕癩獺：明抄本、顧本、丁本作「獺獺」。

〔九〕牛嚼鐵：張校據廣記孫本、廣記沈本及寶顔堂本改作「牛嚼沫」，明抄本、顧本、丁本亦同，即嚼舌吐沫，然與此上下文義不協。「嚼鐵」，有威嚴、剛猛之義，舊唐書一一四來瑱傳云「前後殺賊頗衆，咸呼瑱爲來嚼鐵」，弘明集一四釋寶林破魔露布文云「於是命將大勢之徒，簡卒金剛之類，茹金嚼鐵之夫，衝水蹈火之士」，皆是此義。僉載此處蓋指王熊之作威作福，疑廣記談本作「牛嚼鐵」義更優，今仍之不改。

〔一〕常：寶顔堂本、明抄本、顧本、丁本作「嘗」。

**二九五、王熊爲洛陽令，判婦人阿孟狀云：「阿孟身年八十，鬢髮早已滄浪。」**山谷外集詩注一。

按：山谷外集詩注一引此作「張鷟僉載補遺」。與前王熊事類，今附於此。

**二九六、唐冀州參軍麴崇裕送司功〔一〕入京詩曰：「崇裕有幸會，得遇明流〔二〕行。司士向京去，曠野哭聲哀。」司功曰：「大才士，先生其誰？」曰：「吴兒博士教此聲韻。」司功曰：「師明弟子哲。」**太平廣記二六〇、寶顔堂本二、明抄本四、顧本四、丁本四。

按：太平廣記沈本此條在卷二六四。

〔一〕司功：明抄本、顧本、丁本作「司士」。

〔二〕流：明抄本作「府」，顧本、丁本作「滿」。

二九七、唐滑州靈昌尉梁士會，官科鳥翎〔一〕，里正不送，舉牒判曰：「官喚鳥翎，何物里正，不送鳥翎。」佐使〔二〕曰：「公大好判，『鳥翎』太多。」會索筆曰：「官喚鳥翎，何物里正，不送雁翅〔三〕。」有識之士，聞而笑之。太平廣記二六〇、寶顏堂本二、明抄本四、顧本四、丁本四。

按：太平廣記沈本此條在卷二六四。

〔一〕鳥翎：廣記談本作「烏翎」，寶顏堂本、明抄本、顧本、丁本作「烏翎」，點校本元和郡縣志四靈州開元貢作「烏翎」，然明抄本元和郡縣志及太平寰宇記三六靈州均作「鳥翎」，新唐書三八地理志靈州貢作「白羽」，亦可證不作「烏翎」，當以作「鳥翎」爲是，今據諸書改，下同。

〔二〕使：廣記沈本作「吏」。

〔三〕雁翅：寶顏堂本作「烏翅」，明抄本、顧本、丁本作「烏翎」。

二九八、唐天授年，彭城劉誠之〔一〕粗險不調，高言庳語，凌上忽下，恐嚇財物，口無關鑰，妄説祅災。從萬年縣尉常彥瑋〔二〕索錢一百千，云：「我是劉果毅，當與富貴。」彥瑋進狀告之，上令二給使先入彥瑋房中，下簾，坐牕下聽之。有頃，誠之及盧千仞至，於廳上坐談話。彥瑋引之説國家長短，無所忌諱，給使一一紙筆抄之以進。上怒，令金吾捕捉，親問之，具承。遂腰斬誠之，千仞處絞，授彥瑋侍御史。太平廣記二六三。

〔一〕劉誠之：廣記二六七「元楷」條引僉載作「劉誠之」，唐大詔令集七三太極元年北郊赦云：「其十惡及劉誠之、胡太宰徒侶、官人受賍，並不在赦限。」册府八四載此赦文同，均作「劉誠之」。

〔二〕常彥瑋：廣記二六七「元楷」條引僉載同，册府九二二作「常彥偉」，唐御史臺精舍題名作「常彥暐」，題名考一云：

「『暐』當作『瑋』。」

二九九、唐老三衛宗玄成，邢州南和人，祖齊黄門侍郎。玄成性粗猛，禀氣兇豪，凌轢鄉村，横行州縣。紀王爲邢州刺史，玄成與之抗行。李備爲南和令，聞之，每降階引接，分庭抗禮，務在招延，養成其惡。屬河朔失稔，開倉賑給，玄成依勢，作威鄉墅，彊乞粟一石。備與客對，不命，玄成乃門外揚聲，奮臂直入。備集門内典正一百餘人，舉牒推窮，彊乞是實。初令項上著鏁，後卻鏁上著枷，文案既周，且決六十，杖下氣絶，無敢言者。太平廣記二六三。

三〇〇、孟神爽，揚州人，禀性狼戾，執心鴆毒。巡市索物，應聲即來；入邸須錢，隨口而至。長史、縣令，高揖待之；丞尉、判司，頷之而已。張潛爲揚州刺史，聞其暴亂，遣江都縣令店上捉來，拖入府門，高聲唱「速付法曹李廣業推鞫」，密事並虚，准敕決百，杖下卒。太平廣記二六三。

三〇一、則天之廢廬陵也，飛騎十餘人於客户坊同飲，有一人曰：「早知今日無功賞，不及〔二〕扶竪廬陵。」席上一人起出，北門進狀告之。席未散，並擒送羽林〔三〕，鞫問皆實。告者授五品，言者斬，自餘知反不告，坐絞。太平廣記二六三。資治通鑑二〇三載此事。

資治通鑑二〇三嗣聖元年載：有飛騎十餘人飲於坊曲，一人言：「曏知別無勳賞，不若奉廬陵。」一人起出，詣北門告之，座未散，皆補得，繫羽林獄。言者斬，餘以知反不告，皆絞，告者除五品官。

按：廣記一六三「飲酒令」條引僉載「及天后永昌中，羅織事起，有宿衛十餘人於清化坊飲，爲此令。此席人進狀告之，十人皆棄市。自後廬陵徙均州，則『子母相去離』也」事，與此相類，疑爲同事異傳。

〔一〕不及：張本改作「不如」，未言所據，通鑑作「不若」。

〔二〕羽林：通鑑下有「獄」字，是，僉載下疑脱。

三〇二、周令史韓令珪耐羞恥，厚貌彊梁，王公貴人，皆呼次第，平生未面，亦彊干之。曾選，於陸元方下引銓。時舍人王勮奪情，與陸同廳而坐。珪佯驚曰：「未見王五。」勮便降階憫默〔一〕，令珪嚬眉蹙刺，相慰而去。陸與王有舊，對面留住，問勮是誰，莫之識也。後嚇人事敗，於朝堂決杖，遥呼河内王曰：「大哥何不相救？」懿宗目之曰：「我不識汝。」催杖苦鞭，杖下取死。太平廣記二六三。

按：唐語林五載：「景龍初，有韓令珪起自細微，好以行第呼朝士。尋坐罪，爲姜武略所按，以枷錮之。乃謂：『姜五，公名流，何故遽行此？』姜武略應曰：『且抵承曹大，無煩喚姜五。』」校證云「不知原出何書」，此事與僉載相類，疑或爲僉載佚文，爲廣記所遺。

〔一〕降階憫默：廣記談本作「降皆憫默」，張校據廣記黄本、四庫本改作「降階憫然」，「皆」爲「階」字之誤，然「憫默」本自可通，恐廣記談本不誤，今據廣記黄本、四庫本改「皆」爲「階」，「憫默」仍從廣記談本。

三〇三、唐李宏，汴州浚儀人也，兇悖無賴，狠戾不仁。每高鞍壯馬，巡坊歷店，嚇庸調租船綱典，動盈數百貫，彊貸商人巨萬，竟無一還。商旅驚波，行綱側膽。任正理〔一〕爲汴州刺史，上十〔二〕餘日，遣〔三〕手力捉來，責情決六十，杖下而死。工商客生，酣飲相歡，遠近聞之，莫不稱快。太平廣記二六三。

〔一〕任正理：唐刺史考全編五五據元和姓纂五四西河任氏載「昭理，汴州刺史」疑即僉載此人，其爲汴州刺史在開元七、八年左右。

〔二〕十：廣記談本作「下」，張校據廣記黄本、四庫本改，較合文意，今從之。

〔三〕遣：廣記談本作「遺」，不合文意，據廣記黄本、四庫本改。

三〇四、唐長孫昕，皇后之妹夫，與妻表兄〔一〕楊仙玉乘馬二十餘騎，並列〔二〕爪撾〔三〕，於街中行。御史大夫李傑在坊内參姨母，僮僕在門外。昕與仙郎使奴打傑左右，傑出來，並波〔四〕頓。須臾，金吾及萬年縣官並到，送縣禁之。昕妻父王開府將二百騎劫昕等去，傑與金吾、萬年以狀聞上，奉敕斷昕殺，積杖至數百而卒。太平廣記二六三。舊唐書八玄宗本紀、册府元龜一五二載此事。

舊唐書八玄宗本紀載：（開元）四年春正月癸未，尚衣奉御長孫昕恃以皇后妹壻，與其妹夫楊仙玉毆擊御史大夫李傑，上令朝堂斬昕以謝百官。以陽和之月不可行刑，累表陳請，乃命杖殺之。

册府元龜一五二載：（開元）四年正月癸未，皇后妹壻尚衣奉御長孫昕與其妹壻楊仙玉於里巷間毆擊御史大夫李傑。初，昕以細故，與傑不協，自負懿戚，遂肆其豪縱辱之。即日，傑上表自訴，曰：「髮膚見毀，雖則痛心；冠冕被淩，誠爲國辱。」帝大怒，令於朝堂斬昕等。左散騎常侍馬懷素以陽和之月不可行刑，累表陳諫。乃下詔曰：「……即宜決殺，以謝百寮。」

〔一〕妻表兄：舊唐書玄宗本紀作「妹夫」，册府作「妹壻」，疑張鷟記憶有誤。

〔二〕並列：廣記談本空闕，張校據廣記黄本、四庫本補，今姑從之。

〔三〕爪撾：汪本、張本、李本均録作「瓜撾」，然義較費解，廣記談本實作「爪撾」。撾爲兵器，其形似爪，疑「爪」爲後人注音於「撾」之旁，衍入正文者。據此，上文所補「並列」二字恐非僉載原貌，今存疑。

〔四〕波：李校云：「疑當作『被』。」

三〇五、張易之兄弟驕貴，彊奪莊宅、奴婢、姬妾不可勝數。昌期於萬年縣街内行，逢一女人，壻抱兒相逐。昌期馬鞭撥其頭巾，女婦駡之，昌期顧謂奴曰：「横馱將來。」壻投匭三四狀，並不出。昌期捉送萬年縣，誣以他罪，決死之。昌儀常謂人曰：「丈夫當如此：今時千人推我不能倒；及其敗也，萬人擎我不能起。」俄而事敗，兄弟俱斬。太平廣記二六三。

三〇六、唐邢州刺史權懷恩無賴，除洛州長史，州差參軍劉犬子迎至懷州，路次拜，懷恩突過，不與語，步趁二百餘步，亦不遣乘馬。犬子覺不似，乃自上馬馳之。至驛，令脱靴訖，謂曰：「洛州幾箇參軍？」對曰：「正員六人，員外一人。」懷恩曰：「何得有員外？」對曰：「餘一員，遣與長史脱靴。」懷恩驚曰：「君誰家兒？」對曰：「阿父爲僕射。」懷恩憮然而去。僕射，劉仁軌〔一〕。謂曰：「公草裹刺史，至神州，不可以造次。參軍雖卑維，豈可令脱靴耶？」懷恩慙，請假不復出。旬日，爲益州刺史〔二〕。太平廣記二六三、紺珠集三。

〔一〕僕射劉仁軌：舊唐書八四劉仁軌傳：「上元二年，拜尚書左僕射、同中書門下三品，兼太子賓客，依舊監修國史。」此接劉犬子「阿父爲僕射」語之後，蓋即釋「僕射」爲何人，汪本、張本、趙本、李本均與下「謂曰」連讀，恐非。下文「謂曰」之人，亦恐非劉仁軌，而當爲另一人，疑「僕射劉仁軌」與「謂曰」之間有脱文，遂致連上「僕射劉仁軌」而讀。紺珠集亦作「僕射劉仁軌曰」，是其所見本已如此，或廣記節取文字有誤。

〔二〕旬日爲益州刺史：據舊唐書一八五良吏權懷恩傳，權懷恩爲益州大都督府長史前曾爲宋州刺史，且載其赴宋州任時與汴州刺史楊德幹言語之事，其爲益州大都督府長史之間恐非「旬日」所能容，疑張鷟記憶有誤。

三〇七、唐洛陽丞宋之遜，太常主簿之問弟，羅織殺駙馬王同皎。初，之遜諂附張易之兄弟，出爲兗州司倉，遂亡而〔一〕歸，王同皎匿之於小房。同皎，慷慨之士也，忿逆韋與武三思亂國，與一二所親論之，每至切齒。之遜於簾下竊聽之，遣姪曇上書告之，以希逆〔二〕韋之旨。武三思等果大怒，奏誅同皎之黨。兄弟並授五品官，之遜爲光禄丞，之問爲鴻臚丞，曇爲尚衣奉御〔三〕。天下怨之，皆相謂曰：「之問等緋衫，王同皎血染也。」誅逆韋之後，之遜等長流嶺南。太平廣記二六三、太平廣記詳節一一、資治通鑑考異一二。

〔一〕而：通鑑考異無。
〔二〕逆：廣記談本無，據通鑑考異補。
〔三〕尚衣奉御：詳節作「尚乘奉御」。

三〇八、客謂浮休子曰：「來俊臣之徒如何？」對曰：「昔有師子王，於深山獲一豺，將食之，豺曰：『請爲王送二鹿以自贖。』師子王喜。周年之後，無可送。王曰：『汝殺衆生亦已多，今次到汝，汝其圖之。』豺默然無應，遂齕殺之。俊臣之輩，何異豺也！」太平廣記二六三。

按：太平廣記二六三本條原與上條連爲同一條，然所論皆爲來俊臣事，與上條所載宋之遜事不涉，疑爲僉載某一門之結語，附此條之後，非僅爲宋之遜事而發。今分列。

三〇九、周御史彭先覺，無面目。如意年中，斷屠極急，先覺知巡事。定鼎門草車翻，得兩羫羊，門家告御史。先覺進狀，奏請合宮尉劉緬專當屠，不覺察，決一頓杖，肉付南衙官人食。緬惶恐，縫新褌待罪。明日，則天批曰：「御史彭先覺奏決劉緬，不須，其肉乞緬喫卻。」舉朝稱快。先覺於是乎慙。太平廣記二六三。

三一〇、如意年中〔一〕，斷屠極切，左拾遺〔二〕張德妻誕一男，私〔三〕宰一口羊以爲三日〔四〕，命諸遺、補。杜肅〔五〕私囊〔六〕一餤肉，進狀告之。至明日，對仗〔七〕前，則天謂張德曰：「卿〔八〕妻誕一男，大歡〔九〕喜。」德拜謝。則天曰：「雖〔一〇〕然，何處得肉？」德叩頭稱死罪。則天曰：「朕斷屠，吉凶不禁。卿〔一一〕命客，亦須擇交。無賴之人，不須共事。」乃〔一二〕出肅狀以示之。肅流汗浹背，舉朝〔一三〕唾其面。太平廣記二六三、太平廣記詳節一一。資治通鑑二〇五、續世説一二載此事。

資治通鑑二〇五如意元年載：五月丙寅，禁天下屠殺及捕魚蝦。江淮旱，饑，民不得采魚蝦，餓死者甚衆。右拾遺張德，生男三日，私殺羊會同僚，補闕杜肅懷一餤，上表告之。明日，太后對仗，謂德曰：「聞卿生男，甚喜。」德拜謝。太后曰：「何從得肉？」德叩頭服罪。太后曰：「朕禁屠宰，吉凶不預。然卿自今召客，亦須擇人。」出肅表示之。肅大慚，舉朝欲唾其面。

按：太平廣記此條原不注出處，寳顔堂本亦未輯，然太平廣記詳節二一引此事注「出朝野僉載」，今據之輯録。

〔一〕如意年中：廣記談本作「□□□」，據詳節補。張校據廣記黄本、廣記四庫本補作「周長壽」，恐爲後人所補，不可據。通鑑載此事在如意元年，證詳節是。

〔二〕左拾遺：通鑑、續世説作「右拾遺」。

〔三〕私：廣記談本作「秘」，據詳節改。

〔四〕以爲三日：廣記談本作「□□□日」，據詳節補。張校據廣記黄本、廣記四庫本補作「宴客其日」，恐非。唐人例於新生兒出生後三日浴兒，並舉行宴會慶典，如明皇雜録上載「玉龍子，太宗於晉陽宫得之，文德皇后常置之衣箱中，及大帝載誕之三日，后以朱絡衣褓並玉龍子賜焉」，廣記黄本、廣記四庫本當爲後人不明唐人此俗而臆補，不可據。

〔五〕杜肅：通鑑、續世説上有「補闕」二字。

〔六〕囊：詳節作「裹」，疑是。

〔七〕對仗：廣記談本作「□□」，據詳節補。通鑑、續世説作「太后對仗」，與詳節合。張校據廣記黄本、廣記四庫本補作「在朝」，當出後人臆補。

〔八〕卿：廣記談本作「郎」，據詳節、通鑑、續世説改。另，通鑑、續世説「卿」上有「聞」字，疑是。

〔九〕歡：廣記談本作「觀」，據詳節、廣記黄本、廣記四庫本改。

〔一〇〕曰雖：廣記談本作「□□□」，據詳節補，張校據廣記黄本、廣記四庫本補作「又謂曰」，不可據。

〔一一〕禁卿：廣記談本作「□□」，據詳節補，張校據廣記黄本、廣記四庫本補作「預卿」，不可據。通鑑、續世説作「吉凶不預卿自今召客」，雖與張校所補同，然恐爲偶合，蓋史家變文，非僉載原貌。

〔一二〕事乃：廣記談本作「聚集」，據詳節改。蓋廣記傳本原闕二字，後人臆補，詳節所存當爲原貌。

〔一三〕朝：詳節同，通鑑、續世説下有「欲」字。

**三一一、唐衢州盈川縣令楊炯，詞學優長，恃才簡倨**〔一〕**，不容於時。每見朝官，目爲「麒麟楦」。**許怨反〔二〕。**人問其故，楊曰：「今餔樂假弄麒麟者，刻畫頭角，修飾皮毛，覆之驢上，巡場而走。及脱皮褐**〔三〕**，還是驢焉**〔四〕**。無德而衣朱紫者，與驢覆麟皮何別矣**〔五〕**。」**太平廣記二六五、太平廣記詳節二二、類説四〇、紺珠集三、海録碎事一一下、錦繡萬花谷前集二〇、山谷外集詩注三、後山詩注四、古今合璧事類備要前集四〇、明抄本實賓録、説郛三實賓録。四庫本實賓録八載此事

按：此處文字據張校所録太平廣記談刻本後印本（汪校稱「初印本」），與黄本、四庫本同，談刻本「最後印本」文字作：「楊炯，華陰人。幼聰敏博學，以神童舉。與王勃、盧照鄰、駱賓王齊名。嘗謂人曰：『吾愧在盧前，恥居王後。』當時以爲然。拜校書郎，爲崇文館學士。則天初，坐事左轉梓州司法參軍。秩滿，授盈川令。炯爲政殘酷，人吏動不如意，輒榜殺之。又所居府舍，多進士亭臺，皆書牓額，爲之美名，大爲遠近所笑。」張校考其出處爲舊唐書楊炯傳。此與太平廣記專取小説之體例不合，當非廣記原文，卷首談愷識語云：「余聞藏書家有宋刻，蓋闕七卷云。其三卷，余考之得十之七，已付之梓；其四卷，僅十之二三。」本卷「劉祥」「劉孝綽」「許敬宗」「崔湜」「杜審言」等分別出南齊書、梁書、舊唐書、新唐書、新唐書，當爲談愷據卷首條目所補。類説、紺珠集、山谷外集詩注、後山詩注、古今合璧事類備要引此事均作「朝野僉載」，文字與談刻「後印本」一致，當爲廣記原貌，今據之輯録。

〔一〕倨：山谷外集詩注作「傲」。

〔二〕許怨反：廣記談本作「許怒反」，據詳節改。汪本作「許怨」，爲正文，趙本輯録據之，此當爲注「楦」字之音，汪本、趙本脱「反」字，且誤作正文。

〔三〕脱皮褐：詳節作「脱褐」，類説、紺珠集、海録、萬花谷作「去其皮」，山谷外集詩注作「脱去皮褐」。

〔四〕驢焉：廣記談本作「驢馬」，據詳節、海録改。類説、紺珠集、山谷外集詩注、後山詩注作「驢耳」，萬花谷作「驢爾」，「耳」「爾」均爲助詞，亦可證。

〔五〕與驢覆麟皮何别矣：海録作「與覆麟皮者何别」，類説、紺珠集、後山詩注、萬花谷作「何以異是」，山谷外集詩注作「與此何異」，四庫本實賓録作「與覆麒麟皮何以異」。

**三一二、後趙石勒將麻秋者，太原胡人也，植性虓險鴆毒〔一〕。有兒啼，母輒恐之「麻胡來」，啼聲絶。至今以爲故事。** 太平廣記二六七、太平廣記詳節二二、事物紀原一〇、野客叢書二二、類説四〇。

〔一〕植性虓險鴆毒：野客叢書作「暴戾好殺國人畏之」。

**三一三、北齊南陽王入朝，上問何以爲樂，王曰：「放蠍〔一〕最樂。」遂收蠍，一宿得五斗，置大浴斛中，令一兵〔二〕脱衣而入，被蠍螫死〔三〕，宛轉號叫，苦痛不可言，食頃而死。帝與王看之極喜〔四〕。** 太平廣記二六七、太平廣記詳節二二、寶顔堂本二、明抄本二、顧本二、丁本二。北齊書一二南陽王綽傳載此事。

〔一〕放蠍：廣記談本作「致蠍」，張校據廣記孫本、廣記沈本改，詳節、明抄本、顧本、丁本亦作「放蠍」，張校所改當是，今從之。

〔二〕兵：廣記談本作「人」，據明抄本、顧本、丁本、詳節改。

〔三〕螫死：廣記談本作「所螫」，據寶顔堂本、明抄本、顧本、丁本、廣記沈本、詳節改，蓋後人以「螫死」與下文「食頃而死」重複而改作「所蜇」。

〔四〕極喜：廣記孫本、廣記沈本、詳節、寶顔堂本無，顧本、丁本闕二字，北齊書云「帝與綽臨觀，喜噱不已」，紀事與僉載同，亦云「喜噱不已」，廣記談本有「極喜」二字或有所據。

三一四、隋末荒亂，狂賊朱粲起于襄、鄧間。歲飢，米斛萬錢，亦無得處，人民相食。粲乃驅男女小大仰一大銅鍾，可二百石，煮人肉以餧賊。生靈殲于此矣。太平廣記二六七、寶顏堂本二、明抄本二、顧本二、丁本二。

按：太平廣記談刻本此條原不注出處，孫本、沈本作「朝野僉載」，是，今據之輯録。

三一五、周恩州刺史陳承親〔一〕，嶺南大首領也，專使子弟兵刼江。有一縣令從安南來，承親憑買二婢，令有難色。承親每日重設，邀屈甚殷勤。送別江亭，即遣子弟兵尋後〔二〕刼殺，盡取財物，將其妻及女至州，妻叩頭求作婢，不許，亦縊殺之，取其女。前後〔三〕官人家過，承親禮遇厚者，必隨後刼殺，無有免者〔四〕。太平廣記二六七、寶顏堂本二、明抄本二、顧本二、丁本二。

〔一〕恩州刺史陳承親：大唐故康州刺史陳君（承親）墓誌僅載陳承親爲康州刺史，未載恩州刺史，疑張鷟記憶有誤。

〔二〕尋後：廣記談本作「從後」，張校據廣記孫本、廣記沈本及寶顏堂本改，明抄本、顧本、丁本同，張校所改當是，今從之。「尋後」，義同「尋」，如廣記一四八引僉載張嘉福事云「有敕所至處斬之。尋有敕放」，册府元龜一七二載此事云「牒令禁錮，司法遽殺之。尋後敕放於嶺表」。

〔三〕前後：明抄本、顧本、丁本、廣記沈本作「承前」，疑是。

〔四〕有免者：寶顏堂本作「人得免」，明抄本、顧本、丁本、廣記孫本、廣記沈本作「人免之」，疑是。

三一六、周〔一〕杭州臨安尉薛震好食人肉。有債主及奴詣臨安，止〔二〕於客舍，遂飲之醉，並殺之〔三〕，水銀〔四〕和煎，並骨銷〔五〕盡。後又欲食其婦，婦知之，踰牆而遁〔六〕，以告縣令〔七〕，縣令詰之，具得其情〔八〕，申州，録事奏，奉敕杖一百而死〔九〕。

太平廣記二六七、説郛二、南村輟耕録九、寶顏堂本二、明抄本二、顧本二、丁本二。

〔一〕周：輟耕録作「武后時」。

〔二〕止：廣記談本無，據説郛、輟耕録補。

〔三〕遂飲之醉並殺之：廣記談本作「遂飲之醉殺而臠之」，據説郛、輟耕録改。明抄本、顧本、丁本作「遂殺之」，廣記沈本作「遂飲之□□□□」，空闕四字，與説郛、輟耕録恰合，廣記談本當爲後人臆補。

〔四〕水銀：廣記談本下有「以」字，據明抄本、顧本、廣記沈本、説郛、輟耕録删。丁本空闕。

〔五〕銷：廣記談本作「消」，據廣記沈本、寶顔堂本、明抄本、顧本、丁本、説郛、輟耕録改。

〔六〕婦知之逾牆而遁：廣記談本作「婦覺而遁」，寶顔堂本作「婦覺而遁之」，明抄本作「已而遁告」，顧本、廣記沈本作「□□而遁」，丁本作「□而遁□」，説郛、輟耕録作「婦知之逾牆而遁」，事理明晰，當爲僉載原貌，今據改，廣記談本所據底本當有脱文，後人臆補。

〔七〕以告縣令：四字廣記談本無，致下文「縣令詰得其情」句突兀，廣記沈本空闕三字，今據説郛、輟耕録補。

〔八〕詰之具得其情：廣記談本作「詰得其情」，沈本作「詰具」，寶顔堂本、明抄本、顧本、丁本作「詰具得其情」，均有不同，説郛、輟耕録作「詰之具得其情」，文意完具，廣記沈本、寶顔堂本、明抄本、顧本、丁本均有「具」字，疑廣記原本如此，因「具」「其」二字形近，抄寫脱漏作「詰其情」或「詰具情」，後人校刻爲補「得」字作「詰得其情」，轉失僉載原貌，今據説郛、輟耕録改正。

〔九〕一百而死：廣記談本作「殺之」，據廣記孫本、沈本、寶顔堂本、明抄本、顧本、丁本、説郛、輟耕録改。

**三一七、周嶺南首領〔一〕陳元光設客，令一袍袴行酒。光怒〔二〕，令曳出，遂殺之。須臾，爛煮以食諸客。後呈其二手，客懼，攫〔三〕喉而吐。**太平廣記二六七、寶顔堂本二、明抄本二、顧本二、丁本二。

按：太平廣記談刻本注出處作「摭言」，今本唐摭言無此事，當爲誤注，廣記沈本作「朝野僉載」，是，今據之輯補。

〔一〕領：廣記談本無，據寶顏堂本、明抄本、顧本補。
〔二〕光怒：按陳元光怒不知所由，疑廣記引文此上有脱漏。
〔三〕攫：廣記沈本上有「皆」字。

三一八、周瀛州刺史獨孤莊酷虐，有賊問不承，莊引前曰：「若健兒，一一具吐，放汝。」遂還巾帶，賊並吐之。諸官以爲必放。頃，莊曰：「將我作具來。」乃〔一〕一鐵鈎，長尺餘，甚銛利，以繩掛〔二〕於樹間。謂賊曰：「汝不聞健兒鈎下死？」令以胲鈎之，遣壯士掣其繩，則鈎出於腦矣。謂司法曰：「此法何如〔三〕？」答曰：「弔人〔四〕伐罪，深得其宜。」莊大笑。後莊左降施州刺史，染〔五〕病，唯憶人肉。部下有奴婢死者，遣人割肋下肉食之。歲餘卒。太平廣記二六七、寶顏堂本二、明抄本二、顧本二、丁本二。

〔一〕乃：明抄本、顧本、丁本、廣記沈本作「作」。
〔二〕掛：明抄本、顧本、丁本、廣記孫本、廣記沈本作「鉤」。
〔三〕如：廣記孫本、寶顏堂本、明抄本、顧本、丁本作「似」，當是。
〔四〕人：廣記談本作「民」，據明抄本、顧本、丁本、廣記孫本、廣記沈本改，蓋張鷟避唐太宗諱，後人回改。
〔五〕染：明抄本、丁本、廣記孫本、廣記沈本作「痛」，顧本作「疾」。

三一九、周推事使索元禮，時人號爲「索使」。訊囚作鐵籠頭，轂〔一〕呼角反〔二〕。其頭，仍加楔焉，多至腦裂髓出。亦〔三〕爲「鳳〔四〕晒翅」、「獼猴鑽火」等，以椽關手足而轉之，並研〔五〕骨至碎。亦〔六〕懸囚於梁下，以石縋頭。其酷法如此。元禮，故胡人，薛師之假父。後坐贓賄，流死嶺南〔七〕。太平廣記二六七、説郛二、古今説海説略部二〇、寶顏堂本二、明抄本二、顧本二、丁本二。新唐書二〇九酷吏索元禮傳、資治通鑑二〇三載此事。

新唐書二〇九酷吏索元禮傳載：爲推使。即洛州牧院爲制獄，作鐵籠鞏囚首，加以楔，至腦裂死。又横木關手足轉之，號「曬翅」。或紡囚梁上，縋石於頭。……薛懷義始貴，而元禮養爲假子，故爲后所信。後以苛猛，復受賕，后厭衆望，收下吏，不伏，吏曰：「取公鐵籠來！」元禮服罪，死獄中。

資治通鑑二〇三垂拱二年載索元禮訊囚事云：或以椽關手足而轉之，謂之「鳳皇曬翅」；或以物絆其腰，引枷向前，謂之「驢駒拔橛」；……或倒懸石縋其首，或以醋灌鼻，或以鐵圈轂其首而加楔，至有腦裂髓出者。

〔一〕轂：廣記談本作「鞷」，新唐書酷吏索元禮傳作「鞶」，通鑑作「轂」，舊唐書一八六酷吏索元禮傳云：「泥耳籠頭，枷研楔轂。」亦作「轂」，真大成校引玉篇革部、廣韻覺韻、龍龕手鏡殳部、通鑑胡注並釋「轂」爲「急束」，義較合，今據改。龍龕手鏡殸部：「鞷，苦角反，今作㲉。」司馬光類篇四下：「㲉，古祿切，器名，受三斗。又胡谷切，說文『盛觵巵』。一曰盡也。又㲉，篚器名。又轄角切，射具，所以盛雉。」均與此處義不合。

〔二〕呼角反：三字疑爲廣記注音，非僉載原文。

〔三〕亦：廣記談本作「又」，據明抄本、顧本、丁本、廣記沈本、説郛、古今説海改。

〔四〕鳳：通鑑下有「皇」字，廣記二六八「京師三豹」條引僉載亦作「鳳皇曬翅」，疑此「鳳」下脱「皇」字。

〔五〕研：廣記談本作「斫」，張校據廣記孫本、廣記沈本改，明抄本、丁本、説郛、古今説海亦作「研」，張校所改是，今從之。

〔六〕亦：廣記談本作「又」，據明抄本、顧本、丁本、廣記孫本、廣記沈本、説郛、古今説海改。

〔七〕流死嶺南：新唐書酷吏索元禮傳作「死獄中」。

**三二〇、周〔一〕來俊臣羅織人罪，皆先進狀，敕依奏，即〔二〕籍没。徐有功出死囚，亦先進狀，某人罪合免，敕依〔三〕，然後斷雪。有功好出罪，皆先奉進止，非是自專。張湯探人主之情，蓋爲此也。**太平廣記二六七、資治通鑑考異一一、寶顔堂本二、明抄本二、顧本二、丁本二。

按：太平廣記談刻本出處注作「談藪」，爲北齊陽松玠撰，顯誤。廣記沈本、資治通鑑考異均作「朝野僉載」，寶顔堂本、明抄本、顧本、丁本亦輯入，是，今據之輯録。

〔一〕周：考異作「時」，疑僉載此條原與他文合併，故以「時」字接續下文，廣記析爲兩條，改爲「周」字。

〔二〕奏即：通鑑考異作「即奏」，與下文徐有功事句法一致，疑是。

〔三〕依：廣記沈本上有「赦」字，通鑑考異作「好」。

**三二二、(來)俊臣嘗以三月三日萃其黨於龍門，豎石題朝士姓名以卜之，令投石，遥擊倒者則先令告，至暮投李昭德不中。**資治通鑑考異一一。

按：資治通鑑考異一一引此於「來俊臣羅織，自宰相以下，籍其姓名而取之」下，與此前後數條所叙事近，今附於此。

**三二三、唐羽林將軍常元楷〔一〕，三代告密得官。男彦瑋告劉誠之〔二〕破家，彦瑋處〔三〕侍御。先天〔四〕二年七月三日，楷以反逆誅，家口配流〔五〕。可〔六〕謂「積惡之家，必有餘殃〔七〕」也。**太平廣記二六七、資治通鑑考異一二、寶顔堂本二、明抄本二、顧本二、丁本二。

〔一〕常元楷：廣記談本無「常」字，據通鑑考異補。

〔二〕劉誠之：廣記二六三「劉誠之」條引僉載載此事作「劉誠之」。

〔三〕處：丁本作「遷」，廣記沈本空闕。

〔四〕先天：廣記談本空闕，廣記黄本、四庫本作「麟德」，誤，張校據寶顔堂本補，通鑑考異亦作「先天」，張校所補是，今從之。又，通鑑考異上有「至」字。

〔五〕配流：廣記談本作「配嶺南」，據寶顏堂本、明抄本、顧本、丁本、廣記沈本改，通鑑考異作「配没」。

〔六〕可：廣記談本作「所」，據寶顏堂本、顧本、丁本、廣記孫本、廣記沈本改。

〔七〕必有餘殃：寶顏堂本、明抄本、顧本、丁本作「殃有餘」，廣記沈本作「□□殃」。

**三二三、周補闕喬知之有婢碧玉，姝艷能歌舞，有文筆〔一〕，知之特幸，爲之不婚。僞魏王武承嗣暫借教姬人粧梳，納之，更不放還。知之〔二〕乃作緑珠怨以寄之焉〔三〕，其詞曰：「石家金谷重新聲，明珠十斛買娉婷。此日可憐偏〔四〕自許，此時歌舞得人情。君家閨閣不曾難〔五〕，好將歌舞借人看。意氣雄豪非分理，驕矜勢力横相干。辭君去君終不忍，徒勞掩袂〔六〕傷鉛粉。百年離恨在高樓，一代〔七〕容顔爲君盡。」碧玉得詩〔八〕，飲泣〔九〕不食，三日，投井而死。承嗣撩出〔一〇〕尸，于裙帶上得詩，大怒，乃諷羅織人告之〔一一〕，遂斬知之于南市〔一二〕，破家籍没。**

太平廣記二六七、太平廣記詳節二三、資治通鑑考異一一、類説四〇、紺珠集三、古今合璧事類備要外集一一、山谷外集詩注八、寶顏堂本二、明抄本二、顧本二、丁本二。資治通鑑二〇六、唐詩紀事六載此事。

資治通鑑二〇六神功元年載：「右司郎中馮翊喬知之有美妾曰碧玉，知之爲之不昏。武承嗣借以教諸姬，遂留不還。知之作緑珠怨以寄之，碧玉赴井死。承嗣得詩於裙帶，大怒，諷酷吏羅告，族之。」通鑑考異按云：「疑知之之死在神功年後。但唐曆、統紀、新紀殺知之皆在天授元年。」

〔一〕筆：廣記談本作「章」，據明抄本、顧本、丁本、廣記孫本、廣記沈本、詳節改。寶顏堂本作「華」，當爲「筆」之形誤。

〔二〕知之：寶顏堂本、明抄本、顧本、丁本、廣記沈本上又有「知之」二字。

〔三〕焉：詳節無。

〔四〕偏：類説、本事詩、文苑英華三四六作「君」，初學記一九作「只」。

〔五〕難：廣記談本作「觀」，據顧本、丁本、廣記孫本、廣記沈本、詳節、類説、初學記一九、本事詩、文苑英華改。

〔六〕袂：類説、初學記作「面」，紺珠集作「淚」。

〔七〕代：顧本、丁本、本事詩、紀事作「旦」。

〔八〕得詩：張校據廣記孫本、廣記沈本及寶顏堂本改作「讀詩」，明抄本、顧本、丁本、詳節亦同，然類説、紺珠集、合璧均作「得詩」，是其所見本如此，今仍從廣記談本。

〔九〕飲泣：寶顏堂本、明抄本、顧本、丁本、廣記孫本、詳節、類説作「飲淚」，廣記沈本作「流淚」。

〔一〇〕撩出：廣記談本作「出其」，張校據廣記孫本、廣記沈本及寶顏堂本改，明抄本、顧本、丁本、詳節亦作「撩出」，張校所改當是，今從之。

〔一一〕諷羅織人告之：通鑑考異作「諷人羅告之」。

〔一二〕南市：通鑑考異作「市南」。

**三二四、周張易之爲控鶴監，弟昌宗爲祕書監，昌儀爲洛陽令，競爲豪侈。易之爲大鐵籠，置鵝鴨于其內，當中起〔一〕炭火，銅盆貯五味汁。鵝鴨遶火走，渴即飲汁，火炙痛即迴〔二〕，表裏皆熟，毛落盡，肉赤烘烘乃死。昌宗活係〔三〕驢于小室內，起〔四〕炭火，置五味汁，如前法。昌儀取鐵橛釘入地，縛狗四足于橛上，放鷹鷂，活按其肉食，肉盡而狗未死，號叫酸楚，不復可〔五〕聽。易之曾過昌儀，憶馬腸，儀取從騎，破肋〔六〕取腸，良久乃〔七〕死。後誅易之、昌宗等，百姓臠割其肉，肥白如猪肪，煎炙而食。昌儀打雙脚折，搯〔八〕取心肝而後死，斬其首送都。諺云〔九〕「走〔一〇〕馬報」。**太平廣記二六七、太平廣記詳節二一、類説四〇、寶顏堂本二、明抄本二、顧本二、丁本二。

〔一〕起：廣記談本作「爇」，據寶顏堂本、明抄本、顧本、丁本、廣記孫本、廣記沈本、詳節改。

〔二〕即迴：廣記談本作「旋轉」，張校據廣記孫本、寶顏堂本改，明抄本、顧本、丁本、廣記沈本、詳節同，張所改當是，今從之。

〔三〕活係：寶顔堂本、丁本作「活攔」，明抄本、顧本、廣記沈本作「活爛」，詳節作「爛活」。

〔四〕起：廣記談本作「爇」，據寶顔堂本、顧本、丁本、廣記沈本、詳節改。

〔五〕可：廣記談本作「忍」，張校據廣記孫本、廣記沈本、寶顔堂本改，明抄本、顧本、丁本、詳節同，張校所改當是，今從之。

〔六〕破肋：寶顔堂本作「破脇」，明抄本作「刳肋」，廣記沈本、詳節作「鈹肋」。

〔七〕乃：廣記談本作「方」，據寶顔堂本、顧本、丁本、廣記沈本、詳節改。

〔八〕搯：廣記談本作「抉」，據明抄本、顧本、丁本、廣記沈本、詳節改。

〔九〕諺云：廣記談本作「時云」，據寶顔堂本、明抄本、顧本、丁本、廣記沈本、詳節改，類説作「時謂」。

〔一〇〕走：廣記談本作「狗」，據寶顔堂本、明抄本、顧本、丁本、廣記沈本、詳節、類説改。

**三二五、周秋官侍郎周興〔一〕推劾殘忍〔二〕，法外苦楚，無所不爲〔三〕，時人〔四〕號「牛頭阿婆〔五〕」。百姓怨謗，興乃牓門判曰：「被告之人，問皆稱枉。斬決之後，咸悉無言〔六〕。」**太平廣記二六七、寶顔堂本二、明抄本二、顧本二、丁本二。明抄本實賓録引御史臺記、古今事文類聚別集二二引譚賓録、四庫本實賓録九載此事。

明抄本實賓録引御史臺記載：唐秋官侍郎周興爲酷吏，安忍殘賊，時號「牛頭阿婆」。

古今事文類聚別集二二引譚賓録載：周興爲秋官侍郎，性慘毒，推劾殘忍，法外苦楚，無所不爲。栲縛罪人，有「仙鶴曬翅」「獮猻碾茶」「鬼拽鑽」「牛拔橛」之名，時人呼爲「牛頭夜叉」。

〔一〕周興：四庫本實賓録下有「當則天時爲酷吏」句。

〔二〕推勊殘忍：顧本作「推勘安忍」，丁本作「推勊安忍」，廣記沈本作「推勊安思」，「思」當爲「忍」字之誤，四庫本、明抄本實賓録作「安忍殘賊」。

〔三〕爲：四庫本實賓録作「至」。

〔四〕人：實賓録無。

〔五〕牛頭阿婆：疑當作「牛頭阿旁」。「牛頭阿旁」爲惡鬼之名，佛經多見，新唐書一八四路巖傳云：「俄與韋保衡同當國，二人勢動天下，時目其黨爲牛頭阿旁，言如鬼陰惡可怕也。」然明抄本實賓録引御史臺記亦作「牛頭阿婆」，則僉載原本當即如此。

〔六〕言：明抄本、顧本、丁本下有「也」字。

**三二六、周侍御史侯思止，醴泉賣餅食人也。羅告，准例酬五品，于上前索御史，上曰：「卿不識字。」對曰：「獬豸豈識字，但爲國觸罪人而已。」遂授之。凡推勘，殺戮甚衆，更無餘語，唯〔一〕謂囚徒曰：「不用你書言筆語，止還我白司馬。若不肯來俊，即與你孟青。」横遭苦楚非命者不可勝數。「白司馬〔二〕」者，北邙山白司馬坂也。「來俊」者，中丞來俊臣也。「孟青」者，將軍孟青棒也。後坐私畜錦，朝堂決殺之〔六〕。**太平廣記二六七、實顔堂本二、明抄本二、顧本二、丁本二。舊唐書一八六上酷吏侯思止傳載此事。

舊唐書一八六上酷吏侯思止傳載：侯思止，雍州醴泉人也。……時恒州刺史裴貞杖一判司……判司教思止説游擊將軍高元禮，因請狀乃告舒王元名及裴貞反，周興按之，並族滅。授思止游擊將軍。元禮懼而曲媚，引與同坐，呼爲侯大，曰：「國家用人以不次，若言侯大不識字，即奏云：『獬豸獸亦不識字，而能觸邪。』」則天果如其言，思止以獬豸對之，則天大悦。天授三年，乃拜朝散大夫、左臺侍御史。……嘗按中丞魏元忠，曰：「急認白司馬，不然，即喫孟青。」白司馬者，洛陽有坂號白司馬坂。孟青者，將軍姓孟名青棒，即殺瑯琊王沖者也。思止閭巷庸奴，常以此謂諸囚也。

〔一〕唯：寶顔堂本、明抄本、顧本、丁本、廣記沈本作「但」。

〔二〕白司馬：明抄本、顧本、丁本、廣記沈本下有「坂」字，疑是。

三二七、周明堂尉吉頊夜與監察御史王助同宿，王助以親故，爲説綦連耀男大覺、小覺，云應兩角麒麟〔一〕也，耀字光翟，言光宅天下也。頊明日録狀付來俊臣，敕差河内王懿宗推，誅王助〔二〕等四十一人，皆破家。後俊臣犯事，司刑斷死，進狀三日不出，朝野怪之。上入苑，吉頊攏馬，上問在外有何事意，頊奏曰：「臣幸預控鶴，爲陛下耳目。在外唯怪來俊臣狀不出。」上曰：「俊臣于國有功，朕思之耳。」頊奏曰：「于安遠告虺貞反，其事並驗，今只爲〔三〕成州司馬〔四〕。俊臣聚結不逞，誣遘賢良，贓賄如山，冤魂滿路，國之賊也，何足惜哉？」上令狀出，誅俊臣于西市，敕追于安遠還〔五〕，除尚食奉御，頊有力焉。除頊中丞，賜緋。頊理綦連耀事，以爲己功，授天官侍郎、平章事。與河内王競，出爲温州司馬，卒〔七〕。太平廣記二六八、寶顔堂本二、明抄本二、顧本二、丁本二。新唐書一一七吉頊傳、資治通鑑二〇六載此事。

新唐書一一七吉頊傳載：來俊臣下獄，司刑當以死，狀三日不下。頊從武后游苑中，因間言：「臣爲陛下耳目，知俊臣狀入不出，人以爲疑。」后曰：「朕以俊臣有功，徐思之。」頊曰：「于安遠告虺貞反，今爲成州司馬。俊臣誣殺忠良，罪惡如山，國蝨賊也，尚何惜？」於是后斬俊臣，而召安遠爲尚食奉御。

資治通鑑二〇六神功元年載：太后遊苑中，吉頊執轡，太后問以外事，對曰：「外人唯怪來俊臣奏不下。」太后曰：「俊臣有功於國，朕方思之。」頊曰：「于安遠告虺貞反，既而果反，今止爲成州司馬。俊臣聚結不逞，誣構良善，贓賄如山，冤魂塞路，國之賊也，何足惜哉！」太后乃下其奏。

按：太平廣記沈本此條在卷二六八。

〔一〕兩角麒麟：舊唐書一八六酷吏吉頊傳下有「兒」字，疑是。

〔二〕王助：明抄本、顧本、丁本、廣記沈本作「王勔」。舊唐書酷吏吉頊傳載有「涇州刺史王勔、監察御史王助」等三十六家，疑當以作「王勔」爲是，蓋後人以其與前「王助」不同而改從前。

〔三〕今只爲：廣記談本作「今貞」，明抄本作「今天□」，顧本、丁本、廣記沈本作「今只□」，通鑑作「今止爲」同，只、止義同，今據顧本、丁本、廣記沈本改「貞」爲「只」字，據通鑑補「爲」字。

〔四〕司馬：廣記談本作「可馬」，據寶顔堂本、廣記孫本、廣記沈本、新唐書吉頊傳、通鑑改。

〔五〕還：明抄本、顧本、丁本、廣記沈本作「到」。

〔六〕出爲温州司馬卒：舊唐書酷吏吉頊傳作「貶琰川尉，後改安固尉，尋卒」。

**三二八、唐成王千里使嶺南，取大虵，長八九尺，以繩縛口，横于門限之下。州縣參謁者，呼令入門，但知直視，無復瞻仰，踏地〔一〕而驚，惶懼僵仆，被蛇繞〔二〕數匝，良久解之，以爲戲笑。又取鼉〔三〕及鼈，令人脱衣，縱鼉等嚙其體，終不肯放，死而後已。其人酸痛號呼，不可復言。王與姬妾共看，以爲玩樂。然後以竹刺鼉等〔四〕口，遂嚙竹而放人。艾灸〔五〕鼈背，灸痛而〔六〕放口。人被試〔七〕者，皆失魂，至死不平復矣。**太平廣記二六八、太平廣記詳節二二、寶顔堂本二、明抄本、顧本二、丁本二。

按：太平廣記談刻本原不注出處，太平廣記孫本、太平廣記沈本、太平廣記詳節二二均作「出朝野僉載」，寶顔堂本亦輯入，今據之輯録。

〔一〕地：廣記談本作「蛇」，據明抄本、顧本、丁本、廣記沈本、詳節改。

〔二〕繞：詳節作「蟠」。

〔三〕鼉：廣記談本作「龜」，據明抄本、顧本、丁本、廣記孫本、廣記沈本、詳節改。下同。按，「鼉」即揚子鱷，據下文所載被嚙者之慘狀，應以作「鼉」爲是。

〔四〕鼉等：廣記談本作「龜鼉」，寶顔堂本作「龜等」，據明抄本、顧本、丁本、廣記孫本、廣記沈本、詳節改。

〔五〕灸：詳節同，李校據寶顏堂本改作「炙」，然寶顏堂本實作「灸」，今仍從廣記談本。

〔六〕而：廣記談本作「乃」，據寶顏堂本、明抄本、顧本、丁本、廣記孫本、廣記沈本、詳節改。

〔七〕試：廣記談本作「驚」，張校據廣記孫本、廣記沈本及寶顏堂本改，明抄本、顧本、丁本、詳節亦同，張校所改當是，今從之。

**三二九、唐朔方總管張亶〔一〕好殺，時有突厥投化，亶乃作檄文罵默啜，言詞甚不遜，書其腹背，鑿其肌膚，涅之以墨，灸〔二〕之以火，不勝楚痛，日夜作蟲鳥鳴。然後送與默啜，識〔三〕字者宣訖，臠而殺之。匈奴怨望，不敢降。**太平廣記二六八、寶顏堂本二、明抄本、顧本二、丁本二。

〔一〕張亶：趙校、李校、郝校據舊唐書九三、新唐書一一一張仁愿傳補作「張仁亶」，舊唐書張仁愿傳云：「張仁愿，華州下邽人也，本名仁亶，以音類睿宗諱改焉。」然考唐詩紀事九、一〇載劉憲、李嶠諸人送張亶赴朔方應制詩皆作「張亶」，一一載「張亶來自朔方軍中，中宗迓之，宴於桃花園」，均當出武平一景龍文館記，其稱「張亶」與僉載同，疑其曾名「張亶」，後改「張仁亶」，睿宗時改作「張仁愿」。僉載作「張亶」恐不誤，今仍從廣記談本。

〔二〕灸：李校據寶顏堂本改作「炙」，明抄本、顧本、丁本亦作「炙」，然上條中廣記即作「灸」，今仍從廣記談本。

〔三〕識：廣記談本無，張校據寶顏堂本補，明抄本、顧本、丁本亦有，張校所補是，今從之。

**三三〇、唐殿中侍御史王旭，括宅中〔一〕、別宅女婦、風聲色目〔二〕，有〔三〕不承者，以繩勒其陰，令壯士彈竹擊之，酸痛不可忍。倒懸一女婦，以石縋其髮，遣證與長安尉房恒奸，經三日不承。女婦曰：「侍御如此苦毒，兒死，必訴于冥司。若配入宮，必申于主上。終不相放。」旭慚懼，乃捨之。**太平廣記二六八、寶顏堂本二、明抄本、顧本二、丁本二。

〔一〕宅中：廣記談本下有「及」字，據寶顔堂本、明抄本、顧本、丁本、廣記沈本删，辨見下。

〔二〕風聲色目：廣記談本作「風聲目色」，廣記沈本作「風聲色目」，李校據乙，寶顔堂本、明抄本、顧本、丁本同，李校所改當是，今從之。「風聲」，當指風聲婦人，即營妓，金華子雜編上載：「（杜）晦辭於祖席上忽顧營妓朱娘言别，掩袂大哭。（李）瞻曰：『此風聲婦人，員外如要，但言之，何用行跡？』」「風聲」當與上「宅中」「别宅女婦」並列，言王旭所括女婦之别，廣記沈本無「及」字，當是。「色目」，即種類名目之義，與此處文意恰合，廣記談本作「目色」當爲誤倒。

〔三〕有：寶顔堂本下有「稍」字，明抄本下有「或」字，顧本下空闕一字，丁本空闕字在「不」字下。

三三一、唐監察御史李嵩、李全交、殿中王旭，京師號爲「三豹」：嵩爲「赤黧豹」，交爲「白額豹」，旭爲「黑豹」，皆狼戾〔一〕不軌，鴆毒無儀，體性狂疏，精神慘刻〔二〕。每〔三〕訊囚，必鋪棘卧，削竹籤指，方梁壓髁，碎瓦揞〔四〕膝，遣作「仙人獻果」「玉女登梯」「犢子懸拘〔五〕」「驢兒拔橛」「鳳皇晒翅」「獼猴鑽火」「上麥索下闌單」，人不聊生，囚皆乞死。肆情鍛鍊，證是爲非，任意指麾，傳〔六〕空爲實。三豹俱用，覺魏祚之陵夷；五侯並封，知漢圖之圮缺〔七〕。周公、孔子，請伏殺人；伯夷、叔齊，求臣〔八〕刼罪〔九〕。訊劾乾塹，水必有期〔一〇〕；推鞫濕泥，塵非不久〔一一〕。來俊臣乞爲弟子，索元禮求作門生。被追者皆相謂曰：「牽羊付虎，未有出期；縛鼠與猫，終無脱日。」妻子永别，朋友〔一二〕長辭。京中〔一三〕人相要作呪曰：「若違心負教，横遭三豹。」其毒害也如此。太平廣記二六八、類説四〇、紺珠集三、後村先生大全集一七九後村詩話續集、寶顔堂本二、明抄本、顧本二、丁本二。新唐書二〇九酷吏王旭傳載此事。

新唐書二〇九酷吏王旭傳載：製獄械，率有名，曰「驢駒拔橛」「犢子縣」等，以怖下，又縋髪以石，脅臣之。時監察御史李嵩、李全交皆嚴酷，取名與旭類，京師號「三豹」，嵩爲赤，全交爲白，旭爲黑。里閭至相詛曰：「若違教，值三豹。」

〔一〕狼戾：廣記談本作「狼虐」，據寶顏堂本、丁本、廣記沈本改，明抄本、顧本作「狼戾」。漢書六四上嚴助傳顏師古注云：「狼性貪戾。凡言狼戾者，謂貪而戾。」與下「鴆毒」對文。

〔二〕刻：明抄本空闕，顧本、丁本作「辣」，廣記沈本作「棘」，當涉下「鋪棘」而誤，後人又改爲「刻」字。

〔三〕每：明抄本作「害」，顧本、丁本作「鞫」，廣記沈本無。

〔四〕揞：明抄本作「及」，顧本、丁本、廣記沈本作「支」。

〔五〕懸拘：廣記談本作「懸駒」，張校據廣記沈本改。廣記本卷下「李全交」條引僉載談本作「犢子懸車」，廣記孫本、廣記沈本並作「拘」，紺珠集三載此亦作「拘」。新唐書酷吏王旭傳作「犢子縣」，蓋以「縣」、「拘」二字同義而省。「李全交」條云「縛枷頭著樹」，即是「懸拘」之義，張校所改是，今從之。

〔六〕傳：寶顏堂本、丁本作「傅」。

〔七〕「三狗」至「圮缺」：二十字廣記談本無，據後村詩話補。「豹」，後村詩話作「狗」，據上文改。

〔八〕臣：廣記談本作「其」，此句與上「請伏殺人」對文，作「其」字不合，據明抄本、丁本、廣記沈本改，顧本、後村詩話作「承」，義同「臣」。前侯思止事云「若不肯來俊」，即歇後「臣」字，義與此同。

〔九〕劫罪：明抄本、顧本、丁本、廣記沈本無「罪」字，後村詩話作「行劫」，與上「殺人」對文，疑是僉載原貌。

〔一〇〕必有期：明抄本、顧本、丁本作「未有出期」，廣記沈本作「未有期」。

〔一一〕非不久：明抄本、顧本、丁本、廣記沈本作「飛不放」。

〔一二〕朋友：寶顏堂本、明抄本、顧本、丁本、廣記沈本作「友朋」。

〔一三〕京中：廣記談本無「中」字，據寶顏堂本、明抄本、顧本、丁本、廣記沈本補。

**三三二、京兆人高麗家貧，于御史臺替勛官遞送文牒〔一〕。其時令史作僞帖，付高麗追人，擬嚇錢。事敗，令史逃走〔二〕，追**

討不獲。御史張孝嵩捉高麗〔三〕拷，膝骨落地，兩脚俱攣，抑遣代令史承僞，准法斷死訖。大理卿狀上：「故事，准名例律，篤疾不合加刑。」孝嵩〔四〕勃然作色曰：「脚攣何廢造僞。」命兩人〔五〕舁〔六〕上市斬之。太平廣記二六八、寶顏堂本二、明抄本二、顧本二、丁本二。

〔一〕遞送文牒：明抄本、顧本、丁本作「上送交牒」，廣記沈本作「上送文牒」。

〔二〕走：廣記談本作「亡」，據寶顏堂本、明抄本、顧本、丁本、廣記沈本改。

〔三〕麗：廣記沈本作「嚴」。

〔四〕孝嵩：明抄本、顧本、丁本、廣記孫本、廣記沈本作「事」，屬上讀。

〔五〕兩人：廣記談本作「乃」，據寶顏堂本、明抄本、顧本、丁本、廣記孫本、廣記沈本改。下「舁」字爲共舉之義，亦可證此當作「兩人」。

〔六〕舁：明抄本、顧本、丁本、廣記沈本作「轝」，廣記孫本作「輂」。

三三三、周黔府都督謝祐，兇險忍毒。則天朝，徙曹王于黔中，祐嚇云：「則天賜〔一〕自盡，祐親奉進止，更無別敕。」王怖而縊死。後祐于平閣上卧，婢妾十餘人同宿，夜不覺刺客截祐首去。後曹王破家，簿録事得祐頭〔二〕，漆之，題「謝祐」字，以爲穢器。方知王子令刺客殺之。太平廣記二六八、太平廣記詳節二二、寶顏堂本二、明抄本二、顧本二、丁本二。資治通鑑二〇三載此事。

資治通鑑二〇三永淳元年載：黔州都督謝祐希天后意，逼零陵王明令自殺，上深惜之，黔府官屬皆坐免官。祐後寢於平閣，與婢妾十餘人共處，夜，失其首。垂拱中，明子零陵王俊、黎國公傑爲天后所殺，有司籍其家，得祐首，漆爲穢器，題云謝祐，乃知明子使刺客取之也。

〔一〕賜：詳節作「令」。

〔二〕頭：廣記談本作「首」，據寶顏堂本、明抄本、顧本、丁本、廣記沈本、詳節改。

三三四、周默啜賊之陷恒、定州，和親使楊齊莊〔一〕敕授三品，入匈奴，遂没賊。將至趙州，褒公〔二〕段瓚〔三〕同没，唤莊共出走，莊懼，不敢發，瓚遂先歸。則天賞之，復舊任。齊莊尋至，敕付河内王懿宗鞫問。莊曰：「昔有人相莊，位至三品，有刀箭厄。莊走出被趕〔四〕，斫射不死，走得脱來。願王哀之。」懿宗性酷毒，奏莊初懷猶豫，請殺之。敕依。引至天津橋南，于衛士鋪鼓格上，縛磔手足，令段瓚先射，三發皆不中〔五〕，又段瑾射之中，又令諸司〔六〕百官射，箭如蝟毛，仍氣殜殜〔七〕然微動。即以刀當心直下，破至〔八〕陰，剖〔九〕取心，擲地，仍趌趌跳數十回。懿宗〔一〇〕之〔一一〕忍毒也〔一二〕如此。太平廣記二六八、資治通鑑考異一一、寶顏堂本二、明抄本二、顧本二、丁本二。資治通鑑二〇六載此事。

資治通鑑二〇六聖曆元年載：褒公段瓚，志玄子也，先没於突厥。突厥在趙州，瓚邀楊齊莊與之俱逃，齊莊畏懦，不敢發。瓚先歸，太后賞之。齊莊尋至，敕河内王武懿宗鞫之，懿宗以爲齊莊意懷猶豫，遂與閻知微同誅。既射之如蝟，氣殜殜未死，乃決其腹，割心，投於地，猶趌趌然躍不止。

〔一〕楊齊莊：通鑑考異云：「實録作『楊鸞莊』，今從僉載、舊傳。」

〔二〕褒公：廣記談本作「襄公」，張校據廣記孫本、廣記沈本、寶顏堂本及舊唐書六八段志玄傳改，是，明抄本、顧本、丁本亦作「褒公」，今從之。舊唐書段志玄傳云：「子瓚，襲爵褒國公，武太后時官至左屯衛大將軍。」

〔三〕段瓚：廣記談本作「段瓄」，張校據寶顏堂本及舊唐書六八段志玄傳改。寶顏堂本實作「段瓄」，然明抄本、顧本、丁本亦作「段瓚」，今從張校改。

〔四〕趕：明抄本、顧本、丁本作「趁」。

〔五〕中：張校據寶顏堂本於上補「不」字，明抄本、顧本、丁本、廣記沈本、廣記陳本上亦有「不」字，張校所補當是，今從之。

〔六〕司：明抄本、顧本、丁本無。

〔七〕殜殜：廣記談本作「弽弽」，顧本作「喋喋」，丁本作「渫渫」，據寶顏堂本、通鑑改。「弽」，説文同「韘」，「射決也，所以拘弦，以象骨韋系著右巨指」。「殜」，玉篇云「病也」，集韻云「一曰微也」，夷堅志乙一九云「氣殜殜未盡」，丙一〇云「氣息殜殜，經一日而絶」。作「弽」當爲形近誤字。

〔八〕至：顧本、丁本、廣記沈本作「到」。

〔九〕剖：寶顏堂本、明抄本、顧本、丁本、廣記沈本作「割」。

〔一〇〕懿宗：明抄本、顧本、丁本、廣記沈本上有「其」字。

〔一一〕之：寶顏堂本、明抄本、顧本、丁本、廣記沈本無。

**三三五、唐楊務廉，孝和時造長寧、安樂宅倉庫成，特授將作大匠，坐贓數千萬免官。又上章奏〔一〕開陝州三門，鑿山燒石，巖側施棧道牽船。河流湍急，所雇〔二〕夫並未與價直，牽支〔三〕一斷〔四〕，棧梁一絶，則撲殺〔五〕數十人，取雇夫錢糴米充數，即〔六〕注夫逃走，下本貫禁父母妻子〔七〕。牽船夫〔八〕皆令繫二鈲于胷背〔九〕，落棧〔一〇〕著石，百無一存。道〔一一〕路悲號，聲動山谷，皆稱楊務廉爲「人妖」〔一二〕，天生此妖以破殘百姓〔一三〕。** 太平廣記二六八、寶顏堂本二、明抄本二、顧本二、丁本二。新唐書五三食貨志載此事。

新唐書五三食貨志載：將作大匠楊務廉又鑿爲棧，以輓漕舟。輓夫繫二鈲於胸，而繩多絶，輓夫輒墜死，則以逃亡報，因繫其父母妻子，人以爲苦。

〔一〕章奏：明抄本、顧本、丁本、廣記沈本作「意見」，廣記孫本作「章見」。

〔二〕雇：廣記談本作「顧」，張校據廣記沈本改，明抄本、顧本、丁本亦作「雇」，張校所改當是，今從之。下同。

〔三〕牽支：廣記談本作「牽繩」，據明抄本、顧本、丁本、廣記孫本、廣記沈本改。又，廣記談本上有「苟」字，據明抄本、顧本、丁本、廣記沈本删。

〔四〕斷：明抄本、顧本、丁本、廣記沈本作「斷機」。

〔五〕殺：廣記沈本無。

〔六〕即：廣記沈本無。

〔七〕妻子：寶顏堂本作「兄弟妻子」，明抄本、顧本、丁本、廣記沈本作「兄弟子」，廣記孫本作「弟子」，新唐書食貨志作「妻子」，疑上脱「兄弟」二字。

〔八〕牽船夫：廣記談本上有「其」字，據寶顏堂本、明抄本、顧本、丁本、廣記沈本删。

〔九〕背：廣記談本作「皆」，張校據廣記孫本及寶顏堂本改，是，明抄本、顧本、丁本亦作「背」，今從張校改。

〔一〇〕棧：明抄本作「下」，顧本作「井」，丁本、廣記沈本作「非」。

〔一一〕道：寶顏堂本、明抄本作「滿」，顧本、丁本、廣記沈本作「沿」，疑是。

〔一二〕爲人妖：寶顏堂本、明抄本、顧本、丁本、廣記孫本、廣記沈本作「人妖也」。

〔一三〕破殘百姓：明抄本作「爲怪」，顧本、丁本作「破户口」，廣記沈本作「破□□□」，空闕三字。

**三三六、唐監察御史李全交，專〔一〕以羅織酷虐爲業，臺中號爲「人頭羅刹」；殿中王旭號爲「鬼面夜叉」。訊囚，引枷柄向前，名爲「驢駒拔橛」；縛枷頭著樹，名曰「犢子懸拘〔二〕」；兩手捧枷，累磚于上，號爲「仙人獻果」；立高木之上，枷柄〔三〕向後拗之，名「玉女登梯」。拷郴州典廖福、司門令史張性，並求神狐魅，皆遣喚鶴作鳳，證蛇成龍也。** 太平廣記二六八、説郛二、寶顏堂本二、顧本二、丁本二、明抄本實賓録、説郛三實賓録。古今合璧事類備要後集二五引酷吏傳、古今事文類聚新集一八引酷吏傳、四庫本實賓録九載此事。

古今合璧事類備要後集二五引酷吏傳載：唐監察御史李全交，專以酷虐爲業，臺中號爲「鬼面夜叉」。（古今事文類聚新集一八同）

〔一〕專：廣記談本作「等」，真大成據説郛、古今説海本、歷代小史本校作「專」，是，合璧、事文、實賓録亦作「專」，今從之。寶顔堂本、丁本作「素」，明抄本作「惟」，顧本空闕。

〔二〕拘：廣記談本作「車」，明抄本、顧本、張宗祥校本説郛作「駒」，據丁本、廣記孫本、廣記沈本、中國國家圖書館藏明抄本説郛改，辨見前。

〔三〕柄：説郛無。

**三三七、唐左僕射房玄齡少時，盧夫人質性端雅，姿神令淑，抗節高厲，貞操逸群。齡當〔一〕病甚，乃囑之曰：「吾多不救，卿年少，不可守志，善事後人。」盧氏泣曰：「婦人無再見，豈宜若此？」遂入帳中，剜一目睛以示齡。齡後寵之彌厚也。**太平廣記談刻後印本二七〇。新唐書二〇五列女傳載此事。

新唐書二〇五列女房玄齡妻盧傳載：房玄齡妻盧，失其世。玄齡微時，病且死，諉曰：「吾病革，君年少，不可寡居，善事後人。」盧泣入帷中，剔一目示玄齡，明無它。會玄齡良愈，禮之終身。

按：太平廣記談刻本此條文字原作：「盧夫人，房玄齡妻也。玄齡微時，病且死，諉曰：『吾病革，君年少，不可寡居，善事後人。』盧泣入帷中，剔一目示玄齡，明無他。會玄齡良愈，禮之終身。□按妬婦記亦有夫人，何賢於微時而妬於榮顯邪？予於是而有感。」不注出處，許刻本注出「太平廣記」，然其文字與新唐書列女房玄齡妻盧傳同，蓋廣記原闕此條，談愷據新唐書補入。談刻後印本文字有較大不同，參之同卷「玉英」、「李畬母」等條，當爲朝野僉載文字，今據談刻後印本輯録。

〔一〕當：疑作「嘗」。

**三三八、符鳳妻，字玉英，有節操，美而艷。以事徙儋州，至南海，逢獠賊所劫，鳳死之，妻被脅爲非禮。英曰：「今遭不幸，非敢惜身。以一婦人奉拾餘男子，君焉用之？請推一長者爲匹，兒之愿也。」賊然之。英曰：「容待妝飾訖，引就船中，不**

亦善乎？」有頃，盛裝束罷，立於船頭，謂諸賊曰：「不謂今朝奄逢倉卒，寧爲玉碎，不爲瓦全！」言訖，投於海。群賊驚，救之不獲。 太平廣記談刻後印本二七〇。新唐書二〇五列女傳載此事。

新唐書二〇五列女傳載：符鳳妻某氏，字玉英，尤姝美。鳳以罪徙儋州，至南海，爲獠賊所殺，脅玉英私之，對曰：「一婦人不足事衆男子，請推一長者。」賊然之。乃請更衣，有頃，盛服立於舟，罵曰：「受賊辱，不如死！」自沉於海。

按：太平廣記談刻最後印本此條文字作：「玉英，唐時符鳳妻也，尤姝美。鳳以罪徙儋州，至南海，爲獠賊所殺，脅玉英私之。對曰：『一婦人不足以事衆男子，請推一長者。』賊然之，乃請更衣，有頃，盛服立於舟上，罵曰：『受賊辱，不如死！』遂自沉於海。」原不注出處，張校考出新唐書列女傳，當非廣記原貌，今從談刻後印本輯録。

**三三九、則天朝，太僕卿來俊臣之彊盛，朝官側目，上林令侯敏偏事之。其妻董氏諫止之曰：「俊臣，國賊也，勢不久。一朝事壞〔一〕，奸黨〔二〕先遭。君可敬而遠之。」敏稍稍而退，俊臣怒，出爲涪州武龍〔三〕令。敏欲棄官歸，董氏曰：「速去，莫求住〔四〕。」遂行至州，投刺參州將，錯題一張紙。州將展看，尾後有字，大怒曰：「修名不了，何以爲縣令！」不放上。敏憂悶無已，董氏曰：「但〔五〕住，莫求去。」停五十日，忠州賊破武龍，殺舊縣令，略家口並盡。敏以不許上〔六〕獲全。後俊臣誅，逐其黨流嶺南，敏又獲免。** 太平廣記二七一、寶顔堂本三、明抄本四、顧本四、丁本四。資治通鑑二〇六載此事。

資治通鑑二〇六神功元年載：上林令侯敏素諂事俊臣，其妻董氏諫止之曰：「俊臣國賊，指日將敗，君宜遠之。」敏從之。俊臣怒，出爲武龍令。敏欲不往，妻曰：「速去勿留！」俊臣敗，其黨皆流嶺南，敏獨得免。

〔一〕壞：寶顔堂本、通鑑作「敗」，明抄本作「坐」，顧本、丁本空闕，廣記沈本作「之」。

〔二〕奸黨：寶顔堂本作「黨附」，明抄本、顧本、丁本無「奸」字，廣記沈本作「黨□」。

〔三〕武龍：廣記談本作「武隆」，張校據廣記孫本、廣記沈本、寶顏堂本改，明抄本、顧本、丁本、通鑑亦作「武龍」，武隆縣屬杭州，張校所改是，今從之。

〔四〕住：明抄本、顧本、丁本、廣記沈本作「往」。

〔五〕但：寶顏堂本、明抄本、顧本、丁本、廣記沈本作「且」。

〔六〕許上：廣記談本作「計上」，張校據廣記孫本改。寶顏堂本、顧本、廣記沈本作「計上」，明抄本作「赴任」，丁本作「許上」，與廣記孫本同，張校所改當是，今從之。

**三四〇、趙州刺史高叡，妻秦氏。默啜賊破定州部，至趙州，長史已下開門納賊，叡計無所出，與秦氏仰藥而詐死。舁〔一〕至默啜〔二〕所，良久〔三〕，默啜以金獅子帶、紫袍示之，曰：「降我，與爾官，不降即死。」叡視而無言，但顧其婦秦氏，秦氏曰：「受國恩，報在此。今日受賊一品，何足爲榮？」俱合眼不語。經兩日，賊〔四〕知不可屈，乃殺之。**太平廣記二七一、明抄本四、顧本四、丁本四。新唐書二〇五列女傳、資治通鑑二〇六載此事。

新唐書二〇五列女傳載：高叡妻秦。叡爲趙州刺史，爲默啜所攻。州陷，叡仰藥不死，至默啜所，示以寶帶異袍，曰：「降我，賜爾官；不降，且死。」叡視秦，秦曰：「君受天子恩，當以死報，賊一品官安足榮？」自是皆瞑目不語。默啜知不可屈，乃殺之。

資治通鑑二〇六聖曆元年九月載：戊辰，默啜圍趙州，長史唐般若翻城應之。刺史高叡與妻秦氏仰藥詐死，虜輿之詣默啜，默啜以金獅子帶、紫袍示之曰：「降則拜官，不降則死！」叡顧其妻，妻曰：「酬報國恩，正在今日！」遂俱閉目不言。經再宿，虜知不可屈，乃殺之。虜退，唐般若族誅；贈叡冬官尚書，謚曰節。叡，熲之孫也。

按：太平廣記沈本此條在卷二七〇。

〔一〕舁：明抄本、顧本、廣記沈本作「轝」，疑是，丁本作「舉」，當爲「轝」之形誤。

〔二〕默啜：廣記談本無「默」字，據新唐書、通鑑補。下同。

〔三〕良久：廣記沈本空闕二字，此疑爲後人所補，僉載原本當有「蘇」或「醒」字。

〔四〕賊：明抄本、顧本、丁本無。

**三四一、唐冀州長史吉哲〔一〕欲爲男頊娶南宫縣丞崔敬女，敬不許，因有故，脅以求親，敬懼而許之。擇日下函，並花車卒至門首。敬妻鄭氏初不知，抱女大哭，曰：「我家門户底〔二〕，不曾有吉郎。」女堅卧不起。其小女白其母曰：「父有急難，殺身救解。設令爲婢，尚不合辭。姓望之門，何足爲恥？姊若不可，兒自當之。」遂登車而去。頊遷平章事，賢妻達節，談者榮之。頊坐與河内王武懿宗爭競，出爲温州司馬而卒。**太平廣記二七一、寶顔堂本三、明抄本四、顧本四、丁本四。南部新書庚載此事。

按：太平廣記沈本此條在卷二七〇。

〔一〕吉哲：廣記談本作「吉懋」，據新唐書七四下宰相世系表、一一七吉頊傳及廣記二四〇「吉頊」條引僉載改。丁本作「樊」，廣記沈本作「吉悊」。

〔二〕底：張校據寶顔堂本改作「低」，當誤，崔氏爲大姓，吉氏爲小姓，崔夫人意蓋指崔氏姻親中無吉姓之人，「門户底」爲門下、門中之意，非自謙之辭。今仍從廣記談本。

**三四二、監察御史李畬母清素貞〔一〕潔。畬請禄米送至宅，母遣量之，賸三石，問其故，令史曰：「御史例不概。」又問：「車〔二〕脚幾錢〔三〕？」又曰：「御史例不還脚〔四〕錢。」母怒，令送〔五〕所賸米及脚錢以責畬，畬乃追倉官科罪。諸御史皆有慚色。**

太平廣記二七一、類説四〇、山居新話四、寶顔堂本三、明抄本四、顧本四、丁本四。新唐書二〇五列女傳載此事。

新唐書二〇五列女傳載：李畬母者，失其氏。有淵識。畬爲監察御史，得稟米，量之三斛而羸，問于史，曰：「御史米，不概也。」又問車庸有幾，曰：「御史不償也。」母怒，敕歸餘米，償其庸，因切責畬。畬乃劾倉官，自言狀，諸御史聞之，有慚色。

按：太平廣記沈本此條在卷二七〇。

〔一〕貞：明抄本、顧本、丁本、廣記孫本、廣記沈本作「自」。

〔二〕車：廣記談本無，張校據廣記孫本、廣記沈本及寶顏堂本補。明抄本、顧本、丁本、新唐書、類説亦有「車」字，張校所補當是，今從之。

〔三〕幾錢：廣記談本作「錢幾」，張校據廣記孫本、廣記沈本及寶顏堂本乙。明抄本、顧本、丁本、清抄宋本類説同，張校所乙當是，今從之。

〔四〕脚：廣記談本下衍「車」字，據廣記孫本、寶顏堂本、明抄本、顧本、丁本、類説、山居新話删。

〔五〕送：寶顏堂本、明抄本、顧本、丁本作「還」。

**三四三、張説女嫁盧氏，嘗爲舅求官，説不語〔一〕，但指支床龜。女欣然，歸告其夫曰：「舅得詹事矣。」果然〔二〕。**類説四〇、紺珠集三、錦繡萬花谷後集四〇。南部新書丁、太平廣記二七一引傳載載此事。

太平廣記二七一引傳載載：燕文貞公張説，其女嫁盧氏，嘗爲舅求官，候父朝下而問焉。父不語，但指搘牀龜而示之。女拜而歸室，告其夫曰：「舅得詹事矣。」

按：太平廣記引傳載此事與此前僉載數條同在一卷，僉載此事原本亦當爲此門，今附於此。

〔一〕説不語：紺珠集下有「他日復問説」五字，然南部、廣記引傳載均無此五字，當以類説爲是。

〔二〕果然：紺珠集上有「後」字。

**三四四、唐滕王極淫，諸官妻美者，無不嘗遍，詐言妃喚，即行無禮。時典籤崔簡妻鄭氏初到，王遣喚，欲不去，則怕〔一〕王**

之威，去則被王所辱。鄭曰：「昔愍懷之妃不受賊胡之逼，當今清泰，敢行此事邪？」遂入王中門外小閣，王在其中，鄭入，欲逼之，鄭大叫，左右曰：「王也。」鄭曰：「大王豈作如是？必家奴耳。」以〔二〕一隻履擊王頭破，抓面血流〔三〕。妃聞而出，鄭氏乃得還。王〔四〕慚，旬日不視事。簡每日參候，不敢離門。後王衙坐，簡向前謝過，王慚，卻入，月餘日乃出。諸官之妻曾被王喚入者，莫不羞之，其壻問之，無辭以對。說郛二、歷代小史本。新唐書七九高祖諸子滕王元嬰傳載此事。

新唐書七九高祖諸子滕王元嬰傳載：遷洪州都督，官屬妻美者，紿爲妃召，逼私之。嘗爲典籤崔簡妻鄭嫚罵，以履抵元嬰面，血流乃免。元嬰慚，歷旬不視事。

按：此事與前數事類，今附於此。

〔一〕則怕：中國國家圖書館藏明抄本說郛作「則懼」，歷代小史本作「懼」。

〔二〕以：中國國家圖書館藏明抄本說郛、歷代小史本作「取」。

〔三〕血流：中國國家圖書館藏明抄本說郛、歷代小史本作「流血」。

〔四〕王：歷代小史本下有「大」字。

三四五、（王）琚以諂諛險詖自進，未周年，爲中書侍郎。其母聞之，自洛赴京誡之曰：「汝徒以諂媚取容，色交自達，朝廷側目，海內切齒。吾嘗恐汝家墳壠無人守之。」琚慚懼，表請侍母。上初大怒，後許之。資治通鑑考異一二。

按：資治通鑑考異一二引此於「（開元元年）十一月命王琚按行北邊諸軍」下，司馬光按云「按舊傳，琚未嘗去官侍母，今不取」。

三四六、文昌左丞盧獻第二女先適鄭氏〔一〕，其夫早亡，誓不再醮。姿容端秀，顏調〔二〕甚高。姊夫羽林將軍李思沖，姊〔三〕亡之後，奏請續親，許之。兄弟並不敢白。思沖擇日備禮，贄幣甚盛，執致〔四〕就宅。盧氏拒〔五〕關，抗〔六〕聲詈曰：「老奴，我非汝匹也。」乃踰垣至所親家，截髮。沖奏之，敕不奪其志。後爲尼〔七〕，甚精進。太平廣記二七一、寶顏堂本三、明抄本四、顧本四、丁本四。新唐書二〇五列女傳、四庫本實賓録一四載此事。

新唐書二〇五列女傳載：崔繪妻盧者，鸞臺侍郎獻之女。獻有美名。繪喪，盧年少，家欲嫁之，盧稱疾不許。女兄適工部侍郎李思沖，早亡。思沖方顯重，表求繼室，詔許，家內外姻皆然可。思沖歸幣三百輿，盧不可，曰：「吾豈再辱於人乎？寧没身爲婢。」是夕，出自竇，糞穢巇面，還崔舍，斷髮自誓。思沖以聞，武后不奪也，詔爲浮屠尼以終。

按：太平廣記沈本此條在卷二七〇。

〔一〕鄭氏：新唐書列女傳作「崔繪」。

〔二〕顏調：寶顏堂本作「言辭」，明抄本、丁本作「韻調」。

〔三〕姊：明抄本、顧本、丁本作「姨」。

〔四〕致：寶顏堂本作「贄」，實賓録作「敕」，據下文「敕不奪其志」，疑當以實賓録爲是。

〔五〕拒：廣記沈本作「就」。

〔六〕抗：實賓録作「大」。

〔七〕尼：廣記沈本下有「姑」字。

三四七、滄州弓高鄧廉〔一〕妻，李氏女，嫁未周年而廉卒。李年十八，守志。設靈几，每日三上食，臨哭，布衣蔬食六七年。忽夜夢一男子，容止甚都〔二〕，欲求李氏爲偶，李氏睡中不許之。自後每夜夢見，李氏竟不受。以爲精魅，書符呪禁，終莫能絶。李氏嘆曰：「吾誓不移節，而爲此所撓，蓋吾容貌未衰故也。」乃援刀截髮，麻衣不濯，蓬鬢不理，垢面灰身。其鬼又謝李氏曰：「夫人竹柏之操，不可奪也。」自是不復夢見。郡守旌其門閭，至今尚有節婦里。太平廣記二七一、太平廣記詳節二二、寶顏堂本三、明抄本四、顧本四、丁本四。新唐書二〇五列女傳載此事。

新唐書二〇五列女傳載：堅貞節婦李者，年十七，嫁爲鄭廉妻。未踰年，廉死，常布衣蔬食。夜忽夢男子求爲妻，初不許，後數數夢之。李自疑容貌未衰醜所召也，即截髮，麻衣，不薰飾，垢面塵膚，自是不復夢。刺史白大威欽其操，號堅貞節婦，表旌門闕，名所居曰節婦里。

按：太平廣記沈本此條在卷二七〇，不注出處。

〔一〕鄧廉：新唐書列女傳作「鄭廉」。

〔二〕都：廣記沈本作「端」。

三四八、楊盈川姪女曰容華，幼善屬文，嘗爲新粧詩，好事者多傳之。詩曰：「宿鳥驚眠罷，房櫳乘曉開。鳳釵金作縷，鸞鏡玉爲臺。粧似臨池出，人疑月下〔一〕來。自憐終不見，欲去復徘徊。」太平廣記二七一、宋本記纂淵海一九一、類説四〇、寶顔堂本三、明抄本四、顧本四、丁本四。唐詩紀事七八載此事。

〔一〕月下：寶顔堂本、淵海作「向月」，顧本、丁本、廣記沈本作「下月」。

三四九、唐初，兵部尚書任瓌，敕賜宫女二人〔一〕，皆國色。妻妬，爛二女頭髮禿盡。太宗〔二〕聞之，令上宫齎金胡缾〔三〕酒賜之，云：「飲之立死。瓌三品，合置姬媵。爾後不妬，不須飲〔四〕；若妬，即飲之〔五〕。」柳氏〔六〕拜敕訖，曰：「妾與瓌結髮夫妻，俱出微賤，更相輔翼，遂致榮官。瓌今多内嬖，誠不如死。」飲盡堅卧，了無他故，以至睡醒〔七〕。帝謂瓌曰：「人不畏死，不可以死恐。朕尚不能禁，卿其奈何〔八〕。」其〔九〕二女令别宅安置。太平廣記二七二、太平廣記詳節二三、古今合璧事類備要前集三〇、古今事文類聚後集一五、寶顔堂本三、明抄本四、顧本四、丁本四。太平廣記二四八引御史臺記載此事。

太平廣記二四八引御史臺記載：唐管國公任瓌酷怕妻。太宗以功賜二侍女，瓌拜謝，不敢以歸。太宗召其妻，賜鴆酒，謂之曰：「婦人妬忌，合當七出。若能改行無妬，則無飲此酒。不爾，可飲之。」曰：「妾不能改妬，請飲酒。」遂飲之。比醉歸，與其家死訣。其實非鴆也，既不死。

〔一〕人：廣記談本作「女」，據寶顏堂本、明抄本、顧本、丁本、詳節改。合璧作「艷姬」，事文作「美姬」。

〔二〕太宗：舊唐書五九任瓌傳載：「隱太子之誅也，瓌弟璨時爲典膳監，瓌坐左遷通州都督。貞觀三年卒。」其爲兵部尚書當在高祖時，然廣記引御史臺記亦作「太宗」，則僉載原本當亦如此。

〔三〕金胡餅：張校據寶顏堂本改作「金壺餅」，明抄本、顧本、丁本作「金壺瓶」。然唐有「胡餅」，指胡地所産或據胡人樣式所造之餅，爲盛酒之具，如王維王摩詰文集三爲崔常侍謝賜物表云「吐蕃贊普公主信物金胡餅等十一事」，安祿山事跡上有「金窯細胡餅二」，均是其例，今仍從廣記談本。

〔四〕飲：廣記談本下衍「之」字，據寶顏堂本、明抄本、顧本、丁本、廣記孫本、詳節、合璧、事文刪。

〔五〕之：廣記談本無，據寶顏堂本、明抄本、顧本、丁本、廣記孫本、詳節補。

〔六〕柳氏：詳節、合璧、事文同，舊唐書任瓌傳作「劉氏」。

〔七〕飲盡堅臥了無他故以至睡醒：廣記談本作「遂飲盡然非酖也既睡醒」，據詳節改。寶顏堂本作「飲盡而臥然實非酖也至半夜睡醒」，明抄本、顧本、丁本作「飲盡□□□□□睡醒」，類説作「飲盡覆被睡醒」，合璧、事文作「乞飲盡無他」。蓋廣記原有脱文，後人以意擬補，故諸本不同，當以詳節所存爲近是。

〔八〕人不畏死不可以死恐朕尚不能禁卿其奈何：十八字廣記談本作「其性如此朕亦當畏之」，據詳節、合璧、事文改。明抄本、顧本、丁本作「□□□□□□□□□□奈何」，末二字與詳節同，蓋廣記原本有闕文，談本爲後人臆補，不可據。

〔九〕其：廣記談本作「因詔」，據明抄本、顧本、丁本、詳節改。

三五〇、唐宜城公主駙馬裴巽有外寵一人，公主遣閹〔一〕人執之，截其耳鼻，剝其陰皮，漫駙馬臉上，并截其髮，令廳上判事，集僚吏共觀之。駙馬、公主，一時皆被奏降，公主爲郡主〔二〕，駙馬左遷也。說郛二、歷代小史本。新唐書八三諸帝公主宜城公主傳載此事。

新唐書諸帝公主宜城公主傳載：宜城公主，始封義安郡主。下嫁裴巽。巽有嬖姝，主恚，刵耳劓鼻，且斷巽髮。帝怒，斥爲縣主，巽左遷。

按：此事與前任瓌妻事類，今附於後。

〔一〕閹：歷代小史本無。

〔二〕郡主：新唐書諸帝公主宜城公主傳作「縣主」。

三五一、隋開皇中，京兆韋衮有奴曰桃符，每征討將行，有膽力。衮至左衛中郎，以桃符久從驅使，乃放從良。符家有黄㹀牛，宰而獻之，因問衮乞姓。衮曰：「止從我姓，爲韋氏。」符叩頭曰：「不敢與郎君同姓。」衮曰：「汝但從之，此有深意。」故至今爲「黄㹀〔一〕犢子韋」，即韋庶人其後也。不許異姓者，蓋慮年代深遠〔二〕，子孫或與韋氏通婚，此其意也。太平廣記二七五、寶顔堂本三、明抄本四、顧本四、丁本四。

〔一〕㹀：廣記談本無，據明抄本、顧本、丁本補。廣記沈本作「柏」，即「㹀」之音近誤字，新唐書三五五行志有「城南黄㹀犢子韋」句，亦可證當有此字。

〔二〕年代深遠：廣記談本作「年深代遠」，張校據廣記孫本、廣記沈本、寶顔堂本改，明抄本、顧本、丁本亦同，張校所改當是，今從之。

三五二、唐則天后〔一〕嘗〔二〕夢一鸚鵡，羽毛甚偉，兩翅俱折，以問宰臣，群公默然。內史狄仁傑曰：「鵡者，陛下姓也。兩翅折者，陛下二子廬陵、相王也。陛下起此二子，兩翅全也。」武〔三〕承嗣、武三思連項皆赤。後契丹〔四〕圍幽州，檄朝廷曰：「還我廬陵、相王來。」則天乃憶狄公之言，曰〔五〕：「卿曾爲我占夢，今乃應矣。朕欲立太子，何者爲得〔六〕？」仁傑〔七〕曰：「陛下內有賢子，外有賢姪，取舍詳擇，斷在聖〔八〕衷。」則天曰：「我自有聖子，承嗣、三思，是何疥癬！」承嗣等懼，掩耳而走。即降敕追廬陵。河內王等奏，不許入城，龍門安置。賊徒轉盛，陷没冀州。則天急，乃立廬陵王〔九〕爲太子，充元帥。初，募兵無有應者，聞太子行，北邙山頭皆〔一〇〕兵滿，無容人處。賊自退散。太平廣記二七七、資治通鑑考異一一、寶顏堂本三、明抄本四、顧本四、丁本四。

〔一〕后：考異無。

〔二〕嘗：廣記談本無，據寶顏堂本、明抄本、顧本、永樂大典一三一四〇引廣記補。丁本作「常」，考異作「曾」。

〔三〕武：考異作「魏王」。

〔四〕契丹：考異下有「反」字。

〔五〕曰：考異上有「謂之」二字。

〔六〕得：顧本、丁本下有「策」字。

〔七〕仁傑：廣記談本作「傑」，據寶顏堂本、明抄本、大典引廣記、考異補「仁」字。顧本、丁本作「策」。

〔八〕聖：考異作「宸」。

〔九〕「河內王」至「廬陵王」：二十九字廣記談本作「立」，據考異補改，蓋廣記引文删省。

〔一〇〕皆：考異無。

三五三、唐薛季昶爲荆州長史，夢猫兒伏卧於堂限上，頭向外。以問占者張猷，猷曰：「猫兒者，爪牙；伏門限者，閫外之事。君必知軍馬之要。」未旬日，除桂州都督、嶺南招討使。太平廣記二七七、寶顔堂本三、明抄本四、顧本四、丁本四。

三五四、給事中陳安平子年滿赴選，與鄉人李仙藥卧，夜夢十一月養蠶。仙藥占曰：「十一月養蠶，冬絲也。君必送東司。」數日，果送吏部。太平廣記二七七、寶顔堂本三、明抄本四、顧本四、丁本四。

三五五、饒陽李瞿曇，勳官番滿選，夜夢一母猪極大。李仙藥占曰：「母猪，豘主也。君必得屯主。」數日唱〔一〕，如其言。

〔一〕唱：廣記談本作「果」，據明抄本、顧本、丁本、廣記沈本改。「唱」，即唱名，如舊唐書九玄宗本紀載天寶十二載「春正月壬子，楊國忠於尚書省注官，注訖，於都堂對左相與諸司長官唱名」。

太平廣記二七七、寶顔堂本三、明抄本四、顧本四、丁本四。

三五六、張鷟曾夢一大鳥，紫色，五彩成文，飛下至庭前，不去。以告祖父，云：「此吉祥也。昔蔡衡云：鳳之類有五：其色〔一〕赤文章者〔二〕，鳳也；青者，鸞也；黄者，鵷鶵〔三〕也；白者，鴻鵠也；紫者，鸑鷟也，此鳥爲鳳凰之佐。汝〔四〕當爲帝輔也。」遂以爲名字焉。鷟初舉進士，至懷州，夢慶雲覆其身。其年對策，考功員外騫味道以爲天下第一。又初爲岐王屬，夜夢著緋乘驢，睡中〔五〕自怪：「我衣緑裳〔六〕乘馬，何爲衣緋卻乘驢？」其年應舉及第，授鴻臚丞，未經考而授五品，此〔七〕其應也。

太平廣記二七七、古今合璧事類備要前集四一、翰苑新書前集六三、永樂大典一三一四〇、寶顔堂本三、明抄本四、顧本四、丁本四。舊唐書一四九張薦傳、分門古今類事七引唐逸史載此事。

舊唐書一四九張薦傳載：祖鷟字文成，聰警絶倫，書無不覽。爲兒童時，夢紫色大鳥，五彩成文，降于家庭。其祖謂之曰：「五色赤文，鳳也；紫文，鸑鷟也，爲鳳之佐，吾兒當以文章瑞於明廷。」因以爲名字。初登進士第，對策尤工，考功員外郎騫味道賞之……調岐王府參軍。……再授長安尉，遷鴻臚丞。

分門古今類事七引唐逸史載：張薦少時，曾夢一大鳥，紫色五彩成文，飛下，至庭前不去。告其父祖，云：「此吉祥也。鳳鳥有五色，赤文章者鳳也，青者鸞也，黄者鵷鶵也，紫者鸑鷟也。此鳥爲鳳凰之佐，汝當爲帝輔也。」因以名之。後舉進士，制策爲岐王屬。夜夢著緋衣乘驢。睡覺，自怪我緑衣乘馬，何爲衣緋却乘驢。尋改授鴻臚卿，乘驢之應也。未經考，改授五品，衣緋之應也。

〔一〕其色：大典無。

〔二〕文章者：廣記談本無「者」，據明抄本、顧本、丁本、類事、大典補，御覽九一六引決録注載蔡衡云「多赤色者鳳」，舊唐書張薦傳作「五色赤文，鳳也」，證僉載原本「文章」下當讀斷，有「者」字是，與下「鸞也」「鵷鶵也」「鴻鵠也」句式一致，寶顔堂本作「者文章」，當誤。

〔三〕鵷鶵：廣記談本作「鵷雛」，據寶顔堂本、明抄本、顧本、丁本、類事、大典、太平御覽引決録注改。

〔四〕汝：明抄本、顧本、丁本無。

〔五〕中：類事作「覺」。

〔六〕裳：寶顔堂本作「當」，合璧、類事、翰苑無。

〔七〕此：合璧、翰苑作「以」。

**三五七、河東裴元質初舉進士，明朝唱第〔一〕，夜夢一狗從竇出，挽弓射之，其箭遂擘，以爲不祥。問曹良史，曰：「吾往唱第之夜，亦爲此夢。夢神爲吾解之曰：『狗者〔二〕，第字頭也；弓〔三〕，第字身也；箭者，第豎也；有擘爲第也。』」尋而唱第，果如夢焉。**

太平廣記二七七、古今合璧事類備要前集三七、錦繡萬花谷前集二二、永樂大典一三一三九、寶顔堂本三、明抄本四、顧本四、丁本四。

〔一〕第：廣記談本作「策」，明抄本作「質」，據丁本及下文「尋而唱第」句改，下「吾往唱第」句同改。通典一五選舉典載開元二十五年制云「其應試進士等，唱第訖，具所試雜文及策送中書門下詳覆」。

〔二〕狗者：合璧、萬花谷作「苟」。

〔三〕弓：合璧、萬花谷下有「者」字。

**三五八、唐右丞盧藏用、中書令崔湜，太平黨，被流嶺南。至荊州，湜夜夢講坐下聽法而照鏡，問善占夢張猷〔一〕，謂〔二〕盧右丞曰：「崔令公大惡夢。坐下聽講，法從上來也；鏡字，金旁〔三〕竟也。其竟於今日乎？」尋有御史陸遺逸〔四〕齎敕令湜自盡。**太平廣記二七九、寶顏堂本三、明抄本四、顧本四、丁本四。舊唐書七四崔湜傳載此事。

舊唐書七四崔湜傳載：時湜與尚書右丞盧藏用同配流俱行，湜謂藏用曰：「家弟承恩，或冀寬宥。」因遲留不速進。行至荊州，夢於講堂照鏡，曰：「鏡者明象，吾當爲人主所明也。」以告占夢人張由，對曰：「講堂者受法之所，鏡者於文爲『立見金』，此非吉徵。」其日追使至，縊於驛中，時年四十三。

〔一〕張猷：舊唐書崔湜傳作「張由」，御覽四〇〇引唐書、册府八九三作「張申」，「申」蓋「由」之形近誤字，廣記二七七「薛季昶」條引僉載亦作「張猷」，疑當以作「張猷」爲是。

〔二〕謂：御覽、册府作「申退曰」，疑僉載此上脱一「猷」字。

〔三〕旁：寶顏堂本、丁本作「傍」，明抄本作「據」。

〔四〕陸遺逸：廣記談本作「陸遺免」，寶顏堂本作「陸遺勉」，明抄本作「陸遺」，顧本、丁本作「陸遺免」，唐郎官石柱題名金部員外郎有「陸遺逸」，題名考一六引僉載此事，以爲一人，是。廣記四九四「房光庭」條引御史臺記載：「房光庭爲尚書郎，故人薛昭流放，而投光庭。既敗，御史陸遺逸逼之急。光庭懼，乃見時宰。」亦作「陸遺逸」。今據二書改。

三五九、洛州杜玄有牛一頭，玄甚憐之。夜夢見其牛有兩尾，以問占者李仙藥，曰：「牛字有兩尾，失字也。」經數日，果失之。太平廣記二七九、寶顏堂本三、明抄本四、顧本四、丁本四。

三六〇、唐載初年中，來俊臣羅織，告故庶人賢二子夜遣巫祈禱星月，呪詛不道，栲楚酸痛，奴婢妄證，二子自誣〔一〕，並鞭殺之，朝野傷痛。浮休子張鷟曰：「下里庸人，多信厭禱；小兒婦女，甚重符書。蘊慝崇姦，搆〔二〕虛成實。埳土用血，誠伊戾之故爲；掘地埋桐，乃江充之擅造也。」太平廣記二八三、寶顏堂本三、明抄本四、顧本四、丁本四。

〔一〕誣：廣記談本作「巫」，張校據廣記孫本、廣記沈本及寶顏堂本改，明抄本、顧本、丁本亦同，張校所改是，今從之。

〔二〕搆：明抄本作「組」，顧本、丁本作「祖」。

三六一、唐韋庶人之全盛日，好厭禱，並將昏鏡以照人，令其迷〔一〕亂。與崇仁坊邪俗師婆阿來專行厭魅。平王誅之。後往往於殿上掘得巫蠱，逆〔二〕韋之輩爲之也。太平廣記二八三、寶顏堂本三、明抄本四、顧本四、丁本四。

〔一〕迷：寶顏堂本、明抄本作「速」，當誤。

〔二〕逆：寶顏堂本上有「皆」字，明抄本、顧本、丁本作「皆」，無「逆」字。

三六二、唐韋庶人葬其父韋玄貞〔一〕，號酆王。葬畢，葬〔二〕官人賂見鬼師雍文智，詐宣酆王教曰：「當作官人，甚大艱苦，宜與賞，著緑者與緋。」韋庶人悲慟，欲依鬼教與之。未處分間，有告文智詐受賄賂，驗，遂斬之。太平廣記二八三、寶顏堂本三、明抄本四、顧本四、丁本四。

〔一〕韋玄貞：廣記談本無「玄」字，趙校、張校、郝校據舊唐書韋庶人傳補。通鑑二〇八中宗神龍元年九月載：「改葬上洛王韋玄貞，其儀皆如太原王故事。」神龍二年載：「夏四月，改贈后父韋玄貞爲酆王。」亦有「玄」字，廣記當爲宋人避諱所省，今據補。

〔二〕葬：寶顔堂本、明抄本無，顧本、丁本空闕。

三六三、唐中宗〔一〕之時，有見鬼師彭君卿被御史所辱。他日，對百官總集，詐宣孝和敕曰：「御史不存檢校，去卻巾帶。」即去之。曰：「有敕與一頓杖。」大使曰：「御史不奉正敕，不合決杖。」君卿曰：「若不合，有敕且放卻。」御史裹頭，仍舞蹈拜謝而去。觀者駭之。太平廣記二八三、寶顔堂本三、明抄本四、顧本四、丁本四。

〔一〕唐中宗之時：下文「孝和」即唐中宗，彭君卿既云見孝和，則此當在中宗去世後，疑「唐中宗之時」五字爲宋人編廣記時誤加。廣記一八六載彭君卿奏復斜封官事在睿宗景雲年間，亦可證此作「唐中宗」之誤。

三六四、唐浮休子張鷟爲德州平昌令。大旱，郡符下令以師婆、師〔一〕僧祈之，二十餘日無効。浮休子乃推土龍倒，其夜雨足。江淮南好神鬼，多邪俗，病即祀之，無醫人。浮休子曾於江南洪州停數日，遂聞土人何婆善琵琶卜，與同行人郭司法質焉。其何婆，士女填門，餉遺滿道，顔色充悦，心氣殊高。郭再拜下錢，問其品秩。何婆乃調絃柱，和聲氣曰：「箇丈夫富貴，今年得一品，明年得二品，後年得三品，更後年得四品。」郭曰：「何婆錯，品少者官高，品多者官小。」何婆曰：「今年減一品，明年減二品，後年減三品，更後年減四品，更〔二〕得五六年，總沒品。」郭大罵而起。太平廣記二八三、寶顔堂本三、明抄本四、顧本四、丁本四。

〔一〕師：廣記談本空闕，張校據廣記沈本及寶顔堂本補，明抄本、顧本、丁本亦有，張校所補是，今從之。

〔二〕更：廣記談本上有「忽」字，張校據廣記孫本、廣記沈本及寶顔堂本刪，明抄本、顧本、丁本亦無，張校所刪當是，今從之。

三六五、唐崇仁坊阿來婆〔一〕彈琵琶卜，朱紫填門。浮休子張鷟曾往觀之，見一將軍，紫袍玉帶，甚偉，下一匹細綾，請一局卜。來婆鳴絃柱，燒香，合眼而唱：「東告東方朔，西告西方朔，南告南方朔，北告北方朔，上告上方朔，下告下方朔。」將軍頂禮既，告請甚多，必望細看，以決疑惑。遂即隨意支配〔二〕。太平廣記二八三、寶顏堂本三、明抄本四、顧本四、丁本四。

〔一〕阿來婆：明抄本、顧本作「何來婆」。

〔二〕配：廣記沈本下有「之」字。

三六六、唐咸亨中，趙州祖珍儉有妖術。懸水甕於梁上，以刀斫之，繩斷而甕不落。又於空房内密閉門，置一甕水，橫刀其上。人良久入看，見儉支解五段，水甕皆是血。人去之後，平復如初。冬月極寒，石臼冰〔一〕凍，呪之拔〔二〕出。賣卜於信都市，日取百錢，蓋君平之法〔三〕也。後被人糺告，引向市斬之，顔色自若，了無懼。命紙筆作詞，精彩不撓。太平廣記二八五、寶顏堂本三、明抄本四、顧本四、丁本四。

〔一〕冰：寶顏堂本、明抄本、顧本、丁本作「水」。

〔二〕拔：顧本、丁本作「火」。

〔三〕法：顧本作「流」。

三六七、唐凌空觀〔一〕葉道士，呪刀盡力斬病人肚，橫桃柳於腹上，桃柳斷而肉不傷。後〔二〕將雙〔三〕刀斫一女子，應手兩段，血流遍地，家人大哭。道士取續之，噴水而呪，須臾平復如故。太平廣記二八五、寶顏堂本三、明抄本四、顧本四、丁本四。

〔一〕凌空觀：廣記談本作「陵空觀」，據明抄本、舊唐書三七五行志、一九一方伎葉法善傳、唐會要四四及新唐書三四五行志改。

〔二〕後：寶顏堂本作「復」，明抄本、顧本、丁本作「從」。

〔三〕雙：明抄本、顧本、丁本、廣記孫本、廣記沈本作「桒」。

**三六八、唐河南府立德坊及南市、西坊，皆有胡祆〔一〕神廟。每歲商胡祈福，烹猪殺羊〔二〕，琵琶鼓笛，酣歌醉舞。酧〔三〕神之後，募一胡爲祆主，看者施錢並與之。其祆主取一横刀，利同霜雪，吹毛不過，以刀刺腹，刃出於背，仍亂擾〔四〕腸〔五〕肚流血。食頃，噴水呪之，平復如故。此蓋西域之幻法也。**太平廣記二八五、寶顏堂本三、明抄本四、顧本四、丁本四。廣川畫跋四載此事。

〔一〕祆：廣記談本作「妖」，據寶顏堂本、明抄本、顧本、丁本及廣川畫跋改。下同。通典四〇職官典注云：「祆者，西域國天神……武德四年，置祆祠及官，常有群胡奉事。」

〔二〕烹猪殺羊：廣川畫跋作「夷士女烹宰」。「殺」，寶顏堂本、明抄本、顧本、丁本無。

〔三〕酧：寶顏堂本、丁本作「酹」，顧本作「醉」。

〔四〕擾：明抄本作「攪」，丁本作「授」。

〔五〕腸：廣川畫跋作「腹」。

**三六九、唐涼州〔一〕祆〔二〕神祠，至〔三〕祈禱日，祆主以利鐵〔四〕從額上釘之，直洞〔五〕腋下。即出門，身輕若飛，須臾數〔六〕百里，至西祆神前舞一曲，即卻至舊祆所。乃〔七〕拔釘，一無所損，卧十餘日，平復如初。莫知其所以然也。**太平廣記二八五、寶顏堂本三、明抄本四、顧本四、丁本四。廣川畫跋四載此事。

〔一〕涼州：廣記談本作「梁州」，據寶顏堂本、明抄本、顧本、丁本、廣川畫跋改。

〔二〕祆：廣記談本作「妖」，據寶顏堂本、明抄本、顧本、丁本、廣川畫跋改。下同。

〔三〕至：明抄本、顧本、丁本、廣記孫本無。

〔四〕利鐵：寶顏堂本作「鐵釘」，明抄本、顧本、丁本作「鐵」，廣川畫跋作「利刃」。

〔五〕洞：廣川畫跋作「至」。

〔六〕數：明抄本、顧本、丁本無。

〔七〕乃：廣記沈本作「方」，廣川畫跋作「乃爲」。

三七〇、唐明崇儼有術法。大帝〔一〕試之，爲地窨，遣妓奏樂。引儼至，謂曰：「此地常聞絃管，是何祥也？卿能止之乎〔二〕？」儼曰：「諾。」遂書二桃符，於其上釘之，其聲寂〔三〕然。上笑，喚妓人問，云：「見二龍頭張口向上，遂怖懼，不敢奏樂也。」上大悦。太平廣記二八五、寶顏堂本三、明抄本四、顧本四、丁本四。新唐書二〇四方技明崇儼傳載此事。

新唐書二〇四方技明崇儼傳載：試爲窋室，使宫人奏樂其中，召崇儼問：「何祥邪？爲我止之。」崇儼書桃木爲二符，剚室上，樂即止，曰：「向見怪龍，怖而止。」

〔一〕大帝：廣記談本作「文帝」，張校據廣記孫本、廣記沈本及寶顏堂本改，明抄本亦作「大帝」，張校所改當是，今從之。

〔二〕乎：廣記談本無，張校據廣記沈本及寶顏堂本補，明抄本、顧本、丁本亦有，張校所補當是，今從之。

〔三〕寂：明抄本、顧本、丁本作「默」，廣記沈本作「黯」。

三七一、唐蜀縣令劉靖〔一〕妻患病〔二〕，正諫大夫明崇儼診之，曰：「須得生龍肝，食之必愈。」靖以爲不可得。儼乃書符，乘風放之上天。須臾，有龍下入甕水中，剔取肝，食之而差。大帝〔三〕盛夏須雪及枇杷、龍眼子〔四〕，儼坐頃間，往陰山取雪，至嶺〔五〕取果子並到，食之無別。時四月〔六〕，瓜未熟，上思之，儼索百錢將去。須臾，得一大瓜，云緱氏老人園内得之。上追老人至，問之，云：「土埋一瓜，擬進。適看〔七〕，唯得百錢耳。」儼獨臥〔八〕堂中，夜被刺死，刀子仍在心上。勑求賊甚急，竟無踪緒。

或以爲儼役鬼勞苦，被鬼殺之。孔子曰：「攻乎異端，斯害也已。」信哉！太平廣記二八五、寶顏堂本三、明抄本四、顧本四、丁本四。新唐書二〇四方技明崇儼傳載此事。

新唐書二〇四方技明崇儼傳載：盛夏，帝思雪，崇儼坐頃取以進，自云往陰山取之。四月，帝憶瓜，崇儼索百錢，須臾以瓜獻，曰：「得之緱氏老人圃中。」帝召老人問故，曰：「埋一瓜失之，土中得百錢。」累遷正諫大夫。……儀鳳四年，爲盜所刺於東都，好事者爲言：「崇儼役鬼勞苦，爲鬼所殺。」而太后疑太子使客殺之。

〔一〕劉靖：廣記沈本、寶顏堂本作「劉靜」，張校據改，明抄本、顧本、丁本亦作「劉靜」，然無確證，今仍從廣記談本。

〔二〕病：廣記談本無，今據廣記沈本補。張校據寶顏堂本補作「疾」。

〔三〕大帝：廣記談本作「文帝」，張校據廣記孫本、廣記沈本及寶顏堂本改，明抄本、顧本、丁本亦作「大帝」，新唐書方技明崇儼傳載此事在高宗時，亦可證當以作「大帝」爲是，今從張校改。

〔四〕子：寶顏堂本、明抄本無。

〔五〕嶺：寶顏堂本下有「南」字。

〔六〕四月：廣記談本無，據寶顏堂本、明抄本、顧本、丁本、廣記沈本及新唐書方技明崇儼傳補。

〔七〕看：廣記談本作「賣」，汪校據廣記沈本改，明抄本、顧本、丁本亦作「看」，新唐書方技明崇儼傳云「埋一瓜失之，土中得百錢」，其意與「看」近而不涉「賣」，證汪校所改是，今從之。

〔八〕卧：寶顏堂本、明抄本、顧本、丁本作「坐」。

三七二、唐則天朝有鼎師者，瀛州〔一〕博野人，有奇術〔二〕。太平公主進〔三〕，則天試之，以銀甕盛酒三斗，一舉而飲盡。又曰：「臣能食醬。」即令以銀甕盛醬一斗，鼎師以匙抄之，須臾即竭。則天欲與官，鼎曰：「情愿出家。」即與剃頭。後則天之復辟也，鼎曰：「如來螺髻，菩薩寶首。若能修道，何必剃除。」遂長髮。使張濳决[四]一百，不廢行動，亦無瘡痍，時人莫測。太平廣記二八五、寶顔堂本三、明抄本四、顧本四、丁本四。

〔一〕瀛州：廣記談本無「州」字，張校據廣記孫本、寶顔堂本補，明抄本、顧本、丁本亦有，張校所補是，今從之。

〔二〕奇術：廣記談本作「奇行」，張校據廣記孫本改作「奇術」，明抄本、顧本、丁本亦作「奇術」，張校所改當是，今從之。

〔三〕進：張校據廣記沈本下補「之」字，然無他證，今仍從廣記談本。

〔四〕决：廣記沈本作「杖」。

三七三、唐大足年中，有妖[一]妄人李慈德，自云能行符書厭，則天於内安置。布豆成兵馬，畫地爲江河，與給使相知削竹爲鎗，纏被爲甲，三更於内反，宫人擾亂相殺[二]者十二三。羽林將軍楊玄基聞内裹聲叫，領兵斬關而入，殺慈德、閹豎[三]數十人。惜哉，慈德以厭爲容[四]，以厭而[五]喪。太平廣記二八五、寶顔堂本三、明抄本四、顧本四、丁本四。

〔一〕妖：寶顔堂本、明抄本、丁本、廣記孫本作「祆」。

〔二〕殺：廣記談本作「投」，張校據寶顔堂本改，明抄本亦作「殺」，張校所改當是，今從之。

〔三〕豎：廣記沈本作「宦」。

〔四〕容：寶顔堂本、明抄本作「客」。

〔五〕而：廣記孫本、廣記沈本作「爲」。

三七四、唐孝和帝令内道場僧與道士各述所能，久而不决。玄都觀葉法善取胡桃二升，並殼食之並盡。僧仍不伏，法善燒一鐵鉢赫赤，兩手欲合老僧頭上，僧唱「賊」，袈裟掩頭[一]而走。孝和撫掌大笑。太平廣記二八五、寶顔堂本三、明抄本四、顧本四、丁本四。

〔一〕掩頭：明抄本作「揞頭」，廣記孫本作「措頭」，廣記沈本作「蒙頭」。

三七五、唐道士羅公遠，幼時不慧，遂〔一〕入梁山數年，忽有異見，言事皆中。勅追入京。先天中，皇太子設齋，遠從太子乞金銀器物，太子靳固不與。遠曰：「少時自取。」太子自封署房門，須臾，開視，器物一無所見。東房先封閉，往視之，器物並在其中。又借太子所乘馬，太子怒，不與。遠曰：「已取得來，見於後園中放在。」太子急往櫪上檢看，馬在如故。侍御史袁守一將食器數枚就羅公遠看年命，奴擎衣襆在門外，不覺須臾在公遠〔二〕衣箱中。諸人大驚，莫知其然。太平廣記二八五、寶顏堂本三、明抄本四、顧本四、丁本四。

〔一〕遂：寶顏堂本、明抄本、顧本、丁本、廣記孫本無。

〔二〕公遠：廣記談本倒作「遠公」，據寶顏堂本、明抄本、顧本、丁本乙正。

三七六、周有婆羅門僧惠範〔一〕，姦矯狐魅，挾邪作蠱，趦趄鼠黠，左道弄權。則天以爲聖僧〔二〕，賞賚甚重。太平以爲梵王〔三〕，接納彌優。生其羽翼，長其光價。孝和臨朝，常乘官馬，往還宮掖。太上登極，從以給使，出入禁門。每入，即賜綾羅金銀器物。氣岸甚高，風神傲誕。內府〔四〕珍寶，積在僧家。矯說祅祥，妄陳禍福。神武斬之，京師稱快也。太平廣記二八八、寶顏堂本五、顧本八、丁本八。

〔一〕惠範：尚書故實、大唐新語二、四、舊唐書七睿宗本紀、三七五行志、一〇一薛登傳等同，舊唐書七七柳渙傳，新唐書八三諸帝公主太平公主傳、一一二薛登傳，通鑑二〇八、二〇九作「慧範」。

〔二〕僧：顧本、丁本無。

〔三〕梵王：顧本、丁本、廣記孫本作「梵主」。

〔四〕府：顧本、丁本、廣記孫本、廣記沈本作「有」。

三七七、唐道士史崇玄，懷州〔一〕河内縣縫靴人也。後度爲道士，矯假〔二〕人也。附太平，爲太清觀主。金仙、玉真出俗，立爲尊師。每入内奏請，賞賜甚厚，無物不賜。授鴻臚卿，衣紫羅裙帔，握〔三〕象笏，佩魚符，出入禁闈〔四〕，公私避路。神武斬之，京師〔五〕中士女相賀。太平廣記二八八、宋本記纂淵海一八八、事物紀原七、寶顏堂本五、顧本八、丁本八。

〔一〕懷州：廣記談本無「州」字，張校據廣記孫本及寶顏堂本補，顧本、丁本亦有，張校所補是，今從之。

〔二〕矯假：顧本、寶顏堂本作「僑假」，誤。「矯假」，行詐之義，南齊書四九王奐傳載永明十一年王奐殺劉興祖，孔稚珪奏論其事云「推理檢迹，灼然矯假」，即是此義。

〔三〕帔握：廣記談本作「帔幄」，據寶顏堂本改。汪本、張本均徑改作「帔握」，顧本作「帷幄」，丁本作「幄帔」。道藏本三洞奉道科戒五載山居法師法服「黄裙帔三十六條」，常道士法服「黄裙帔二十四條」，是此裙帔連文，指道士法服。

〔四〕禁闈：張校據廣記沈本改作「禁闥」，然作「禁闈」可通，不煩改字，今仍從廣記談本。

〔五〕師：寶顏堂本、顧本、丁本、廣記孫本無，疑是。

三七八、嶺南風俗，家有人病，先殺雞、鵝等以祀之，將爲修福；若不差，即次〔一〕殺猪、狗以祈之；不差，即次殺太牢以禱之；更不差，即是命也〔二〕，不復更祈。死則打鼓鳴鍾〔三〕於堂，比〔四〕至葬訖。初死，旦〔五〕走，大叫而哭。太平廣記二八八、寶顏堂本五、顧本八、丁本八。

〔一〕次：廣記談本作「刺」，張校據廣記沈本及寶顏堂本改，顧本、丁本亦作「次」，張校所改是，今從之。

〔二〕也：寶顏堂本、顧本、丁本無。

〔三〕鍾：顧本、丁本作「春」，廣記孫本作「春」，廣記沈本作「金」。

〔四〕堂比：顧本作「堂以」，丁本作「堂北」，廣記沈本作「北堂」。

〔五〕旦：寶顔堂本、顧本、丁本作「且」，疑是。

三七九、唐景雲中，有長髮賀玄景自稱五戒賢者，同爲祆〔一〕者十餘人，陸渾山〔二〕中結草舍，幻惑愚人子女，傾家産事之，紿云至心求者必得成佛。玄景爲金薄袈裟，獨坐暗室，令愚者竊視，云佛放光，衆皆懾伏。緣於懸崖下燒火，遣數人於半崖間披紅碧紗爲仙衣，隨風習颺，令衆觀之，誑曰：「此仙〔三〕也。」各令著仙衣以飛就之，即得成道。尅日設齋，飲〔四〕中置莨菪子，與衆餐之。女子好髮者，截取爲剃頭，串仙衣，臨崖下視，眼花恍惚，推崖底，一時燒殺，没〔五〕取資財。事敗，官司來檢，灰中得焦拳屍柩〔六〕數百餘人。敕決殺玄景，縣官左降。太平廣記二八八、寶顔堂本五、顧本八、丁本八。

〔一〕祆：寶顔堂本、顧本、丁本、廣記沈本作「妖」。

〔二〕陸渾山：寶顔堂本、顧本、丁本上有「於」字。

〔三〕仙：顧本、丁本、廣記沈本作「人」。

〔四〕飲：顧本作「飯」，廣記沈本作「食」，疑是。

〔五〕没：廣記沈本作「盡」。

〔六〕屍柩：趙校據廣記沈本改作「屍骸」。屍柩有屍體之義，如三國志魏書一〇荀彧傳裴注引平原禰衡傳云：「將南還荆州，裝束臨發，衆人爲祖道，先設供帳於城南。自共相誡曰：『衡數不遜，今因其後到，以不起報之。』及衡至，衆人皆坐不起。衡乃號咷大哭，衆人問其故，衡曰：『行屍柩之間，能不悲乎！』」疑後人不明此義改作「骸」。

三八〇、唐景龍中，瀛州進一婦人，身上隱起浮圖塔廟諸佛形像。按察使進之，授五品，其女婦留内道場。逆韋死後，不知去處。太平廣記二八八、寶顏堂本五、顧本八、丁本八。

三八一、周證聖元年，薛師名懷義〔一〕造功德堂一千尺於明堂北。其中大像高九百尺，鼻如千斛船，小指中容數十人並坐，夾紵以漆之。正月十五〔二〕，起無遮大會於朝堂〔三〕，掘地深五丈〔四〕，以結綵〔五〕爲宮殿臺閣，屈竹爲胎，張施爲楨蓋。又爲大像〔六〕金剛，並坑中引上，詐稱從地涌出。又刺牛血畫作大像頭，頭高二百尺，誑言薛師膝上血作之。觀者填城溢郭，士女雲會。内載錢拋之，更相蹈藉〔七〕，老少死者非一。至十六日，張像於天津橋南，設齋。二更，功德堂火起，延及明堂，飛燄衝天，洛城光如晝日。其堂作仍未半，已高七十餘尺，又延燒金銀庫，鐵汁流液，平地尺餘，人不知錯入者，便即焦爛。其堂煨燼，尺木無遺。至曉，乃〔八〕更設會，暴風欻起，裂血像爲數百段。浮休子曰：「梁武帝捨身同泰寺，百官傾庫物以贖之。其夜欻電霹靂，風雨瞑晦〔九〕，寺浮圖佛殿，一時盪盡。非理之事，豈如來本意哉！」太平廣記二八八、寶顏堂本五、顧本八、丁本八。資治通鑑二〇五載此事。

資治通鑑二〇五證聖元年正月載：乙未，作無遮會於明堂，鑿地爲阬，深五丈，結綵爲宮殿，佛像皆於阬中引出之，云自地涌出。又殺牛取血，畫大像，首高二百尺，云懷義刺膝血爲之。丙申，張像於天津橋南，設齋。時御醫沈南璆亦得幸於太后，懷義心愠，是夕，密燒天堂，延及明堂，火照城中如晝，比明皆盡，暴風裂血像爲數百段。太后恥而諱之，但云内作工徒誤燒麻主，遂涉明堂。

〔一〕名怀義：三字於此句意嫌複，疑爲注文闌入正文。

〔二〕正月十五：張校據廣記孫本於下補「日」字，丁本亦有，然寶顏堂本、顧本無，無此字亦通，今仍從廣記談本。「正月」，寶顏堂本作「五月」，誤。

〔三〕朝堂：通鑑作「明堂」，然章鈺校通鑑宋十二行本、宋十一行本作「朝堂」，與僉載同，今本通鑑當誤。

〔四〕深五丈：廣記談本作「五丈深」，張校據廣記孫本、寶顔堂本乙，顧本、丁本、通鑑亦作「深五丈」，張校當是，今從之。

〔五〕結綵：廣記談本作「亂綵」，費解。通鑑作「結綵」，舊唐書七中宗本紀景龍四年四月載「乙未，幸隆慶池，結綵爲樓，宴侍臣」，八玄宗本紀載此事亦云「結綵爲樓船」，通典八六開元二十九年敕葬事「其轜車，不得用金銅花結綵爲龍鳳及旒蘇、畫雲氣」，劇談録下載咸通十四年迎佛真身事云「以繒綵結爲龍鳳象馬之形」。作「亂綵」者當誤，今據諸書改。

〔六〕大像：廣記沈本下有「倂」字。

〔七〕蹈藉：寶顔堂本、顧本作「踏藉」，通鑑作「蹈踐」，與廣記談本近，寶顔堂本當誤。

〔八〕乃：張校據廣記孫本、廣記沈本改作「仍」，顧本、丁本亦作「仍」，然作「乃」字本可通，今仍從廣記談本。

〔九〕暝晦：張校據廣記沈本乙作「晦明」，然廣記沈本實作「晦冥」，寶顔堂本、顧本同。漢書二七五行志云「天戒若曰勿使大夫世官，將專事暝晦」，楚辭二山鬼「杳冥冥兮羌晝晦」句王逸注云「雖白晝猶暝晦也」，張説之文集一四贈太尉裴公神道碑云「入莫賀延磧中，風沙大起，天地暝晦」，其義與「晦暝」同，今仍從廣記談本。

**三八二、唐景雲中，西京霖雨六十餘日。有一胡僧名寶嚴，自云有術法能止雨。設壇場，讀〔一〕經呪。其時禁屠宰，寶嚴用羊二十〔二〕口、馬兩疋以祭。祈請經五〔三〕十餘日，其雨更盛。於是斬逐胡僧，其雨遂止。**太平廣記二八八、寶顔堂本五、顧本八、丁本八。

〔一〕讀：寶顔堂本、顧本、廣記沈本作「誦」，疑是。

〔二〕十：廣記沈本作「百」。

〔三〕五：廣記沈本作「二」。

三八三、周聖曆年中，洪州有胡超僧〔一〕，出家學道，隱白鶴山。微有法術，自云數百歲。則天使合長生藥，所費巨萬，三年乃成，自進藥於三陽宮〔二〕，則天服之，以爲神妙，望與彭祖同壽，改元爲久視元年。放〔三〕超還山，賞賜甚厚。服藥之後二年〔四〕而則天崩。太平廣記二八八、寶顔堂本五。資治通鑑二〇六載此事。

資治通鑑二〇六久視元年五月載：太后使洪州僧胡超合長生藥，三年而成，所費巨萬。太后服之，疾小瘳。癸丑，赦天下，改元久視。

〔一〕胡超僧：修真十書玉隆集三六胡天師云：「天師名惠超，字拔俗，不知何許人也，人莫知其年紀。唐高宗上元間，來自廬山，棲於豫章西山之洪井。久之，異跡顯著，天后以蒲輪詔之，不得已而出。至都，引見武成殿，后臨問仙事，天師止陳道德帝王治化之源。后大喜，又欲留於都下，委以煉丹之事，辭請還山修煉。天師乃於洪涯先生古壇際煉丹，首尾三年，降詔趣召至闕，至則館於禁中。天師辭歸，固留不許。天師一朝遁去，上聞，嘆恨久之，遣使賞賜甚厚，兼贈詩一篇。」河南博物院藏武曌投龍金簡銘文云：「大周國主武曌好樂真道長生神仙，謹詣中岳嵩高山門，投金簡一通，迄三官九府除武曌罪名，太歲庚子七月甲申朔七日甲寅小使臣胡超稽首再拜謹奏。」據此，知胡超當爲道士，僉載、通鑑作「僧」，或其所據已如此。

〔二〕三陽宮：廣記沈本作「上陽宮」，舊唐書六則天皇后本紀聖曆三年臘月載：「造三陽宮于嵩山。」「夏四月戊申，幸三陽宮。五月癸丑，上以所疾康復，大赦天下，改元爲久視，停金輪等尊號，大酺五日。」當即胡超進丹藥之時，據此知作「三陽宮」爲是，廣記沈本當爲後人熟知上陽宮而誤改。

〔三〕放：顧本作「敕放」，丁本作「敕」。

〔四〕二年：寶顔堂本作「三年」。按，武后服藥在久視元年，崩於神龍元年，是服藥後五年，「二年」「三年」疑均誤。

三八四、則天時，調猫兒〔一〕、鸚鵡同器食，命御史彭先覺監，遍示百官及天下考使。傳看未遍，猫兒飢，遂齩〔二〕殺鸚鵡以餐之。則天甚愧。武者，國姓，殆不祥之徵也。太平廣記二八八、寶顔堂本五。資治通鑑二〇五載此事。

資治通鑑二〇五長壽元年載：太后習猫，使與鸚鵡共處。出示百官，傳觀未遍，猫飢，搏鸚鵡食之，太后甚慚。

〔一〕猫兒：寶顔堂本、顧本、丁本下有「與」字，通鑑作「使與」，疑當以有「與」字爲是。

〔二〕齩：顧本作「齧」，丁本作「齒」。

三八五、唐裴炎爲中書令，時徐敬業欲反，令駱賓王畫計取裴炎同起事。賓王足踏壁，靜思食頃，乃爲謡曰：「一片火，兩片火，緋衣小兒當殿坐。」教炎莊上小兒誦之，并都下童子皆唱。炎乃訪學者令解之。召賓王至〔一〕，數啖以寶物、錦綺，皆不言；又賂以音樂、妓女、駿馬，亦不語；乃將古忠臣烈士圖共觀之，見司馬宣王，賓王欻然〔二〕起曰：「此英雄丈夫也。」即説自古大臣執政，多移社稷。炎大喜，賓王曰：「但不知謡讖何如耳？」炎以謡言「片〔三〕火緋衣〔四〕」之事白〔五〕，賓王即下，北面而拜曰：「此真人矣。」遂與敬業等合謀揚州兵起，炎從内應。書與敬業等〔六〕合謀〔七〕，唯有「青鵝」字，人有告者，朝臣莫之能解。則天曰：「此『青』字者，十二月。『鵝』字者，我自與也。」遂誅炎，敬業等尋敗。太平廣記二八八、資治通鑑考異一一、寶顔堂本五、顧本八、丁本八。

〔一〕至：考異無。

〔二〕欻然：張校據廣記沈本改作「欣然」，寶顔堂本、顧本、丁本、考異作「欻然」，與廣記談本同，欻然爲忽然之義，較合文意，張校所改非是，今仍從廣記談本。

〔三〕片：廣記談本下原重「片」字，張校據寶顔堂本删，考異亦只作「片火」，不重「片」字，張校所删是，今從之。

〔四〕緋衣：廣記談本作「非衣」，然上文考異、寶顔堂本均作「緋衣小兒」，此作「非」當誤，今據寶顔堂本改。

〔五〕白：考異無。

〔六〕等：廣記沈本無。

〔七〕合謀：廣記談本作「書」，張校據廣記孫本、廣記沈本、寶顏堂本改，顧本、丁本、考異亦同，張校所改是，今從之。

**三八六、唐逆韋之妹，馮太和之妻，號七姨，信邪術，作〔一〕豹頭枕以辟邪，白澤枕以去魅，作伏熊枕以爲〔二〕宜男。太和死，嗣虢王娶之。韋之敗也，虢王斫〔三〕七姨頭送朝堂。即知辟邪之枕無效矣。**太平廣記二八八、類説四〇、紺珠集三、寶顏堂本五、顧本八、丁本八。舊唐書三七五行志、新唐書三四五行志載此事。

舊唐書三七五行志載：韋庶人妹七姨，嫁將軍馮太和，權傾人主，嘗爲豹頭枕以辟邪，白澤枕以辟魅，伏熊枕以宜男。太和死，再嫁嗣虢王。及玄宗誅韋后，虢王斬七姨首以獻。

新唐書三四五行志載：韋后妹嘗爲豹頭枕以辟邪，白澤枕以辟魅，伏熊枕以宜男，亦服妖也。

〔一〕術作：廣記談本作「見」，顧本、丁本作「倒見」，張校據廣記沈本改，舊唐書五行志、新唐書五行志作「嘗爲」，證廣記沈本作「作」字當是，今從張校。

〔二〕爲：類説、紺珠集、舊唐書五行志、新唐書五行志無，疑衍。

〔三〕斫：廣記談本作「砟」，張本徑改作「斫」，寶顏堂本、顧本、丁本、廣記沈本作「斫」，張本所改是，今從之。

**三八七、并州石艾、壽陽二界有妬女泉，有神廟。泉瀵水深沈，潔澈千丈。祭者投錢及羊骨，皎然皆見。俗傳妬女者，介子推〔一〕妹，與兄競，去泉百里，寒食不許斷火，至今猶然。女錦衣紅鮮，裝束盛服，及〔二〕有人取山丹〔三〕、百合經過者，必雷風電雹以震之。**太平廣記二九一、歲時廣記一五、寶顏堂本六、顧本一〇、丁本一〇。

〔一〕介子推：寶顏堂本、顧本、丁本、廣記沈本作「介之推」。

〔二〕及：廣記沈本作「或」。

〔三〕山丹：廣記談本作「仙丹」，張校據廣記孫本、廣記沈本及寶顏堂本改，顧本、丁本、歲時亦作「山丹」，張校所改是，今從之。

**三八八、（杜）鵬舉得釋，復〔一〕入一院，問簾下者爲誰，曰：「魏元忠也。」有頃，敬暉〔二〕入〔三〕，下馬，衆接拜之，云是大理卿。對推事，見武三思著枷，韋温、宗楚客、趙履温等著鏁，李嶠露頭散腰立。聞元忠等云：「今年大計會。」果〔三〕至六月誅逆韋，宗、趙、韋等並斬，嶠解官歸第。皆如其言。**太平廣記三〇〇、寶顏堂本六、顧本一〇、丁本一〇。

按：太平廣記三〇〇此前引「處士蕭時和作傳」詳載杜鵬舉入冥事，後接僉載，蓋因二書同載此事而蕭時和杜鵬舉傳更詳，故廣記首引杜鵬舉傳，傳中不載者以僉載補遺。寶顏堂本雖誤將傳文輯爲僉載文字，然僉載原本此前亦當記載杜鵬舉入冥事。今僉載原文已不可考，姑録杜鵬舉傳文附後以備考：

景龍末，韋庶人專制，故安州都督、贈太師杜鵬舉時尉濟源縣，爲府召至洛城修籍。一夕暴卒，親賓將具小殮。夫人尉遲氏，敬德之孫也，性通明彊毅，曰：「公筭術神妙，自言官至方伯，今豈長往耶？」安然不哭。洎二日三夕，乃心上稍温，翌日徐蘇，數日方語，云：初見兩人持符來召，遂相引徽安門出，門隙容寸，過之尚寬。直北上邙山可十餘里，有大坑，視不見底。使者令入，鵬舉大懼。使者曰：「可閉目。」執手如飛，須臾足已履地。尋小徑東行，凡數十里，天氣昏慘，如冬凝陰。遂至一廨，墻宇宏壯。使者先入，有碧衣官出，趨拜頗恭。既退，引入，碧衣者踞坐案後，命鵬舉前。旁有一狗，人語云：「誤，姓名同，非此官也。」笞使者，改符令去。有一馬，半身兩足，跳梁而前曰：「往爲杜鵬舉殺，今請理冤。」鵬舉亦醒然記之，訴云：「曾知驛，敕使將馬令殺，非某所願。」碧衣命吏取按，審驗然之，馬遂退。旁見一吏揮手動目，教以事理，意相庇脱。所證既畢，遂揖之出。碧衣拜送門外，云：「某是生人，安州編户。少府當爲安州都督，故先施敬。願自保持。」言訖，而向所教之吏趨出，云姓韋名鼎，亦是生人，在上都務本坊，自稱向來有力，祈錢十萬。鵬舉辭不能致，鼎云：「某雖生人，今於此用紙錢，易致耳。」遂許之，亦囑云：「焚時願以物籍之，幸不著地，兼呼韋鼎，某即自使人受。」鼎又云：「既至此，豈不要見當家簿書？」遂引入一院，題云「户部」，房廊四周，簿帳山積。當中三間，架閣特高，覆以赤黃幃帕，金字牓曰「皇籍」。餘皆露架，往往有函，紫色蓋之，韋鼎云：「宰相也。」因引詣杜氏籍，書籤云「濮陽房」，有紫函四，發開卷，鵬舉三男，時未生者，籍名已具。遂求筆書其名於臂。意願踟蹰，更欲周覽，韋鼎云：「既不住，亦要早歸。」遂引出，令一吏送還。吏云：「某苦飢，不逢此使，無因得出。願許別去，冀求一食。但尋此道，自至其所，留之不可。」鵬舉遂西行。道左忽見一新城，異香聞數里，環城皆甲士持兵。鵬舉問之，甲士云：「相王於此上天子，有四百天人來送。」鵬舉曾爲相王府官，忻聞此説。墻有大隙，窺見分明，天人數百，圍繞相王，滿地綵雲，並衣仙服，皆如畫者。相王前有女人，執香爐引。行近窺帝，衣裙帶狀似剪破，一如雁齒狀。相王戴一日，光明輝赫，徑可丈餘。相王後凡有十九日，纍纍成行，其光明皆如所戴。須臾，有紼騎來迎，甲士令鵬舉走，遂至故道，不覺已及徽安門。門閉，過之亦如去時容易。爲群犬遮齧，行不可進。至家，見身在牀上，躍入身中，遂寤。臂上所記，如朽木書，字尚分明。遂焚紙錢十萬，呼贈韋鼎。心知卜代之數，中興之期，遂以假故來謁睿宗。上握手曰：「豈敢忘德。」尋求韋鼎，適卒矣。及睿宗登極，拜右拾遺，詞云：「思入風雅，靈通鬼神。」敕宫人、妃、主數十，同其粧服。令視執鑪者，鵬舉遥識之，乃太平公主也。問裙帶之由，其公主云：「方熨龍衮，忽爲火迸，驚忙之中，不覺爇帶。倉惶不及更服。」公主歔欷，陳賀曰：「聖人之興，固自天也。」鵬舉所見先睿宗龍飛前三年，故鵬舉墓誌云：「及睿宗踐祚，陰隲祥符，啟聖期於化元，定成命於幽數。」後果爲安州都督。

〔一〕復：寶顔堂本、顧本作「後」。

〔二〕敬暉：廣記談本作「敬揮」，據顧本、丁本改。

〔三〕入：廣記沈本作「至」。

〔四〕果：寶顔堂本、顧本無。

三八九、唐垂拱四年，安撫〔一〕大使狄仁傑檄告西楚霸王項君將校等，其〔二〕略曰：「鴻名不可以謬假，神器不可以力爭。應天者膺樂推之名，背時者非見幾〔三〕之主。自祖龍御宇，橫噬諸侯，任趙高以當軸，棄蒙恬而齒劍。沙丘作〔四〕禍於前，望夷覆滅於後。七廟隳圮，萬姓屠原。烏[五]思靜於飛塵，魚豈安於沸水？赫矣皇漢，受命玄穹，膺赤帝之貞[六]符，當四[七]靈之欽[八]運。俯張地紐，彰鳳紀之祥[九]；仰緝天綱，鬱龍興之兆。而君潛遊澤國，嘯聚水鄉[一〇]，矜扛鼎之雄，逞拔山之力，莫測天[一一]符之所會，不知曆數之有歸。遂奮關中之翼，竟[一二]垂垓下之翅，蓋實由於人事，焉有屬於天亡！雖驅百萬之兵，終棄八千之子。以爲殷監[一三]，豈不惜哉！固[一四]當匿魄東峰[一五]，收魂北極，豈合虛承[一六]廟食，廣費牲牢？仁傑受命方隅，循革攸寄，今遣焚燎祠宇，削平臺室，使蕙帷[一七]銷盡[一八]，羽帳隨煙。君宜速遷，勿爲人患[一九]。檄到如律令。」遂除項羽廟，餘小祠並盡，惟會稽禹廟存焉[二〇]。太平廣記三一五、説郛二、歷代小史本、白孔六帖六八。封氏聞見記九、資治通鑑二〇四載此事。

封氏聞見記九載：（狄仁傑）後爲冬官侍郎充江南安撫使。吳、楚風俗，歲時尚淫祀，祠廟凡一千七百餘所，仁傑並令焚之。有項羽神，號爲楚王廟，祈禱至多，爲楚人所憚。仁傑先致檄書，責其喪失江東八千子弟而妄受牲牢之薦，然後焚除。

資治通鑑二〇四垂拱四年六月載：江南道巡撫大使、冬官侍郎狄仁傑以吳、楚多淫祠，奏焚其一千七百餘所，獨留夏禹、吳太伯、季札、伍員四祠。

按：太平廣記談刻本注「出吳興掌故集」，孫本眉批云「此條鈔本缺」，吳興掌故集爲明人徐獻忠所撰，談本顯爲後人誤注。説郛二引此作朝野僉載，白孔六帖六八引此作「出朝野僉載，見廣記」，是廣記原出僉載，今據之輯録。

〔一〕安撫：白孔六帖上有「淮南」二字。

〔二〕其：説郛、歷代小史本無。

〔三〕幾：説郛作「機」。

〔四〕作：説郛作「拚」。

〔五〕烏：説郛作「岳」。

〔六〕貞：中國國家圖書館藏明抄本説郛、歷代小史本作「禎」。

〔七〕四：説郛、歷代小史本作「素」。

〔八〕欽：説郛、歷代小史本作「缺」。

〔九〕紀之祥：説郛、歷代小史本作「舉之符」。

〔一〇〕水鄉：白孔六帖作「梁楚」。

〔一一〕天：廣記談本作「大」，張校據説郛改，白孔六帖、歷代小史本亦作「天」，張校所改是，今從之。

〔一二〕竟：白孔六帖作「卒」。

〔一三〕監：説郛作「鑑」。

〔一四〕固：説郛、白孔六帖無。

〔一五〕峰：白孔六帖作「山」。

〔一六〕虛承：説郛作「虎豕」，當爲形近誤字。

〔一七〕帷：説郛作「⿰木縣」。

〔一八〕盡：説郛、歷代小史本作「燼」。

〔一九〕患：白孔六帖作「害」。

〔二〇〕「遂除」至「存焉」：十七字廣記談本無，據説郛、歷代小史本、白孔六帖補。「羽」，白孔六帖作「王」。「小祠」，説郛作「小神」，據白孔六帖改，歷代小史本作「祠」。

三九〇、周長安年初，前遂州長江縣丞夏文榮〔一〕，時人以爲判冥事。張鷟時〔二〕御史出爲處州司倉，替歸，往問焉。榮以杖畫地作「柳」字，曰：「君當爲此州。」至後果〔三〕除柳州司户，後改德州平昌令。榮尅時日〔四〕，晷漏無差。太平廣記三二九、寶顏堂本二、明抄本三、顧本三、丁本三。

按：太平廣記本條原與下「楊廷玉」、「柳無忌」二條合爲一條，然三者各爲一事，當是廣記以其均爲夏文榮事而併爲一條，今拆分。

〔一〕夏文榮：廣記一二九「張景先婢」條引僉載有「荆州枝江縣主簿夏榮判冥司」，一四七「裴有敞」條引僉載有「錢塘縣主簿夏榮」，舊唐書九九蕭嵩傳載「宣州人夏榮稱有相術」，時代相近，事跡亦類，疑爲一人。

〔二〕時：寶顔堂本、明抄本、顧本、丁本下有「爲」字，張本據廣記陳本於下補「爲」字，李本亦補「爲」字，未言所據，然「時爲御史」與下「出爲處州司倉」之間句義微有衝突，疑「時」下所脱者當爲「自」字。

〔三〕果：廣記陳本作「二年」，寶顔堂本、明抄本、顧本、丁本作「半年」。

〔四〕尅時日：費解，寶顔堂本作「刻時日」，疑爲「尅期」之義。

**三九一、蘇州嘉興令楊廷玉〔一〕，則天之表姪也，貪猥無厭，著詞曰：「迴波爾時廷玉，打獠取錢未足。阿姑婆見作天子，傍人不得棖觸〔二〕。」差攝御史康訔〔三〕推，奏斷死。時母在都，見夏文榮，榮索一千張白紙、一千張黄紙，爲廷玉禱〔四〕，後十日來。母如其言。榮曰：「且免死矣，後十日内有進止。」果六日有敕：「楊廷玉奉養〔五〕老母殘年。」**太平廣記三二九、浩然齋雅談中、山谷内集詩注一五、寶顔堂本二、明抄本三、顧本三、丁本三。

〔一〕楊廷玉：廣記孫本、廣記沈本作「楊庭玉」，然浩然齋雅談、山谷内集詩注均作「楊廷玉」，作「楊庭玉」者當誤。

〔二〕棖觸：廣記談本作「抵觸」，明抄本作「忤觸」，據寶顔堂本、顧本、丁本、浩然齋雅談、山谷内集詩注改。棖觸，觸犯、觸動之義，新唐書二〇〇儒學褚無量傳載群鹿犯無量母墓所植松柏，「無量號訴曰：『山林不乏，忍犯吾塋樹邪？』自是群鹿馴擾，不復棖觸」。作「抵觸」者，當爲後人不明「棖觸」之義所改。

〔三〕康訔：寶顔堂本、明抄本、丁本、廣記沈本作「康詈」，當誤。

〔四〕爲廷玉禱：寶顔堂本作「一爲逭逐」，明抄本作「一爲追逐」，顧本作「一爲訔逐」，丁本作「一千爲逭逐」，廣記沈本作「爲□□□」，空闕三字，廣記談本「爲廷玉禱」疑爲後人所補，非原貌。

〔五〕奉養：廣記孫本作「改養」，寶顏堂本、明抄本、顧本、丁本作「改盡」，疑是。

**三九二、天官令史柳無忌造榮，榮書「衛漢郴〔一〕」字，曰：「衛多不成，漢、郴二州，交加不定。」後果唱衛州録事，關重〔二〕，即唱漢州録事。時鸞臺鳳閣令史進狀，訴天官注擬不平。則天責侍郎崔玄暐，暐奏：「臣注官極平。」則天曰：「若爾，吏部令史官共鸞臺鳳閣交換。」遂以無忌爲郴州平陽主簿，鸞臺令史爲漢州録事焉。**太平廣記三三九、寶顏堂本二、明抄本三、顧本三、丁本三。

〔一〕郴：廣記孫本、廣記陳本、寶顏堂本、明抄本、顧本、丁本作「柳」。下同。趙校云：「下云平陽主簿，平陽爲郴州屬縣，見舊書地理志三，可證作『郴』是。」新唐書四一、四三地理志載漢州、郴州爲上州，故以二州官員互換，柳州爲下州，與漢州不同等，當以作「郴」字爲是。

〔二〕關重：費解，疑有訛誤。

**三九三、周左司員外郎〔一〕鄭從簡，所居廳事常不佳〔二〕，令巫者視〔三〕之，曰：「有伏尸姓宗，妻姓寇，在廳基之下。」使問之，曰：「君坐我門上，我出入常值君，君自不嘉〔四〕，非我之爲也。」掘地〔五〕三尺〔六〕，果得舊骸，有銘如其言。移出改葬，於是遂絶。**太平廣記三二九、永樂大典九一三、寶顏堂本二、明抄本三、顧本三、丁本三。

〔一〕左司員外郎：寶顏堂本、顧本作「左司郎中」，明抄本、丁本作「左司□郎中」，張校據廣記孫本及寶顏堂本改作「左司郎中」，然郎官石柱題名「左司員外郎」下有「鄭從簡」名，則廣記談本作「左司員外郎」不誤，張校誤改。

〔二〕佳：廣記談本作「寧」，廣記孫本作「住」，據寶顏堂本、明抄本、顧本、丁本、大典改。下文云「君自不嘉」，亦證此當作「佳」。

〔三〕視：廣記孫本、寶顏堂本、明抄本、顧本、丁本、大典作「覲」。

〔四〕嘉：廣記孫本、廣記陳本、寶顏堂本、明抄本、顧本、丁本作「好」，疑是。

〔五〕地：廣記孫本、大典、寶顏堂本、明抄本、顧本、丁本作「之」。

〔六〕尺：廣記陳本、大典、寶顏堂本、明抄本、顧本、丁本作「丈」。

三九四、周地官郎中房穎叔除天官侍郎，明日欲上。其夜，有厨子王老夜半起，忽聞外有人唤云：「王老不須起，房侍郎不上，後三日李侍郎上。」王老卻卧。至曉，房果病，越〔一〕兩日而卒。所司奏，仗下〔二〕即除李迥秀爲侍郎，其日謝，即上。王老以其言問諸人，皆云不知，方悟是神明所告也。太平廣記三三九、寶顏堂本二、明抄本三、顧本三、丁本三。

〔一〕越：廣記談本無，據明抄本、顧本補，丁本、廣記孫本作「起」，當即「越」之誤。

〔二〕仗下：張校據廣記陳本及寶顏堂本改作「狀下」，明抄本、顧本、丁本亦作「狀下」。按，仗下指朝堂，朝堂之上即除李迥秀，言其除官之快，與上「後三日李侍郎上」相應，改作「狀」則屬上讀，誤，今仍從廣記談本。

三九五、王湛判冥事。初，叔玄式任荆州當陽〔一〕令，取部内人吴實錢一百貫，後誣以他事，決殺之以滅口。式帶别優，並有上下考，五選不得官。以問湛，白爲叔檢之。經宿，曰〔二〕：「叔前任當陽令日，合有負心事。其案見在冥司，判云殺人之罪，身後科罰。取錢一百貫，當折四年禄。」叔曰：「誠有此事，吾之罪也。」太平廣記三三九。

〔一〕當陽：廣記談本作「富陽」，張校據廣記孫本改，富陽屬杭州，荆州所轄有當陽，張校所改是，今從之。下同。

〔二〕曰：廣記孫本作「覩」。

三九六、張易之將敗也，母韋氏號〔一〕阿臧〔二〕在宅坐，家人報云：「有車馬騎從甚多，至門而下，疑其内官也。」臧出迎之，無所見。又野狐數〔三〕擎飯甕墻頭而過。未旬日而禍及。太平廣記三六一、寶顏堂本六。

按：廣記本條原與四四七條「垂拱之後，諸州多進雌雞化爲雄雞者，則天之應也」事連爲一條，然非一事，當爲廣記誤合，今拆分。

〔一〕號：寶顔堂本無，舊唐書七八張易之傳云「母韋氏阿臧」，與此句式同，亦無「號」字，「號」字疑衍。

〔二〕阿臧：廣記談本作「阿藏」，據舊唐書三七五行志、七八張易之傳、廣記二三六「張易之」條引僉載改。下同。

〔三〕數：張校據廣記沈本於下補「輩」字，寶顔堂本下則有「十」字，然無「輩」字亦可通，今仍從廣記談本。

**三九七、唐神龍中，户部尚書李承嘉不識字，不解書，爲御史大夫兼〔一〕洛州長史，名判司爲狗，駡御史爲驢，威振朝廷。西京造〔二〕一堂新成，坊人見野狐無數直入宅，須臾堂舍四裂，瓦木一聚。判事〔三〕筆管手中直裂，別取筆，復裂如初〔四〕。數日，出爲藤州員外司馬，卒〔五〕。**太平廣記三六一、寶顔堂本六。新唐書三四五行志載此事。

新唐書三四五行志載：神龍中，有群狐入御史大夫李承嘉第，其堂無故壞；又秉筆而管直裂，易之又裂。

〔一〕兼：廣記沈本無。

〔二〕造：張校據廣記孫本於其上補「建」字，然無「建」字亦通，廣記二三六「宗楚客」條引僉載云「宗楚客造一宅新成」，與此句式一致，今仍從廣記談本。

〔三〕判事：張校據廣記孫本於其上補「數日」二字，然新唐書五行志作「又秉筆而管直裂」，無「數日」，此疑涉下文「數日」而衍，恐不可遽補，今仍從廣記談本。

〔四〕初：廣記沈本作「故」。

〔五〕卒：張校據廣記沈本於其上補「而」字，然無「而」字亦通，今仍從廣記談本。

**三九八、大足〔一〕年中，泰州〔二〕赤水店有鄭家莊，有一兒郎〔三〕年二十餘，日晏，於驛路上見一青衣女子獨行，姿容姝〔四〕麗，問之，云〔五〕：「欲到鄭縣，待二〔六〕婢未來，躊躕伺候。」此兒〔七〕屈〔八〕就莊宿，安置廳中，供給酒食，將衣被同寢。至曉，**

門久不開，呼之不應，於窗中窺之，惟有腦骨頭顱在，餘並食訖。家人破户入，一物不見〔九〕，於梁上暗處見〔一〇〕一大鳥銜門飛出〔一一〕。或云是〔一二〕羅刹魅也。太平廣記三六一、説郛二、寶顏堂本六。

〔一〕大足：廣記談本作「太定」，張校據廣記孫本、廣記沈本改，説郛亦作「大足」，張校所改是，今從之。又，説郛上有「周」字。

〔二〕泰州：寶顏堂本、廣記沈本作「太州」。新唐書三七地理志華州有鄭縣，云：「垂拱二年避武氏諱曰太州，神龍元年復故名。」亦作「太州」。

〔三〕兒郎：廣記談本無「郎」字，據説郛、寶顏堂本補。

〔四〕姝：廣記談本作「殊」，據寶顏堂本、説郛改，廣記沈本作「姝」，亦爲「姝」字之誤。

〔五〕云：張校據廣記沈本於其上補「答」字，然無「答」字亦通，今仍從廣記談本。

〔六〕二：張校據廣記孫本、寶顏堂本改作「三」，然作「二」字亦通，今仍從廣記談本。

〔七〕此兒：説郛作「郎君」，疑是。

〔八〕屈：張校據廣記沈本改作「邀」，然「屈」有邀請之義，如類説四〇引僉載「金剛舞夜叉歌」條云「昂屈瓚，串長八尺，餅闊丈餘」，敦煌曲依教修行：「命親鄰，屈朋友，撫掌高歌飲醴酎。」即爲此義，張校誤改，今仍從廣記談本。

〔九〕一物不見：廣記談本無，據説郛補。

〔一〇〕見：説郛作「有」。

〔一一〕出：説郛作「去」。

〔一二〕是：説郛無。

三九九、唐懷州刺史梁載言晝坐廳事，忽有物如蝙蝠，從南飛來，直入口〔一〕中，翕然似吞一物，腹中遂絞痛，數日而卒。太平廣記三六一、寶顔堂本六。

〔一〕口：廣記孫本作「户」。

四〇〇、壽安男子，不知姓名，肘拍板，鼻吹笛，口唱歌，能半面笑，半面啼。太平廣記三六七、寶顔堂本六。

按：太平廣記此事與下烏犬事連爲一條，然實爲二事，今拆分。

四〇一、一烏犬解人語，應口所作，與人無殊。太平廣記三六七、寶顔堂本六。

四〇二、越州兵曹柳崇，忽瘍生於頭，呻吟不可忍。於是召術士夜觀之，云：「有一婦女緑裙，問之不應，在君窗下。急除之。」崇訪窗下，止見一瓷妓女，極端正，緑瓷爲飾。遂於鐵臼擣碎而焚之，瘡遂愈。太平廣記三六八、寶顔堂本六。

四〇三、餘杭人陸彦夏月死十餘日，見王，云：「命未〔一〕盡，放歸。」左右〔二〕曰：「宅舍亡〔三〕壞不堪。」時滄州〔四〕人李談新來，其人合死，王曰：「取談宅舍與之。」彦遂入談柩中而蘇，遂作吴語，不識妻子，具説其事。遂向餘杭訪得其家，妻子不認，具陳由來，乃信之。太平廣記三七六、寶顔堂本二、明抄本三、顧本三、丁本三。

〔一〕未：廣記沈本作「尚未」。

〔二〕左右：廣記沈本作「吏」。

〔三〕亡：寶顔堂本、顧本、丁本同，張校據廣記沈本改作「已」，明抄本亦作「已」。二字均可通，今仍從廣記談本。

〔四〕滄州：廣記談本作「滄洲」，顯誤，下文云「作吳語」，則當以地處北方之滄州爲是，今據文意改。

四〇四、天寶〔一〕中，萬年主簿韓朝宗嘗追一人，來遲，決五下。將過〔二〕縣令，令〔三〕又決十下。其人患天行病而卒。後於冥司下狀言朝宗，朝宗〔四〕遂被追至〔五〕，入烏頭門〔六〕極大，至中〔七〕門前。一雙桐〔八〕樹。門邊一閤〔九〕垂簾幕。窺見故御史洪子輿坐。子輿曰：「韓大何爲得此來？」朝宗云：「被追來，不知何事。」子輿令早過大使，入屏墻，見故刑部尚書李乂。朝宗參見，云：「何爲決〔一〇〕殺人？」朝宗訴云：「不是朝宗打殺，縣令重決，因〔一一〕患天行病自卒，非朝宗過〔一二〕。」又問：「縣令決汝，何牽他主簿？朝宗無事，然亦縣丞，悉〔一三〕見，例皆受行杖木〔一四〕，決二十放還。」朝宗至晚始蘇，脊上青腫，疼痛不復〔一五〕可言，一月已後始可。於〔一六〕後巡檢坊曲，遂至京城南羅城有一坊中，一宅門向南開〔一七〕，宛然記得追來及喫杖〔一八〕處。其宅空〔一九〕無人居，問人，云：「此是公主凶宅，人不敢居。」乃知大凶宅皆鬼神所處，信之。太平廣記三八〇、寶顏堂本六、顧本九、丁本九。

按：李劍國以張鷟卒於開元中，此叙天寶中事，疑此條必不出朝野僉載。考韓朝宗爲萬年主簿在開元八年至九年間，張鷟生前及見，廣記作「天寶中」當誤，則此條應爲僉載佚文。

〔一〕天寶：舊唐書九九張嘉貞傳載：「初，嘉貞作相，薦萬年主簿韓朝宗，擢爲監察御史。」張嘉貞爲相在開元八年至十一年，册府一三六開元九年九月詔有「御史韓朝宗」，其爲萬年主簿當在此前。據此，「天寶」當爲「開元」之誤，疑僉載原文無「天寶中」三字，廣記輯入時編者臆爲改補。

〔二〕過：廣記沈本作「回」。

〔三〕令：廣記沈本無。

〔四〕朝宗朝宗：廣記談本無下「朝」字，張校據廣記沈本及寶顏堂本補，寶顏堂本實只有上「朝宗」二字，並無下「宗」字，然據下文當以作「朝宗」爲是，今姑從張校補。

〔五〕追至：張校據廣記沈本改作「追去」。廣記一〇二「慕容文策」條引報應記載慕容文策入冥事云「初見二鬼把文牒，追至一城門，顧極嚴峻」，亦作「追至」，下周子恭入冥事云「周子恭追到」，與「追至」義同，作「追去」者恐誤，今仍從廣記談本。

〔六〕烏頭門：廣記談本作「烏頸門」，張校據廣記孫本及寶顏堂本改。唐六典二三載「五品已上，得制烏頭門」，營造法式六載「其名有三，一曰烏頭大門」，張校所改是，今從之。

〔七〕中：顧本、丁本下有「間」字。

〔八〕桐：顧本作「栢」，丁本作「相」。

〔九〕閤：顧本、丁本、廣記沈本作「間」。

〔一〇〕決：顧本作「造次」，丁本作「次」。疑當以作「造次」爲是，造次有輕率、魯莽之義，傳本「造」字脱，「次」字費解，遂據前文改作「決」。

〔一一〕因：寶顏堂本、顧本、丁本作「由」。

〔一二〕過：廣記沈本作「罪」。

〔一三〕丞悉：顧本、丁本作「患」。

〔一四〕杖木：張校據廣記沈本及寶顏堂本改作「杖亦」，「亦」字屬下讀，寶顏堂本實作「木」，作「亦」者乃趙校據廣記沈本所改。顧本作「杖合」，丁本作「杖木」。「杖木」本自爲詞，如魏書七七高謙之傳載其上疏云「御史一經檢究，恥於不成，杖木之下，以虚爲實」，文選四一司馬遷報任少卿書李善注云「箠、楚，皆杖木之名也」，僉載此處作「杖木」自可通，不煩改字，今仍從廣記談本。

〔一五〕疼痛不復：廣記沈本作「痛楚不」。

〔一六〕於：廣記沈本作「其」。

〔一七〕向南開：顧本、丁本作「向角開」，廣記孫本作「向角間」，廣記沈本作「南向開」。

〔一八〕及喫杖：張校據廣記沈本改作「受杖之」，然作「及喫杖」自可通，今仍從廣記談本。

〔一九〕空：寶顔堂本作「中」，廣記沈本作「已」。

四〇五、唐天后朝，地官郎中周子恭〔一〕忽然暴亡，見大帝於殿上坐，裴子儀侍立。子恭拜，問爲誰，曰：「周子恭追到。」帝曰：「我唤許子儒，何爲錯將子恭來？」即放去。子恭蘇，問家中曰：「許侍郎好在否？」時子儒爲天官侍郎，已病，其夜卒。則天聞之，馳驛向并州問裴子儀，儀〔二〕時爲判官，無恙〔三〕。太平廣記三八四、寶顔堂本六。

〔一〕周子恭：岑仲勉郎官石柱題名新考訂以郎官石柱題名户部郎中下「周子敬」即此「周子恭」，宋人避諱改「敬」爲「恭」，題名考二六引元和姓纂云「周元式生子敬，主客員外郎，河東汾陰人」。

〔二〕儀：廣記孫本、寶顔堂本無。

〔三〕無恙：寶顔堂本下有「也」字，廣記沈本上有「甚」字。

四〇六、舒綽，東陽人，稽古博聞〔一〕，尤以陰陽留意，善相冢。吏部侍郎楊恭仁欲改葬觀王〔二〕，求善圖墓者五六人，並稱海内名手，停於宅，共論蓺，互相是非。恭仁莫知孰是，乃遣〔三〕微解者馳往京師，於欲葬之原，取所擬之地四處，各作曆，記其方面高下形勢，各取一斗土，并曆封之。恭仁隱曆出土，令諸生〔四〕相之，取殊不同，言其形勢，與曆〔五〕又相乖背。綽乃定一土堪葬，操筆作曆，言其四方形勢，與恭仁曆無尺寸之差。諸生雅相推服，各賜絹十疋遣之。綽曰：「此所擬處，深〔六〕五尺之外，有〔七〕五穀，若得一穀，即是福地〔八〕，公侯世世不絶。」恭仁即將綽向京，令人掘深七尺，得一穴，如五石甕大，有粟七八㪷。此地經爲粟田，蟻運粟下入此穴。當時朝野之士，以綽爲聖。葬竟，賜細馬一匹、物二百段。綽之妙能〔九〕，今古無比。太平廣記三八九。太平御覽八四〇引大業拾遺録、地理新書九載此事。

按：太平御覽八四〇引大業拾遺録與僉載所載同，大業拾遺録即杜寶大業雜記，成書於貞觀年間，早於僉載。此事當原出大業雜記，僉載襲用，又疑廣記所引亦當爲大業雜記，所注出處涉下條誤作朝野僉載。

〔一〕聞：廣記談本作「文」，張校據廣記孫本、廣記沈本改，當是，今從之。

〔二〕觀王：張校據廣記沈本改作「其親」，然地理新書亦作「觀王」。按，觀王，即楊雄，隋高祖楊堅族子，傳見隋書四三觀德王雄傳，本傳云「帝親征吐谷渾，召雄總管澆河道諸軍。及還，改封觀王」，「子恭仁，官至吏部侍郎」，是楊恭仁所欲改葬者爲其父觀王楊雄，後人不明其義，臆改爲「其親」，實誤，今仍從廣記談本。

〔三〕遣：張校據廣記沈本於其下補「其」字，然無「其」字本通，且地理新書亦無「其」字，恐不當補，今仍從廣記談本。

〔四〕生：廣記沈本作「人」，下同。

〔五〕與曆：地理新書作「愈」。

〔六〕深：御覽上有「掘」字。

〔七〕有：御覽上有「亦」字。

〔八〕福地：御覽作「福德之地」。

〔九〕能：廣記沈本無，地理新書有。

四〇七、隋内史令李德林，深州饒陽人也〔一〕。使其子卜葬於饒陽城東，遷厝其父母〔二〕。遂問之，其地奚若，曰：「卜兆云，葬後當出八公，其地東村西郭，南道北隄。」林曰：「村名何？」答曰：「五公。」林曰：「唯有三公在，此其命也，知復云何？」遂葬之。子伯藥、孫安期並襲安平公，至曾孫與徐敬業反，公遂絶。太平廣記三八九、地理新書九。

〔一〕也：廣記孫本、地理新書無。

〔二〕父母：地理新書作「考妣」。

四〇八、唐郝處俊爲侍中，死，葬訖，有一書生過其墓，歎曰：「葬壓龍角，其棺必斲。」後其孫象賢坐不道，果〔一〕斲處俊〔二〕棺，焚其屍。處俊髮根入腦骨，皮託〔三〕毛著髑髏，亦是奇毛異骨，貴相人也〔四〕。太平廣記三八九、類説四〇、紺珠集三、古今合璧事類備要前集六七、錦繡萬花谷前集二七。地理新書九、分門古今類事一七引唐史載此事。

分門古今類事一七引唐史載：郝處俊在唐武后爲侍中，既葬，有書生過其墓，曰：「葬壓龍角，其棺必斲。」高宗多病，欲遜位武后，處俊極諫，事遂沮。后素銜之，至其孫象賢，武后因事誅之，遂斲夷祖父棺冢，書生之言至此而驗矣。

〔一〕果：廣記談本無，據合璧、萬花谷補。

〔二〕處俊：廣記談本無「處」字，據合璧、萬花谷補，下句「處」字亦據此補。

〔三〕託：地理新書作「與」。

〔四〕人也：廣記沈本作「之人也」。

四〇九、唐英公徐勣初卜葬地〔一〕，繇曰：「朱雀和鳴，子孫盛榮。」張景藏聞之，私謂人曰：「所〔二〕占者過也。此所謂『朱雀悲哀，棺中見灰』。」後孫敬業揚州反，弟敬貞答款〔三〕曰：「敬業初生時，於蓐〔四〕下掘得一龜，云大貴之象。英公令祕而不言，果有大變之象。」則天怒，斲英公棺，焚其屍，「灰」之應也〔五〕。太平廣記三八九、古今合璧事類備要前集六七、錦繡萬花谷前集二七、地理新書九。

〔一〕地：廣記談本無，據合璧、萬花谷補。

〔二〕所：合璧、萬花谷無。

〔三〕答款：張校據廣記沈本改作「等疑」，地理新書作「答款」。「答款」，即服罪供詞，廣記一三二「劉知元」條引僉載云：「訴見劉司士，答款引楊司馬。」，作「等疑」者蓋後人妄改，今仍從廣記談本。

〔四〕蓐：廣記談本作「葬」，據地理新書改。蓐，席也，「產蓐」「臨蓐」等均與生產有關。

〔五〕焚其屍灰之應也：合璧、萬花谷作「焚之見其灰也」，地理新書作「焚灰其屍」。

**四一〇、後魏高流之爲徐州刺史，決滹沱河〔一〕水繞城，破一古墓，得銘曰：「吾〔二〕死後三百年，背底生流泉。賴逢高流之，遷吾上高原。」流之〔三〕爲〔四〕造棺椁衣物〔五〕，取〔六〕其柩而改葬之〔七〕。** 太平廣記三九一、類說四〇、分門古今類事一七、地理新書九、寶顏堂本五、顧本八、丁本八。

〔一〕決滹沱河：類說作「河決」，古今類事作「決河」。

〔二〕吾：古今類事無，疑是。

〔三〕流之：寶顏堂本、顧本、丁本無「之」字，古今類事下有「異其事乃」四字。

〔四〕爲：古今類事下有「之」字。

〔五〕物：廣記孫本、古今類事、地理新書作「服」。

〔六〕取：廣記沈本作「易」。

〔七〕之：廣記談本作「焉」，據寶顏堂本、顧本、丁本、廣記沈本、類說、古今類事改。

**四一一、辰州東有三山，鼎足直上，各數千〔一〕丈。古老傳〔二〕曰：鄧〔三〕夸父與日競走〔四〕，至此煮飯〔五〕。此三山者，夸父〔六〕支鼎之石也。** 太平廣記三九七、類說四〇、紺珠集三、寶顏堂本五、顧本八、丁本八。

〔一〕千：類說明抄本、清抄宋本、紺珠集作「十」。

〔二〕古老傳：類說、紺珠集作「古語」。

〔三〕鄧：廣記沈本上有「昔」字，類說無，紺珠集作「昔」。

〔四〕競走：類說、紺珠集作「爭」。

〔五〕飯：類說、紺珠集作「食」。

〔六〕夸父：張校據廣記沈本於上補「皆」字，然寶顏堂本、顧本、丁本、類說、紺珠集均無此字，恐不當補，今仍從廣記談本。

四一二、趙州石橋甚工〔一〕，磨礲〔二〕密緻如削焉，望之如初月出雲，長虹飲澗。上有勾欄，皆石也，勾欄並有〔三〕石獅子。龍朔年中，高麗諜者盜二獅子去，後復募匠修之，莫能相類者。至天后大足年，默啜破趙、定州，賊欲南過，至石橋，馬跪地不進，但見一青龍臥橋上，奮迅而怒，賊乃遁去。太平廣記三九八、古今合璧事類備要別集七、杜工部草堂詩箋補遺二、寶顏堂本五、顧本八、丁本八。

〔一〕甚工：顧本、丁本、廣記孫本作「其上」。

〔二〕礲：廣記談本作「壠」，張校據廣記孫本及寶顏堂本改，是，今從之。

〔三〕有：廣記談本作「爲」，張校據廣記孫本、廣記沈本改，寶顏堂本、顧本、丁本亦作「有」，張校所改當是，今從之。

四一三、永昌年〔一〕，太州敷水店南西坡白日飛四五里，直塞赤水，坡上桑畦麥壟，依然仍舊〔二〕。太平廣記三九八、古今合璧事類備要前集九、類說四〇、紺珠集三、寶顏堂本五、顧本八、丁本八。舊唐書三七五行志、新唐書三五五行志載此事。

舊唐書三七五行志載：永昌中，華州敷水店西南坡，白晝飛四五里，直抵赤水，其坡上樹木禾黍，宛然無損。

新唐書三五五行志載：永昌中，華州赤水南岸大山，晝日忽風昏，有聲隱隱如雷，頃之漸移東數百步，擁赤水，壓張村民三十餘家，山高二百餘丈，水深三十丈，坡上草木宛然。

〔一〕年：舊唐書五行志、類説、紺珠集、合璧作「中」。

〔二〕仍舊：類書、紺珠集、合璧作「不動」。

**四一四、鄒駱駝，長安人，先貧，嘗〔一〕以小車推蒸餅賣之，每〔二〕勝業坊角有伏磚，車觸之即翻，塵土涴其餅，駝苦之，乃將钁斸去十餘磚。下有瓷甕，容五斛許，開看，有金數斗，於是巨富。其子昉與蕭佺交厚〔三〕，時人語曰：「蕭佺附馬〔四〕子，鄒昉駱駝兒。非關道德合，只爲錢相知。」**太平廣記四〇〇、寶顔堂本五、顧本八、丁本八。

〔一〕嘗：寶顔堂本、顧本、廣記沈本、廣記陳本作「常」。

〔二〕每：廣記沈本作「轉」。

〔三〕交厚：廣記談本作「附馬」，張校據廣記孫本、廣記沈本、廣記陳本及寶顔堂本改，當是，今從之。

〔四〕附馬：張校據廣記孫本、廣記沈本及寶顔堂本改作「駙馬」，顧本、丁本亦作「駙馬」，然作「附馬」亦通，今仍從廣記談本。

**四一五、江東、江西山中多有楓木人，於楓樹下生，似人形，長三四尺。夜雷雨，即長與樹齊，見人即縮依舊。曾有人合以笠子〔一〕，明日看，笠子挂在樹頭〔二〕上。土人〔三〕旱時欲雨，以竹束其頭，禊〔四〕之即雨。人取以爲式盤〔五〕，極神〔六〕驗，楓天〔七〕棗地是也。**太平廣記四〇七、樹藝篇木部二、説郛二。

〔一〕合以笠子：廣記談本作「合於笠」，據樹藝篇、説郛改，張校據廣記沈本、廣記陳本改作「合於笠首」，恐非。

〔二〕頭：樹藝篇、説郛無。

〔三〕土人：廣記談本無，據樹藝篇、説郛補。

〔四〕楔：廣記談本作「楔」，與文意不符，樹藝篇作「揳」，説郛作「楔」，即釘入之義，與上「以竹束其頭」合，今據説郛改。

〔五〕盤：説郛無，樹藝篇作「樹」。

〔六〕神：説郛無。

〔七〕天：廣記談本作「木」，據説郛改。埤雅一三釋楓云：「其材可以爲式，兵法曰楓天棗地。」「舊説楓之有癭者，風神居之，夜遇暴雷驟雨，則暗長數尺，謂之楓人。天旱，以泥封之即雨。故造式者以爲蓋，又以大霆擊棗木載之，所謂楓天棗地。」龍筋鳳髓判下袁綱判云「楓天棗地，觀倚伏於無形」。

**四一六、唐貞觀年中，頓丘縣有一賢者，於黄河渚上拾菜〔一〕，得一樹栽子，大如指。持歸蒔之，三年乃結子五顆，味狀如柰，又似林檎，多汁，異常酸美。送縣，縣上州，以其奇味，乃進之。賜〔二〕綾一〔三〕十匹。後樹長成，漸至三百顆。每年進之，號曰朱柰，至今魏〔四〕、德、貝〔五〕、博等州取其枝接，所在豐足。人以爲從西域浮來，礙渚而住矣。**太平廣記四一〇、太平廣記詳節三五、寶顔堂本三、明抄本五、顧本五、丁本五。

〔一〕菜：顧本作「采」，丁本作「採」。

〔二〕賜：廣記談本上有「上」字，據寶顔堂本、明抄本、顧本、丁本、廣記孫本、廣記沈本、詳節删。

〔三〕一：詳節作「三」。

〔四〕魏：廣記談本作「存」，據詳節改。明抄本空闕，顧本、丁本、廣記孫本作「數」，當爲「魏」字形誤，廣記陳本無。

〔五〕貝：廣記談本作「具」，張校據廣記沈本改，詳節亦作「貝」，張校所改是，今從之。

四一七、唐河東裴同〔一〕父患腹痛數年〔二〕，不可忍，囑其子曰：「吾死後，必出吾病。」子從之，出得一物〔三〕，大如鹿條脯，懸之久乾。有客竊之，其堅如骨，削之，文彩煥〔四〕發，遂以爲刀欛子，佩之。在路放馬，抽刀子割三稜草，坐其上，欛盡消成水。客怪之，回以問同，同泣，具言之。後病狀同者，服三稜草汁多驗。太平廣記四一四、太平廣記詳節三五。

〔一〕裴同：詳節作「裴囧」。下同。

〔二〕患腹痛數年：廣記陳本、詳節作「患腹數年痛」。

〔三〕物：詳節作「病」。

〔四〕煥：詳節作「錦」。

四一八、唐前侍御史王景融，瀛州平舒人也。遷〔一〕父靈柩就洛州，於埏道掘著龍窟，大如甕口，景融俯而觀之，有氣如煙直上，衝其〔二〕目，遂失明，旬日而卒〔三〕。太平廣記四二〇、寶顔堂本五、顧本九、丁本九。

〔一〕遷：顧本、丁本、廣記沈本作「取」。

〔二〕其：寶顔堂本、顧本上有「損」字。

〔三〕卒：寶顔堂本上有「暴」字。

四一九、唐天后永昌〔一〕中，涪州武龍界〔二〕多虎暴。有一獸似虎而絶大，日正午〔三〕，逐一虎，直入人家，噬殺之，亦不食其肉〔四〕。自〔五〕是縣界不復有虎矣〔六〕。録奏，檢瑞圖〔七〕，乃酋耳〔八〕，不食生物，有虎暴則殺之〔九〕。太平廣記四二六、説郛二、蜀中廣記五九、寶顔堂本二、明抄本三、顧本三、丁本三。

〔一〕永昌：廣記談本無，據説郛、蜀中廣記補。

〔二〕武龍界：說郛無。

〔三〕午：寶顏堂本、明抄本作「中」。

〔四〕其肉：廣記談本無，張校據廣記孫本、廣記沈本、廣記陳本及寶顏堂本補，明抄本、顧本、丁本亦有二字，張校所補當是，今從之。

〔五〕自：廣記談本作「由」，張校據廣記沈本、廣記陳本及寶顏堂本改，顧本、丁本亦作「自」，張校所改當是，今從之。

〔六〕矣：明抄本作「災」，顧本作「天」。

〔七〕瑞圖：蜀中廣記作「瑞應圖」。

〔八〕酋耳：張校據廣記孫本、寶顏堂本於其下補「獸」字，然明抄本、顧本、丁本、蜀中廣記無「獸」字，說郛作「酋耳也」，亦無「獸」字。山海經一二海內北經郭璞注云：「酋耳，若虎，尾參於身，食虎豹。」唐六典四所舉大瑞有「酋耳」，均無「獸」字，張校所補恐非，今仍從廣記談本。

〔九〕之：廣記談本下衍「也」字，據寶顏堂本、明抄本、顧本、丁本、廣記孫本、說郛、蜀中廣記刪。

**四二〇、唐天后中，成王千里將一虎子來宮中養，損一宮人，遂令生餓數日而死。天后令葬之，其上起塔，設千人供，勒碑，號爲「虎塔」。至今猶在。** 太平廣記四二六、寶顏堂本二、明抄本三、顧本三、丁本三。

**四二一、唐傅黄中爲越州諸暨縣令，有部人飲大醉，夜中山行，臨崖而睡。忽有虎臨其上而嗅之，虎鬚入醉人鼻中，遂噴嚏，聲震虎，遂驚躍，便即〔一〕落崖，腰胯不遂，爲人所得。** 太平廣記四二六、太平廣記詳節三七、寶顏堂本二、明抄本三、顧本三、丁本三。

〔一〕即：廣記談本無，據寶顏堂本、明抄本、顧本、丁本、廣記沈本、詳節補。

四二二、唐先天年，洛下〔一〕人牽一牛〔二〕，左〔三〕腋下有一人手，長尺餘，巡坊而乞。太平廣記四三四、説郛二、寶顔堂本五、顧本八、丁本八。舊唐書三七五行志、新唐書三五五行志載此事。

舊唐書三七五行志載：先天初，洛陽市人牽一羊，左肋下有人手，長尺許，以之乞丐。新唐書三五五行志載：先天初，洛陽市有牛，左脅有人手，長一尺，或牽之以乞丐。

〔一〕洛下：廣記談本作「洛水」，張校據廣記目録改，説郛亦作「洛下」，新唐書五行志作「洛陽市」，張校所改是，今從之。

〔二〕牛：舊唐書五行志作「羊」，當誤。

〔三〕左：廣記談本無，據説郛補，舊唐書五行志作「左肋」，新唐書五行志作「左脅」，亦可證，寶顔堂本、顧本、丁本作「奔」，屬上讀，廣記沈本作「其」。

四二三、周如意中，洛下有牛三足。説郛二。

按：此事與上條所載事類，今附於此。

四二四、隋文皇帝時，大宛國獻千里馬，騣曳地〔一〕，號曰〔二〕「獅子驄」。上置之馬群，陸梁，人莫能制。上令并群驅來，謂左右曰：「誰能〔三〕馭之？」郎將裴仁基曰：「臣能制之。」遂攘袂向前，去十餘步，踴身騰上，一手撮耳，一手摳目，馬戰不敢動。乃鞴乘之，朝發西京，暮至東洛。後隋末不知所在，唐文武聖皇帝敕天下訪之。同州刺史〔四〕宇文士及〔五〕訪得其馬，老于朝邑市麪家，挽磑，駿〔六〕尾焦秃，皮肉穿穴。及見之，悲泣。帝自出長樂坡，馬到新豐，向西嗚躍。帝得之甚喜，齒口〔七〕並〔八〕平，飼以鐘乳，仍生五駒，皆千里足也。後不知所在〔九〕。太平廣記四三五、錦繡萬花谷前集三七、寶顔堂本五、顧本八、丁本八。紺珠集一二引雞跖集載此事。

〔一〕駿曳地：廣記沈本作「曳地驄」，然萬花谷作「其駿曳地」，廣記沈本當誤。

〔二〕曰：廣記談本無，據廣記沈本、萬花谷及寶顔堂本補。

〔三〕能：廣記陳本作「敢」。

〔四〕刺史：廣記談本作「刺州」，顧本作「敕被」，丁本作「敕皮」，張校據廣記孫本、廣記沈本及寶顔堂本改，是，今從之。

〔五〕宇文士及：廣記談本作「宇文士其」，張校據廣記許本及寶顔堂本改。唐無名「宇文士其」者，然舊唐書六三宇文士及傳未言其曾爲同州刺史，疑爲後人臆改，今姑從張校。

〔六〕駿：寶顔堂本、廣記沈本作「騣」。

〔七〕口：顧本、丁本作「臼」，疑是。

〔八〕並：廣記沈本作「盡」。

〔九〕在：寶顔堂本、顧本、丁本下有「矣」字。

**四二五、德州刺史張訥之〔一〕一白馬，其色如練。父雄爲數州〔二〕刺史，常乘。雄薨，子敬之爲考功郎中，改壽州刺史，又乘此馬。敬之薨，弟訥之從給事中、相府司馬改德州刺史，入爲國子祭酒，出爲常州刺史，至今猶在。計八十餘〔三〕，極肥健，行驟脚不散。**太平廣記四三五、寶顔堂本五、顧本八、丁本八。

〔一〕張訥之：廣記談本作「張納之」，據顧本、廣記沈本改。下同。匋齋藏石記二一神龍二年四月五日刻石有「給事中張訥之」，大唐新語五載：「（張）敬之弟訥之，有疾，甚危殆。泓師指訥之曰：『八郎今日如臨萬仞間，必不墜矣。』皆如其言。」均作「訥之」。

〔二〕數州：寶顏堂本作「荆州」。

〔三〕餘：張校據廣記沈本及寶顏堂本於其下補「年」字，顧本、丁本無「年」字，無「年」字本通，今仍從廣記談本。

**四二六、廣平宋察娶同郡游昌女。察先代胡人也，歸漢三世矣。忽生一子，深目而高鼻，察疑其非嗣，將不舉。須臾，赤草馬生一白駒。察悟曰：「我家先有白馬，種絶已二十五年，今又復生。吾曾祖貌胡，今此子復其先也。」遂養之。故曰「白馬活胡兒〔一〕」，此其謂也。**太平廣記四三五、寶顏堂本五、顧本八、丁本八。

〔一〕兒：廣記談本作「而」，屬下讀，據寶顏堂本、顧本、丁本、廣記沈本改。

**四二七、上元中，華容縣有象，入莊家中庭卧。其足下有槎，人爲出之。象乃伏，令人騎，入深山，以鼻㞘〔一〕土，得象牙數十以報之。**太平廣記四四一、寶顏堂本五、顧本八、丁本八。隆慶岳州府志八、一八載此事。

〔一〕㞘：廣記談本作「掊」，據寶顏堂本、顧本、丁本改。㞘，謂野獸以鼻拱地，玉篇尢部：「㞘，豬㞘地。」廣記二二〇引僉載云「野豬中藥箭，㞘薺苨而食」，與此義同。作「掊」者當爲後人不明其義妄改。

**四二八、安南有象，能知人曲直。有鬬訟者，行立而嗅之〔一〕，有理者即過，負心〔二〕者以鼻捲之，擲空中數丈，以牙接之〔三〕，應時碎矣。莫敢競者。**太平廣記四四一、重修政和經史證類本草六、海録碎事二二、爾雅翼一八、寶顏堂本六、顧本一〇、丁本一〇。

〔一〕能知人曲直有鬬訟者行立而嗅之：十四字廣記談本無，顧本、丁本空十四字，廣記沈本空十八字，張校、郝校據廣記黄本、廣記四庫本補「能默識人之是非曲直其往來山中遇人相爭」十八字，然與顧本、丁本所空字數不符，疑即因廣記沈本闕文數而補，恐無據。爾雅翼、證類本草所存字數恰與顧本、丁本同，當是，今據之補。海録作「能辨曲直有關訟者象鵙之」，與之近。

〔二〕負心：爾雅翼、證類本草、海録作「無理」。

〔三〕接之：爾雅翼、證類本草作「接而刺之」。

四二九、永淳年，嵐、勝州兔暴，千萬爲群，食苗並盡，不知何物變化。及暴已〔一〕，即並失卻，莫知何所。異哉！太平廣記四四三。新唐書三五五行志亦載此事。

新唐書三五五行志載：永淳中，嵐、勝州兔害稼，千萬爲群，食苗盡，兔亦不復見。

〔一〕已：廣記孫本作「了」。

四三〇、安南武平縣封溪中有猩猩焉，如美人，解人語，知往事。以嗜酒故，以屐得之。檻百數同牢，欲食之，衆自推肥者相送，流涕而別。時餉封溪令食〔一〕，帊蓋之，令問何物，猩猩乃籠中語曰：「唯有僕並酒一壺耳。」令笑而愛之，養畜，能傳送言語，人不如〔二〕也。太平廣記四四六、太平廣記詳節四〇、寶顔堂本六、顧本一〇、丁本一〇。

〔一〕食：廣記談本作「以」，據顧本、丁本、廣記孫本、詳節改。

〔二〕如：廣記談本作「知」，據寶顔堂本、顧本、詳節改。

四三一、唐初已來，百姓多事狐神，房中祭祀以乞恩，食飲與人同之。事者非一主。當時有諺曰：「無狐魅，不成村。」太平廣記四四七。

四三二、唐國子監助教張簡，河南緱氏人也。曾爲鄉學講文選，有野狐假簡形，講一紙書而去。須臾簡至，弟子怪問之，簡異曰：「前來者必野狐也。」講罷歸舍，見妹坐絡絲，謂簡曰：「適煮菜冷，兄來何遲？」簡坐，久待不至，乃責其妹，妹曰：「元不見兄來，此必是野狐也，更見即殺之。」明日又來，見妹坐絡絲，謂簡曰：「鬼魅適向舍後。」簡遂持棒，見真妹從厠上出來，遂擊之。妹號叫曰：「是兒。」簡不信，因擊殺之，問絡絲者，化爲野狐而走。太平廣記四四七。

四三三、唐前御史王義方黜萊州司户參軍，去官歸魏州，以講授爲業。時鄉人郭無爲頗有法〔一〕術，教義方使野狐。義方雖能〔二〕呼得之，不〔三〕伏使，卻被群狐競來惱，每擲瓦甓〔四〕以擊義方，或正誦〔五〕讀，即裂碎其書〔六〕，聞空中有聲云：「有何神術〔七〕，而欲使我乎？」義方竟不能禁止，無何而卒。太平廣記四四八、寶顔堂本六、顧本一〇、丁本一〇。

〔一〕法：廣記談本無，張校據廣記孫本補，寶顔堂本、顧本、丁本亦有，張校所補當是，今從之。
〔二〕能：寶顔堂本、顧本、丁本無。
〔三〕不：顧本、丁本上空一字。
〔四〕瓦甓：寶顔堂本、顧本、丁本、廣記孫本作「磚瓦」。
〔五〕誦：顧本作「講」，丁本作「請」。
〔六〕裂碎其書：寶顔堂本、顧本、丁本作「裂其書碎」。
〔七〕術：顧本作「異」，丁本作「志」。

四三四、嶺南有報冤蛇，人觸之，即三五里，隨身即至。若打殺一蛇，則百蛇相集，將蜈蚣自防乃免。太平廣記四五六、寶顔堂本五、顧本八、丁本八。

四三五、山南〔一〕、五溪、黔中皆有毒蛇，鳥而〔二〕反鼻，蟠於草中，其牙〔三〕倒勾〔四〕。去人〔五〕數步直來，疾如激箭，螫人立死，中手即斷手，中足即斷足，不然則全身腫爛，百無一活。謂蝮蛇也。有〔六〕黃喉蛇，好在〔七〕舍上，無毒，不害人，唯善食〔八〕毒蛇。食飽，垂頭直下，滴沫，地墳〔八〕起，變爲沙虱，中人爲疾。額上有大王字，衆蛇之長，常食蝮蛇〔九〕。太平廣記四五六、蜀中廣記六〇、寶顔堂本五、顧本八、丁本八。

〔一〕山南：蜀中廣記上有「川東」二字。

〔二〕而：蜀中廣記作「頭」，疑是。

〔三〕其牙：蜀中廣記作「其尾」。

〔四〕勾：丁本作「勿」，廣記沈本作「吻」。

〔五〕去人：蜀中廣記作「人去」。

〔五〕有：蜀中廣記上有「又」字。

〔六〕在：蜀中廣記作「蟠」。

〔七〕善食：顧本、丁本、廣記孫本作「食要」，廣記沈本作「要食」，疑當以作「食要」爲是，廣記沈本倒作「要食」，後人以其辭氣不順而改「善食」。

〔八〕墳：廣記談本作「噴」，張校據廣記孫本、廣記沈本改，顧本亦作「墳」，張校所改當是，今從之。

〔九〕常食蝮蛇：蜀中廣記下有「又有碎蛇見人則分身爲數段人去復續如故」十八字，疑亦爲僉載佚文。

四三六、種黍來蛇，燒羖羊角及頭髮，則蛇不敢來。太平廣記四五六、太平廣記詳節四二、寶顔堂本五、顧本八、丁本八。

四三七、泉、建州進蚺蛇膽，五月五日取時膽〔一〕，兩柱相去五六尺，繫〔二〕蛇頭尾，以杖於腹下來去扣之，膽即聚，以刀刲取，藥封放〔三〕之，不死。後〔四〕復更取，看肋下有痕，即放。太平廣記四五六、歲時廣記二二三。

〔一〕膽：歲時作「豎」。

〔二〕繫：廣記談本作「擊」，據歲時改。據下文，此處當指固定蛇之頭尾，方能以杖扣其腹。

〔三〕藥封放：張校據廣記沈本改作「以藥封」，然歲時亦作「藥封放」，於文意更優，張校所改當誤，今仍從廣記談本。

〔四〕後：廣記談本無，據歲時補。

四三八、隋絳州夏縣樹提家新造宅，欲移入，忽有蛇無數，從室中流〔一〕出門外。其稠如箔上蠶，蓋地皆遍。時有行客，云解符鎮，取桃枝四枚，書符，遶宅四面釘之。蛇漸退，符亦移就之。蛇入堂中心，有一孔，大如盆口，蛇入並盡，令煎湯一百斛灌之。經宿，以鍬掘之，深數尺，得古銅錢二十萬貫。因陳破〔二〕，鑄新錢，遂巨富。蛇乃是古銅之精。太平廣記四五七、寶顏堂本五、顧本八、丁本八。

〔一〕流：張校據廣記沈本改作「游」，然作「流」字亦通，今仍從廣記談本。

〔二〕陳破：廣記沈本作「溶之」，張校據改，然二者之間形音均異，無由致誤，恐出後人所改，今仍從廣記談本。

四三九、開元四年六月，郴州馬嶺山側，有白蛇長六七尺，黑蛇長丈餘。須臾，二蛇鬬，白者〔一〕吞黑蛇，到麤處，口兩嗌皆裂，血流滂沛。黑蛇頭入嚙白蛇肋上作孔，頭出二尺餘。俄而兩蛇並死。後十餘日，大雨，山水暴漲，漂破五百餘家，失三百〔二〕餘人。太平廣記四五七、寶顏堂本五、顧本八、丁本八。舊唐書三七五行志、新唐書三六五行志載此事。

舊唐書三七五行志載：開元四年六月，郴州馬嶺山下，有白蛇長六七尺，黑蛇長丈餘。兩蛇鬬，白蛇吞黑蛇，至麤處，口眼流血，黑蛇頭穿白蛇腹出，俄而俱死。旬日內，桂陽大雨，山水暴溢，漂五百家，殺三百餘人。

新唐書三六五行志載：開元四年六月，郴州馬嶺山下有白蛇與黑蛇鬭，白蛇長六七尺，吞黑蛇，至腹，口眼血流，黑蛇長丈餘，頭穿白蛇腹出，俱死。

〔一〕者：舊唐書五行志作「蛇」。

〔二〕百：顧本、丁本下有「十」字，廣記沈本下有「有」字。

四四〇、唐左補闕畢乾泰，瀛州任丘人。父母年五十，自營生藏訖。至父年八十五，又自造棺，稍高大，嫌藏小，更加磚二萬口。開藏，欲修之，有蛇無數。時正月尚寒，蟄未能動，取蛇投一空井中，仍受蛇不盡。其蛇金色。泰自與奴開之，尋病而卒。月餘，父母俱亡。此開之不得其所也。太平廣記四五七、寶顏堂本五、顧本八、丁本八。

四四一、滄州東光縣寶觀寺，常有蒼鶻集重閣，每〔一〕有鴿數千。鶻冬中〔二〕每夕即取一鴿以暖足，至曉放之而不殺。自餘鷹鶻〔三〕，不〔四〕敢侵之。太平廣記四六〇、太平廣記詳節四二、寶顏堂本五。

〔一〕每：張校據廣記沈本改作「常」，然廣記沈本實作「嘗」，尚無他證，今仍從廣記談本。

〔二〕鶻冬中：詳節作「處其中」，疑是。疑廣記傳本此處有闕文，後人遂據下文「暖足」補作「鶻冬中」。

〔三〕鶻：詳節無。

〔四〕不：詳節作「莫」。

四四二、唐太宗養一白鶻，號曰「將軍」。取鳥，常驅至於殿前，然後擊殺〔一〕，故名落雁殿。上恒令送書，從京至東都與魏王，仍取報〔二〕，日往返數迴。亦陸機黄耳之徒歟？太平廣記四六〇、海録碎事二二下、寶顏堂本五、顧本八、丁本八。

〔一〕殺：廣記沈本下有「之」字。

〔二〕取報：張校據廣記沈本改作「常」，然海録亦作「取報」，取報即取回信之義，張校所改誤，今仍從廣記談本。

**四四三、唐貞觀末，南康黎景逸居於空青山，常〔一〕有鵲巢其側，每飯〔二〕食以〔三〕餧〔四〕之。後隣近〔五〕失布者誣景逸盜之，繫南康獄月餘，劾不承，欲訊之。其鵲止於獄樓，向景逸歡喜，似〔六〕傳語之狀。其日傳有〔七〕赦，官司詰〔八〕其來〔九〕，云：「路逢玄衣素衿人所說。」三日而赦〔一〇〕至。景逸還山，乃知玄衣素衿者，鵲之所傳。**太平廣記四六一、太平廣記詳節四二、紺珠集三、類説四〇、海録碎事八上、古今合璧事類備要别集七二、古今事文類聚後集四四、分類補注李太白詩一一、寶顔堂本四、顧本六、丁本六。

〔一〕常：詳節作「嘗」。

〔二〕飯：分類補注李太白詩作「飲」。

〔三〕以：廣記談本無，據寶顔堂本、顧本、丁本、廣記沈本、詳節、分類補注李太白詩補。

〔四〕餧：寶顔堂本作「餵」。

〔五〕近：顧本、丁本作「□」。

〔六〕似：廣記談本作「以」，張校據廣記沈本改，詳節亦作「似」，張校所改是，今從之。

〔七〕有：分類補注李太白詩作「語」。

〔八〕詰：顧本、丁本作「結」。

〔九〕來：顧本、丁本作「末」，詳節、分類補注李太白詩作「由來」，疑是。

〔一〇〕赦：廣記談本下有「果」字，據寶顔堂本、顧本、丁本、廣記沈本、詳節、分類補注李太白詩删。

**四四四、汝州刺史張昌期，易之弟也。恃寵驕貴，酷暴群僚。梁縣有人白云：「有白鵲見。」昌期令司户楊楚玉捕之。部人**

有鷄子七十籠矣，以蠟塗爪。至林，見白鵲，有群鵲隨之，見鷄迸散，唯白者存焉。鷄竦身取之，一無損傷，而〔一〕籠送之。昌期笑曰：「此鵲贖君命也。」玉叩頭曰：「此天活玉，不然，投河赴海，不敢見公。」拜謝而去〔二〕。太平廣記四六一、寶顔堂本四、顧本七、丁本七。

〔一〕而：廣記沈本作「乃」。

〔二〕去：顧本、丁本、廣記沈本作「出」。

四四五、唐渤海高嶷巨富，忽患月餘日，帖然而卒，心上仍暖，經日而蘇。云有一白衣人，眇目，把牒冥司，訟殺其妻子。嶷對：「元不識此老人。」冥官云：「君命未盡，且放歸。」遂悟白衣人乃是家中老瞎麻雞也，令射殺，魅遂絶。太平廣記四六一、寶顔堂本四、顧本七、丁本七。

按：太平廣記談刻本此條不注出處，孫潛校宋本作「出朝野僉載」，寶顔堂本、顧本、丁本亦有此條，今據之輯録。

四四六、唐文明已後，天下諸州進雌雞〔一〕變爲雄者甚〔二〕多，或半已化，半未化，乃則天正位之兆。太平廣記四六一、太平廣記詳節四二、寶顔堂本四、顧本七、丁本七。舊唐書三七五行志、南部新書戊載此事。

舊唐書三七五行志載：高宗文明後，天下頻奏雌雉化爲雄，或半化未化，兼以獻之，則天臨朝之兆。

按：太平廣記談刻本此條不注出處，孫潛校宋本、太平廣記詳節四二均作「出朝野僉載」，寶顔堂本、顧本、丁本亦有此條，今據之輯録。

〔一〕雌雞：顧本作「雌」，丁本、廣記沈本作「雞」，詳節、南部作「雞牝」。疑廣記傳本脱「牝」字，後人遂據下文「變爲雄」而於「雞」上補「雌」字。

〔二〕甚：寶顔堂本、顧本、丁本、廣記沈本無，詳節、南部作「極」。

四四七、垂拱之後，諸州多進雌雞化爲雄雞者，則天之應也。太平廣記三六一、寶顔堂本六。

按：本條原與三九三條連爲一條，今以其事與前一條相類，析附於此。

四四八、衛鎬〔一〕爲縣官，下鄉〔二〕，至里人王幸在家。方假寐，夢一烏衣婦人引十數小兒，著黄衣，咸言乞命，叩〔三〕頭再三，斯須又至。鎬甚惡其事，遂催〔四〕食，欲前。適鎬所〔五〕親者報曰：「王幸在家窮，無物設饌。有一雞見抱兒，已得十餘日，將欲殺之。」鎬方悟烏衣婦人果烏雞也，遂命解放。是夜，復夢感謝〔六〕，欣然而去。太平廣記四六一、太平廣記詳節四二、寶顔堂本四、顧本七、丁本七。

〔一〕衛鎬：詳節作「衛縞」。下同。

〔二〕鄉：廣記談本作「縣」，據寶顔堂本、顧本、丁本、廣記沈本、詳節改。

〔三〕叩：詳節作「扣」。

〔四〕催：詳節作「促」。

〔五〕所：張校據廣記沈本於其上補「有」字，然無此字亦通，今仍從廣記談本。

〔六〕感謝：廣記談本無「謝」字，寶顔堂本作「咸」，張校據廣記沈本補，詳節、顧本、丁本亦作「感謝」，張校所補是，今從之。

四四九、久視年中，越州有祖録事，不得名。早出，見擔鵝向市中者，鵝見録事，頻顧而鳴。祖乃以錢贖之，至僧寺，令放爲長生鵝。竟不肯入寺，但走逐祖後，經坊歷市，稠人廣衆之處，一步不放〔一〕。祖收養之。左丞張錫親見説〔二〕也〔三〕。太平廣記四六二、寶顔堂本四、顧本七、丁本七。

〔一〕放：張校據廣記沈本改作「離」，然無他證，今仍從廣記談本。

〔二〕説：張校據廣記孫本、廣記沈本於其上補「其」字，然「見説」本有聽説之義，如白居易送人貶信州判官詩云「不唯遷客須惆悵，見説居人也寂寥」，酉陽雜俎續集八云「予幼時嘗見説郎巾謂狼之筋也」，皆是此義，今仍從廣記談本。

〔三〕乜：廣記談本無，張校據廣記孫本、廣記沈本及寶顏堂本補，顧本、丁本亦有，張校所補當是，今從之。

**四五〇、唐魏伶爲西市丞，養一赤嘴烏，每於人衆中乞錢，人取一文，而銜以送伶處，日收數百。時人號爲「魏丞烏」。**太平廣記四六二、紺珠集三、類説四〇。南部新書己載此事。

**四五一、漢時〔一〕，鄢縣南門兩扇，忽〔二〕一聲稱「鴛」，一聲稱「鴦〔三〕」，晨夕開閉〔四〕，聲聞京師。漢末惡之，令毀其門，兩扇化爲鴛鴦，相隨飛去。後遂〔五〕改鄢爲晏城縣。**太平廣記四六三、寶顏堂本四、顧本七、丁本七。

〔一〕漢時：廣記沈本作「廣□」。

〔二〕忽：寶顏堂本下有「開忽」二字，當爲後人所增。

〔三〕鴦：寶顏堂本、顧本、丁本作「央」。

〔四〕開閉：廣記沈本作「閉開」。

〔五〕遂：寶顏堂本、顧本、丁本無。

**四五二、天后時，左衛兵曹劉景陽使嶺南，得〔一〕吉了鳥雄、雌各一隻，解人語。至都進之，留其雌者。雄〔二〕煩怨不食，則天問曰：「何乃〔三〕無聊也？」鳥爲〔四〕言曰：「其〔五〕配爲使者所得，今頗思之。」乃呼景陽曰：「卿何故藏一鳥不進？」景陽叩頭謝罪，乃進之，則天不罪也。**太平廣記四六三、寶顏堂本四、顧本七、丁本七。

〔一〕得：張校據廣記沈本於其下補「秦」字，寶顔堂本、顧本、丁本亦有「秦」字，然唐會要三三載：「萬歲樂，武太后所作，因養吉了鳥嘗稱萬歲，故爲樂以象之。」亦作「吉了鳥」。廣記談本本通，今仍之不補。

〔二〕雄：寶顔堂本、顧本、丁本下有「者」字。

〔三〕乃：寶顔堂本、顧本、丁本無。

〔四〕爲：廣記沈本作「之」。

〔五〕其：顧本作「某」。

**四五三、劍南彭、蜀間有鳥，大如指，五色畢具，有冠似鳳。食桐花，每桐結花即來，桐花落即去，不知何之，俗謂之桐花鳥。極馴善，止於婦人釵上，客終席不飛。人愛之，無所害也。** 太平廣記四六三。東坡先生物類相感志八載此事。

**四五四、真臘國有葛浪山，高萬丈，半腹有洞。先有浪鳥，狀似老鴟，大如駱駝，人過，即攫而食之，騰空而去。百姓苦之。真臘王取大牛肉，中安小劍子，兩頭尖利，令人載〔一〕行。鳥攫而吞之，乃死，無復種矣。** 太平廣記四六三。

〔一〕載：廣記沈本作「戴」。

**四五五、百舌春囀，夏止〔一〕，唯食蚯蚓。正月後凍開，蚓出而來。十月後，蚓藏而往。蓋物之相感也。** 太平廣記四六三、苕溪漁隱叢話後集八、杜工部草堂詩箋二一、王荆公詩注四五。太平御覽二三引雜説載此事。

〔一〕止：廣記談本作「至」，據漁隱、草堂詩箋、王荆公詩注改。御覽引雜説云「春則囀，夏至則止」，亦作「止」。

**四五六、峰州有一道水，從吐蕃中來，夏冷如冰雪。有魚長一二寸，來去有時，蓋水上〔一〕如粥。人取烹之而食，千萬家〔二〕**

取不可盡。不知所從來。太平廣記四六五、寶顏堂本四、顧本七。

〔一〕上：廣記沈本無。

〔二〕家：顧本作「斛」，疑是，廣記沈本作「解」，當亦「斛」字之誤。

四五七、通川界内多獺，各有主養之，並在河側岸間。獺若入穴，插〔一〕雉尾於獺孔〔二〕前，獺即不敢出，去卻尾即出。取得魚，必須上岸，人便奪之。取得多，然後〔三〕自喫。喫飽，即鳴板〔四〕以驅之還，插雉尾，更不敢出。太平廣記四六六、寶顏堂本四、顧本七。

〔一〕插：廣記沈本作「堆」。

〔二〕孔：寶顏堂本、顧本作「穴」。

〔三〕然後：寶顏堂本下有「放令」二字，顧本無「後」字，「然」下有「放令」二字。

〔四〕板：寶顏堂本、顧本、廣記孫本作「杖」。

四五八、有人洛水中見豎子〔一〕洗馬，頃之，見一物如白練帶，極光晶，繳〔二〕豎子之項三兩匝，即落水死。凡是水中及灣泊之間〔三〕，皆有之。人澡浴、洗馬死者，皆謂黿所引，非也。此名白特，宜慎防〔四〕之，蛟之類也。太平廣記四六七、寶顏堂本四、顧本七。

〔一〕洛水中見豎子：張校據廣記孫本改作「見豎子洛水中」，寶顏堂本、顧本作「見豎子在洛水中」，然無他證，今仍從廣記談本。

〔二〕繳：顧本作「激」，疑當爲「繞」字之誤。

〔三〕間：寶顏堂本、顧本作「所」。

〔四〕慎防：廣記沈本作「以慎」。

**四五九、嶺南羅州、辯州界内水中多赤鼈，其大如匙，而赫赤色。無問禽獸、水牛，入水即被曳深潭，吸血死。或云蛟龍使曳之，不知〔一〕所以然也。**太平廣記四六七。

〔一〕知：張校據廣記沈本於其下補「其」字，然無此字亦通，今仍從廣記談本。

**四六〇、唐杭州富陽縣韓珣莊掘〔一〕井，纔深五六尺，土中得魚數十〔二〕頭，土有微潤。**太平廣記四六七、寶顏堂本四、顧本七、丁本七。

按：太平廣記談本注出「廣古今五行記」，然沈本作「朝野僉載」，寶顏堂本、顧本、丁本均輯此條，談本當涉此下數條均出廣古今五行記而誤，今據廣記沈本、寶顏堂本、顧本、丁本録之。

〔一〕掘：廣記談本作「鑿」。

〔二〕十：廣記談本作「千」。

**四六一、唐齊州有萬頃陂，魚鼈水族，無所不有。咸亨中，忽一僧持鉢乞食，村人長者施〔一〕以蔬供，食訖而去。於時漁人網得一魚，長六七尺，緝〔二〕鱗鏤甲，錦質寶章，特異常魚。欲齎赴州餉遺〔三〕，至村而死，遂〔四〕共剖而分之，於腹中得長者所施蔬食，儼然並在。村人遂於陂中設齋過度〔五〕，自是陂中〔六〕無水族，至今猶然〔七〕。**太平廣記四六九、寶顏堂本四、顧本七、丁本七。

按：太平廣記沈本出處作「五行記」，疑誤。

〔一〕施：廣記沈本作「與」。

〔二〕緝：寶顔堂本作「絲」。文選五左思吴都賦有「葺鱗鏤甲」句，劉良注云「葺，累也」。「緝」通「葺」，作「絲」字則誤。

〔三〕餉遺：張校據廣記沈本改作「餉饋」，然餉遺本有贈送之義，如東觀漢記一九李恂傳云「無田宅財産，居山澤，結草爲廬，餉遺無所受」，「饋」字恐爲後人不明「遺」字之義所妄改，今仍從廣記談本。

〔四〕遂：寶顔堂本、顧本、丁本、廣記孫本作「衆」，疑是。

〔五〕過度：寶顔堂本作「超度」。

〔六〕中：廣記沈本下有「至今」二字。

〔七〕猶然：廣記談本下有「絶」字，張校據廣記孫本删，寶顔堂本、顧本、丁本亦無，張校所删當是，今從之。廣記沈本無此二字。

四六二、唐天后中，尚食奉御張思恭進牛窟利有〔一〕蚰蜒，大如筯，天后以玉合貯之，召思恭示曰：「昨窟利上有此，極是毒物。近有鸎〔二〕食烏百足蟲忽死，開腹，中有蚰蜒一抄，諸蟲並盡，此物不化。朕昨日以來，意惡不能食。」思恭頓首請死，敕免之，與宰夫並〔三〕流嶺南。太平廣記四七四。

〔一〕利有：廣記談本無，張校據廣記孫本、廣記沈本、廣記陳本補，是，今從之。

〔二〕鸎：廣記談本闕，張校據廣記孫本、廣記沈本補，今從之。廣記黄本作「雞」。

〔三〕與宰夫並：廣記沈本作「宰夫」。

四六三、唐開元四年，河南、北蝗〔一〕螽爲災，飛則翳日，大如指，食苗草樹葉，連根並盡。敕差使與州縣相知驅逐，採得一石者，與一石粟，一斗者〔二〕，粟亦如之。掘坑埋卻〔三〕，埋〔四〕一石，則十石生，卵大〔五〕如黍米，厚半寸，蓋地。浮休子曰：「昔文武聖皇帝時，繞京城蝗大起，帝令取而觀之，對仗選一大者，祝之曰：『朕政刑乖僻，仁信未孚。當食我心，無害苗稼。』遂吞之。須臾，有鳥〔六〕如鸛，百萬爲群，食〔七〕蝗一日而盡。此乃精感所致。天若偶然，則如勿生。天若爲厲，埋之滋甚。當明德慎罰，以答天譴。奈何不能修福〔八〕以禳災，而欲逞殺以消禍？此宰相姚元崇〔九〕失燮理之道矣。」太平廣記四七四。

〔一〕蝗：廣記談本無，張校據廣記陳本補，當是，今從之。

〔二〕者：廣記談本無，張校據廣記沈本補，當是，今從之。

〔三〕卻：廣記沈本作「之」。

〔四〕埋：廣記沈本下有「卻」字。

〔五〕大：廣記沈本無。

〔六〕鳥：廣記談本作「烏」，據文意改。

〔七〕食：廣記談本作「拾」，張校據廣記沈本、廣記陳本改，是，今從之。

〔八〕能修福：廣記談本作「見福修」，張校據廣記沈本改，當是，今從之。

〔九〕姚元崇：廣記談本作「姚文崇」，張校據廣記陳本改，是，今從之。

**四六四、真臘國在驩州南五百里。其俗，有客設檳榔、龍腦、香蛤屑等，以爲賞宴。其酒比之淫穢，私房與妻共飲，對尊者避之。又行房不欲令人見，此俗也。其道明〔一〕國人不著衣服，見〔二〕衣服者，共〔三〕笑之。俗無鹽鐵，以竹弩射虫鳥。**太平廣記四八二、增修埤雅廣要六、寶顔堂本二、明抄本三、顧本三、丁本三。新唐書二二二下南蠻真臘國傳載此事。

新唐書二二二下南蠻真臘國傳載：客至，屑檳榔、龍腦、香蛤以進。不飲酒，比之淫。與妻飲房中，避尊屬。……道明者，亦屬國，無衣服，見衣服者共笑之。無鹽鐵，以竹弩射鳥獸自給。

〔一〕也其道明：廣記談本作「與中國同」，據廣記孫本、廣記沈本、明抄本、顧本、丁本改。新唐書南蠻真臘國傳所載此下爲道明國事，增修埤雅廣要引僉載後一事亦爲道明國事。

〔二〕見：增修埤雅廣要下有「著」字。

〔三〕共：增修埤雅廣要上有「即」字。

**四六五、煬帝令〔一〕朱寬征留仇國，還，獲男女口千餘人並雜物産，與中國多不同。緝木皮爲布，甚細白，幅闊三尺二三〔二〕寸。亦有細斑布，幅闊一尺許。又得金荆榴數十〔三〕斤，木色如真金，密緻而文彩盤蹙，有如美錦，甚香極精，可以爲枕及案面，雖沉檀不能及。彼土無鐵，朱寬還至南海郡，留仇中男夫壯者，多加以鐵鉗鏁，恐其道〔四〕逃叛。還至江都，將見，爲解〔五〕脱之，皆手把鉗，叩頭惜脱，甚于中土貴金。人形短小，似崑崙。**太平廣記四八二。太平御覽八二〇引杜寶大業拾遺録載此事。

〔一〕煬帝令：御覽作「七年十二月」。

〔二〕三：御覽無。

〔三〕十：廣記孫本作「千」。

〔四〕道：張校據廣記沈本於其上補「在」字，然無此字亦通，今仍從廣記談本。

〔五〕解：廣記沈本無。

**四六六、五溪蠻，父母死，于村外閣其尸，三年而葬。打鼓路歌，親屬飲宴舞戲，一月餘日。盡産爲棺飾〔一〕，臨江高山半肋鑿龕以葬之。山上懸索下柩，彌高者以爲至孝，即終身不復祠祭。初遭喪，三年不食鹽。**太平廣記四八二、寶顔堂本二、明抄本三、顧本三、丁本三。

〔一〕飾：廣記談本作「餘」，據明抄本、顧本、丁本改。張校疑當作「於」。唐人常以「棺」「飾」指厚葬，如梁書四五王僧辯傳云「更蒙封樹，飾棺厚殯，務從優禮」。

四六七、嶺南獠民好爲蜜唧，即鼠胎未瞬，通身赤蠕者，飼之以蜜，釘〔一〕之筵上，囁囁而行，以筯挾〔二〕取，咬之，唧唧作聲，故曰「蜜唧」。太平廣記四八三、宋本施顧注蘇詩三七、東坡詩集注一六。方輿勝覽三六載此事。

〔一〕釘：寶顏堂本、顧本、丁本，明抄本、施顧注蘇詩、東坡詩集注作「飣」。

〔二〕挾：寶顏堂本、顧本、丁本作「夾」。

四六八、陳懷卿，嶺南人也，養鴨百餘頭，後于鴨欄中除糞，糞中有光爚爚〔一〕然，試以盆水沙汰之，得金十兩。乃覘所食處，于舍後山足下，土中〔二〕有麩金，銷〔三〕得數千〔四〕斤。時人莫知，懷卿〔五〕遂巨富。仕至梧州刺史。太平廣記四九五、寶顏堂本二、明抄本三、顧本三、丁本三。南部新書庚載此事。

〔一〕爚爚：廣記談本作「爛」，廣記陳本作「爍爍」，據寶顏堂本、明抄本、顧本、丁本、南部改。爚爚，光明貌。

〔二〕土中：寶顏堂本、明抄本、顧本、丁本作「因鑿」。

〔三〕銷：廣記談本作「消」，據寶顏堂本、顧本、丁本、廣記陳本、南部改。

〔四〕千：寶顏堂本、明抄本、顧本、丁本作「十」。

〔五〕懷卿：廣記談本無「懷」字，據南部補。

四六九、劉仁願以仁軌檢校帶方州刺史。資治通鑑考異一〇。

按：資治通鑑考異一〇「龍朔元年三月詔起劉仁軌檢校帶方州」條下引僉載此條，並云「今從本傳」。

四七〇、突厥破（孫）萬榮新城，群賊聞之失色，衆皆潰散。資治通鑑考異一一。

按：資治通鑑考異一一引此於「楊玄基以奚兵破孫萬榮」下。

四七一、紫微舍人倪若水贓至八百貫，因諸王内宴，姚元崇諷之曰：「倪舍人正直，百司嫉之，欲成事，何不爲上言之？」諸王入，衆共救之，遂釋，一無所問。主書趙誨受蕃餉一刀子，或直六七百錢，元崇宣敕處死。後有降，崇乃勖曰：「别敕處死者，決一百，配流。」大理決趙誨一百，不死，夜遣給使縊殺之。資治通鑑考異一二。

四七二、唐儉事太宗，甚蒙寵遇，每食，非儉至不餐。數年後，特憎之，遣謂之曰：「更不須相見，見即欲殺。」隋文帝重高熲，初甚愛，後不願見，見之則怒。後村先生大全集一七九後村詩話續集。

四七三、薛師有巧性，常入宫闈。補闕王求禮上表曰：「太宗時，羅黑黑〔一〕能彈琵琶，遂閹爲給使，以教宫人。今陛下要懷義入内，臣請閹之，庶宫闈不亂。」表寢不出。後村先生大全集一七九後村詩話續集。資治通鑑二〇三載此事。

資治通鑑二〇三垂拱二年載：太后託言懷義有巧思，故使入禁中營造。補闕長社王求禮上表，以爲：「太宗時，有羅黑黑善彈琵琶，太宗閹爲給使，使教宫人。陛下若以懷義有巧性，欲宫中驅使者，臣請閹之，庶不亂宫闈。」表寢不出。

〔一〕羅黑黑：後村詩話續集脱一「黑」字，據通鑑補。廣記二〇五引僉載「羅黑黑」事。

四七四、少府監裴匪舒奏賣苑中官馬糞，歲得錢二十萬貫。劉仁軌曰：「恐後代稱唐家賣馬糞。」遂寢。後村先生大全集一七九後村詩話續集。資治通鑑二〇二載此事。

資治通鑑二〇二開耀元年載：少府監裴匪舒，善營利，奏賣苑中馬糞，歲得錢二十萬緡。上以問劉仁軌，對曰：「利則厚矣，恐後代稱唐家賣馬糞，非嘉名也。」乃止。

四七五、吏部尚書唐儉與太宗棊〔一〕，争道，上大怒，出爲潭州。蓄怒未洩，謂尉遲敬德曰：「唐儉輕我，我欲殺之。卿爲我證驗有怨言指斥。」敬德唯唯。明日對仗〔二〕云云，敬德頓首曰：「臣實不聞。」頻問，確定不移。上怒，碎玉珽于地，奮衣入。良久，索食，引三品以上皆入宴。上曰：「敬德今日利益者各有三：唐儉免枉死，朕免枉殺，敬德免曲從，三利也。朕有恕過之美，儉有再生之幸，敬德有忠直之譽，三益也。」賞敬德一千段，群臣皆稱萬歲。後村先生大全集一七九後村詩話續集。

〔一〕棊：清抄本後村先生大全集作「某」，據四部叢刊影舊抄本後村先生大全集及文意改。

〔二〕仗：後村詩話續集作「伏」，據文意改。

四七六、魏元忠忤二張，出爲端州高要尉。二張誅，入爲兵部尚書、中書令、左、右僕射，不能復直言。古人有言：「妻子具則孝衰，爵禄厚則忠衰。」後村先生大全集一七九後村詩話續集。

四七七、滕王爲隆州刺史，多不法，參軍裴聿諫止〔一〕之，王怒，令左右擲搨。他日聿入計，具訴于帝。帝問聿曾被幾搨，聿曰：「前後八搨。」即〔二〕令進八階。聿歸，嘆曰：「何其命薄！若言九搨，當入五品矣。」聞者哂之，號「八搨將軍」。類説四〇、紺珠集三。

〔一〕止：明刻本類説作「正」，據明抄本、清抄宋本類説及紺珠集改。

〔二〕即：明刻本類説作「遂」，據明抄本、清抄宋本類説及紺珠集改。

四七八、馬周微時入都〔一〕，至新豐〔二〕逆旅，遇〔三〕貴〔四〕公子飲酒，不顧周。周即市斗酒，獨飲之，餘以〔五〕濯足。衆異之〔六〕。紺珠集三、類説四〇、海録碎事六。舊唐書七四馬周傳載此事。

舊唐書七四馬周傳載：馬周……西遊長安。宿於新豐逆旅，主人唯供諸商販而不顧待周，遂命酒一斗八升，悠然獨酌，主人深異之。

〔一〕微時入都：類説、海録作「初入京」。

〔二〕新豐：類説、海録作「灞上」。

〔三〕遇：類説無。

〔四〕貴：類説、海録作「數」。

〔五〕獨飲之餘以：類説無，海録作「傾以」。

〔六〕衆異之：紺珠集無，據類説、海録補。

四七九、有神巫，能結壇召虎。人有疑罪，令登壇，有罪者虎傷，無罪者不顧，名虎筮。類説四〇、紺珠集三、韻府群玉一四。

四八〇、漢發兵用銅虎符。及唐初，爲銀兔符，以兔子〔一〕爲符瑞故也。又以鯉魚爲符瑞，遂爲銅魚符以佩之。至僞周〔二〕，武姓也，玄武，龜也，又以銅爲龜符。説郛二、演繁露一〇、類説四〇、海録碎事五、古今事文類聚續集二五、歷代小史本。

〔一〕子：演繁露、類説、海録、事文無。

〔二〕周：説郛無，據演繁露補。

四八一、崔渾〔一〕爲侍〔二〕御史，清白〔三〕温恭，能盡色養父母。母〔四〕小〔五〕不康〔六〕，輒祈幽請〔七〕以身代。母嘗有疾，渾跪請病受〔八〕已。有頃，覺疾從十指入，俄而遍身，母所苦遂愈。丁父〔九〕艱，勺飲不入口，毀脊骨〔一〇〕立。無何，不勝哀而卒，朝野傷心。太平御覽四一一、説郛二、類説四〇、紺珠集三。

〔一〕崔渾：説郛上有「唐」字。

〔二〕爲侍：二字説郛無。

〔三〕清白：説郛作「性至」。

〔四〕母：説郛無。

〔五〕小：説郛作「少」。

〔六〕康：説郛作「安」。

〔七〕請：説郛作「靈」。

〔八〕受：説郛作「授」，疑是。

〔九〕父：説郛作「母」。

〔一〇〕毁脊骨：張宗祥校本説郛作「哀毁瘠」，中國國家圖書館藏明抄本説郛作「形毁瘠」。

**四八二、鵲夜傳枝，月暈繞鑾，皆主有赦。蟻聚爲市，必雨。**類説四〇。

**四八三、夜半天漢中有黑氣相逐，俗謂〔一〕「黑猪渡河」，雨候也。**類説四〇。古今合璧事類備要前集二、錦繡萬花谷前集一引述異志載此事。

〔一〕謂：合璧、萬花谷下有「之」字。

**四八四、俗例，春雷始鳴，記其日，計其數滿一百八十日，霜必降。又曰：雁從北來，記其日，後十八日霜必降。**説郛二。

四八五、唐劉仁軌爲左僕射，天下號爲「解事僕射」。説郛二。新唐書九九戴至德傳載此事。

新唐書九九戴至德傳載：遷尚書右僕射。時劉仁軌爲左，人有所訴，率優容之。……由是當時多稱仁軌者，號仁軌爲解事僕射。

四八六、周舒州刺史張懷肅好食〔一〕人精，唐左司郎中〔二〕任正名亦有此病。説郛二、歷代小史本。

〔一〕食：中國國家圖書館藏明抄本説郛、歷代小史本作「服」。

〔二〕左司郎中：古今姓氏書辨證一九作「右司郎中」。

四八七、郴州，古桂陽郡也。有曹泰，年八十五，偶少妻生子，名曰曾，日中無影焉，年七十方卒。親見其道士孫子具説。道士曹體一，即其從〔一〕孫姪，云的不虛。故知邴吉驗影不虛也。説郛二、歷代小史本。

〔一〕從：説郛作「徒」，據歷代小史本改。

四八八、蘇頲爲中書舍人，父右僕射瓌卒，頲哀毁過禮。有敕起復，頲表固辭不起。上使黄門侍郎李日知就宅喻旨，終坐無言，乃奏曰：「臣見瘠病羸〔一〕瘦，殆不勝哀。臣不忍言，恐其殞絶。」上惻然不之逼也。故時人語曰：「蘇瓌有子，李嶠無兒。」太平御覽四一四。

按：太平廣記四九三引松窗録載：「中宗常召宰相蘇瓌、李嶠子進見，二子皆僮年，上迎撫于前，賜與甚厚。因語二兒曰：『爾宜憶所通書可爲奏吾者言之矣。』頲應之曰：『木從繩則正，后從諫則聖。』嶠子亡其名，亦進曰：『斮朝涉之脛，剖賢人之心。』上曰：『蘇瓌有子，李嶠無兒。』」資治通鑑考異一一引松窗雜録亦同。僉載之文僅述蘇頲之事，無李嶠子事，疑另有文字遭御覽所删。

〔一〕羸：宋本御覽作「嬴」，誤，據四庫本御覽改。

四八九、韋氏遭則天廢廬陵之後，后父韋玄貞與妻女等並流嶺南，被首領甯氏大族逼奪，其女不伏，遂殺貞夫妻，七娘等並奪去。及孝和即位，皇后當途，廣州都督周仁軌將兵誅甯氏，走入南海，軌追之，殺掠並盡。韋后隔簾拜，以父事之，用爲并州長史。後阿韋作逆，軌以黨與誅。資治通鑑考異一二。

按：資治通鑑考異一二引此於「周仁軌討甯承基斬之」下。

四九〇、梁武帝蕭衍時，太白入南斗，衍跣足繞殿三匝。群下怪之，帝曰：「太白入南斗，天子下殿走。朕欲以禳之耳。」俄而高歡入洛，後魏帝元循走長安。梁主羞之，歎曰：「不意箇虜子卻應天文耶！」以此言之，江東非正統也。開顏集下。通紀八、資治通鑑一五六載此事。

通紀八載：初，江南謡曰：「熒惑入南斗，天子下殿走。」梁帝下殿，跣足以禳之。及聞帝之西，乃慚曰：「虜亦應天文乎？」資治通鑑一五六中大通五年載：先是，熒惑入南斗，去而復還，留止六旬。上以諺云「熒惑入南斗，天子下殿走」，乃跣而下殿以禳之，及聞魏主西奔，慚曰：「虜亦應天象邪！」

四九一、唐高祖武德九年，幸昆明池，習水戰。太宗貞觀〔一〕五年，獵昆明池，獻獲于大安宮。開元初，石鯨吼，歲大熟。古今合璧事類備要前集九、白孔六帖七。

〔一〕貞觀：合璧作「正觀」，當爲宋人避仁宗趙禎諱改，今回改。

四九二、堯封后稷于斄。今武功縣西南二十里有邰亭，即周之邰國也。類編長安志四。

四九三、唐嶺南首領馮子猷入朝，太宗問：「將金幾許來？」曰：「一錠。」上嫌少，乃一艇船也。猗覺寮雜記下。新唐書一一〇馮盎傳載此事。

新唐書一一〇馮盎傳載：盎族人子猷，以豪俠聞。貞觀中，入朝，載金一舸自隨。

四九四、俗有張良之遺風，漸王祥之孝行。群書通要壬集。

四九五、高宗命英公勣伐高麗，既破，上於苑中樓上望，號「望英樓」。古今合璧事類備要後集七四、古今事文類聚遺集一〇、韻府群玉八下。

按：合璧、事文、韻府群玉出處均作「僉載補遺」。

# 附録

## 存疑

一、北齊稠禪師，鄴人也。幼落髮爲沙彌，時輩甚衆。每休暇，常角力騰趠爲戲，而禪師以劣弱見凌，紿侮毆擊者相繼。禪師羞之，乃入殿中，閉户，抱金剛足而誓曰：「我以羸弱爲等類輕侮，爲辱已甚，不如死也。汝以力聞，當祐我。我捧汝足七日，不與我力，必死于此，無還志。」約既畢，因至心祈之。初一兩夕恒爾，念益固。至六日將曙，金剛形見，手執大鉢，滿中盛筋，謂稠曰：「小子欲力乎？」曰：「欲。」「念至乎？」曰：「至。」「能食筋乎？」曰：「不能。」神曰：「何故？」稠曰：「出家人斷肉故耳。」神因操鉢，舉匕以筋視之，禪師未敢食，乃怖以金剛杵，稠懼，遂食。斯須食畢，神曰：「汝已多力，然善持教，勉旃。」神去，且曉，乃還所居。諸同列問曰：「豎子頃何至？」稠不答。須臾，於堂中會食，食畢，諸同列又戲毆。禪師曰：「吾有力，恐不堪於汝。」同列試引其臂，筋骨彊勁，殆非人也。方驚疑，禪師曰：「吾爲汝試之。」因入殿中，横蹋壁行，自西至東，凡數百步。又躍首至於梁數四，乃引重千鈞。其拳捷驍武，動駭物聽，先輕侮者，俯伏流汗，莫敢仰視。禪師後證果，居於林慮山。入山數十里，搆精廬殿堂，窮極土木。諸僧從其禪者，常數千人。齊文宣帝怒其聚衆，因領驍勇數萬騎，躬自往討，將加白刃焉。禪師是日領僧徒谷口迎候，文宣問曰：「師何遽此來？」稠曰：「陛下將殺貧道，恐山中血污伽藍，故至谷口受戮。」文宣大驚，降駕禮謁，請許其悔過，禪師亦無言。文宣命設饌，施畢，請曰：「聞師金剛處祈得力，今欲見師效少力，可乎？」稠曰：「昔力者，人力耳。今爲陛下見神力，欲見之乎？」文宣曰：「請與同行寓目。」先是，禪師造寺，諸方施木數千根，卧在谷口。禪師呪之，諸木起空中，自相搏擊，聲若雷霆，鬬觸摧折，繽紛如雨。文宣大懼，從官散走。文宣叩頭請止之，因敕禪師度人造寺，無得禁止。後於并州營幢子未成，遘病，臨終歎曰：「夫生死者，人之大分，如來尚所未免。但功德未成，以此爲恨耳。死後願爲大力長者，繼成此功。」言終而化。至後三十年，隋帝過并州，見此寺，心中涣然記憶，有似舊修行處，頂禮恭敬，無所不爲，處分并州大興營葺，其寺遂成。時人謂帝爲大力長者云。太平廣記九一、寶顏堂本二、明抄本二、顧本二、丁本二。

按：廣記下注「出紀聞及朝野僉載」，沈本作「出紀聞」。紀聞即牛肅紀聞，其文字廣記多引，此條文字當主要出於紀聞，何者出於僉載或是否出於僉載，尚無證據可知，不當全部輯爲僉載佚文，今録以存疑。

二、唐虔州參軍崔進思恃郎中孫尚客〔一〕之力，充綱入都，送五千貫，每貫取三百文裹頭。百姓怨歎，號天哭地。至瓜步江，遭風船没，無有孑遺。家資田園，貨賣並盡，解官落職，求活無處。此所謂聚斂之怨。太平廣記一二六。

按：廣記不注出處，其上「武攸寧」條亦不注，然見寶顏堂本二，張校據之補出處。此條文字與僉載文風相類，疑亦當爲僉載佚文。

〔一〕孫尚客：廣記談本作「孫尚容」，據廣記沈本、元和姓纂四、郎官石柱題名考一二改。

三、唐乾封縣録事祁萬壽，性好殺人。縣官每決罰人，皆從索錢。時未得與間，即取麤杖打之。如此死者，不可勝數。囚徒見之，皆失魂魄。有少不稱心，即就獄打之，困苦至垂死。其妻生子，或著肉枷，或有肉杻，或無口鼻，或無手足，生而皆死。太平廣記一二六。

按：本條廣記次上條之下，亦無出處，疑亦爲僉載佚文。

四、唐侍御史萬國俊，令史出身，殘忍爲懷，楚毒是務。奏六道使誅斬流人，殺害無數。後從臺出，至天津橋南，有鬼滿路，遮截馬足，不得前進。口云：「叩頭緩我。」連聲忍痛，俄而據鞍，舌長數尺，遍身青腫。輿至宅，夜半而卒。太平廣記一二六。

按：廣記不注出處，天中記二八引此作「僉載」，或有所據。

五、唐太宗之代有祕記云：「唐三代之後，即女主武王代有天下。」太宗密召李淳風以詢其事，淳風對曰：「臣據玄象推算，其兆已成。然其人已生在陛下宮内，從今不踰四十年，當有天下，誅殺唐氏子孫殆將殲盡。」帝曰：「求而殺之，如何？」淳風曰：「天之所命，不可廢也。王者不死，雖求，恐不可得。且據占已長成，復在宮内，已是陛下眷屬，更四十年，又當衰老。老則仁慈，其於陛下子孫或不甚損。今若殺之，即當復生，更四十年，亦堪御天下矣。少壯嚴毒，殺之爲血讎，即陛下子孫無遺類矣。」太平廣記一六三。

按：廣記諸本均作「出譚賓録」，唯沈本作「出朝野僉載」。今本譚賓録一載此事，然今本譚賓録亦爲後人據廣記所輯，尚無確證，今録以備考。

六、唐洪州有豫章樹，從秦至今，千年以上，遠近崇敬，或索女婦，或索猪羊。有胡超師，云隱於白鶴山中，時遊洪府，見猪、羊、婦女遮列，訴稱此神枉見殺害。超乃積薪，將焚之，猶驚懼。其樹上有鸛雀窠數十，欲燒前三日，鸛翔空中，徘徊不下。及四邊居宅櫛比，皆是竹木，恐火延燒。于時大風起，吹焰直上，旁無損害。遂奏其地置觀焉。太平廣記三一五。

按：廣記談刻本此條不注出處，四庫本注「出搜神記」，然胡超爲武后時人，不當見於搜神記。廣記二八八「胡超僧」條引僉載所記胡超事，與此「胡超師」爲同一人；下「狄仁傑檄」條見説郛二朝野僉載，然廣記誤注「出吴興掌故集」，與本條情況類似；且本條語言風格與僉載較近，疑爲僉載佚文。

七、東都豐都市在長壽寺之東北。初築市垣，掘得古冢，土藏，無塼甓，棺木陳朽，觸之便散。屍上著平上幘，朱衣。得銘云：「筮道居朝，龜言近市。五百年間，於斯見矣。」當時達者參驗，是魏黄初二年所葬也。太平廣記三九一、寶顔堂本五、顧本八、丁本八。

按：太平廣記此條下注出處作「出朝野僉載、兩京記」，兩京記即韋述兩京新記。太平御覽一九二引西京記載此事唯無首句，餘均同，首句之文例與兩京新記同，則此事全出兩京新記，疑此條文字本非僉載之文，廣記所注「朝野僉載」爲誤衍。今存疑。

八、（久視二年三月）是月，大雪，蘇味道以爲瑞，帥百官入賀。殿中侍御史王求禮止之曰：「三月雪爲瑞雪，臘月雷爲瑞雷乎？」味道不從。既入，求禮獨不賀，進言曰：「今陽和布氣，草木發榮，而寒雪爲災，豈得誣以爲瑞！賀者皆諂諛之士也。」太后爲之罷朝。資治通鑑二〇七、資治通鑑考異一一。

按：資治通鑑考異一一「三月王求禮不賀雪」條云：「統紀在延載元年，僉載在久視二年；統紀云『左拾遺』，僉載云『侍御史』，御史臺記云『殿中侍御史』；統紀云『味道無以對』，舊傳云：『求禮止之，味道不從』。今年從僉載，官從臺記，事則參取諸書。」僉載原文不存，姑録通鑑之文以備考。

九、薛訥與左監門衛將軍杜賓客、定州刺史崔宣道等將兵六萬出檀州擊契丹。賓客以爲：「士卒盛夏負戈甲，齎資糧，深入寇境，難以成功。」訥曰：「盛夏草肥，羔犢孳息，因糧於敵，正得天時，一舉滅虜，不可失也。」行至灤水山峽中，契丹伏兵遮其前後，從山上擊之，唐兵大敗，死者什八九。訥與數十騎突圍，得免，虜中嗤之，謂之「薛婆」。資治通鑑二一一、資治通鑑考異一一。

按：資治通鑑考異一二「七月薛訥將兵六萬」條云：「舊傳云『兵二萬』，僉載云『八萬人皆没』，今從唐紀。」僉載原文不存，姑録通鑑之文以備考。

一〇、宗楚客家畜一犬。一日，忽戴楚客冠人立，楚客怒曰：「畜類敢作妖，僭越犯分！即殺之。」犬作人言曰：「公亦作妖，僭越犯分，亦即見殺。」未幾，韋氏敗，楚客被斬。天中記五四、淵鑑類函四三六。

按：天中記五四不注出處，淵鑑類函四三六引作「朝野僉載」，不知何據。此事與太平廣記一四三引朝野僉載「張易之」等事類，當不誤，然未見更早出處，疑類書輾轉抄録所得，今存疑。

一一、平陳録曰：沈后者，望蔡侯君理女也。以張貴妃權寵，動經半年不得御。陳主當御沈后處，暫入即還，謂后曰：「何不見留？」贈詩云：「留人不留人，不留人也去。此處不留人，自有留人處。」后答云：「誰言不相憶，見罷倒成羞。情知不肯住，教道若爲留。」古詩紀一〇八。

按：古詩紀題注引平陳録後按云「亦見朝野僉載」，不知何據，今録以備考。

一二、或問不熱之道，答曰：「立夏日服玄冰丸、飛雪散、六壬六癸符，暑不能侵。」歲時廣記二四、緯略七、海録碎事二下。

按：李校按云：「本條原出抱朴子内篇卷三，太平御覽卷八六九引作抱朴子，非僉載之文。蓋此條適在紺珠集卷三抱朴子之末，其後即爲朝野僉載，故誤爲僉載之文。」然歲時廣記、緯略、海録碎事均作朝野僉載，疑宋人所見本僉載有此文，姑存疑。

# 僞文

一、開元五年春，司天奏玄象有謫見，其災甚重。玄宗震驚，問曰：「何祥？」對曰：「當有名士三十人同日冤死，今新及第進士正應其數。」其年及第李蒙者，貴主家壻。上不言其事，密戒主曰：「每有大遊宴，汝愛壻可閉留其家。」主居昭國里，時大合樂，音曲遠暢，曲江漲水，聯舟數艘，進士畢集。蒙閒乃踰垣奔走，群衆愜望。才登舟，移就水中，畫舸平沉，聲妓、篙工，不知紀極，三十進士，無一生者。寶顔堂本一、明抄本一、顧本一、丁本一、畿輔叢書本。

按：此條出太平廣記一六三，注「出獨異志」，當爲誤輯。

二、唐率更令張文成，梟晨鳴於庭樹。其妻以爲不祥，連唾之。文成云：「急灑掃，吾當改官。」言未畢，賀客已在門矣。寶顔堂本一、明抄本二、顧本二、丁本二。

按：此出太平廣記一三七引國史異纂，下引僉載張鷟事，輯本誤合爲一條。「張文成」，隋唐嘉話中作「張文收」，是。張文收傳見舊唐書八五張文琮傳，本傳云「咸亨元年遷太子率更令」，正與此同。

三、有梟晨鳴於張率更庭樹，其妻以爲不祥，連唾之。張云：「急灑掃，吾當改官。」言未畢，賀客已在門矣。太平廣記四六二、寶顔堂本一。

按：此條事與上條同，廣記談本注「出朝野僉載」，然廣記孫本注「出國朝雜記」，亦爲隋唐嘉話之異稱。

四、李傑爲河南尹，有寡婦告其子不孝，其子不能自理，但云：「得罪於母，死所甘分。」傑察其狀，非不孝子，謂寡婦曰：

「汝寡居，唯有一子，今告之，罪至死，得無悔乎？」寡婦曰：「子無賴，不順母，寧復惜乎？」傑曰：「審如此，可買棺木，來取兒尸。」因使人覘其後。寡婦既出，謂一道士曰：「事了矣。」俄持棺至。傑尚冀有悔，再三喻之，寡婦執意如初。道士立於門外，密令擒之。一訊承伏，與寡婦私通，常爲兒所制，故欲除之。傑放其子，杖殺道士及寡婦，便同棺盛之。寶顔堂本五、顧本七、丁本七。

按：此出太平廣記一七一引國史異纂，其前「蔣恒」、「王璥」，後「裴子雲」、「郭正一」等條均出僉載，疑輯者將此條亦誤作僉載佚文而輯入。此事又見隋唐嘉話下、大唐新語四。

五、裴冕代裴鴻漸秉政，小吏以俸錢文簿白之，冕顧子弟，喜見于色，其嗜財若此。冕性本侈靡，好尚車服，名馬數百金者常十匹。每會賓客，滋味品數，坐客有昧於名者。太平廣記二三七。

按：裴冕代裴鴻漸秉政在大曆年間，太平廣記沈本注「出盧氏雜記」，是，廣記談本誤。

六、成都有丐者，詐稱落泊衣冠，弊服繿縷，常巡成都市鄽，見人即展手希一文，云：「失墜文書，求官不遂。」人皆哀之，爲其言語悲嘶，形容顑頷。居於昇遷橋側。後有勢家于所居旁起園亭，欲廣其池館，遂强買之。及闢其圭竇，則見兩間大屋，皆滿貯散錢，計數千萬，鄰里莫有知者。成都人一概呼求事官人爲「乞措大」。太平廣記二三八、錢通二二。

按：廣記談本注「出朝野僉載」，廣記孫本、廣記沈本均作「出王氏見聞」，寶顔堂本無此條。王氏見聞即王仁裕撰王氏見聞録，多記王蜀時成都事，僉載則絶少專記成都者，此當出王氏見聞録，非僉載之文。

七、唐崔挹子湜。桓、敬懼武三思讒間，引湜爲耳目，湜乃反以桓、敬等計潛告三思，尋爲中書令。湜又説三思盡殺五王，絶其歸望。先是，湜爲兵部侍郎，挹爲禮部侍郎，父子同爲南省副貳，有唐以來未之有也。上官昭容屢出外，湜諂附之。玄宗誅蕭至忠後，所司奏：「宫人元氏款稱與湜曾密謀進鴆。」乃賜湜死，年四十。初，湜與張説有隙，説爲中書令，議者以爲説搆陷之。湜美容儀，早有才名，弟液、滌及從兄涖並有文翰，列居清要。每私宴之際，自比王、謝之家，謂人曰：「吾之門地及出身歷官，未嘗不爲第一。丈夫當先據要路以制人，豈能默默受制於人。」故進取不已，而不以令終。太平廣記二四〇。

按：廣記談本不注出處，其下接「湜諂事張易之與韋庶人」事，出朝野僉載，趙校具引此事，蓋疑其爲僉載佚文。然廣記孫本、廣記沈本均注「出譚賓録」，當非僉載佚文。

八、唐蕭穎士，開元中年十九擢進士第，至二十餘，該博三教。性急躁忿戾，舉無其比。常使一傭僕杜亮，每一決責，以待調養平復，遵其指使如故。或勸亮曰：「子傭夫也，何不擇其善主，而受苦若是乎？」亮曰：「愚豈不知，但愛其才學博奥，以此戀戀不能去。」卒至於死。太平廣記二四四、寶顔堂本六、顧本九、丁本九、畿輔叢書本。

按：舊唐書一〇二蕭穎士傳載其「開元二十三年登進士第」，則其二十餘歲時已在開元二十五年以後，張鷟約卒於開元十年左右，恐不及見此。考獨異志下亦載此事，云：「唐蕭穎士，開元中，年十九歲，擢進士第。儒釋道三教，無不該博。然性褊躁，忿戾無比，常使一傭僕曰杜亮，每一決責，便至瘡痍，養平，復爲其指使如故。人有勸亮曰：『子傭夫也，何不適善主，而自苦若是？』答曰：『愚豈不知，但愛其才，慕其博奥，以此戀戀不能。』而卒至於死也。」獨異志爲唐人李亢所撰，全書十卷，廣記多引其文，明稗海本分爲三卷，雖非原書，然當淵源有自。「便至瘡痍」等文字較之廣記所引更優，廣記所引當出此書。廣記此前爲「李凝道」、「堯君卿」二條，均出僉載，蓋涉上而誤。

九、唐傅巖，魏州人，本名佛慶，嘗在左臺，監察中霤，而中霤小祠，無犧牲之禮。比迴，悵望曰：「初一爲大祠，乃全疏薄。」殿中梁載言詠之曰：「聞道監中霤，初言是大祠。狼傍索傳馬，偬動出安徽。衛司無帟幕，供膳乏鮮肥。形容消瘦盡，空往復空歸。」太平廣記二五五。

按：太平廣記活字本二五五注「出朝野僉載」，然孫本、沈本、談本均作「御史臺記」，當誤。

一〇、唐户部郎侯味虚著百官本草，題御史曰：「大熱有毒。」又朱書云：「大熱有毒。主除邪佞，杜姦回，報冤滯，止淫濫，尤攻貪濁，無大小皆搏之，畿尉簿爲之相。畏還使，惡爆直，忌按權豪。出於雍、洛州諸縣，其外州出者尤可用，日炙乾硬者爲良。服之長精神，減姿媚，久服令人冷峭。」太平廣記二五五、天中記三二。

按：寶顔堂本無此條，趙本據太平廣記談本輯爲朝野僉載佚文，廣記沈本作「出御史臺記」，此事又見類説六、紺珠集七、錦繡萬花谷前集一一引御史臺記。廣記下「賈言忠」條載其撰監察本草事，與此相類，亦出御史臺記。此當爲御史臺記之文，廣記談本誤。

一一、寶曆元年乙巳歲，資州資陽縣清弓村山有大石，可三間屋大，從此山下，忽然吼踴，下山越澗，卻上坡可百步。其石走時，有鋤禾人見之，各手執鋤，趕至止所。其石高二丈。太平廣記三九八、寶顔堂本五、顧本八、丁本八。

按：寶曆元年爲唐敬宗年號，張鷟不及見，下云「乙巳歲」亦合此年干支。廣記諸本均注「出朝野僉載」，當誤。

一二、東海有蛇丘，地險多漸洳，衆蛇居之，無人民。蛇或有人頭而蛇身。寶顔堂本五、顧本八、丁本八。

按：此見太平廣記四五六引玄中記，太平御覽九三四引此事亦作「玄中記」。

一三、顧渚山頳石洞有緑蛇，長可三尺餘，大類小指，好棲樹杪，視之若鞶帶，纏於柯葉間。無螫毒，見人則空中飛。寶顔堂本五、顧本八、丁本八。

按：此見太平廣記四五六引顧渚山記，非朝野僉載。

一四、孟弘微對宣宗曰：「陛下何以不知有臣，不以文字召用？」帝怒曰：「朕耳冷，不知有卿。」翌日，諭輔臣曰：「此臣躁妄，欲求内相。」乃黜之。類説四〇、紺珠集三、海録碎事一一。

按：此出北夢瑣言九，太平廣記二六四引北夢瑣言文字與此處文字更近。

一五、江陵號「衣冠藪澤」，人言「琵琶多於飯甑，措大多於鯽魚」。類説四〇、紺珠集三、輿地紀勝六四、方輿勝覽二七。

按：此出北夢瑣言四。

一六、昔夫子不語怪力亂神，王肅謂神不由正，無益於教化，斯怪亂也。今異兆所録，貴賤貧富、死生窮達，皆至神獨運而成功，非智力然也。使見之者知命而不憂，豈無益於教乎？覽者詳之。分門古今類事三。

按：分門古今類事三此段次「魏鄭公爲僕射，有二典事之甚謹」事後，劉真倫朝野僉載點校本管窺下以之爲僉載佚文。廣記一四六引僉載魏徵事並無此段。考分門古今類事本卷「正己看牆」條引酉陽雜俎所載李正己事，出酉陽雜俎續集三，其後有「然則富貴真有時，時未至而區區强圖，其蔽甚矣」數句，爲酉陽雜俎所無，顯爲分門古今類事編者所增；其引僉載魏徵事後此段未見他書引用，應當亦爲編者添入，非僉載佚文。

一七、嗚呼！靡顔膩理，哆噅顣頞，形之異也；朝秀晨終，龜鶴千歲，年之殊也；聞言如響，智昏菽麥，神之辨也，固知三者定乎造化。至於壽夭窮達，獨曰由人，不亦蔽乎！分門古今類事一〇。

按：分門古今類事一〇此段次「唐王顒與文武皇帝有子陵之舊」事後，劉真倫朝野僉載點校本管窺下以之爲僉載佚文。廣記一四六引僉載無此段，當爲分門古今類事編者所增，非僉載佚文。

一八、狄仁傑爲相，有盧氏堂姨居午橋南别墅。仁傑因候盧姨安否，適見表弟挾弓矢，攜雉兔歸。仁傑因啟姨曰：「某今爲相，表弟有何願？悉如其旨。」姨曰：「相自爲貴，老姨止此一子，不欲令事女主，甘守貧賤，分外無所望也。」仁傑慙而退。古今合璧事類備要前集二六、古今事文類聚後集一一。

按：劉真倫朝野僉載點校本管窺下以此爲僉載佚文。實則此出李濬松窗雜録，當爲合璧、事文誤注出處。

一九、崔元範赴闕，李訥命妓盛小叢歌。在座各爲一絶。訥曰：「繡衣奔命去情多，南國佳人斂翠蛾。曾向教坊教國樂，爲君重唱盛叢歌。」四庫本記纂淵海七八。

按：劉真倫朝野僉載點校本管窺下以此爲僉載佚文，然崔元範、李訥皆爲中晚唐人，非張鷟所及見。雲溪友議上載此事，當即其出處。

二〇、霍去病，上爲治第，令視之。對曰：「匈奴未滅，臣何以家爲也。」古今事文類聚遺集一〇。

二一、宋朝曹彬謚武惠，討蜀師還，輜重甚多，或言悉奇貨也。太祖密令伺之，圖書也，無銖金寸帛之附焉。又平江南舟歸，無他物，惟載圖籍、衣被而已。古今事文類聚遺集一〇。

二二、狄青與西賊戰，每帶銅面具，被髪出入，行陣間未嘗中箭。而上未識其面，遂令圖形以進。青密令軍中聞鉦一聲則止，再聲則嚴陣而陽卻，鉦聲止則大呼而突之，士卒皆如教。纔遇敵，未接戰，遽聲鉦，士卒皆止，再，士皆卻。虜人大笑，相謂曰：「孰謂狄天使勇？」鉦聲止，忽前突之，虜兵大亂，自相蹂踐，死者不可勝計。古今事文類聚遺集一〇。

二三、曹公瑋在秦州，西番犯塞，虜陣有出布陣，虜貴人也。瑋使射之，一發而斃。虜鳴笳而遁。瑋以大軍乘之，虜衆大敗，係斬萬計。西番由是懾服，至今不敢犯塞，每言及瑋，則呼之爲父。古今事文類聚遺集一〇。

二四、澶淵之役，高武烈王瓊勸上發南城。王下馬自扶輦。衆渡河，敵人失色，及射死達蘭，敵遂奉書請盟。古今事文類聚遺集一〇。

二五、湖寇楊么自恃其險，賊中語曰：「有能害我，除是飛來。」俄詔用岳飛，適值大旱，公命伐木爲巨筏，塞諸港汊。賊戰敗，趨舟欲出湖，而舟爲筏所礙，不能遁，遂戮死招降之。飛來之讖，於是乎驗。古今事文類聚遺集一〇。

按：以上六條，於古今事文類聚緊鄰，原本均不注出處，僅在本條之下注「並同上」，其上爲引僉載補遺李勣望英樓事，劉真倫朝野僉載點校本管窺下以此爲僉載佚文，恐非。考古今事文類聚此六條文字蓋抄自古今合璧事類備要後集七四，合璧曹彬事下注出言行録，曹瑋事下注「同上」，楊么事下注「並同上」，宋史藝文志著録朱熹五朝名臣言行録十卷，又有「不知何人」編三朝名臣言行録十四卷、四朝名臣言行録十四卷、四朝名臣言行續録十卷。曹彬事見五朝名臣言行録一，狄青事見五朝名臣言行録八，曹瑋事見五朝名臣言行録三，高瓊事見五朝名臣言行録四，楊么事見宋名臣言行録續集别集八，知合璧所注出處爲是，事文蓋首條漏注，致下文皆誤。霍去病事當亦類此，皆非僉載佚文。

二六、周司禮卿張希望移舊居改造，見鬼人馮毅見之曰：「當新堂下有一伏尸，晉朝三品將軍，極怒，公可避之。」望笑曰：「吾少長已來，未曾知此事，公毋多言。」後月餘日，毅入，見鬼持弓矢隨希望後，適登階，鬼引弓射中肩髆間。望覺背痛，以手撫之，其日卒。

按：此見廣記三二九引志怪，廣記此條前「夏文榮」事、後「鄭從簡」事均出僉載，故後人輯録誤作僉載。實顔堂本二、明抄本三、顧本三、丁本三。

二七、陳朝嘗令人聘隋，不知其使機辯深淺，乃密令侯白變形貌，著故弊衣，爲賤人供承。客謂是微賤，甚輕之，乃傍卧放氣，與之言。白心頗不平。問白曰：「汝國馬價貴賤？」報云：「馬有數等，貴賤不同。若從伎倆筋脚好，形容不惡，堪得乘騎者，直二十千已上。若形容麤壯，雖無伎倆，堪馱物，直四五千已上。若彌尾燥蹄，絶無伎倆，傍卧放氣，一錢不直。」使者大驚，問其姓名，知是侯白，方始愧謝。實顔堂本四、顧本六、丁本六。

按：此見廣記二五三引啟顔録，當爲誤輯。

二八、蘇頲年五歲，裴談過其父，頲方在，乃試誦庾信枯樹賦，將及終篇，避「談」字，因易其韻曰：「昔年移樹，依依漢陰。今看摇落，悽愴江潯。樹猶如此，人何以任。」談駭嘆久之，知其他日必主文章也。實顔堂本四、顧本七、丁本七。

按：此見廣記一六九引廣人物志，當爲誤輯。

二九、寇天師謙之，後魏時得道者也，常刻石爲記，藏於嵩山。上元初，有洛州部城縣民因採藥於山，得之以獻。縣令樊文言於州，州以上聞，高宗皇帝詔藏於内府。其銘記文甚多，奥不可解，略曰「木子當天下」，又曰「止戈龍」，又曰「李代代，不移宗」，又曰「中鼎顯真容」，又曰「基千萬歲」。所謂「木子當天下」者，蓋言唐氏受命也。「止戈龍」者，言天后臨朝也，止戈爲武，武，天后氏也。「李代代，不移宗」者，謂中宗中興，再新天地。「中鼎顯真容」者，實中宗之廟諱，真爲睿聖之徽謚。得不信乎？「基千萬歲」者，基，玄宗名也，千萬歲，蓋曆數久長也。後中宗御位，樊文男欽賁以石記本上獻，上命編於國史。寶顏堂本五、顧本八、丁本八。

按：此見廣記三九一引宣室志及今本宣室志五，蓋爲誤輯。

三〇、大雨暴降，不能沾濕，云以蛟人瑞香膏所傅故也。紋布巾，即手巾也，潔白如雪，光軟絶倫，拭水不濡，用之彌年，亦未嘗生垢膩。二物稱的是鬼國。火綿蠶云出大洲，絮衣一襲，止用一兩，稍過度，則熇爍之氣不可去。九玉釵上刻九鸞，皆九色，其上有字曰「玉兒」，工巧妙麗，殆非人製。有得于金陵者，因以獻，公主酧之甚厚。一日晝寢，夢絳衣奴授語云：「南齊潘淑妃取九鸞釵。」及覺，具以夢中之言告于在側，公主薨，其釵亦亡其去處。韋氏異其事，遂以實語於門人。或曰：「即潘妃小字。」逮諸珍異，不可具載。自漢至唐，公主出降之盛，未之有也。公主乘七寶步輦，四角綴五色平香囊，囊中貯辟邪香、瑞麟香、金鳳香，此皆異國獻也，仍雜以龍腦、金屑。則鏤水精、馬瑙、辟塵犀爲龍鳳花，其上仍絡真珠、玳瑁，更以金絲爲旒蘇，雕輕玉爲浮動。每一出遊，則芬香街巷，晶照看者，眩惑其目。是時其中貴人賣酒於廣化旗亭，忽相謂曰：「坐來香氣何太異也？」同席曰：「豈非龍腦耶？」曰：「非也。余幼給事于嬪妃宫，故常聞此，未知今日自何而致。」因顧問當壚者，云：「公主步輦夫以錦衣提酒于此。」中貴人共請視之，益歎其異。上每賜御饌湯藥，而道路之使相屬，其饌有靈消炙、紅虬脯，其酒則有凝露漿、桂花醅，其茶有緑花、紫英之號。靈消炙，一羊之肉，取之四兩，雖經暑，終不臭敗。紅虬脯，非虬也，但貯于盤中，虬健如紅絲，高一尺，以筯抑之，無三四分，撤即復其故。其諸品味，又莫能識，而公主家人餐飫如里中糠粃。一日大會韋氏之族于廣化里，玉饌具陳，暑氣將甚，公主命取澄水帛以蘸之，挂於南軒，滿座則皆思挾纊。澄水帛長八九尺，似布細，明薄可鑒，云其中有龍涎，故能消暑也。韋氏諸宗好爲葉子戲，夜則公主以紅琉璃盤盛夜珠，令僧祁捧立堂中，而光明如晝焉。公主始有疾，召術士來賓爲燈法，乃以香蠟燭遺之。來氏之隣人覺香氣異常，或詣門詰其故，賓則具以事對。其燭方二寸，其上被五彩文，卷而爇之，竟夕不盡，香烈之氣，可聞於百步餘，煙出於上，即成樓閣臺殿之狀，或云燭中有蜃脂也。公主疾既甚，醫者欲難藥餌，奏云：「得紅蜜、白猿膏食之可愈。」上令訪内庫，得紅蜜數石，本夔離國所貢，白猿膏數甕，本南海所獻也。雖日加餌，終無其驗。公主薨，上哀痛，遂自製挽歌詞，令百官繼和。及庭祭日，百司内官皆用金玉飾車輿服玩以焚于韋氏庭，韋家爭取灰以擇金寶。及葬於東郊，上與淑妃御延興門，内庫金玉駝馬、鳳凰、麒麟各高數尺，以爲儀。其衣服玩具，與人無異。每一物以上，皆至一百二十舁。殿龍鳳花木人畜之象者，不可勝計。以縫羅裙繡，絡金銀、瑟瑟爲帳幙者千隊。其幢節傘蓋，彌街翳日。旌旗、珂珮、鹵簿，率多加等。以賜紫尼及女道士爲侍從，引奠則焚昇霄靈之香，而擊歸天紫金之碧磬。繁華輝煥，殆餘二十餘里。上賜酒一百斛，餅餡三十駱駝，各徑闊二尺，飼役夫也。京城士庶，罷業來觀者，流汗相屬，唯恐居後。及靈舁過延興門，上與淑妃慟哭，中外聞者，莫不傷痛。同日葬乳母，上更作祭乳母文，詞質而意，人多傳寫。而後上日夕惴心挂意。李可及進百年曲，聲詞哀切，聽之莫不淚下。更數日又作歎百年隊。取内庫珍寶，雕成首飾，畫八百匹官絁，作魚龍波浪文，以爲地衣。而一舞，珠翠滿地。可及官至大將軍，賞賜盈萬，甚無狀。左軍容使西門季玄素所鯁直，乃謂可及曰：「爾恣巧媚，以惑天子，族無日矣。」可及恃寵，未嘗改作。可及善囀喉聲，于天子前弄眼作頭腦，連聲著詞，唱雜聲曲，須臾則百數不休。是時京城不調少年相效，謂之拍彈。去聲。一日，可及乞假爲子娶婦，上曰：「即令送酒、麵及米以助汝嘉禮。」可及歸至舍，見一中貴人監二銀榼，各高二尺餘，宣賜可及。始以爲酒，及啓，皆實以中也。上錫可及銀麒麟高數尺。可及取官庫車舁。

顧本九、丁本九。

按：此段文字，顧本九、丁本九在「天后内史宗楚客性諂佞」條「期年之間位」句之下，實出杜陽雜編，見杜陽雜編下、廣記二三七引杜陽雜編，當爲誤輯。文字多有訛誤，茲不詳校。

三一、杜景佺，信都人也。本名元方，垂拱中，更爲景佺。剛直嚴正，進士擢第，後爲鸞台侍郎平章事。時内史李昭德以剛直下獄，景佺廷諍其公清正直。則天怒，以爲面欺，左授溱州刺史。初任溱州，會善筮者於路，言其當重入相，得三品，而不著紫袍。至是，夏中紫衫而終。寶顏堂本一、明抄本一、顧本一、丁本一。

按：此見太平廣記二一六引御史臺記，蓋因前「張憬藏」條、後「蔡微遠」條皆出朝野僉載而誤輯。

三二、豕之性能水，故牧豕之所在，必水草之交。此所以瀦從豬。蓋瀦，豬所食息也。山堂肆考二三一、格致鏡原八七。

按：此出羅願爾雅翼三，當爲類書誤引。

三三、陽城居夏縣，拜諫議大夫；鄭鋼居閿鄉，拜拾遺；李周南居曲江，拜校書郎。時人以爲轉遠轉高，轉近轉卑。寶顏堂本二、明抄本二、顧本二、丁本二。

按：此見太平廣記一八七引國史補及今本唐國史補上，當爲誤輯。

三四、韋顓舉進士，時貧窶甚。有韋光者，待以宗黨，輟所居外舍館之。放之日，風雪寒江，報光成名絡繹，而顓略音耗。方擁爐愁歎，忽有鳴梟來，集壞牖竹上，顓逐而復還，謂僕曰：「我失意無所恨，兼恐罹災患。」及禁鼓鳴，榜至，顓已登第。然則鵩止梟鳴，果不祥乎？畿輔叢書本。

按：此見太平廣記四六三引劇談録及今本劇談録下，當爲誤輯。

三五、唐德宗夏中微行西明寺，宋濟方葛巾捉鼻抄書，上曰：「措大，茶求一椀。」濟曰：「鼎水方煎，有茶，可自潑之。」又問作何事業，是何姓行。濟曰：「姓宋，第五，應進士舉。」須臾，聞呼官家，濟皇恐起拜，上曰：「宋五大坦率。」後聞禮部放榜，上令探濟，無名，曰：「宋五又坦率也。」四庫本施注蘇詩一三。

按：此爲張鷟身後事，非僉載之文。四庫本施注蘇詩乃宋犖得此書宋刊殘本，委邵長蘅補遺重編，多失舊本之貌，宋本施顧注蘇詩此處引作「盧氏雜説」，作「朝野僉載」者當是邵氏誤改。

三六、唐大中中，天官奏文星暗，後三科覆試復落，考官皆罰俸。古今事文類聚前集二七、四庫本記纂淵海三七、群書通要己集七。

按：此事非張鷟所及見，當非僉載文。

三七、後粱秦隴間謡：「䶅䶅引黑牛，天差不自由。但看戊寅歲，颺在蜀江頭。」朝野僉載曰：「竹䶅生深山，取之甚艱。秦隴之地，此物爭出，或穿墉壞城，或自門閾而入，犬食不盡，則並入人家房内，秦民之口腹飫焉。故童謡云云。」庚午歲，劉知俊叛粱入秦，天水破，入蜀，王建殺之，粉其骨，揚入蜀江，正戊寅歲也。蜀中廣記一〇二引五代史。

按：此見太平廣記一六三引王氏見聞，原文並未引朝野僉載，蓋後人臆增。

三八、永平末，劉知俊奔蜀，王建雖加寵待，然心疑之，常曰：「劉知俊非能駕馭者也。」有嫉之者作謡曰：「黑牛無係絆，棕繩一朝斷。」以知俊丑生而黑，建諸子皆以宗承爲名也，竟致猜疑而殺之。蜀中廣記一〇二。

按：此亦見太平廣記一六三引王氏見聞，原文亦無「朝野僉載」，同出後人臆增。

三九、御史中丞楊存誠，夢僧童數十人，持寶幢，謂吏曰：「中丞原是羅漢，謫來五十年，是故來迎耳。」未幾卒。玉芝堂談薈七。

按：此出續玄怪録一，當爲類書誤題。

四〇、開元中，馬待封能窮伎巧。爲皇后造粧具，中立鏡臺，臺下兩層，皆有門户。后將櫛沐，啟鏡奩後，臺下開門，有木婦人手執巾櫛至。取已，木人即還。至於面脂、粧粉、眉黛、髻花，應所用物，皆木人執，相繼而至，亦取畢即還。粧罷，諸門皆閉。又爲崔邑令李勁造酒山，立於盤中，其盤徑四尺五寸，下有大龜承盤，機運皆在龜腹中。立山山高三尺，繞山列酒池，池外山復圍之，池中盡生荷花及葉，葉間設脯醢珍果、佐酒之物，山南半腹有龍藏半身於山，開口吐酒，下大荷葉中，有杯承之，杯受四合，龍吐酒八分而止。飲酒若遲，山頂有重閣，閣門即開，有催酒人執板而出。於是歸盞於葉，龍復注之，直至終宴，終無差失。玉芝堂談薈二六。

按：此出太平廣記二二六引紀聞，當爲類書誤題。

# 後記

本書是全國高等院校古籍整理研究工作委員會直接資助項目成果（原題「張鷟朝野僉載新輯彙校」）。

最早接觸朝野僉載是二〇一〇年讀博士時往返江寧住處的地鐵上，當時只是將它作爲一本地鐵讀物，還依稀記得發現書中文字訛誤的激動以及後來將其寫成小文章發表的成就感，那大概是我的學術道路上最早的發現。十三年後我的工作和生活都已經發生了很多改變，慶幸的是自己將當時的研究堅持了下來，並在其中收穫許多，成爲我的一段學術經歷的見證。雖然這些年的主要精力没有全部用在此書之上，但是這反而給了我一些停下來思考的機會，其他方面的研究工作也偶爾會提供一些解決本書疑難問題的寶貴綫索。如今呈現的菲薄成果不完全令自己滿意，還有一些問題没有解決，書中也會存在一些錯誤，尚請方家不吝賜教！

本書出版過程中得到中華書局羅華彤先生、馬婧女士，上海書畫出版社郭時羽女士（曾任職中華書局上海公司），南京大學出版社李亭女士的幫助，責編樊玉蘭女士認真校對書稿，改正文稿中大量錯誤，益我良多，特此致謝！

趙庶洋

二〇二三年七月九日記於

南京大學仙林校區